凶途

岳勇 著

目　录

第一章	无名白骨	001
第二章	母子认亲	016
第三章	贪污旧案	048
第四章	打开心结	071
第五章	文坛大侠	094
第六章	新书发布	119
第七章	指认现场	134
第八章	致命饭局	170
第九章	雨夜较量	208
第十章	寻找生父	243
第十一章	投河自尽	279
第十二章	视频罪证	307
第十三章	悲凉结局	339

第一章
无名白骨

虽然是三月，但中午的时候，阳光照射下来，马岭坡还是显得有些热。一座长满青草的老坟前，摆放着一杯酒和一碗白米饭，还插着一炷香。一群孝子贤孙跪在坟墓前。眼见一炷香即将燃尽，阴阳先生抬头看看天时，拖长声音叫道："吉时已到——破坟——"跪在旁边的张五一立即起身，手持铁锹，在坟头挖了三锹土。后面的其他人也纷纷拿起工具，跟着他一起挖坟。

埋在地底下的人，名叫杨慧娟，是张五一的母亲，他们一家就住在附近的马岭村。十八年前，杨慧娟因病去世，张家兄弟就将母亲葬在了马岭坡。那时候，虽然光明市早已推行火葬政策，但像马岭村这种乡下地方，还是在半明半暗地搞着土葬，村干部见了，也是睁一只眼闭一只眼。马岭坡背靠着马岭山，阴阳先生说这个位置后面有"靠山"，藏风纳气，所以村民们都把去世的亲人葬在这里。久而久之，马岭坡倒成了村里的"公墓"。

马岭山其实只是一个几十米高的小山包。因为一条新修的高速公路要经过这里，所以整个马岭山都要被推平。征迁办的人通知村民尽快将葬在马岭坡的坟墓迁走，要不然截止时间一过，推土机进场，就会将整个墓场夷为平地。其他村民接到通知后，已经陆陆续续将马岭坡的坟墓迁走了，只有张五一家信奉"入土为安，破土为凶"的老话，非得找风水先生选个黄道吉日，所以一直拖到今天才动手挖坟，捡骨迁墓。

张五一带着家里人，很快就将母亲的坟墓挖开了。当初埋下去的棺材早已腐烂。他跳进泥坑，将一块块腐朽的烂木头捡开，才露出母亲的尸骸。由于时间久远，棺木里只剩下一具光秃秃的骸骨。

"请先人出墓！"阴阳先生摇着手里的铃铛高喊一声。

张五一最先捡起母亲的手骨，意为请亡者起身，拉先人走出墓穴。然后他自上而下，将母亲的尸骨一块一块捡了出来。他弟弟张六一在泥坑外接着，将沾满污泥浊水的骨头洗净擦干，然后依次摆放在旁边的一块红布上。家中女眷则撑起黑伞，挡住阳光，以免日光暴晒遗骨，导致先人魂飞魄散，不得轮回。

没过多久，他们就把从坟墓里捡出的尸骨在红布上拼出了一个完整的人形。张六一仔细看看，回头对站在坟坑里的张五一说："哥，我看妈的骨头应该已经捡齐了，你赶紧上来，咱们往坑里扔几个铜钱，然后把泥巴填回去。"

张五一答应一声，但还是弯下腰拿起铁锹，扒开棺材底板，又在泥坑里翻找了一阵。他是怕自己刚才捡得不仔细，遗落先人身上的骨节，会给后代子孙带来肢体上的伤害。确认没有遗漏什么细小的骨节之后，张五一才放心。正要停手，手里的铁锹忽然"咔"的一声轻响，像是碰到了什么东西。张五一以为是漏掉的骨节，急忙扔掉铁锹，用手在湿泥里扒拉起来。没扒拉几下，就从泥底下翻出一个泥乎乎的圆球。他擦擦上面的泥土，定睛看时，吓得一抖，圆球从手上翻滚下来。这下大家都看清楚了，张五一从泥坑里翻出来的根本不是什么圆球，而是一个骷髅头。

张六一回头看看，母亲的头骨早已捡出来，放在了红布上，怎么又从这坟坑里挖出一个头骨来了？他朝张五一看看，他哥也正在看他。张六一缓过神来，说："哥，该不是咱爸串坟了吧？"

"串坟"是乡间的一种迷信说法，意思是说埋在地底下的死人，像活人串门一样，从自己坟里跑到别人的坟墓里去。张五一的父亲是个酒鬼，每次喝醉酒就回家打老婆孩子，后来母亲杨慧娟终于下定决心跟他离婚，自己带着两个儿子过日子。但张五一的酒鬼父亲却不死心，仍然经常来骚扰他们，嚷着要搬回家跟杨慧娟一起住。最后闹腾得连派出所的警察都惊动了，才算把张五一的父亲给拦住。杨慧娟死后不久，张五一的父亲也死了。父亲临死前叫儿子将自己跟杨慧娟合葬在同一个墓穴里。张五一兄弟自然没有同意。父亲死后，他们兄弟二人就在马岭坡随便挖了个坑，将他埋了。

这时张五一看着从母亲坟墓里挖出的另一个头骨，也不禁心下犯嘀咕：难道真是那个死鬼老爹生前作孽，死后化作鬼魂也来骚扰老娘？张六一说："反正老头子的坟离这里才两三百米远，而且正好也要迁坟，咱们过去挖开他的坟堆看看不就知道了？"

张五一点点头，带着弟弟等人，来到父亲坟前，将父亲的坟墓挖开，打开棺材，却见老头子的尸骨正在里面躺着，一根骨头也没有少。"这倒是奇怪了，既然不是老头子串坟，那咱妈坟地里的这个骷髅头，又是怎么来的呢？"回到母亲坟墓前，张六一仍然一脸茫然，百思不得其解。

"是呀，这、这到底是怎么回事？"张五一也疑惑地看向旁边的阴阳先生。

阴阳先生煞有介事地掐指一算道："不必惊慌，这个其实叫走阴婚！"

"走阴婚？"张氏兄弟都愣了一下。

"对，就是死人跟死人在阴间结婚了，所以一个坟墓里才会住着两个人。你看你们后面挖出的这个骷髅头颅骨粗大，明显就是个男人嘛。"

张五一的女儿很快就看出端倪，站出来说道："爸，别听他胡说，奶奶坟墓里挖出别人的头骨，这事本来就很可疑，咱们还是赶紧报警吧。"

张五一虽然没读过什么书，但知道女儿是大学生，比自己有主见，听她的应该没错，于是立即拨打110报警。

接到警情，最先赶到现场的是城北派出所的两名民警。两名民警在现场了解情况后，也觉得有些奇怪。年长的民警到底经验老到，觉得坟坑底下很可能不止有一个骷髅头这么简单，于是卷起裤管，跳进泥坑，又挖了几下，很快挖出一段人骨。他又顺着这根骨头，将坑底的湿泥清理掉，很快就露出一具完整的骸骨。尸骸左边第三、四根肋骨中间，赫然插着一把刀。老民警纵然见多识广，也不禁"呀"地发出了一声惊呼。

知道事态变严重了，老民警立即从泥坑里跳出来，胡乱擦了把手，给所长打电话汇报情况。所长一听，这很可能是一桩命案啊，就叫他保护好现场，自己立即打电话向市局汇报警情。不久，所长回电话说市局已经派人出警，不过马岭坡在城郊，距离市区较远，市局的人过来可能需要些时间，要他们在原地待命，等待市局来人。

两名民警接到命令后，立即让围在现场的张五一兄弟两家人退到几十米开外的地方，然后绕着坟坑拉起了警戒线。好在马岭坡地处偏僻，也没什么群众来瞧热闹，两个人控制现场也还算容易。

大约四十分钟后，终于听到警笛鸣响，两辆警车一起驶入了马岭坡。最先从警车上跳下来的是一个四十多岁，面容粗犷，目光犀利的中年便衣警察。派出所的老民警识得此人，他正是市局刑警大队副大队长毛义宁。跟在毛义宁后面的年轻警员则是他的徒弟邓钊,后面还有法医姜一尺等人。老民警迎上去,叫了一声"毛队",简单地跟他汇报了现场情况。

毛义宁边听边点头,跟着法医姜一尺跳进坟坑。坑底泥土本就潮湿不堪,经过前面几个人反复踩踏,早已烂成一摊稀泥。两人跳进坑,鞋子立即陷进淤泥里。毛义宁没站稳,身子晃了几下,幸亏扶着坑壁,才勉强稳住身形。

毛义宁蹲下身,仔细查看那具骸骨,骨头上附着了不少污泥,倒也看不出什么具体情况。可插在死者胸口的那把水果刀,足有一尺来长,虽然早已被锈蚀,但看起来仍然有些触目惊心。

姜一尺有点儿嫌毛义宁碍手碍脚,就碰了碰他道:"你先上去吧,坟坑这么小,您老人家往这里一蹲,我连个转身的地方都没有了。"

毛义宁只好讪讪地从坟坑里爬出来。他行至一旁,问明谁是报警人后,就招手把张五一叫到一边,让他把事发经过跟自己详细说一遍。张五一显得有点儿紧张,结结巴巴地将事情前后经过与他说了一遍。

毛义宁听完后问:"这个骷髅头,是在你母亲的棺材里发现的吗?"张五一摇头说:"那倒不是。我本来已经捡完我妈的遗骨,但怕漏掉什么东西,所以掀起下面已经腐烂的棺材底板,在泥土里扒拉一下,结果扒拉出一个骷髅头来。"

毛义宁追问道:"埋在棺材底下多深的位置?"

张五一想了想,说:"不太深,我只用铁锹随便扒拉了几下,就把这个头骨翻出来了。"

"你母亲是十八年前葬在这里的,对吧?"

"是的。我妈是十八年前元宵节那天去世的,在家里停尸两天,正月十七下葬。那天是阳历二月二十五日,我记得非常清楚。"

毛乂宁盯视着他,脸上的表情渐渐变得严肃起来,问道:"你确定多出来的这具尸骨,不是跟你母亲一起埋下去的,对吧?"

张五一有些急了,搓着手说:"那当然。当初我母亲下葬的时候,除了我们兄弟两人,家里许多亲戚也在场。那么多人看着,我总不可能多埋一具来历不明的尸骨吧?警察同志,这个死人可是跟我们一点儿关系也没有,你们可千万不要怀疑到我们头上。"

"你别激动,我只是例行询问,并没有怀疑你们的意思。"毛乂宁脸上的表情缓和下来,对张五一说,"当年你母亲下葬时的情况,你也跟我说说吧。"

"我妈是得肺癌去世的,当时家里为了给她治病,已经花费不少钱。所以她死后,我们也拿不出多少钱给她办丧礼,只能简单地办一场水陆道场,停尸两天,就让她老人家入土为安了。按规定,当时得把我妈拉去火葬场火化,可是我妈想土葬,所以她生前就嘱咐我们,她死后一定要把她土葬,让她老人家保留个囫囵尸首好去投胎。我记得是我弟弟当天带着几个人在这里选地挖坟的。傍晚,我们就把我妈的棺材抬到这里埋了。一路上,我们也没有敲锣打鼓、放鞭炮,毕竟惊动村干部,将我妈火葬就不好了。"

"你母亲入土的时候,可有什么异常事情发生?"

"这个倒没有,一切都很顺利。"

毛乂宁又问了他几个问题。张五一都一一作答,却提供不出跟坟坑里多出的这具尸骨有关的半点儿线索。毛乂宁于是冲着邓钊喊了一嗓子,叫他带张五一去做笔录,自己则背着双手,四下里转了一圈儿。

马岭坡其实并不大,估计也就七八十亩地的样子,坡地早已被挖得坑坑洼洼,应该是村民迁坟后留下的痕迹。马岭坡南面靠着的是马岭山。马岭山只有几十米高,严格来说,它其实算不上什么山,说是个大土丘倒更贴切。其他三个方向，都被一些高大茂密的杉树林围挡着，形成一个相对封闭的环境。难怪阴阳先生说这里是一块风水宝地。

毛乂宁以前曾到这一带办过案子，知道沿着脚下的泥土路从东面树林穿过去，大约一里路远的地方，就是马岭村。不要说十八年前，即便现在，这里也是一个远离繁华市区的偏僻地。

毛乂宁正在草地上信马由缰地踱着步子，忽然听到一阵声响，像是学校上下课的电铃声。他觉得有些奇怪，问了张六一，才知道南边山上的树林外边有一个厨艺学校，里面有一些学生在上课，所以有时候会听到电铃声从那边传过来。毛乂宁手搭凉棚仔细往树林外瞧，果然隐约看见林子外边有一排房子。可能是因为学生都下课了，还有一些嘈杂的声音传过来。他想穿过林子去瞧一瞧，却听到后面的姜一尺在叫他。

毛乂宁转过身，姜一尺已经从坟坑里跳上来。助手小萌正把姜一尺从泥坑里捡上来的尸骨一根一根摆放在外面的帆布上，很快拼凑起一个完整的人形。

"有什么发现吗？"毛乂宁等到姜一尺脱下手套，点燃一根烟叼在嘴里之后，才开口问他。

姜一尺贪婪地吸一口烟，将烟圈从嘴里喷出来后说道："从目前的情况来看，可以肯定的是，死者的死因很可疑。"毛乂宁点点头，等着他往下说。

姜一尺回头看看那具骸骨，插在肋骨间的那把水果刀已经被小萌放回原位，摄影人员正对着尸骨拍照。姜一尺用夹着香烟的两根手指朝那把水果刀指一指说："你也看到了，正常死亡的尸体上面，肯定不会插一把水果刀。死者左边胸口第三根肋骨上面明显有被刀刃刺伤的痕迹，很显然是被这把尖刀刺穿后死亡的，插在死者身上的这把水果刀，应该就是杀人凶器了。"

"您怎么就能断定死者是非正常死亡呢？"这时邓钊已经给张五一做完笔录，凑过来道，"就没有可能是死者自己拿刀自杀的吗？"

毛乂宁瞧他一眼道："你见过自杀的人，还能把自己埋了吗？"

"不能是亲人埋葬的吗？"

"如果是自杀后被亲人埋在这里，亲人会将这把水果刀留在死者身上吗？"

邓钊"哦"了一声，姜一尺拍拍他的肩膀，说："看来你还得跟你师父好好学学。"

邓钊还是有点儿不服气地道："如果是他杀，凶手为什么不把凶器拔掉再进行掩埋？"

毛乂宁道："我估计凶手应该是在别处作案，又把尸体搬运到这里掩埋，因为怕路上留下血迹，所以一直不敢把凶器从尸体上拔下来。"

姜一尺点头道："这倒也对。杀了人以后，如果将凶器拔出，鲜血就会喷溅出来，如果不拔刀，流出来的血就要少得多。"

"老姜，"毛乂宁朝那具尸骨努努嘴道，"死者的一些基本情况，现在能判断出来吗？"

"死者为男性，年龄介于二十五岁至三十五岁之间，从骸骨高度来看，身材比较矮小，身高应该没有超过166厘米。从白骨化程度来看，死亡时间应该已经有十五至二十年。"姜一尺用力吸尽最后一口烟，然后将烟蒂踩在草地上，"至于死因嘛，初步判断是锐器刺破心脏导致死亡，凶器应该就是那把水果刀。因为尸体埋在这里的时间实在太久，现场又没有找到其他线索，所以目前我能给到你的信息只有这么多。更具体一点儿的信息，可能得等到把尸骨拉回去进行详细尸检之后，才能提供给你。"

"那行，你先去忙，后面有什么进一步的信息，你再同步给我。"

老姜点点头，很快就将尸骨放进法医车拉走了。毛乂宁带着几名警员在现场忙碌了一阵子，也没有搜集到更多有用的线索，只好结束了现场勘查工作。

回到刑警大队，吃完晚饭，几名办案警员在毛乂宁的办公室碰了头。大家讨论的重点是凶手到底是怎么把被害人尸体埋进杨慧娟坟墓里去的。

邓钊分析说："我觉得极有可能是在张家兄弟埋葬他们的母亲杨慧娟的时候，凶手混杂其中，顺便将被害人埋进了同一个坑里。因为对于凶手来说，这是最简单的办法，根本不用自己动手去挖坑嘛。"

警员梁凯旋摇头道："这可不一定，老姜不是说了吗，被害人死亡的时间是十五至二十年前。也就是说，他并不一定是跟杨慧娟在相同时间段死亡的，有可能死得比杨慧娟早，也有可能死得比杨慧娟迟。如果是这样，被害人怎么可能同时跟杨慧娟一起被埋进坟墓里呢？"

"有没有可能是凶手杀人之后，将被害人的尸体运到偏僻无人的马岭坡，悄悄挖个坑埋了。谁知过了几年之后，张家兄弟葬母，恰好选了凶手埋尸的地方做坟地，所以无意间把杨慧娟的棺材埋在了被害人的尸体上面。要是当初张家兄弟挖坟的时候再往下挖几锹土，很可能十八年前就把这具尸体挖出来了。"说话的是女警商蓉蓉，"或者说，凶手杀人的时间，其实是在张五一母亲下葬之后。凶手极其狡猾，杀人之后，悄悄将杨慧娟的坟墓挖开，在棺材下面刨个坑，将被害人埋进去，然后再将坟墓回填好。这样就绝不会有人发现被害人的尸体，凶手的罪行也就不会暴露了。只是凶手没有想到的是，十八年后的今天，马岭坡突然要修高速公路，张家兄弟要给母亲迁坟，这才阴差阳错地将这具来历不明的尸体挖了出来。"

毛乂宁认真听完三名警员的讨论，想了片刻，最后才道："对于被害人的死亡时间，老姜只能给出一个大致范围，那就是距离现在大约十五至二十年，而张家兄弟将母亲埋进墓地的时间是十八年前，更准确一点儿说，是十八年前的正月十七，即阳历二月二十五日。从目前的情况来看，你们说的三种可能性都是存在的。第一种可能性，凶手杀人的时间是在张母死亡之前，凶手挖坑埋尸的时间自然也远早于张母的下葬时间。凶手将被害人尸体埋在马岭坡，后来张家兄弟葬母，恰好把墓地选在了这个凶手埋尸的地方，把张母的棺材放置在被害人尸体的上面。只不过这也太过于巧合了一些。第二种可能，正如小钊所言，被害人遇害的时间跟张母死亡时间相距不远，凶手趁张家兄弟葬母的时候，将被害人尸体埋进了张母的坟坑里。但是张家兄弟葬母时，有很多亲戚朋友在场送葬，众目睽睽之下凶手想要将尸体一同埋进坟墓里，似乎也很难办到。最后一种可能性就是，凶手杀人的时间，是在张母死亡和埋葬之后。凶手杀人后为掩盖自己的罪行，干脆将旧坟挖开，将被害人尸体埋在了张母棺材之下。但凶手想要做到贸然挖开坟墓而不被张家人发现端倪，似乎也不是一件容易的事。而且，将被害人尸体埋在棺材下，也不仅仅是在棺材下刨个坑那么简单。泥土那么潮湿，想在棺材下面埋进去一个人，必须得把棺材抬起来，才能在下面挖坑埋人。这些事情凭一个人肯定做不到，难道是团伙作案？"

邓钊见师父先提出三种假设，然后又一一否定，不禁有点儿犯糊涂，试探着问："师父，那您的意思是……"

毛义宁道："我说这么多，只是想告诉大家，因为老姜初步推断出的被害人死亡时间跨度太大，咱们在这个基础上推测出的凶手埋尸的时间和方式，都不太靠谱。还是得等法医那边有更具体一点儿的信息，咱们才能做出更准确的推断。"

"毛队，那咱们现在该怎么办？"梁凯旋问。

"目前最重要的是先确认死者的身份。"毛乂宁道,"我相信只要找到死者的相关信息,很多让咱们现在全无头绪的问题就会迎刃而解。"

"确实如此。"邓钊也赞同师父的话,"老姜说死者遇害时间大约是十五至二十年前,年龄介于二十五岁至三十五岁之间,身高166厘米左右,那咱们就按照这个线索去查吧。"

"是的。先重点排查咱们市十五至二十年前这个时间段内,符合条件的失踪中年男性。如果没有结果,再继续扩大排查范围,将周边县市的失踪人口也纳入其中。"

"是,我马上去办。"邓钊道。其他人也挺直身子,道了一声"是"。

第二天上班,大家分头行动,经过筛选比对,从档案里查找出五名符合条件的失踪中年男性。通过跟被害人的DNA样本比对,其他四名失踪人员被排除,只有最后一个名叫朱志峰的人,因为当初家属报警时没有留下他的DNA样本,所以没有办法做快速检测。

邓钊看了一下朱志峰的资料,他是西南某省涞池市人。十六年前,三十岁的朱志峰独自一人搭乘火车来光明市找一个家具厂老板谈生意,结果出来一个多月了也没有回家。家里人非常着急,跑到光明市来报警。经过警方调查,朱志峰并没有跟家具厂老板接上头,但从车站监控来看,他确实到了光明市。警方多方寻找却没有半点儿线索,一个大活人就这么在光明市"人间蒸发"了。家属并不死心,又在附近县市寻找了一段时间,仍然没有消息。最后,朱志峰被警方列为失踪人员,其相关信息也被放进了档案里。资料上写着,朱志峰身高166厘米,体重50公斤,跟警方在马岭坡挖到的尸体特征十分吻合。

邓钊觉得,这个朱志峰,极有可能就是他们要找的人。于是他立即联系到朱志峰的儿子,希望他能提供DNA样本,与死者进行比对。在征得朱志峰儿子的同意后,邓钊通过涞池市警方采集到他的DNA样本,在当地进行检测后，将检测数据发送至光明市警方。

光明市警方连夜做了 DNA 比对，遗憾的是没有比对上。马岭坡挖出的这具骸骨，并不是十六年前失踪的朱志峰。邓钊不免有些失望。

警方又扩大排查范围，将周边地区十五年前失踪的所有中青年男性都筛查了一遍，仍然没能确认死者身份。在公安系统内网登记的失踪人员名单中，也没有查找到有用的线索。警方在省市两级电视台播放了寻找尸源线索的启事，打电话来提供线索的人倒是不少，警员们紧锣密鼓地忙碌了一阵，最后却发现没有一条对得上的线索。

死者的身份确认不了，法医给出的线索又很模糊，这案子就很难往下查了。刑警大队开案情分析会的时候，连大队长马力也不禁皱起了眉头："老毛，咱们现在真的能确认这个案子是他杀吗？"

毛乂宁点头道："我们从现场和尸体上获取到的信息非常有限，目前尚不能百分之百确认是他杀。但死者胸口插着一把水果刀，且左胸前肋骨有被刀锋刺伤的痕迹。死者死因有蹊跷，这是可以肯定的。所以我们才会下决心要把这个案子查个水落石出。"

"嗯，既然这样，那我全力支持你们调查破案。"马力表态说，"只是现在咱们掌握的线索比较少，我看还是先等法医那边有了更进一步的尸检信息再说吧。"

"这个不能等，"毛乂宁果断摇头，"第一，案子不等人，咱们越快破案越好；第二，老姜他们拉回去的也只是一具白骨，就算做完尸检，估计也只能把死者遇害的时间范围再缩小一些，通过骨龄测算，计算出更准确的年龄。但死者身上没有任何能证明其身份的东西，所以还是无法查找和确认死者的真实身份，案子还在原地打转。"

"那你的意思是……？"

"还是得想办法调查出死者的身份。"

马力脸上露出无奈的表情，说："这个我当然知道。可是咱们现在不是已经想尽一切办法，也还没有找到这方面的线索吗？"

"是的。我们已经在失踪人员信息库中，核对了十五年前失踪的所有中青年男性信息，并没有找到什么线索。这只能说明死者并没有在咱们的失踪人员名单里。"

"这怎么可能呢？"邓钊道，"一个大活人，十几年生不见人死不见尸，家里人肯定报警了呀，只要家属报警，就会记录在咱们警方的失踪人员名单里。"

毛乂宁把头转向邓钊，对他道："你说的是正常情况，但如果被害人家属并不知道他失踪，一直以为他还在某个地方活着呢？又或者，死者家人跟这个案子有瓜葛，故意隐瞒不报呢？甚至还有一种可能，死者孤身一人，身边并没有什么至亲，无论是死了还是失踪，都没有人管呢？凡此种种，他没有在咱们警方的失踪人员名单里留下信息，便也说得过去了。"

"师父，听您这么一说，案情可就更复杂了。"邓钊说。

"所以咱们才要尽快查明死者身份。只有这样，才能开展下一步侦查工作。"

"老毛，你说得对。"马力道，"那现在，你想怎么查？"

毛乂宁忍不住叹息道："目前常规手段咱们都用过了，失踪人员名单被我们像筛子一样筛过好几遍，根本找不到线索。要想打破僵局，看来得使用一点儿非常规手段。"

"你想怎么样？"马力转头瞪着毛乂宁，他知道这位副大队长破案，向来都是不按常理出牌的。

毛乂宁笑道："我看现在只能请'鬼手画皮'出马了。"

马力先是一愣，很快也笑起来："你不说，我倒真把他给忘了。"

他们说的"鬼手画皮",本名叫华皮,是省厅刑侦局的一名模拟画像师。华皮可以根据目击者的描述,描绘出犯罪嫌疑人头像。有时候他画的画像比犯罪分子的大头照还要逼真。最绝的是,有一次他根据一张被拐男孩儿六岁时的照片,描画出男孩儿十五年后的头像,协助警方成功找到了被拐十多年的孩子。从警多年,经华皮之手画出的模拟画像少说也有几万张,帮助警方破案无数。警队里的人取他名字的谐音,都叫他"鬼手画皮"。几年前,华皮曾在光明市公安局挂职,回省厅后,很快升任刑侦局刑事技术中心副主任。

邓钊虽是后辈,自然也听过"鬼手画皮"的名头,说:"马队,模拟画像师平时给犯罪嫌疑人画像,都是有目击者的描述或者其他佐证资料做基础,才能画得准确。现在咱们只有一具白骨,您叫人家怎么把被害人的相貌画出来?"

毛乂宁笑道:"你也太小瞧咱们省厅这位'鬼手画皮'了。他真正的独门绝活儿就是根据头骨复原人脸,其仿真程度远超现在的电脑AI人脸复原系统。放眼全国公安系统,会这门技术的可能也没几个人。只不过,华皮现在是省厅刑侦局的领导,咱们能不能请得动他就不知道了。"他说这话的时候,一直拿眼睛斜乜队长马力。

马力知道毛乂宁的意思,哈哈一笑道:"这个你放心,他当年在咱们局里挂职的时候,可没少欠我的人情。我亲自打电话请他出马,他应该不会推辞的。实在不给面子,那我就直接去省厅找他。"

毛乂宁轻轻一拍桌子道:"好,我要的就是马队你这句话。"

散会之后,马力立即按照程序给省厅发了一份请求派遣技术人员协助办案的公函,然后亲自给华皮打电话。华副主任很爽快地答应了,当天下午就驱车赶到光明市,一个人在法医室对着摆放在桌子上的死者颅骨研究了半天,经过数易其稿,连夜画出了死者头像,在接待室打个盹儿，马上又赶回省城上班去了。

第二天一早，毛乂宁等人一到单位，就看到了华皮给死者画的头像。画中之人是一副中年男人的相貌，眉骨、颧骨和下巴都很突出，细眉小眼，整体偏瘦，脸部特征比较明显。邓钊与几个年轻警员见了都将信将疑，他们觉得根据一个骷髅头就画出死者生前相貌，怎么看都感觉不太靠谱。

马力和毛乂宁却无半点儿怀疑，立即让人扫描了画像手稿，将其做成高清电子照片，然后配上寻找尸源的启事，发往电视台滚动播放，同时发给报社和网站，呼吁一起寻找。

第二章
母子认亲

　　光明大酒店下午突然变得热闹起来。大堂里人头攒动，挤得水泄不通。服务台对面的 LED 大屏幕上写着一行耀眼的大字：林郁秋、陈远母子认亲仪式。屏幕下面，是一个红色实木会议地台，地台上的沙发里坐着一个中年女人。女人四十来岁年纪，烫着大波浪头，戴着金边眼镜，容貌显得有些清瘦。她不住地抬起手腕看表，脸上露出焦急的神情，起身透过人群朝酒店门口张望一眼又坐下，扭头问身边的一个民警："怎么还没到？"民警安慰她说："林作家，请少安毋躁，他们很快就到了！"

　　他们面前，有一条红色的隔离带。隔离带外面，架着好几台正准备进行现场直播的电视台摄像机。更有拿着长枪短炮的各路媒体记者，把手里的照相机快门按得咔咔响。就连许多网络大 V（获得身份认证的意见领袖）也举着手机跑来蹭流量。闻讯赶来瞧热闹的路人，更是快把酒店大堂都挤爆了。现场气氛十分火热，大堂经理生怕出什么乱子，赶紧通过对讲机把全酒店的保安都叫过来，让他们在大堂维护秩序。

　　被一帮记者团团围住的这个中年女人，名叫林郁秋，是光明市知名女作家。她正在等待与自己失散十八年的亲生儿子陈远认亲。

十八年前，林郁秋在丽人妇科医院刚生完孩子就被产科医生告知生下的是一个死胎。相爱多年的男友因此离她而去，她为此伤心了好长一段时间。后来林郁秋一直单身，没有结婚成家。她潜心创作，把所有的时间和精力都放在了写作上。功夫不负苦心人，她最后终于成了一位知名的职业作家，出版了不少畅销书。

今年年初的时候，林郁秋无意中看到了本市光明职业学院一个名叫陈远的大学生写的寻亲日记。日记提到陈远于十八年前的十二月在光明市丽人妇科医院出生，刚一出生就被人贩子拐卖到了东山省。林郁秋想起自己当时处在生完孩子后极度虚脱的状态中，没有来得及仔细看看孩子。现在想来，确实令人生疑。于是，林郁秋主动找到警方，跟这个在网上寻亲的十八岁男孩儿陈远做了 DNA 比对，结果证实，两人确实是母子关系。林郁秋不由喜极而泣，想不到十八年后，自己竟然还能找到当年被产科医生判定为"死胎"的儿子。林郁秋跟陈远先通过微信视频见面，然后在公安局打拐办的协调下，于这天下午在光明大酒店举办认亲仪式，相约在这里正式见面。

下午 3 点多，一辆白色警用面包车开到了酒店门口，从副驾驶位上走下来一个头发花白的老警察。他顺手拉开后面的车门，一个十七八岁的少年就从车里跳了出来。少年个子瘦高，嘴巴抿得紧紧的，长着几颗青春痘的脸庞上有着一种与他年纪不相称的忧郁神情。在少年后面，又跟着走下来一个四十多岁的短发中年妇女和一个戴眼镜的年轻女孩儿。

记者们都认得，那个老警察就是市公安局打拐办的负责人谭剑波。谭警官干了一辈子打拐工作，曾经帮助无数个家庭找回失散的孩子，平时也没少跟媒体打交道，常常呼吁记者们多关注公安部门的打拐工作。

谭剑波刚一下车，记者们就举着摄像机围了上来："谭警官，能跟大家介绍一下这次成功寻亲的经过吗？"

谭剑波呵呵一笑说:"先让他们母子相见再说吧,估计林作家都等着急了!"

"这位就是那个被拐卖到东山省的孩子陈远吧?"有记者举着摄像机对准了后面的高个子少年。

谭剑波说:"对。他就是今天来与母亲见面的陈远。后面是他养父母那边的亲戚,分别是陈远的舅妈和表妹秦小怡。两人是陪同他来认亲的。"

记者们见到主角出场,立即又朝陈远围过去。少年陈远不曾见过这样的场面,脸上带着腼腆的表情,不知道该怎么招架。谭剑波立即将他护在身后,拨开拥挤的记者说:"有什么要采访的到认亲仪式上再问吧。"他领着陈远三人匆匆走进酒店大堂,打开隔离带,来到林郁秋跟前。

因为母子俩事先已经在微信视频中见过面,所以林郁秋一眼就认出了陈远。她冲上前去,一把将这个失散十八年的儿子搂在怀里,刚叫一声"儿子……",就再也抑制不住内心的激动,放声大哭起来。陈远也抱住比自己矮一个头的母亲,叫声"妈"后,眼圈变得红红的,但少年毕竟脸皮薄,没好意思哭出来。

围在旁边的记者终于等来这个激动人心的场面,都冲过来,拿着照相机、摄像机对着这对相拥而泣的母子一顿猛拍。一个穿着牛仔裤的圆脸女记者更是越过隔离带,直接把照相机对准陈远的脸,像要拍摄到他脸上的每一个表情。陈远显然还没有学会怎么在聚光灯下面对记者的镜头,有些害羞似的转过脸,躲闪了一下。后面一位民警上前,将那个女记者请到了隔离线外面。

哭了好一阵子,林郁秋才止住眼泪,将陈远拉到沙发上坐下,一边拉着他的手,把他从头到脚仔细看着,一边关切地问他:"你养父母对你还好吧?平时有没有打你,有没有虐待你?"

陈远摇摇头说:"没有,他们对我很好。"林郁秋这才放下心来,一双眼睛一直落在儿子身上。

这时候,谭剑波已经走到台前,手持话筒,跟现场的媒体记者聊起了警方这次协助林郁秋和陈远母子相认、成功寻亲的经过。

"大约是在去年底,我们接到一个在光明职业学院上大一的学生的报警电话。这名学生怀疑自己是在十八年前被从咱们光明市拐卖出去的。"说到这里,谭警官回头看看陈远,陈远冲着他点点头。谭警官接着道:"这名大一学生,就是陈远。陈远本是东山省聊阳市人,家里只有他和父母三口人。去年初,陈远家里出了变故,他的父母都去世了。陈远的妈妈在临终前对他说,他其实并不是自己亲生的孩子,而是她和丈夫十八年前花了八万块钱从人贩子手里买来的。跟陈远父母接头的人贩子曾告诉他们,孩子是从咱们光明市一家民营医院抱出来的,那家医院具体叫什么名字,人贩子也没有细说。但是陈远的妈妈在买下孩子后,给孩子换衣服时发现孩子身上还裹着一条小毛巾,毛巾上印有'丽人医院'的字样。所以,基本可以认定孩子是从咱们光明市一家名叫'丽人医院'的医疗机构拐卖出来的……"

从东山省聊阳市到光明市有一千多公里远,陈远在家中含泪处理完父母的后事,就在舅妈的陪同下,坐火车来光明市寻找自己的亲生父母,但一无所获。后来,陈远在聊阳市参加完高考,填写志愿的时候直接报了光明职业学院,为的就是方便日后在光明市寻找自己的亲人。因为高考成绩很不错,陈远很顺利地就被离家千里之外的光明职业学院录取了。来到光明市上学之后,陈远利用放学时间,把整个光明市走了好几遍。他四处寻访,却仍然没有找到半点儿跟自己身世有关的线索。实在没有办法了,他才走进公安局向警方求助,当时接待他的,就是谭剑波。

谭剑波从工商管理局的档案里找到丽人医院当年注册的资料,然后根据登记资料里的线索，找到了丽人医院的法人代表兼院长，可惜这名院长早在几年前就因为尿毒症去世了。他又找到当年医院里唯一的一名产科医生，这名医生也因为得了阿尔茨海默病，生活不能自理，住进了养老院，根本提供不了任何有用的线索。公安部门将陈远的DNA信息录入全国公安机关打击拐卖妇女儿童犯罪信息系统进行比对，也没有跟任何寻亲者匹配上。也就是说，陈远的亲生父母很可能并没有寻找过他。警方的调查工作一时之间陷入僵局。

就在这时候，警方接到了林郁秋的电话。林郁秋说自己在网上读了陈远写的寻亲日记，又跟打拐警察说了自己十八年前在丽人医院生孩子的情况，觉得这里面疑点重重，怀疑这个孩子可能跟她有关系。警方很快采集了她的DNA信息，经过比对，证实陈远确实是她的儿子。在警方的协调沟通之后，决定在今天的认亲仪式上正式相见。

"当然，作为警方，我们也为今天的认亲仪式做了充分的安排，邀请了很多媒体记者前来采访。"最后，谭警官面对着全体记者说，"我们希望记者朋友们能将这次陈远寻亲成功的故事广泛传播，让更多市民群众关注公安部门的打拐工作，让更多被拐孩子的家人能够早日找回孩子，全家团聚！"

这时候有记者提出，希望能采访一下寻亲少年陈远。谭剑波回头看看林郁秋。林郁秋起身走到记者面前，先向在场记者们深深鞠一躬，然后才带着歉意道："各位记者，实在抱歉，孩子刚满十八岁，还是头一次遇上这样的场面。刚才我已经小声跟他交流过，他还不太敢面对这么多镜头说话。所以大家有什么问题，可以向我提出来，由我来解答就行了。"

"林作家，能和大家分享一下你现在的心情吗？"那个穿牛仔裤的圆脸女记者问道。

"我现在的心情嘛……其实有点儿像天上掉馅饼的感觉！"林郁秋一句话，把现场所有的人都逗笑了。"真的，我现在就是这种感觉，意外，激动，还有点儿不太真实的虚幻感，像是在做梦，生怕梦醒之后，这一切都不复存在。"她用手捂住胸口停顿片刻，像是在极力平复自己激动的心情，即便如此，她的眼泪还是止不住地流，"孩子是上天送给我的最好的礼物，只是这份礼物推迟了十八年。我马上就要四十岁了，陈远是我迄今为止收到的最好的生日礼物！"她说这些话的时候，还不住地回头看陈远，见他安静地坐在那里才放心，好像真的害怕这是一场梦，她一回头，孩子就会不见。

另一个记者问道："既然您这么想念儿子，为什么从来没有寻找过他，甚至没有在警方的寻亲DNA数据库中留下您的任何资料？"

"这个说来话长……"林郁秋将自己的经历完完整整告诉了记者。

"林作家，您的意思是说，当年您生下来的其实是一个健康的孩子，只不过被医院用死婴替换掉了，然后他们将您亲生的孩子卖给了人贩子。这家医院的某些工作人员，或者说当年的产科医生，就是拐卖孩子的嫌疑人，对吧？"

林郁秋点头道："目前也只能做出这样合理的怀疑了。现在那家医院已经倒闭，更找不到医院里的医生，已经无从查找事情真相。不过作为一个母亲，我还是希望警方能够查找出当年孩子被拐的真相，还我和孩子一个公道。虽然我跟孩子离散十八年的遗憾是什么都弥补不了的，但至少能给我们一个安慰。"

"一定会的！"谭剑波立马表态道，"你们母子团聚，并不代表这个案子调查结束，后面的案情深挖工作，我们还是会继续做下去。我们会早日抓获人贩子，还你们一个公道，同时也希望能解救出更多被拐卖的孩子。"

"林作家，您会把孩子接到身边来跟您一起生活吗？"

林郁秋回头看看儿子，点头微笑道："那当然。从今往后，再也没有什么能将我们母子分开，我会尽力弥补他这十八年缺失的东西，包括母爱！"

"那陈远呢，你的想法是什么样的？"记者把镜头对准了陈远。陈远脸色微红，腼腆一笑道："我……我都听我妈的！"

大家都笑了起来。

下午5点多，认亲仪式结束，记者们还在围着林郁秋母子提问。谭剑波张开双臂挡在记者镜头前说："林作家和陈远离散十八年，刚刚母子相见，一定有许多话要说，请大家给他们一点儿私人空间。如果想要继续采访，请以后再联系他们，大家都散了吧。"他推着一帮记者，走出了酒店大堂。

吵吵嚷嚷的记者一离开大堂，酒店里就安静下来。林郁秋这才松了一口气，带着陈远给舅妈和陈远表妹递上事先准备好的礼物："听陈远说，从他小时候起，您就很喜欢他。他养父母去世之后，您给了他许多照顾和帮助，这次又不远千里从东山省坐火车过来陪同他参加认亲仪式，他很感动……"她又把目光转向秦小怡，"小怡，陈远说你为了能在他身边帮助他，干脆跟他一起报考了咱们光明市的职业学院。真是太感谢你们一家对陈远的照顾了！"

陈远的舅妈穿着朴素，一副农村人打扮，显得有些拘谨，却是一个颇明事理的人。她说："林作家，你言重了。陈远这孩子是我们看着长大的，虽然他现在不是我的亲外甥，但我们一直把他当至亲看待。"

"是啊，表哥从小就招人喜欢！"秦小怡道，"其实我考到光明职业学院，倒也不是来陪他的，是我学习成绩太差，只能读这种学校。"说完咯咯一笑。看得出来,她是一个爱笑的女孩儿。

林郁秋说:"今天是我跟陈远第一次相见的日子,我已经在这家酒店八楼的餐厅订好了餐房,准备跟他一起吃个团圆饭。舅妈和表妹都不是外人,咱们一起去吧。"

舅妈刚想推辞,秦小怡却已经挽住陈远的胳膊往电梯走去,边走边道:"好啊,林阿姨,您不知道我们学校的伙食有多差劲,我已经好久没有吃过大餐了。"

"这孩子……"舅妈望着两个孩子的背影直摇头,又对林郁秋道,"我本来是有点儿担心陈远孤单,才坐这么远的火车过来的。现在他已经和你顺利相认,你又这么关心他、照顾他,那我就没有什么不放心的了。陈远以后就交给你了,他还是个刚刚长大的孩子,不太懂事,有什么做得不对的地方,你莫要怪他。"

"当然,他是我儿子,我怎么会怪他呢?"

吃饭的时候,舅妈朝着陈远看了又看,将他拉到身边,叮嘱道:"小远,你现在终于找到你的亲生母亲,也算是苦尽甘来,以后要听妈妈的话,做个有出息的好孩子。记得有空的时候,回东山省看看舅舅和舅妈。"

"我知道了,舅妈!"陈远懂事地点点头。

只说了这几句,两人的眼圈都红了。倒是秦小怡轻松地笑道:"妈,哥,你们别弄得跟生离死别似的,现在交通这么发达,哥哥要回去看您,方便得很!而且您也可以过来看看我啊,别光顾着看我哥。"女孩儿一句话,把整桌人都逗笑了。吃完饭,天已经黑下来。秦小怡送她妈妈去火车站赶车,林郁秋跟陈远一起,也离开了酒店。

站在酒店外面的台阶上,林郁秋看见陈远脸上显得有些茫然,似乎一时之间不知道何去何从,不由得笑了,拉着陈远的手道:"小远,跟妈妈一起回家吧，妈妈已经给你准备好了房间，你去看看喜不喜欢。"

陈远"嗯"了一声，就在这时，一辆银灰色的东风日产小车在酒店门口停了下来。车窗落下，一个面皮白净的中年男人从驾驶位探出头，冲着他们喊："郁秋，小远，上车吧，我送你们回去！"林郁秋拉开车门，带着陈远在后排座位上坐下。

"这位是司马庆，妈妈的朋友，以后你叫他庆叔就行了。"林郁秋见陈远眼里露出疑惑的目光，就为他介绍。

陈远冲着司机的背影叫了一声："庆叔！"司马庆回头笑道："小远，用不着客气，以后咱们就是一家人了。"

"一家人？"陈远愣了愣。

司马庆哈哈一笑，带着几分调侃地说："怎么，你妈没有跟你说吗？我是她的男朋友，而且是准备结婚的那种男朋友哦。你说咱们以后会不会成为一家人呢？"陈远恍然大悟，轻轻"哦"了一声。"就你话多，"林郁秋有些不好意思地白了司马庆一眼，"快开车吧！"

"得嘞！"司马庆答应了一声。

离开酒店后，小车沿着街道往南开去。街上的路灯已经亮起，两边的流动摊档也早就支起来，街道显得有些拥挤。陈远虽然不是光明市人，但自从到这里上大学，为了寻亲，已经走遍了光明市的大街小巷，对这里的街道已经十分熟悉。看这街景，就知道已经到了旧城区。

半个小时后，小车在一条老街停下。陈远认得，这条街叫南林路，双向两车道的街面看起来并不宽敞。街道两边是一栋栋三四层高的旧居民楼，应该是许多年前当地居民自己买地建起来的房子。

下车后，林郁秋领着陈远走进街边一个院子，司马庆拎着在马路上买的一袋水果，走在后边。院子里杂乱地种着一些花木，后边是一幢三层水泥墙面的小楼。林郁秋对陈远说:"咱们家在一楼。这套房子,还是我爸,也就是你外公,在城里开包子店时买的,现在给我住着。你外公一个人生活在乡下老家,等有空了,我带你回去看他。"

司马庆在林郁秋面前倒是很殷勤。他抢先一步,拿出钥匙正要开门,大门却被从里面打开。一个五十多岁、身上系着围裙的矮胖女人满脸堆笑地迎了出来,说:"郁秋,你们回来了?这一定就是小远吧?"她一面说话,一面笑吟吟地上下打量着陈远。

林郁秋点点头,向陈远介绍道:"这是芮素芬,芮姑,她为咱们家做钟点工已经做了好多年了,每天下午都会来家里干活儿。"说罢,又转向芮素芬,"芮姑,房间都收拾好了吗?"

芮素芬忙道:"都已经收拾好了。"

林郁秋说:"辛苦你了!"

芮素芬道:"不辛苦,如果没有别的事情,我就先回去了。"

司马庆放下手里的水果后,带着陈远在屋里转了一圈儿,一面拍着他的肩膀,一面跟他介绍家里的情况。他俨然已经是这个家的主人。

房子并不算太大,一百平方米左右,三室两厅,大一点儿的房间是主卧室,旁边是林郁秋的书房,推门进去,书房四面立着好几个大书柜,里面装满了各种各样的书籍,靠近窗户的位置摆放着一张书桌,书桌上面有电脑、打印机和音响。司马庆打开一个书柜,指着里面的一排书说:"这些都是你妈写的。"

陈远看到那一层书架上有二十多本书,作者署名果然都是林郁秋。他的脸上不由得浮现出惊叹的神情,他从来没有想过自己的亲生母亲竟然是一位这么有名的女作家。司马庆关上书柜的门道:"你妈妈的目标是写满一柜子的书,哈哈!"

"在说我什么坏话呢?"这时候林郁秋已经换了衣服,端着茶杯从外面走进来。

司马庆笑道:"我正在跟小远介绍你写的书呢。"

林郁秋靠在书柜上问:"怎么,小远,你也喜欢看书啊?"见到陈远点头,她又问,"那你平时都喜欢读什么书呀?"

陈远挠挠头:"我喜欢看悬疑侦探小说。"

林郁秋道:"我写的大多是一些反映现实生活的现实题材作品,倒还真没写过悬疑探案小说,以后有机会也写一本。你要是愿意,把你写进小说里当主角也行。"

陈远连忙摇头道:"不,不,我当不了主角。"

林郁秋不由得笑道:"这个问题以后再慢慢讨论,我先带你去你的房间看看。"

陈远的房间在客厅的另一边,房间虽然不大,但看得出里面已经被精心收拾了一番。一张席梦思单人床上,被子、床单和枕头都是崭新的,应该是刚刚换上去的。墙边的小书桌上还摆着一台一体机电脑。

"以后这就是你的房间了,"林郁秋站在房间门口,"怎么样,喜欢吗?"

陈远点头说:"喜欢。"

林郁秋说:"既然喜欢,那以后就每天都回家里住吧。"

"其实不用这么麻烦,"陈远犹豫着道,"我在学校可以住宿舍。"

"傻孩子,学校的环境怎么能跟家里相比呢?再说,一个宿舍那么多人,也会影响你学习。反正你们学校离家里也不太远,以后就让你庆叔每天开车接送你上下学吧。"

"啊,每天接送啊?"司马庆撇了撇嘴。

陈远看出司马庆脸上为难的表情,摇头道:"真的不用了,妈,如果一定要住在家里的话,您给我买辆电动车吧。我每天骑车上下学,也挺方便的。"

"对对对，"司马庆忙道，"给他买辆电动车，就什么都解决了。"

"那也行，先给你买辆电动车，等你以后考了驾照，再给你买辆汽车。"林郁秋边说边抬腕看了看表，随后看向陈远，眼中满是关切，"时间不早了，今天累了一天，你赶紧洗澡上床睡觉吧。那边衣柜里有给你新买的衣服。你先拿去穿，看看缺少什么，明天再去买。"

"谢谢妈！"陈远很快就洗完澡，回房休息了。

屋子里很快就安静下来。夜里11点多，林郁秋穿着睡衣从客厅走过，见到司马庆还躺在沙发上玩手机游戏，就问他："这都多晚了，你怎么还不走啊？"

司马庆从手机屏幕上抬起眼睛，满脸不情愿道："你这是什么情况，咱俩不早就住在一起了吗，怎么你儿子一回家，就赶我走啊？"

"你小声点儿！"林郁秋朝陈远房间那边看看，"这不是小远刚回家，咱们又还没有正式结婚，你住在这里不太方便嘛。"

司马庆不由得笑道："郁秋，你想多了。现在的孩子，什么都懂。他早就看出了咱们俩的关系，你也不必在他面前藏着掖着，那样反倒不自然。咱们还是一起过和以前一样的同居日子吧，只不过现在由原来的二人世界，变成三人世界了。"

林郁秋知道今晚肯定赶不走他了，只好皱起眉头道："那行吧，你这一身都是汗臭味，赶紧洗澡去，不洗干净别进卧室。"

司马庆起身道："遵命，老婆大人！"

"不要脸，谁是你老婆了？"林郁秋朝他翻翻白眼。

司马庆涎着脸道："这不是早晚的事嘛！"他跑进浴室，很快就洗完澡，裹着浴巾穿着拖鞋走出来，进到卧室的时候，看见林郁秋正靠在床头拿着iPad看视频。他一边用毛巾擦着头上的水珠一边问："看什么呢，这么入神？"

　　林郁秋说："我在看关于我们今天认亲仪式的新闻报道。"

　　"这么快啊，新闻都出来了？"司马庆扔下毛巾，凑过来随手在iPad屏幕上翻了几页，充斥着"知名女作家寻子成功""十八岁少年漫漫归家路"之类的新闻标题。他顿时兴奋道："郁秋，看来咱们这步棋走对了，这次认亲对你这个大作家的宣传和影响力，比你出十本畅销书还要厉害啊！"

　　"那倒也是！"林郁秋放下iPad道，"就是不知道这种热度能持续多久，能不能保持到我的新书出版上市。"

　　"时间不等人，你那看来得加快那本打拐题材的新书写作进度，要不然赶不上这一波热度和流量了。"

　　"是啊，我现在要做的，第一是加快新书的创作和出版速度，第二是要想办法保持这个话题的热度。要不然咱们就白忙活一场了。"

　　"哎呀，你看现在都半夜12点了，这些新书啊，热度啊，流量啊，咱们还是明天再想吧。今天你也累了一天，赶紧关灯睡觉！"司马庆说着，作势要往她身上扑去。

　　林郁秋往旁边一闪躲开，对他道："别闹，你先睡吧，我得抓紧时间把稿子改一改，出版公司的编辑又在催我了。"司马庆顿时兴趣索然，穿上睡衣，倒头便睡。

　　林郁秋拿过一台笔记本电脑，打开自己新近创作的长篇小说《亲爱的宝贝》。这部书已经进入出版环节，编辑返回一个校对稿让她再看看。她本想最后再修改一下，但脑子却有点儿乱，怎么也找不到切入点，最后只好叹口气，关了电脑，顺手拿起iPad，继续划动屏幕浏览网上的新闻。在一篇认亲仪式的新闻报道里，记者特意在文章最后放上了陈远的《寻亲日记》的网络链接。

林郁秋点进去,"寻亲日记"几个大字跟着跳出来。从时间上看,日记是从去年三月十二日陈远的养父母遭遇车祸身亡,陈远知道自己的身世之后开始写的,断断续续写了十来篇,写的都是他从东山省聊阳市到光明市这一路上艰难苦涩的寻亲历程。看得出陈远有一定的文学素养,日记文笔通顺,情感真挚,颇为感人。尽管林郁秋此前已经读过,但看着页面,她还是忍不住又重新读了一遍。

3月12日,星期六,阴

今天是星期六,但是对于一个即将参加高考的高三学生来说,周末跟平时没有任何区别,照样得留在学校,奋战于题山文海之中。中午,班主任来到教室,说今天是植树节,学校组织学生到北峰山植树,高一和高二年级的学生全体参加,高三年级因为要备战高考,学习任务重,每个班只须派两名代表参加就行。幸运的是,我被老师选中了,成为我们班两名植树代表之一。终于有机会出去放风了,我在心里高呼万岁。

就在我放下作业,准备跟另一名同学一起跑步去操场集合时,后面有人拉了我一下,是表妹秦小怡。她跟我是同班同学。小怡说:"哥,你真要去植树啊?北峰山那地方挺远的,这一去至少要耽搁一下午,多影响你学习啊。你不是一心想考个好大学吗?现在正是高考冲刺阶段,可不能有一时半刻的松懈。要不今天下午的植树活动我代替你去吧。"没等我反应过来,小怡已经向班主任说:"何老师,陈远想留在班里学习,我代替他去吧。"班主任"哦"了一声,说:"那行吧,你去也一样。"我还想说什么,这丫头朝我眨眨眼,一溜烟跑了。

之所以要把这一段小事记录下来,是因为我后来才发现,我真的要感谢小怡代替我去植树。如果不是小怡替了我,我很可能连爸妈的最后一面都见不到。

下午3点多,我刚做完一张英语试卷,高三年级级长马老师突然出现在教室门口,问道:"谁是陈远?"

我有些诧异地起身回道:"我就是!"马老师朝我招招手,示意我跟他走。

我跟着他走到教室外面,马老师背着双手,脸上的表情十分沉重。我心里不禁有些忐忑。马老师说:"刚才你家里亲戚打电话过来,说你爸妈出了车祸,现在在人民医院抢救。因为你的手机已经上交学校,他们联系不到你,所以把电话打到了老师办公室。"

"车祸?"我脑子蒙了一下,问马老师,"很……很严重吗?"

马老师摇摇头说:"目前还不太清楚,你赶紧去医院看看吧。"

"好!"我转身就朝楼下跑。

"等一下,"马老师很快又叫住我,"学校外面很难打车,还是我开车送你过去吧。"

马老师用自己的私家车把我送到了人民医院外科大楼门口,我来不及对他说声谢谢,就跑了进去,护士告诉我说刚才车祸的伤者在106抢救室。

我沿着走廊跑过去,看见妈妈正躺在病床上,身上插满了各种管子,脸上还有些没有来得及擦干净的血迹。舅舅和舅妈都在病房里。我叫了一声"妈",扑倒在妈妈的病床前。妈妈闭着眼睛,没有任何反应。舅舅扶住我说:"你妈现在还在昏迷之中。"

我问:"怎、怎么会这样?"

舅妈说:"今天下午你爸开着电动三轮车,载着你妈去街上买东西,结果电动车失控撞到电线杆,翻下了几米高的路基。有人看到后报了警。警察把你爸送到医院的时候,他已经断气了。医生围着你妈抢救了一个多小时,说她现在还没有度过危险期。"

"我爸……他在哪里？"

"已经被医生送到太平间去了。"

我身子一软，差点儿摔倒在地，强撑着去了太平间。老爸已经被放进冷冻柜，整个额头都被撞扁了，脸上糊满了血，看上去有点儿吓人。我叫了声"爸爸"，颤抖着伸出手，想要擦拭他脸上的血迹，这时舅舅跑过来喊我："陈远，快来，你妈醒过来了！"

我又赶紧跑回抢救室。这时候妈妈已经从昏迷中苏醒了过来，但她脸色苍白，整个人虚弱得似乎连眨眼睛的力气都没有。她半睁着眼，看见我进来，嘴巴翕动着说："小远，你……你过来，妈妈有话要跟你说……"我急忙半跪着蹲在妈妈的病床前。舅舅还在那里发愣，舅妈在后面扯了扯他，两人知道妈妈有话交代给我，就关上房门走了出去。

病房里安静了下来。妈妈用眼神示意我再靠近一些，虚弱地说："小……小远，以后爸妈不能再照顾你了，你要自己照顾好自己。"

我握住妈妈的手道："妈，您别这么说，您一定会没事的。"

妈妈苦笑道："我自己的情况自己知道。我这次能醒过来，就是因为舍不得你，放心不下你，一定要见你最后一面，要不然妈妈早就跟你爸一起去了。妈妈撑不了多久了……"

我哭喊道："妈，我不要你死，你死了我就没有爸爸妈妈了，我就成孤儿了！"

"小远，你别哭，你听妈说，你不是孤儿，你……你还有父母，还有亲生父母……"

"亲生父母？"我瞬间愣住了，"我的亲生父母不就是您和爸爸吗？"

"不是的，小远，我和你爸并不是你的亲生父母。"妈妈闭上眼睛，休息了好一会儿，像只有积蓄力量，才能把后面的话说完，"本来这件事，我和你爸是打算永远都不告诉你的，不过现在……我和你爸都不能陪你了。我们不能让你成为孤儿,所以这件事,现在必须得告诉你。小远,其实你并不是爸妈亲生的孩子,你是我们花了八万块钱买回来的。"

"买回来的?"

"那时候我和你爸结婚多年,一直没能怀上孩子,你爷爷奶奶想抱孙子,催得我们很急,所以我跟你爸在省城打工的时候……具体应该是在十七年前的十二月,我们从人贩子手里买了一个婴儿。这个孩子就是你。那时候你刚出生没几天。人贩子说,孩子是从外地买来的。"

"外地?"

"是的。"

妈妈说了一个省份的名字,我知道,那是一个距离我们东山省至少一千公里的南方省份。妈妈说:"那里有一个叫光明市的地方,你刚出生就被他们抱过来了。可能是怕惹上麻烦,当时他们并没有说出那家医院的名字,不过我们把你抱回家,给你换衣服的时候,发现你身上还裹着一块包巾,上面印有'丽人医院'的字样。所以我跟你爸猜想,你应该就是在那个医院出生的。妈知道的就只有这么多了,爸爸妈妈离开以后,你要自己想办法,去找到你的亲生父母。你还这么小,不能没有父母照顾……"

"不,妈,我不要别人,我只要你和爸爸……妈,你不能死……"我不由得大哭起来。

妈妈艰难地抬起一只手,擦擦我脸上的泪水,说:"小远,妈妈没有办法再陪着你长大了,你要听妈妈的话,去找你的亲生父母。"

"妈……"

"你不要说了,先出去,叫你舅妈进来,我有话要对她说。"

我只好流着眼泪出去叫舅妈。舅妈进去后,我站在门口等了一会儿,她才从病房里走出来,眼圈红红的,一看就是刚刚哭过。我往病床上看,妈妈已经安详地闭上眼睛，心电监护仪上显示出一条白色的直线。舅舅赶紧去叫医生。

医生检查完毕，冲我们摇摇头，说："请节哀！"我猛地扑到妈妈身上，"哇"的一声哭了起来。

我没有爸爸妈妈了！

3月23日，星期三，雨

我和舅妈赶了一夜的火车。从光明火车站出来的时候，正是早上8点多，天阴沉沉的，很快飘起了细雨。我俩找了一个早点摊，一边吃早餐，一边坐在遮阳棚下避雨。

在舅舅和舅妈的帮助下，我处理完父母的后事，又向学校请了两天假，准备到光明市寻找我的亲生父母。舅妈听说我要一个人出远门，很不放心，一定要陪我寻亲，还说我妈临终前交代过她，要她帮忙照顾我。我只好跟她一起出发。

在出发之前，我曾打电话到光明市公安部门，向他们查询十七年前的十二月，有没有当地人因为丢失新生婴儿报警。接电话的警察很热心地帮我查了资料，最后回复我说，在他们档案里，并没有那个时间段市民报警寻找婴儿的记录。我和舅妈商量了一下，既然没查到报警人，就只能从丽人医院入手调查了。

吃早餐的时候，我们用地图导航搜索这家医院，发现根本搜不到。向店主打听这家医院。老板明显愣了一下，说："好像没听说过这家医院啊。"我和舅妈又问了旁边的一些人，大家都表示不知道。

正在我跟舅妈感到为难的时候，突然两个中年男人开着摩托车凑到我们身边说："你们是想找丽人医院吗？这地方可有点儿远啊。"

我问："你们知道这个医院？"

两人一齐点头,其中一人道:"我们常年在街上开摩托车拉客,整个光明市没有我们不知道的地方。我们拉你们过去,每个人三十块钱,怎么样?"

我这才明白,他们是在大街上拉客的摩托佬。舅妈嫌车费太贵,还有点儿犹豫,我寻亲心切,抢着道:"行,只要你们能把我们带去丽人医院,我们可以付这么多车费。"

两辆摩托车从站前大道开出来,一头钻进小巷里,接连在几条小街、小巷里兜了好几圈儿。二十多分钟后,我们终于来到一条街道上。摩托车在一栋白色的楼房前停下,一个摩托佬说:"到了。"我抬头一看,果然是一家装修得很漂亮的医院,招牌上"丽人"二字看起来特别显眼。

正要细看,已经有一名穿着白大褂的女医生冲出来,一面将我和舅妈往里面拽,一面热情地道:"两位里面请!请问两位要做什么项目?"

舅妈说:"医生……我们是来打听一点儿情况的。"

女医生显得有些警惕:"你们想打听什么?"

舅妈问:"你们这里是丽人医院,没错吧?"

对方点头说:"是啊,没错,我们医院已经在这里开了好多年,技术一流,有口皆碑,回头客特别多。你们选择我们医院就对了。来来来,我带你们进去,今天我们医院搞活动,无论你们做什么项目,我都可以给你们打六折。"

我从她手里挣脱开,说:"我们不做项目,想找你打听一点儿事情,十七年前,我在你们医院出生,然后被人贩子拐卖到……"

"十七年前,你在我们这里出生?"女医生当场愣住,上下打量着我说,"你是不是搞错了?我们这里才开业三四年。"

我以为她怕我们追责惹上麻烦,忙解释:"您别担心,我们真的只是想打听消息,并没有要追究医院责任的意思。"

女医生的脸早已沉下来，道："追究什么责任？我看你们是故意来捣乱的吧？你看清楚外面的招牌没有？我们这里是美容医院，又不是产科医院，怎么可能会有孩子在这里出生？真是神经病！"我和舅妈还想问什么，那个女医生早已不耐烦，招手叫来两名保安，将我们轰了出来。

我仔细看了看医院招牌，才知道这里是"丽人美容医院"，并不是"丽人医院"。我还有点儿不死心，找街道对面的小店老板娘打听过后，才知道这家美容医院果真才开业三年多，在此之前这栋楼里是一家电器商场，跟产科医院没有半点儿关系。

"那你知道丽人医院吗？"

"不知道，好像没在光明市见过这么一家医院啊。"

我跟舅妈不想放弃，又叫了两辆"摩的"载着我们在城里转了两圈儿，确实没有看到"丽人医院"。

天很快就黑了下来，我和舅妈只得找了家便宜的旅馆住下来。

3月24日，星期四，晴

今天我和舅妈继续到街上打听。

吃午饭的时候，旁边一位六十来岁的阿婆告诉我们，光明市确实有一家丽人医院，好像是专门的妇科医院，她的儿媳就是在那里生的孩子。只不过十多年前这家医院就倒闭了，所以现在知道这家医院的人已经不多了。我舒了口气，打听这么久，总算找到一点儿跟丽人医院有关的消息。

向阿婆问明这个医院的地址后，我和舅妈马上打车过去。

这幢临街的四层楼房早已变成一家歌舞厅。我向里面的服务员打听，他们说这栋楼之前有过超市，有过茶楼，至于再早之前是不是有医院，他们也完全不知情。我又请他们帮忙联系上了这栋楼的房东。房东说这房子是他七年前买的，原来的房主已经出国，无法联系上。

丽人医院这条线索，到此中断。

离开这家歌舞厅，天就黑了。因为要赶晚上的火车回东山省，我跟舅妈只好作罢，遗憾地踏上了归途。

第一次寻亲宣告失败。

9月13日，星期二，晴

今天是我跟表妹秦小怡作为大一新生，一起到光明职业学院报到的日子。

高考结束之后，我又第二次去了光明市寻亲，但是仍然没有任何线索。

回到东山省，高考成绩已经出来了，我考得还不错，达到了本科线，本来可以报一所不错的本科学校，但是填报志愿的时候，我填写了光明职业学院，这是一所大专院校。经历过前面两次艰难的寻亲之旅，我知道要想寻回离散十七年的亲生父母，绝非一朝一夕之事，得花许多时间慢慢打听，花许多精力查找各种线索，如果能到光明市读书，就会给自己寻亲带来许多方便。可是光明市没有一所本科大学，最后我只好报了职业技术学院。表妹平时不怎么爱学习，高考成绩一般，只达到了专科线。她说我一个人去光明市读书、寻亲，她不放心，于是也跟着我一起报了这个学校。最后我们都顺利地被录取了。

在学校报到完，整理完内务之后，我站在七层高的宿舍楼上，看着学校外面的城市风景，感觉既亲切又陌生。说亲切，是因为我知道我的亲生父母生活在这座城市里，这里也是我十七年前出生的地方；说陌生，是因为我知道我在这里没有一个亲人。哪怕我的亲生父母在大街上跟我迎面走过，也无法将我认出。在他们眼里，我就是一个陌生的路人。

我想到已经故去的养父母，又想到没有任何消息的亲生父母。也许我运气好，能寻找到自己的亲人，也许命运使然，让我这一辈子都无法跟亲生父母见面，注定要孤独终老。漫漫寻亲路，不知何时是个头。思及此，难过的眼泪，不知不觉就流了下来。

我真想对着这个城市大喊一声：爸爸妈妈，我来找你们了，你们在哪儿呀？

9月17日，星期六，晴

今天是上大学后的第一个周末，外出寻亲，无果。

10月7日，星期五，晴

国庆节假期七天，寻亲，无果。

10月22日，星期六，雨

我打听到城西胜利街有一户人家，在十七年前曾丢失一个孩子。虽然天上下着大雨，我还是趁着周末赶过去核实情况。那对中年夫妻告诉我说，他们家孩子丢失的时候，已经三岁多了，显然跟我的情况不符。我不免有些失望。回来的路上，雨伞被大风吹烂了，我只好一路淋着雨走回学校。

11月8日，星期二，晴

自从上学以来，每个周末，甚至是放学时间，只要有空，我都要出去走访，查找有关我身世的线索，但是大半个学期过去了，仍然没有丝毫进展。这段时间以来，我已经把整个光明市区跑了好几遍，甚至连下面的乡镇也都去过。有任何线索，我都立即跑去核实，但每一次都失望而归。

　　我考虑之后，觉得这样大海捞针似的盲目寻找，很难有结果。整个光明城区加上乡镇，总共有一百多万人，我总不能逢人便问，将所有人都查问一遍吧。现在看来，还是得抓住"丽人医院"这条线索，这也是目前我掌握到的跟我身世有关的最清晰的线索。只是以现在的情况，很难找到当初医院开办人的信息。

　　哎，不对啊！我忽然醒悟过来，办私立医院，肯定得去工商行政部门办理营业执照啊，办执照的时候，就得登记经营者或法人的身份信息。如果去工商管理局查看当年丽人医院的营业执照登记信息，不就能找到当初医院的负责人了吗？我一拍脑袋，怎么早没有想到这一点呢？

　　想明白这些之后，我立即跟老师请假，去光明市工商管理局，把我的情况跟他们说了，表示想请他们帮忙查一下当年丽人医院的工商注册资料。接待我的是一名年纪比我大不了多少的女办事员，她坐在电脑屏幕前，头也不抬地说："抱歉，企业法人登记资料并不是谁想查就能查的，我们得保护人家的隐私。"

　　我有些着急，问："那要怎么样才能查到？"

　　对方终于抬头看我，说："这个得你的工作单位出示公函或介绍信才行。"

　　我说："我没有工作单位，我还是个学生。"

　　对方两手一摊道："那就没办法了。"

　　我只好失望而归。

11月10日，星期四，晴

　　我在光明市寻亲的消息，渐渐在学校里流传开，从此之后，"寻亲少年"就成了我的代名词。同学们看我的眼光各不相同。有人怜悯，有人好奇，也有人视我为怪物。我也渐渐习惯了别人异样的目光和言语。

今天在食堂吃早餐的时候，隔壁宿舍一个名叫鲁肖的同学突然端着餐盘坐到我身边说："哎，哥们儿，听说你想去工商管理局查一家医院的注册资料，被办事员给轰出来了？"这个鲁肖，是光明市本地人，平时脑子灵活，在社会上人脉很广，经常逃课去网吧打游戏，因为住在我隔壁的宿舍，跟我也算是熟悉了。

我点头说："是啊，我想去工商管理局查一点儿资料，但里面的工作人员说必须得有工作单位开具的介绍信才行。"

鲁肖摆手道："要什么介绍信，那是人家跟你不熟故意刁难你的。不就查个注册资料嘛，在电脑里一下就查到了，能有多大的事啊？我有一哥们儿，就在工商管理局上班，还当着点儿小官，他平时经常帮人查这些资料。不过嘛，都是有偿服务，你懂的！"

我愣了片刻才回过神来，问他："我、我懂，查一次多少钱？"

鲁肖左右看看，见旁边无人，就朝我伸出一根手指头。我问："一百块？"

"不，"他摇摇头，"再加一个零。"

"一千块？"

"对，一千块钱一次，因为你是我的同学，他才给出这个优惠价。要是换了不认识的人，至少一千五百块钱一次呢。"

"给一千块钱，你朋友真的能查到我想要的资料？"

鲁肖把胸脯拍得啪啪响，说："你放心，收钱办事，我这哥们儿绝对可靠。"我见他说得这么肯定，就没再迟疑，转了一千块钱给他，让他去找他朋友帮忙。鲁肖收到钱，拍着我的肩膀说："得嘞，你就在学校等我的好消息吧！"

一直等到晚上，仍然没有收到鲁肖的任何消息。我给他发微信他也不回，我去到他宿舍找他也不见人。鲁肖的舍友说这一天都没见他的人影，而且他晚上也没有回学校上课。

我心里顿时升起一种不祥的预感！

11月11日，星期五，晴

早上一起床，我立即跑到鲁肖的宿舍，他仍然没有回来。我只好在他宿舍门口蹲守着。直到上午10点多，他才打着哈欠从外面回来，走路摇摇晃晃，一副没有睡醒的样子。

"鲁肖，"我一把拦住他，"你去哪里了，怎么一晚上不见人？你那个朋友，帮我查到信息了吗？"

"什么信息？"鲁肖一脸茫然。

我说："不是说好给你那个在工商管理局上班的朋友一千块钱，让他帮我查丽人医院的工商注册登记资料吗？"

"哦，你说这个啊，"鲁肖好像这才想起来，"对对对，是有这么个事，你放心，我没有忘记。不过我这哥们儿早上给我打电话说了，你这已经是十七年前的事了，现在查起来很麻烦，他得去旧档案里找，所以一千块钱办不到，还得加钱。"

"还要加多少钱？"

"至少得加八百块。"

"怎么还要这么多？昨天你不是说换了不认识的人，他也只收一千五百块钱吗？怎么有了你这个熟人，倒还涨价了？"

"那行，五百就五百。"他向我伸出一只手，"赶紧给钱吧，我好叫他去帮你办事。"

我打开自己的微信钱包给他看，对他说："我身上已经没钱了。昨天给你的一千块钱，是我这个月的生活费，而且那还是我舅妈给的。"

鲁肖往我手机上瞄一眼，说："没钱啊？那就不好办了。"他将我推到一边，回到宿舍，往床上一倒，很快就发出粗重的呼噜声。我进去推了他两把，鲁肖没有任何反应。

他的一个舍友把我拉到外边，小声告诉我："你被鲁肖骗了。他根本不认识什么社会上的牛人，昨天拿着你的钱，跑到网吧玩了一个通宵的游戏，估计把你的钱都拿去充值买游戏装备了。"

"这个骗子！"我站在宿舍门口，真恨不得冲进去一拳砸在鲁肖脸上。

11月12日，星期六，晴

中午在食堂吃饭的时候，表妹秦小怡看见我打了一份白米饭，就着一瓶辣椒酱下饭，不由有些奇怪，问："哥，你怎么不吃菜啊？"

我笑笑说："今天的菜太油腻，所以想换换口味。"

小怡往自己餐盘里看看："才怪呢，今天的菜一点儿都不油腻。你为什么不打菜，光吃白饭，是想省钱吗？省钱也不是这种省法啊。"

我犹豫片刻，最后还是说了："不是省钱，是没钱了。"

小怡一愣："这么快就没钱了，你的生活费呢？"

我说："舅妈给我的这个月的生活费，我已经用光了。"

"这么快就用光了，你拿去买学习资料了？"

"我没有买学习资料，是被人骗走了。"我低着头，将前天被鲁肖骗钱的经过，简单跟她说了。

小怡气得直拍桌子："他是哪个班的？走，咱们找他去，一定要让他把钱吐出来！"

我拉住她，说："他早就去网吧把钱花光了，找到他也没有用。"

小怡叹了口气，只好坐下来，看着我就着辣椒酱吃白米饭的样子心疼得直掉眼泪，赶紧去给我打了一份菜，然后又从自己的生活费里匀了一半给我。

吃完饭，从食堂出来的时候，小怡忽然拉住我说："哥，本来我有件事要跟你说的，刚才被气糊涂了，竟然忘记说了。"

我问："什么事？"

小怡说："我这里有一个视频，你先看看。"她掏出手机，打开一个小视频。视频里的主角是光明市公安局打拐办的一位名叫谭剑波的老警官。他从警近三十年，专门负责打拐工作，已经帮助许多家庭寻回了被拐骗到异地他乡的孩子，也帮助被拐孩子找回了自己的亲生父母。最近他又被评为全省公安系统"打拐"明星警察。视频最后，谭警官对着镜头说："在这里，我呼吁大家多关注公安部门的打拐工作，多给我们提供打拐线索。天下无拐，是我们打拐警察的终极目标！"

我说："我以前去公安局咨询过，也报过警，但是并没有什么进展啊。"

小怡说："那是你没有找对人，我觉得你应该去找这位谭警官试试。"

我又将视频看了一遍。屏幕上那位老警官，头发花白，面容清癯，无端生出一种让人信任的感觉。我点头说："也对，我们去找他试试看。"

我跟小怡一起，来到公安局打拐办，原本还担心今天是周末，没有人上班，谁知敲门进去一看，办公室里坐着一位头发花白、戴着花镜的老警官，正对着电脑屏幕在核实手里的一份资料，居然正是我在视频里看到的那位谭警官。

"你们有事？"谭警官放下手里的资料，从花镜镜框上方投来目光。我站在他办公桌前，简单地将自己寻亲的事情跟他说了。谭警官倒是很重视，听说我写了寻亲日记，就让我把日记给他看看，他想详细了解一下我被拐和寻亲的经过。我立即从背包里将日记本掏出来递给他。

日记写到这里,已经有点儿长了。

谭警官将我们请到后面的沙发上坐下,给我们倒了杯茶,然后坐在我们对面,居然很认真地把我手写的好几千字的寻亲日记从头到尾读了一遍。放下日记本后,他又很严肃地问了我几个问题,然后说:"小伙子,你的这个案子,我们打拐办可以受理。你先填写一下自己的报案资料,我再带你去采集DNA样本。从你刚才说的情况来看,那个丽人医院确实非常值得怀疑,我决定从这家医院入手进行调查,看看能不能找到什么线索。"

我说:"行,那就谢谢谭警官了。"

谭警官带我去采集完DNA样本,给了我一份报警回执,便让我回去等消息,说如果有什么进展,他会立即通知我。从打拐办走出来的时候,我心里不禁有些感动。这位谭警官跟我以前接触的警察都不太一样,从言谈举止中可以看出,他应该是一个非常负责任的人,也许在他的帮助之下,我的寻亲之路真的能有个圆满结局吧。

11月16日,星期三,阴

中午的时候,谭警官打电话给我,跟我说了他们对丽人医院的初步调查情况。

警方从工商管理部门调看了十七年前丽人医院的注册登记资料,试图调查当时医院的法人代表兼院长。可惜的是,该院长早在几年前就已经死于尿毒症,当时医院唯一的一名产科医生也已经得了阿尔茨海默病,无法向警察提供任何线索。警方找到其他几名当年在丽人医院工作过的员工询问,他们均表示并不知情。

"这么说来,丽人医院这条线索,算是彻底断了,是吧?"我问道。

谭警官说:"也不能说彻底断了,我们还会想办法找更多当年在医院工作过的人调查，核实情况。只不过已经过了十七年，想要从他们身上挖出什么有用的线索，估计很困难。当然，我们也会安排警力，从咱们光明市十七年前丢失孩子的家庭排查，希望有所突破。"

"谭警官，辛苦你们了！"

"不用这么客气，这是我们的本职工作。"谭警官呵呵一笑，又说，"对了，你那个寻亲日记，还在写吧？"

"一直在写。"

"你那几篇日记写得挺感人的，而且文笔也不错。要不你把日记整理一下，发到网上去，题目都不用改，就叫《寻亲日记》，这样可以让更多人读到你的故事，了解你的身世，知道你在寻找自己的亲生父母。同时，这也是一个征集线索的过程，如果网友知道什么线索，也能给咱们提供。如果运气好，说不定你的亲生父母还能看到你写的《寻亲日记》呢。"

"哦，这样啊……"我心里有些犹豫。说实话，我写这些日记只是想为自己的寻亲之旅做一个记录，从来没有想过有一天要放到网络上，让成千上万跟我没有任何关系的网友看。

谭警官说："我知道你有顾虑，但我觉得这样做，肯定能给你寻找亲人带来一些便利。"

我想了想，说："那行吧，我试试看。"

12月20日，星期二，阴

在谭警官的提议下，我在社交平台注册了自己的账号，发了《寻亲日记》。让我没有想到的是，经过几个大V转发，《寻亲日记》很快冲上了热搜，其他媒体平台也纷纷转载，短短一个月的时间，阅读量达到好几千万。几篇日记竟然能在网上产生这么大的影响力，确实是我不曾想到的。

很多网友在日记下面留言。有人鼓励我不要放弃，继续努力，相信在不久的将来，一定会找到自己的亲人。也有人质疑我，说我是在炒作自己，想做网红。还有热心读者给我发私信提供线索。我将有参考价值的线索都转发给了谭警官，谭警官表示他们会认真排查，但实际上，最后证明那些线索都跟我没什么关系。

但无论如何，《寻亲日记》还是在网络上火了，这是我一开始没有想到的。

1月4日，星期三，晴

一转眼，大学一年级第一学期就结束了，我也年满十八岁了。今天学校开始放寒假，表妹要我跟她一起回家，我拒绝了。在东山省，我已经没有家。我回去只能给舅舅舅妈他们添麻烦。我决定留在学校过春节，一来可以趁这个假期打工挣点儿钱当生活费，二来可以在这里继续寻找我的亲生父母。小怡见我已经打定主意，只好红着眼圈，一个人回东山省去了。

1月21日，星期六，阴

今天是大年三十，我用假期挣的钱在网上点了几道好菜和一瓶啤酒，独自一人在宿舍吃了一顿年夜饭。晚上，给舅舅舅妈视频拜年之后，我就躺在床上蒙头睡觉，却怎么也睡不着。春节联欢晚会喜庆欢快的歌声不知从哪个方向飘了过来，宿舍楼外的街道边响起零星的鞭炮声和孩子们的笑闹声，我不禁有些恍惚。

小时候，大年三十的晚上，爸爸都要带我到楼下放烟花，妈妈在家里准备各种好吃的，那是多么快乐和幸福的时光啊！但是现在，这一切都已成为回忆，爸爸妈妈变成了我的养父母，而且他们都已经不在了，只剩下我孤零零一个人。至于我的亲生父母,我还不知道他们身在何方,更不知道这辈子我能不能见到他们,就算找到他们,又能怎么样呢?这时候他们应该早有了自己的孩子,我也许只是一个累赘。无忧无虑的幸福和温暖的家,我应该再也不会有了吧!

想到这里,我不禁心下茫然,泪珠就从眼角滚落下来。

3月10日,星期五,晴

上了一段时间的网课,直到今天,新学期才算正式开始。同学们从各地回学校报到,沉寂已久的校园又变得热闹起来。表妹从老家给我带来了好多好吃的,都是舅妈亲手做的。

更好的消息是,今天谭警官给我打电话说,他们接到一位住在光明市的姓林的女士的电话,这位林女士无意中从网上看到我写的《寻亲日记》,怀疑我就是她的儿子。林女士于十八年前的12月,在光明市丽人医院生下一个男婴,但产科医生却告诉她孩子是一个死胎。当时因为做了剖宫产手术,麻药的药效还没有退去,整个人昏昏沉沉的,出于对医院的信任,她并没有仔细确认就相信了医生的话。事后想想,虽然怀疑过,却没有任何证据证明医院违规,所以她并没有报警。直到最近,她在网上看到我的寻亲信息,觉得很可能是当年医院把她生下的孩子用死婴替换了,所以才打电话向警方核实情况。

谭警官说:"我们已经采集到她的DNA信息,准备跟你的做个比对,她到底是不是你的亲生母亲,两天后出结果。"

3月12日,星期一,晴

今天谭警官通知我,DNA比对结果出来了,我跟那位名叫林郁秋的女士存在亲子关系,她就是我的亲生母亲。看着谭警官发过来的DNA检测报告，正跟表妹在操场上散步的我，突然坐在花坛边放声大哭起来。

表妹吓了一跳，忙问我："哥，你怎么了？是不是哪里不舒服？要不要我送你去医院？"她连问三句，我才反应过来，摇头说："不用，我没事，刚才谭警官通知我，我的亲生母亲找到了。"

"真的吗？"表妹小怡看了我手机里的DNA检测结果，也替我高兴起来，"哥，恭喜你，功夫不负苦心人，终于找到你的亲妈了。不过……"她脸上的神情忽然又暗了下去。

"不过什么？"我问。

小怡的眼圈红了，小心翼翼道："你有了亲生爸妈，还会认我们这边的亲戚吗？"

我摸摸她的头，说："傻瓜，你和舅舅舅妈都是我的亲人，我怎么会不认你们呢？"

"那就好！"小怡点点头，脸上终于灿烂起来。

3月15日，星期三，晴

今天中午，在谭警官的帮助下，我加上了我亲生母亲的微信，跟她打了视频电话。我才知道我的妈妈是一位颇有名气的女作家，我以前在书店还看过她写的书。我们母子俩第一次视频见面，妈妈开口便说道："孩子，对不起，妈妈迟到了十八年！"妈妈说话的声音非常温柔亲切。我对着屏幕叫了一声"妈"，就哽咽着再也说不出话了。妈妈也跟着我哭了！

谭警官告诉我，这个星期六，警方会在光明大酒店安排一个简单的认亲仪式，我跟妈妈将在认亲仪式上正式相见。

我心里充满了期待！

第三章
贪污旧案

"师父,有线索了!"邓钊推开副大队长办公室的门,兴冲冲地喊起来。

毛乂宁放下手里正在看着的一份卷宗,抬起头来问道:"什么线索?"

邓钊有些兴奋地道:"刚才有个姓岑的女人打电话过来说,她看了咱们公布的被害人画像,觉得画像上的人是她的老公。"

"这么确定?"毛乂宁愣了愣,皱眉道。

邓钊点头道:"对,她没有说像她的老公,她直接说就是她的老公。"

毛乂宁眉头一展,说:"那太好了,走,咱们去看看情况!"他抓起衣帽架上的外套,一边往身上披,一边往外走。

自从将省厅画像高手华皮根据死者头骨复原出的画像和警方寻找尸源的消息在电视、报纸和网络上公布出来之后,警方零星收到了一些似是而非的线索。经过排查,最后证实这些线索都跟案件无关。邓钊他们几个年轻人都有些沮丧,正怀疑"鬼手画皮"画出的被害人头像的可供参考价值的时候,没想到柳暗花明,居然有人直接认出了画像上的人。

这倒很出乎他们的意料，同时也让他们看到了破案的希望。

根据来电者留下的资料，她姓岑，叫岑虹，今年四十七岁，住在光明市城区岑边村42号3楼。毛乂宁师徒俩驱车来到岑边村，很快找到了岑虹的家。

因为事先接到了警方的电话通知，所以岑虹一直在家里等着。这是一个眼窝深陷，愁容满面，看起来比实际年龄要大得多的中年妇女。邓钊先核实了她的身份，然后问道："今天上午，是你打电话到刑警大队，说我们公布的画像上的人是你老公的，对吧？"

岑虹点点头，答道："是我。其实我本来不知道这件事，是我女儿跟我说的。昨晚，她下班回家告诉我，她从电视里看到警方发布的消息，一个男人死了，警方正在调查核实男人的身份。她看到那个男人的大头像后，感觉有点儿像她爸。当时我还以为她在瞎说呢，我今天守在电视机前，上午果然看到电视台播放了这条新闻。一看，那个人还真是我老公，所以我就赶紧拨打了上面的联系电话。"

"你真的确定，这就是你老公？"为了排除她看错的可能，毛乂宁又拿出死者的画像让她仔细辨认。

岑虹低头看了看，很快就点头说："错不了，这就是我老公，画得跟他几乎一模一样。"

"一模一样？"邓钊着实有点儿意外，那个"鬼手画皮"难道真有这么神？他接着问，"你家里有你老公的照片吗？"

岑虹说："有的。我女儿六七岁的时候，我们拍过一张全家福。"她转身从卧室里拿出一张镶嵌在相框里的十寸照片，是一对年轻夫妇带着一个小女孩儿的合影。"这个是我，这个是我的女儿，这个是我的老公。"岑虹指着照片告诉两个警察。

邓钊对着照片上那个颧骨高耸的瘦脸男人认真瞧了瞧，不由得暗自惊叹华皮的如神妙笔：画像中的男人与照片上的男人眉目之间竟有七八分相似。要知道，这位省厅画像专家可没有见过这个男人，仅靠研究男人的颅骨就画出了他的画像啊！

邓钊回头看向师父，毛乂宁冲他点了点头。很显然，师父也认为照片上的男人与画像上的男人应该是同一个人。

毛乂宁在岑虹对面的凳子上坐下来，问："你老公叫什么名字？"

"他叫党大明，今年四十八岁。"岑虹抬头看着面前的两个警察，一脸张皇，"怎么……我老公真的出事了吗？"

邓钊点点头："相信你已经看过咱们警方发布的寻找尸源的消息了，他已经死了。"之后将一个多星期前，他们在城北马岭坡挖出一具无名尸骸的经过简单地跟她说了。

毛乂宁最后补充道："因为年代久远，我们挖出的只是一具白骨，所以这段时间一直在想办法核实死者身份。"

"哦……"岑虹的眼圈瞬间就红了，身子晃动着，木凳子发出咯吱咯吱的响声，"他是怎么……"

邓钊说："他具体的死因，我们还在调查。"

"你老公是做什么工作的？"毛乂宁问。

岑虹拿起茶几上的纸巾擦擦眼泪道："他在我们市日报社上班，是报社文艺副刊部的编辑。"

邓钊拿出笔记本，一边记录一边问："他是什么时候失踪的？"

"失踪？"岑虹一愣，"我老公没失踪啊。"

"你老公没失踪？"邓钊大感意外，"没失踪，那你给我们打电话干什么？"

"哦，我、我不是这个意思。"岑虹显得有些手足无措，解释道，"我是说我们一直不知道我老公失踪了，我们一直以为他在广京省那边。"

毛乂宁一想也对，如果岑虹知道自己的老公失踪了，肯定会报警寻人，那她老公的资料早就在警方的失踪人口信息库里了。他摆手道："好吧，关于他是否失踪这个话题，咱们慢慢再说。你先跟我们说说你老公的情况吧，越详细越好。"

岑虹点头说："我老公原来是报社副刊部的编辑，平时除了在报纸上编发别人的作品，他自己也写一些小说、散文之类的作品。我记得他有一篇短篇小说获过全国大奖，他还挂着光明市作家协会副主席的头衔……"

据岑虹介绍，她丈夫党大明既是编辑又是作家，在文学圈子里也算是小有名气。十八年前的一天上午，三十岁的党大明用自己的手机给家里发来短信，说自己遇到一些事情，要去外面躲一阵子。从那以后，他就再也没有回过家。

毛乂宁听出了端倪，问岑虹："你丈夫他，出什么事了？"

"这个……"岑虹犹豫了一会儿，看到两个警察正表情严肃地盯着自己，只好支吾道，"他告诉我说，有人举报他私吞作者稿费。"

"私吞作者稿费？"邓钊问，"真有这回事吗？"

岑虹摇摇头说："具体情况我也不是太清楚。我确实听外面的人这么议论过他，不过我私下问他，他说没有这回事。"

"既然没有这回事，他被人举报之后为什么要躲出去？"

"这个我真不知道。总之，他那天给我发短信的意思是，有人举报他，他怕纪委的人调查，所以先出去躲一阵子。"

"他一直给你发短信，没有直接通电话吗？"

"是的。我记得那天我俩一来一去发了好几条短信，他说他在大巴车上，声音太吵，不方便打电话。"

"后来呢？"

岑虹回忆道:"后来大概过了一个星期吧,他发短信给我,说已经到广京省京莞市,在一家制鞋厂的厂报编辑部上班。他还给我发了一张自拍照和一张他负责编辑出版的厂报照片。那些厂报上面的主编署名确实是他。他还说怕纪委监听他的电话,叫我没事千万不要联系他。我也怕他出事,所以一直没有主动联系过他。直到第二年春天,因为女儿生病要做手术,家里没钱,我给他打电话,他没有接。后来他回短信问我发生了什么事,我说了之后,他很快就从邮局往家里寄了三千块钱。因为怕给他惹麻烦,所以从那以后,我再也没有给他打电话或发短信。女儿读小学三年级的时候,有一次实在太想爸爸了,就拿我的手机悄悄给他打了个电话,才知道他的手机已经欠费停机了。再后来,女儿再给他打电话,他的手机号码就变成了空号。从此,我们娘俩就彻底跟他断了联系。"

毛乂宁不由得皱起了眉头,问道:"这么说来,你丈夫离开家之后,一直都是通过手机短信跟你联系,从来没有跟你通过电话,是吧?"

"是的。他说纪委的人很厉害,只要一打电话,他们就能追踪到他的位置。"

"那你还记得你的丈夫给你发短信说要出去躲一躲是哪一天吗?"

"记得的,是十八年前的正月十七,阳历二月二十五日。"

"为什么记得这么清楚?"

"因为那天是我女儿七岁生日。我本来想叫他下班以后顺路带个生日蛋糕回家,结果没有想到他会出这样的事。女儿生日的事自然也没再提了。"

"十八年前,正月十七?"毛乂宁把这个日期重复一遍,眉头渐渐皱了起来,觉得这个日期有点儿耳熟。

邓钊马上就想起什么,一边翻看以前的笔记一边道:"我记起来了,张五一的母亲十八年前在马岭坡下葬的日子，可不就是正月十七！"

"这就对上了！"毛乂宁眉头一展，立即起身对岑虹道，"你女儿在家吗？我们要采集她的DNA样本，跟你老公的做一个比对，最后再确认一下。"

岑虹显得有些紧张，也跟着站起来，说："我、我女儿在药房上班呢，要不要我现在叫她回来？"

邓钊摇头道："这倒不用，你把她的牙刷和梳子拿给我们，上面应该能提取到她的DNA信息。"

岑虹说："好的。"她转身走进里面的房间，拿出女儿的牙刷和梳子。邓钊拿出一个透明的物证袋，小心地将它们装好。

毛乂宁又问了岑虹几个问题，岑虹都一一作答。但是毛乂宁脸上的表情一直没有任何变化，很显然，他并没有从岑虹这里得到更多有用的线索。

邓钊他们走出大门的时候，岑虹又从后面追上来，问："警察同志，我老公真的被人杀死了吗？"

邓钊道："这要看DNA检测结果，才能确认死者是否是你的老公。"

岑虹脸上的表情显得有些茫然："可是他不是一直都在广京省那边吗，怎么会……"

"那……我可以去看看吗？"岑虹说这句话时，终于流下了眼泪。

毛乂宁说："可以的，他的尸体在我们法医室，你随时可以过去看他。不过他现在已经是一具白骨，你要有心理准备。"

岑虹扶着门框没有说话，只是默默地点点头。

回到刑警大队，邓钊立即把岑虹女儿的牙刷和梳子拿去送检，两天后DNA比对结果出来了，证实了马岭坡挖出的那具白骨确实跟岑虹的女儿存在亲子关系。这个结果早已在警方的意料之中。

毛乂宁就案件情况向大队长马力做了汇报。马力请示局里的领导之后,立即在队里成立了"党大明白骨案"专案组。马力任专案组组长,毛乂宁是副组长兼负责人。专案组成立后,立即召开了第一个案情分析会。

毛乂宁向专案组成员介绍了案情,邓钊则说了昨天中午去找岑虹调查到的基本情况。法医姜一尺嘴里叼着一根香烟,手拿DNA鉴定报告,说:"现在法医室这边已经确认,死者确实是岑虹的丈夫党大明。"

警员梁凯旋皱起眉头说:"这可就有点儿奇怪了。按照岑虹的说法,她丈夫党大明十八年前遭人举报,为逃避纪委调查,跑去京莞市打工,还发回了自拍照和自己编辑出版的报纸图片,这个应该假不了。第二年,党大明又从广京省寄钱回来给女儿治病。这些都足以说明他当时确实是在广京省京莞市。既然一直在京莞市打工,为什么他又会在相距近千公里外的光明市遇害,并且被埋在别人的坟墓里呢?"

女警员商蓉蓉道:"有没有可能这个党大明去京莞市没两年,就跑回光明市了,只是怕暴露自己,一直没敢跟家里人联系。结果他回来没多久就被人杀死了,凶手把他的尸体拉到马岭坡,挖开一座老坟,将他的尸体埋在棺材下边,这样就永远不会被人发现了。"

"你觉得呢?"毛乂宁把目光转向了自己的徒弟邓钊。

"我觉得这事没这么简单。"邓钊若有所思地摇摇头,"很显然,上述可能性并不大。因为这时候杨慧娟,也就是张五一的母亲,已经被埋葬在马岭坡两年了,坟头早就长草了。这时候再把坟挖开,就算重新填埋好,也很快会被人发现。"

"那党大明确实到了京莞市,而且还发回了照片为证,第二年还从广京省往家里寄钱,怎么解释?"商蓉蓉不服气地道,"他总不可能是在京莞市被杀，再被凶手带回光明市埋掉的吧？"

"如果咱们真是这么想，那就正好迷失在凶手放的'烟幕弹'里了。"邓钊看着坐在会议桌对面的商蓉蓉道，"我们跟岑虹再三确认过，十八年前她老公离家跑路之后，一直用手机发短信的方式跟她联系，并没有跟她通过一次电话。这是为什么？如果党大明真的害怕纪委监听他的电话，他完全可以换公共电话打回家。而且，如果真有人监听他的电话，那他发短信同样也会被监视，他为什么不担心这个？"

"那你的意思是……"梁凯旋和商蓉蓉等人都抬头看着邓钊，等着他往下说。

邓钊道："我推测，在党大明给妻子发第一条短信说自己被人举报，要去外面躲一躲之前，就已经遇害了。这条短信，以及后面所有的手机短信，都是凶手拿着他的手机发送给岑虹的。十八年前带有拍照功能的手机已经上市，只是像素不太高而已。所以凶手发给岑虹的照片，应该是党大明早就存在手机里的自拍照。至于那张厂报，我怀疑很可能是凶手从网上下载照片后修改合成的。时隔十八年，岑虹没有保存那两张照片，咱们也无从查证。但是据岑虹所言，当时她丈夫的自拍照是在室内拍摄的，背后好像是一面白色的墙壁。所以严格来说，并没有办法证明这张照片是在党大明到京莞市之后拍摄的。第二年因为女儿生病，岑虹不得不主动联系丈夫。凶手怕她心生怀疑，真的跑到京莞市寻夫，所以立即赶去广京省，在京莞市某家邮局通过邮政汇款的方式，给岑虹寄了三千块钱。凶手这么做，就是要让岑虹相信她的丈夫真的在京莞市打工，只有这样党大明的命案才不至于东窗事发。两三年过去了，凶手觉得自己彻底安全了，才让党大明的手机欠费停机。最后，党大明的号码因为长时间没有续费被电信公司收回去，变成了一个空号。"

"如果真是这样，那凶手可真是煞费心机啊！"商蓉蓉点点头，似乎有点儿明白过来了。

梁凯旋问:"既然这样,那党大明的尸体又是怎么被埋进张五一母亲的坟墓里去的呢?"

"这个嘛,我暂时还没有推理出来。"邓钊摸摸鼻尖,不好意思地笑了,"不过有一点,张五一母亲下葬之日,跟党大明失踪正好是同一天。我觉得这绝对不是一个巧合,其中一定有着某种关联。"

"小钊说得没错,"毛乂宁点头道,"他的这几点分析,我基本是赞成的。第一,党大明给家里人发短信,说自己去京莞市打工,发回自拍照和自己主编的报纸照片,以及后来给家里寄钱……应该都是凶手冒充党大明做的,为的是让党大明的家里人觉得他还活着。只有这样,这桩命案才不会暴露。第二,至于他的尸体是怎么被埋进张五一母亲杨慧娟的坟墓的,目前我也没什么头绪。咱们前面已经调查过张五一,当时并没有发现任何疑点,看来咱们还得找他们再核实一下才行。"

"那行,关于毛队'党大明十八年前在给他老婆发第一条手机短信之前,就已经遇害'的初步推断,我也是认同的。咱们下一步就按照这个方向去调查。"定好下一步的侦查方向之后,马力把手里的茶杯放在桌子上,宣布散会。

毛乂宁和邓钊师徒俩从会议室走出来,迎面碰到一名值班民警。他报告说:"毛队,岑虹带着她女儿党晨来认尸了。"

毛乂宁点点头,对邓钊道:"你先带她们母女俩去法医那边看看尸体,然后把她们留在咱们接待室。我还有几个问题想问她们。"

邓钊领命而去。十多分钟后,他给毛乂宁打来电话,说已经将岑虹母女带到了接待室。毛乂宁立即赶过去。

岑虹眼睛红肿,显然刚刚在法医室那边见到丈夫的尸体后,哭过一场。旁边一个年轻的短发姑娘正在劝慰她。

邓钊一边给两人倒茶，一边指着那年轻姑娘向毛乂宁介绍道："师父，这位就是党大明的女儿党晨。"

毛乂宁向年轻姑娘点了点头，问："你父亲失踪的时候，你应该还很小吧？"

党晨说："是的。当时我刚上小学，对那时候发生的事情记得并不是特别清楚。说实话，十八年没有见面，我爸在我心里的印象已经很模糊，所以我在电视里看到那个画像，只是觉得和我爸有点儿相似，并不敢肯定，只能回家跟我妈说。我妈第二天看了电视，才告诉我那个人确实就是我的爸爸。"

"十八年前，你丈夫失踪前后，可有什么异常的事情发生？"毛乂宁又把目光转向岑虹。

岑虹想了想，最后还是一脸茫然地摇摇头："好像也没有什么异常的事情发生吧。我丈夫原本是报社记者，后来因为他会写小说、散文，就调到文艺副刊部当编辑去了。当编辑跟当记者相比，好处就是不用整天风里来雨里去跑新闻，每天坐在办公室编校稿子就行了；坏处就是有时候为了赶出版进度，他不得不连夜加班编稿子，偶尔也会有加班太晚，回不了家，干脆就在办公室沙发上对付一晚的情况。他出事那天，正是正月十七，我女儿的生日。上午我正想给他打电话，提醒他下班以后顺便给女儿带个生日蛋糕回家，结果我还没打电话就收到他发来的短信，说他被人举报要出去避一避风头。见他说得这么严重，我当时也慌了神，并没有往深里想。谁知他这一去，就再也没有回来。我原本以为他一直在京莞市那边打工，只因为怕被调查，所以才不敢回家，更不敢跟家里联系。虽然我心里隐隐生疑，但做梦也没有想到他早就已经……"她忽然站起身拉住毛乂宁的衣袖，"警察同志，我、我老公到底是怎么死的？是谁杀了他？你们可一定要为我们做主啊！"说完，她又放声大哭起来。

党晨急忙递上纸巾，将她劝住，把她扶到沙发上重新坐下。

邓钊道："您放心，您丈夫的案子，我们已经成立专案组，正在全力调查，一定会查个水落石出的，请您不要过度悲伤。另外，我们还有些问题想要问您，希望您能配合调查，多给我们提供线索，好让我们早日查明您丈夫的死因，将凶手绳之以法。"

"好，好！"岑虹急忙用纸巾擦干眼泪，坐直了身子。毛乂宁看着她问："当年你们的夫妻关系怎么样？"

"夫妻关系吗？还算不错吧，他这个人挺顾家的，对我不错，对我们女儿也很疼爱……"岑虹说到这里，见毛乂宁直视着她，忽然明白过来，"哦，警察同志，你是想问我们夫妻平时感情怎么样，他有没有外遇，对吧？绝对不会，我们是自由恋爱结婚的，他对我还算不错，也没跟我闹过什么矛盾，他不可能在外面有女人，这事肯定跟情杀没有关系。"

"他平时为人怎么样？可有跟别人结下过什么仇怨？"

"我老公是个文化人，性格平和，几乎没有跟别人吵过架，更没有得罪过什么人。以我对他的了解，他好像也没有结过什么致命的仇家。"

"对于他工作上的事情，你了解多少？"

"他的工作吗？"岑虹愣了愣，似乎没有想到警察会问这个问题，"他平时回家倒是很少说起工作上的事情。我平时读书不多，可能他觉得跟我在工作方面没有什么好说的吧。"

"好的，今天就聊到这里，您先回去。"毛乂宁起身递给她一张名片，"以后我们可能还会找您了解情况，如果您想到什么跟案情有关的线索，也可以随时拨打上面的电话找我。"

岑虹接过名片，向两个警察道了谢，在女儿的搀扶下，离开了接待室。

邓钊关了接待室的灯，正要跟师父一起走出门的时候，党晨忽然去而复返，转头道："警官，刚才你们问我爸爸生前有没有什么仇家，我突然想到我爸的死，会不会跟举报他的人有关？"

"举报他的人？"邓钊愣了一下神才反应过来，"你是说那个举报他私吞稿费的作者？"

党晨点头说："对，我就是这个意思。"

邓钊摇摇头道："其实我觉得这个可能性不——"

这时候，毛乂宁忽然咳嗽一声，打断了他的话："党晨，你提到的这个线索确实很有用，我们会去调查核实的。谢谢你了，还有什么新线索，你可以随时来找我们。"

等党晨离开后，邓钊有些不高兴地说："师父，您刚才为什么不让我说呢？其实她刚才提到的这点，我觉得可能性不大。我们现在已经认定那些短信是凶手杀死党大明后，拿着他的手机发给岑虹的。内容应该都是凶手随手编造出来的。如果凶手真的是为了稿费而行凶杀人，肯定不会在短信里提及党大明私吞作者稿费的事，这样才不会暴露自己的作案动机，不是吗？"

"你说的这些，当然也有道理，也很符合常理。"毛乂宁点头说，"可是如果凶手是一个不按常理出牌的人呢？他偏偏就要在手机短信里提及这件事。第一，也许只有这个理由，才能让岑虹真的相信丈夫因为担心单位调查他而仓皇跑路；第二，凶手觉得自己提出来反而不会惹人怀疑。因为在常人看来，凶手肯定不会主动暴露自己的杀人动机。"

邓钊似乎有点儿明白过来，说道："您的意思是说，凶手其实跟我们玩了一个心理游戏？"

"目前还不确定，但不排除这种可能。所以，如果你跟党晨说她爸的死肯定和他被人举报私吞作者稿费的事情无关，未免武断了些。"

059

"那咱们现在怎么办？"邓钊看向师父，"干脆直接去报社查一查？"

"对，我就是这个意思。"毛乂宁瞧了瞧他，"对了，我记得你有一个朋友是在报社上班的吧？上次咱们调查光明高中操场埋尸案的时候，她还写报道帮过咱们。"

"对，她叫仇筱，是我大学学姐，原来在《光明晨报》做法治记者，现在调到日报这边上班了，正好可以帮上咱们的忙。"

师徒二人来到日报社，先找到了邓钊的这位学姐。仇筱以前跟毛乂宁见过面，也算是熟人了。

邓钊向她道明来意，仇筱"哦"了一声，面露难色道："你们要问十八年前的事啊？那可真把我问住了，我来报社上班没几年时间，以前的人和事我都不太清楚。不过我们报社有个人叫老金，已经在这里工作近三十年了，他以前是干记者的，现在跑不动了，就调到'社会生活版'了，每天编发点儿健康小知识、法律常识之类的二手稿子。他老人家堪称我们报社百事通，但凡跟报社有关的人和事，他都能说出个一二三来。你们要问报社员工的旧事，找他正合适。"

仇筱带着毛乂宁、邓钊来到社会生活部。一个男人正坐在沙发上跷着二郎腿喝着工夫茶，电脑音响里放着二十世纪八九十年代流行的歌曲。

"金主任，"仇筱上前叫了一声，"这两位是公安局来的同志，想找您打听一下咱们报社以前的人事情况。"

老金一听是公安的同志，倒是很热情。待仇筱离开后，他一边给毛乂宁他们倒茶，一边笑呵呵地说："我这里是社会生活部，在报社属于边缘地带，平时很难得来一次客人。两位想打听什么事情？我保证知无不言，言无不尽。"

毛乂宁说："我们想向您打听党大明这个人。"

"党大明啊？"老金似乎没有料到他们会提到这个人，"他离开报社可有些年头了，现在的年轻人估计都不知道这个人，难怪仇筱要带你们来找我。他出了什么事吗？"老金脸上显出狐疑的表情，从花镜上方看向面前两个警察。

毛乂宁点点头，将党大明的案子跟他简单说了一遍。

"党大明死了？"老金吃了一惊。

邓钊点头道："是的。从目前的情况来看，他极有可能在十八年前就已经被人杀害了。"

"十八年前？"老金低头回想，"那时他刚离开报社不久啊。"

"应该是这样。"毛乂宁看着他道，"现在这个案子还在调查之中，我们这次来，就是想向您了解一些当年他在报社的情况。金主任，能跟我们说一说吗？"

"党大明这个人啊……"老金喝了口茶，回忆道，"他应该比我小十来岁吧。二十多年前，我和他都是日报记者，曾一起搭档跑过政务新闻。但是这家伙比我厉害，后来又挂了一个市作协副主席的头衔，也算在文学圈里小有名气。再后来，我们报社编副刊的一个同事出国了，领导看到党大明的这个特长，就把他调去文艺副刊部，主编咱们报纸的副刊。虽然我跟他不在一起跑新闻了，但有时候加班太晚、不能回家睡觉的时候，我也会拎两瓶啤酒和一袋花生米到他们办公室去找他喝酒聊天，打发时间，也算是跟他比较相处得来吧。大约十八年前，我记得应该是正月，刚过完春节没多久，有一天他没有来单位上班，一开始大家都以为他有事耽搁了，并没有放在心上，但是，一连三四天都不见他的人影。幸好当时副刊部还有一个实习编辑顶着，要不然那几天的报纸副刊真的要开天窗了。领导打党大明的手机，要么无法接听，要么关机。后来，领导直接跑到他家里找他，党大明的老婆说他已经决定从报社辞职，到外面打工去了。当时我们领导就发火了：你辞职倒是说一声啊，就这么闷声不响地走了，搞得大家都很被动。后来报社这边重新找人来接手文艺副刊的编辑工作，党大明这个人也就慢慢淡出了大家的视野。"

"也就是说，从那以后您就再也没有见过他，对吧？"

"是的。不光我，我们报社其他人也没有再见过他。大家都以为他应该混得不错，到外面挣大钱去了，谁知……"老金发出一声叹息，显然做梦也没有想到党大明竟然被人杀死了。

毛乂宁渐渐将谈话引入正题，问道："我们听说党大明当年在副刊部做编辑的时候，曾经私吞过作者的稿费，而且还被作者举报，导致纪委出面调查他，是吗？"

老金显得有些意外，道："你们连这个都知道了？调查得真仔细啊！你们提到的这个说法，我只能说既对也不对。"

"对，也不对？"邓钊不由得跟师父对视一眼，"您这是什么意思？"

"两位可能不太了解当时我们报社的稿酬发放模式。我们报纸的副刊平时主要发表一些短篇小说、小散文和短诗之类的豆腐块文章，稿费并不高，多则三四十块钱，少则一二十块钱，投稿作者也大多是光明市本地人。稿子发表后，我们都会通知作者到报社找财务当面签领稿费。但是有时候作者没有在规定时间内领取，财务又急着完成当月账目，就会让副刊编辑，也就是党大明去代领，然后再由他转交给作者。如果作者一直没有来，或者党大明故意没有通知作者，这笔稿费最后就进了党大明自己的口袋。这也是外面传言党大明私吞作者稿费的由来。对于这一点，你们说对了。但党大明到底是不是真的私吞过作者稿费，我没有调查过，所以没有发言权，我只能说确实有这个传言。至于说作者没收到稿费就写信举报他，这个确实没有，因为我们报社并没有收到过这样的举报信。至于说这事惊动了纪委，要派人下来调查他，我想这更没有可能了。前面已经说了，我们报纸副刊发表的都是一些小豆腐块文章，一篇文章的稿费一般也就三十几块钱，就算私吞了几笔作者的稿费，加起来又能有多少钱呢？远远达不到惊动纪委的程度，你们说是吧？"

毛乂宁一想也对，就点头说："确实是这样，因为我们并不了解报社的情况，还以为他贪污了多大一笔呢。照这么看来，就算他真有私吞作者稿费的行为，那金额也十分有限，根本不可能引起纪委的关注，对吧？"

老金说："就是这么个理。不光纪委不会找他，而且我觉得稿费就这么一点儿，应该也不会有人因为这件事对他动了杀心，杀人后还大费周章地把他埋进别人的坟墓里，再煞费苦心地制造出他去京莞市打工的假象。这样的杀人动机一点儿都不充分啊！"

邓钊不由得侧头看向师父，好像在说：瞧，我说得没错吧？这事根本就跟党大明私吞作者稿费没什么关系。毛乂宁脸上的表情倒没有什么变化，好像无论得到什么线索，都在他的意料之中。他喝了一口老金为他泡的茶，然后问："党大明平时为人怎么样？在报社人缘如何？可有跟什么人结过仇怨？"

"党大明这个人吧，为人倒还可以，但可能因为他自恃有几分才气，而且写的小说还曾得过全国大奖，平时显得有点儿不太合群，或者干脆说他有点儿恃才傲物。所以，他在报社好像也没有什么特别要好的朋友。我跟他虽然算很熟悉，但也没有什么深交。要说他平时跟什么人吵过架、结过仇，好像也没有。"

毛乂宁"哦"了一声，好像才真正了解了党大明是一个什么样的人，又问了老金几个问题。老金对他的提问一一作答，但没有再提供什么有用的线索。喝完杯子里的茶，毛乂宁和邓钊就站起身，跟老金道别。

两人刚走到办公室门口，老金突然道："哎，对了，警察同志，党大

063

明确实没有因为私吞作者稿费的事被纪委调查，不过纪委因为别的事情来报社找过他，不知道跟案情有没有关系。"

"是吗，竟然有这样的事？"毛乂宁回头问道，"您刚才为什么不说？"

老金笑笑说："我也是刚刚才想起来。"

"纪委的人来找他，到底是因为什么事情？"毛乂宁师徒俩又返回来在他对面坐下。

老金一边往他们的空杯里续上茶水，一边道："这事说起来有点儿话长。当时咱们光明市有一个酒厂老板，白酒生意做得很大。这个老板年轻时是一个文艺青年，做生意赚钱后，文艺情怀又复苏了。他找到我们报社，不但在我们报纸投放了一年的广告，而且还赞助十万块钱，搞了一场声势浩大的'百名文艺家乡村行'活动——由文艺副刊部牵头，组织一帮文艺青年到他们酒厂参观，体验生活，然后写几篇颂扬他们白酒品牌的文章，先在副刊发表，再请省里的专家评出一、二、三等奖，最后还搞了一个非常盛大的颁奖晚会。总之这件事经过报社一宣传，在当时还是引起了比较大的轰动。这个活动，应该是在党大明失踪前不久举行的。后来单位财务核账的时候，发现其中有三万块钱的账目对不上，直接一点儿说，就是有人从这十万块赞助费里贪污了三万块钱。正好当时市委巡察组在我们单位巡察，这事就被当作典型案例捅了出来，最后纪委的人也被惊动了。因为这个活动是文艺副刊部牵头办的，党大明是经办人，所以纪委第一个要找的就是党大明。不过，这时候党大明已经辞职离开报社了，纪委找不到他，就找了他的上司，也就是文艺副刊部的主任李书谋，结果真的证明了是李主任贪污了这笔钱。后来李书谋把钱退了回来，被报社开除了，丢了这份工作。但具体的办案经过，以及其中是否牵涉党大明等情况，纪委并没有公布，所以我们也不太知情。"

"这倒是一条重要线索啊！"邓钊一边记录着，一边看向毛乂宁，"师父，您说党大明会不会就是因为这件事惨遭毒手？"

"你的意思是说，他跟这位李主任一起贪污，李主任怕东窗事发，所以先杀他灭口？"

"我觉得完全有这个可能。"

毛乂宁点头道："那行，咱们就沿着这条线索查一查。"他把头转向老金："金主任，文艺副刊部主任李书谋被开除之后，还跟您有联系吗？"

老金呵呵一笑，露出一口满是茶垢的牙齿："基本没什么联系了，你想想，出了这样的事情，他也不好意思跟单位的老同事联系，是不是？我听别人说，他被报社开除之后，曾到人民印刷厂应聘做校对员，干了一年左右，因为出了校对事故，又被解雇了。后来他实在找不到工作，就在街上摆摊卖起了茶叶蛋，看起来混得挺惨的。不过这都是十多年前的事了。"

"那他现在住在什么地方，您知道吗？"邓钊问。

老金摇摇头："我已经好几年没见过他了，也没有听过他的消息。他早搬家了，具体搬到哪儿，我也不知道。"见两个警察脸上露出失望的表情，他想了想，又说，"如果一定要找他，倒也不是找不到。"

"怎么找？"

"李书谋有一个儿子，我记得好像是叫李胜利，在平安街最东边开了一家摩托车修理店。我老婆两三年前去那里修过摩托车，店名就叫胜利摩托车维修铺，只是不知道现在搬走没有。你们只要能找到李胜利，肯定就能找到他的老爸。"

邓钊说声"好的"，快速将这个摩托车维修店的店名和地址记录下来。

师徒俩离开报社后，直接开车到平安街，沿着街道一路寻找，果然在小街尽头看到了这家店。店门口的台阶上堆放着许多摩托车旧轮胎、报废的旧零件之类的东西。师徒俩远远就闻到一股汽油味，再看竖在门框边的招牌，虽然已被油渍浸染得黑乎乎的，但还是能勉强看清上面的字迹，正是"胜利摩托车维修铺"。

师徒俩走进店里的时候，一个穿着背心短裤、两手沾满油污的中年男人，正埋头鼓捣一台女装摩托车。屋里没有其他人。邓钊敲敲门框，中年男人听见声响抬起头，问："是要修车吗？"

邓钊亮出证件说："我们是公安局的。"

男人站起身，一脸疑惑道："我这店里没有改装和销售黑车啊！"

邓钊说："我们不是联合工商部门来查黑车的，我们是来找你父亲。"

"找我爸？"

"你叫李胜利，李书谋是你父亲，没错吧？"毛乂宁问。

男人点头道："对呀，没错，我爸就是李书谋。"

"我们想找你爸了解一点儿情况，方便把他现在的住址告诉我们吗？"

男人显然对警察提出的这个要求感到有些为难，道："就算我把地址告诉你们也没有用啊，我爸三个月前就因为突发心脏病去世了。你们看，他的遗像还在我店里挂着呢。"说话间，手往后面墙壁上指了指。

毛乂宁抬头一瞧，果然看见后面墙壁上挂着一张用相框装裱好的、放大的黑白照片。照片上是一个脸型微胖、目光呆滞的老年人。照片和相框看上去都很新，应该是最近挂上去的。

师徒俩对望一眼，完全没有料到会是这样的结果，两人都有些失望。毛乂宁对李胜利说了声："抱歉，打扰了，请节哀。"师徒俩就转身离开了。

回到车里,邓钊问:"师父,真没想到这个李书谋竟然已经去世了,看来想要找他调查当年的情况已经不可能了。现在咱们该怎么办?"

毛乂宁低头想想说:"那还是去纪委,找一找袁超明吧。"

"袁超明?"邓钊感觉这个名字有些耳熟,却又一时想不起来是谁。

毛乂宁解释说:"就是纪委监委第一纪检监察室主任袁超明啊,上次咱们侦破光明高中操场埋尸案的时候,曾跟纪委联合办案。当时他们那边对接的领导不就是袁超明吗?"

邓钊"哦"了一声,说:"想起来了,就是那位喜欢穿白衬衣的纪委领导。"

毛乂宁说:"咱们去找找这位袁主任,看看能否请他帮忙调看一下十八年前光明市日报社贪污案的档案。"

两人来到市纪委,在第一纪检监察室找到了主任袁超明。袁超明穿着一件白衬衣,正坐在办公室里看文件。毛乂宁敲了敲门框。袁超明抬起头,很快认出了他们,还叫出了他们的名字。邓钊不禁暗自赞叹他超强的记忆力。

双方握手坐下,毛乂宁道明来意,袁超明想了想说:"这个案子是纪委一位老领导带队办的,后来我看过相关卷宗,所以还有些印象,最后查明是报社文艺副刊部主任贪污了这笔钱。这个主任后来好像被撤职了,是吧?"

毛乂宁点头说:"确实是这样,我们现在主要想确认一下,当年这个贪污案,到底跟当时的报社副刊部编辑党大明有没有关系,或者说,他是否参与其中?"

"党大明吗?"袁超明皱了皱眉头,似乎对这个名字没什么印象,只好抱歉一笑道:"不好意思,年纪一大,有些东西就记不住了,要不我再把档案调出来查一查吧。"

没过多久,助理就将这个案子的原始档案送到了袁超明手里。

袁超明打开档案,翻看完后摇头说:"从档案记录的情况来看,这个案子其实跟党大明没有任何关系,他并没有参与其中。调查组一开始对他有所怀疑,毕竟他是这次活动的经办人,所以曾到报社找过他。不过,他当时已经辞职离开报社。调查组一时半会儿联系不上,又把目光转向了文艺副刊部主任李书谋,很快就查实是他贪污了那笔钱。李书谋不但对自己的贪污行为供认不讳,还主动交代了他之前两次收受广告代理商回扣的违纪行为。我觉得报社对他的处理还算公允,如果贪污数额再大一点儿,可就不是撤职那么简单了,他很可能是要坐牢的。"

邓钊听到这个情况,仍然有点儿不死心,扭头看向毛乂宁,问道:"师父,您说有没有可能,党大明虽然没有跟李书谋一起贪污,但是他知道主任的贪污行径,手握顶头上司的把柄并以此要挟。这位李主任害怕自己的贪污丑行被曝光,对党大明动了杀心,将他杀人灭口?"

"我觉得这个可能性不大。"说话的是袁超明。他一边翻看着手里的档案,一边道,"据卷宗记载,李书谋当时用了三张假发票支取了三万块钱。这三张假发票仿真度极高,不是专业的财务人员根本识别不出来。而且发票根本没有经过第三人之手,是李书谋自己直接拿去报销的,所以不太可能会有第三者知情。"

邓钊不由得"哦"一声,露出失望的表情。

"师父,根据袁主任提供的线索来看,党大明之死,应该跟李书谋贪污案没什么关系啊。"邓钊一边往纪委办公大楼外面走,一边对师父说。

毛乂宁点点头,认同道:"确实是这样,看来咱们得调整侦查方向才行啊!"

"怎么调整?"邓钊显得有些为难,"现在咱们手里可没有其他线索了。"

毛乂宁一边走向停车场,一边思索着道:"我们现在简单分析一下党大明被杀的原因,要么因为工作上的事,要么因为生活中的事,对吧?"见邓钊点头,他又问,"那你觉得哪一种可能性更大?"

邓钊想了想,回答道:"我觉得工作上的原因应该更大一些吧。因为我们去他家里看过,也问询过他的老婆和女儿,感觉他的家庭和他八小时以外的生活,都挺简单的。但他的工作环境就比较复杂了。这里有关于他私吞作者稿费的传言,有上司贪污的案子,他本人也不合群。所以要是出点儿什么事情,也就不奇怪了。"

"对,我也是这么想的,所以咱们的调查重点还是得放在报社这边。"

"工作上的事情嘛,那个老金也说了,党大明在单位没有关系特别要好的朋友。而且时隔十八年,当年认识他的老员工估计也没剩几个了,所以调查起来只怕有点儿困难。"

"确实有点儿困难。"毛乂宁道,"但是再困难也得去查!"

"您的意思是说,咱们再去报社看看?"

"是的。我相信只要咱们仔细调查,总能找到蛛丝马迹。"

两人在街上吃完午饭,又去报社,在四层高的报社大楼里上上下下走了一遍,发现里面的员工大多是三十来岁,估计知道党大明这个人的并不多。他们好不容易找到三四个在报社工作超过二十年的老员工,跟他们谈起十八年前的党大明,大多员工对他已经没什么印象了。他们又到档案室查看了党大明的档案。党大明从师范学校毕业之后,做过两年小学教师,后来转行报社做记者,履历并不复杂。

忙活了一下午,并没有什么收获。师徒俩下楼的时候,又在楼道里碰见了老金。老金好像早已洞察一切，呵呵笑道："对于党大明的事，整个报社没有人比我知道的更多，不过我知道的，都已经跟你们说了。"

"这么大一个报社，当年就真的没有一个跟党大明走得比较近的人吗？"毛乂宁仍然有些难以置信。

"当年跟党大明处得来的人很少，我勉强算是一个，"老金本来已经跟他们错身而过，走下去三四级台阶了，又突然转身，"如果一定要找出第二个人，那个实习生应该也算吧。"

"实习生？"

"对，他叫云海琛，原来在省城师范大学念书，大学最后一个学期到我们报社副刊部实习，因为平时也爱写点儿诗歌、散文，还半认真半开玩笑地拜党大明为师，跟他学习写作。十八年前，两人在副刊部共事数月，因为同是文学爱好者，算是比较聊得来吧。后来党大明无缘无故失踪，后面几期副刊稿子都是云海琛加班加点赶编出来的，直到后来有人接手党大明的工作。当时我们社里开会，领导还表扬过这个实习生。"

"那这个云海琛，现在还在报社吗？"

"早就不在了，要是在这里，我肯定早就介绍你们去找他了。"

"他去了哪里？"

老金摇头说："不知道，他实习完后，就回了学校。听说大学毕业后留在了省城工作，具体在哪里，我就不得而知了。"

"行，我们知道了。我们一定会想办法找到这个云海琛的。"毛乂宁让邓钊记下这个实习生的姓名和毕业学校，又要了老金的手机号码，以后如果还需要了解什么情况，方便随时找他。

第四章
打开心结

"陈远,你过来一下!"

一个威严的声音忽然在耳边响起,陈远吃惊地四下张望,并没有看到一个人影。声音似乎是从旁边一间小屋里传出来的。他迟疑片刻,还是上前推开了小屋的门,屋里漆黑一团,什么也看不见。陈远正站在门口犹豫着,忽然被人猛地拉了进去,然后房门被"砰"的一声关上了。

"你……你想干什么?"陈远被吓了一跳,连声音都有些颤抖。屋里黑洞洞的,只能隐约感觉到面前站着一个男人。

"趴在桌子上!"那个男人命令道。

陈远没听太清楚:"什么?"

对方好像失去了耐心,一把将他推倒在旁边的书桌上。

"放开我!"陈远挣扎着叫起来,"你想干什么?"

"别出声!"对方将整个身体都压在他背上,压得他直不起腰……

"啊,不要!"陈远惊叫一声,猛地翻身坐起,睁开眼睛看到自己处在一间陌生的房子里。隐隐有路灯光从窗户照进来,屋里倒也并不显得黑暗。他像差点儿窒息一样张开嘴巴大口喘气,一摸额头,已经满头大汗。过了好一会儿，他才清醒过来，自己是在刚刚认亲的妈妈家里，刚才只是做了一个噩梦。

"怎么了，小远？我刚才听到你的叫声了！"门口响起敲门声，陈远听出是妈妈的声音。

拿起手机看看，已经将近凌晨3点，他吐出一口气道："妈，我没事，就是做了个噩梦。"

林郁秋似乎还是有些不放心，问道："妈妈可以进来吗？"

陈远说："可以，门没有锁。"顺手按亮了床头灯。

林郁秋推门进来，坐在床边，看到他满头大汗，忙拿出纸巾帮他揩汗。陈远下意识地偏头躲了一下。林郁秋笑道："傻孩子，我是你妈，有什么不好意思的！"陈远羞赧一笑，还是从她手里接过纸巾，自己擦去了额头上的汗珠。

"我听见你叫得很大声，好像很害怕，是做了很可怕的噩梦吗？"林郁秋关心地问。陈远点点头，表情变得有点儿阴郁，眼睛看着屋角某个点，沉默着没有再说话。林郁秋见陈远似乎并没有要向她倾诉梦境的意思，也就没再追问，顺手倒了杯水递到他手里，说："喝口水吧，让自己平静一下。"

陈远接过水杯，说："妈，这都凌晨两三点了，您还没睡吗？"

林郁秋摊摊手道："正在熬夜改稿子呢，刚刚喝了杯咖啡，现在还不困。"

陈远懂事地点点头，说道："看来当作家也不容易啊，我没事了，您忙完早点儿休息吧。"林郁秋笑着点头，看他重新躺下，替他关了床头灯，才轻轻关上房门，离开卧室。

陈远被噩梦惊醒之后，一时难以入睡，看着白色的天花板和房间里陌生的一切。一想到自己竟然真的找到了亲生母亲，并且现在就住在妈妈家里，整个人都有种迷迷糊糊、不太真实的感觉。

不知道睡了多久，陈远忽然被一阵手机铃声惊醒，睁开眼睛，已经是第二天早上了。薄雾般的晨光从窗户里透进来，让人心生恍惚。他拿起手机看了一下，是表妹秦小怡打来的电话。刚按下接听键，秦小怡的声音就像连珠炮似的从电话那头传过来："哥，你怎么搞的？打了几次你都不接我电话，还以为你出什么事了呢，我想去找你，又不知道你住在什么地方。你再不接电话我都快报警了。"

陈远愣了愣，翻看手机，果然有三个未接电话，都是秦小怡打来的。他不由得笑道："你这么紧张干什么，我就是睡着了，没有听见手机铃声而已。今天不是星期天吗，又不用上学，你这么急着找我干什么？"

"谁急着找你了？"秦小怡道，"我就是想打电话问一下你情况怎么样。"

"什么情况怎么样？"

"你不是被你亲妈接回家里去了吗，她对你怎么样？"

"挺好的啊！"陈远朝窗户外边看看，"我妈家住在南林路这边，街上很安静，我晚上睡得很好。我妈对我也挺好。昨天在我回来之前，她就叫钟点工把我的房间收拾好了，还给我书桌上放了一台新电脑，以后上网再也不用去网吧了。"

"那就太好了，以后我也可以去你家里蹭你的新电脑！咱们星期一见！"秦小怡嘻嘻一笑，说声"拜拜"，就挂断了电话。

陈远起床出门，饭厅的小桌上已经摆好了热腾腾的早餐。"起床了？快洗脸刷牙，准备吃早餐了。"林郁秋站在厨房里喊道。

陈远往屋里看了看，见只有妈妈一个人在家，就问："庆叔呢？"

林郁秋一边解下身上的围裙，一边道："他呀，一早就上班去了。"见陈远脸上露出疑惑的表情，她又解释说："他在一家电脑公司做销售经理,今天虽然是周末,但公司有个重要的会议要开,所以一大早就出去了。"

陈远点点头,又问:"这些早餐都是您做的呀?"

林郁秋道:"可不是嘛,自己做的早餐比外面买的卫生,还有营养。只要你喜欢,以后妈妈每天都给你做早餐。"

"可是您昨晚写作到凌晨3点,怎么还能起这么早呢?"

"我已经习惯了,每天睡三四个小时就够了。"

母子俩围在桌子边吃完早餐,陈远起身帮妈妈收拾好碗筷。

林郁秋说:"今天你也不用上学,要不我带你到外面散散步?也算是熟悉一下咱们家周围的环境。"

陈远说:"好。"

母子俩一起出门的时候,已经是上午9点多。从门口杂乱的小院子里穿过,外面就是南林路。街道两边是低矮的旧楼,大多是开小餐馆和包子铺的小店,整条街上都飘着一股油烟味。

林郁秋往街道边指了指,说:"在你还没有出生之前,我爸妈,也就是你外公外婆,在这里开包子店。我们现在住的房子就是当时租的,后来挣了点儿钱,干脆就把一楼买下了,主要看中了一楼外面有一个院子。我爸当时说,等有空了可以把外面的地刨一刨,种点儿蔬菜。但实际上我爸妈他们多数时间都是住在包子店里的,因为经常要半夜起来和面、调馅,住出租屋这边不太方便。所以这房子从一开始就是我一个人居住的时间比较多。"

"那后来呢?"陈远往街边看看,显然现在已经看不到妈妈家以前开的包子店了,"后来包子店怎么不开了?"

林郁秋脸上的表情变得有点儿沉重,接着说道:"后来吧,十来年前,因为电线短路,包子店发生了火灾。其实火势并不算大,我爸妈都已经逃出来了,可是我妈想起还有三天的营业款放在店里收银台的抽屉里,就跑进火场去拿,结果被旁边一个木柜砸倒,就再也没有出来。这件事对我爸打击很大,他觉得辛辛苦苦挣钱又能怎么样呢,到头来老伴都没了。加上当时这条街上的小食店都接连开起来了,包子店生意也不太好做,我爸看着被烧得一片破败的包子店,也没有了重整旗鼓的想法,于是就结束了包子店的营生。我原本想让他跟我住一起,也好有个照应。但他老人家执意要带着我妈的遗像,回乡下老家独居。我没有办法,只好由他去了。好在我给他配了一部手机,可以每隔几天打个电话问候一声,过年过节的时候回乡下看看他。他倒也过得挺惬意的。等你放假,我也带你回老家看看外公,他看到你一定会很高兴的。"

陈远点点头,说:"好啊!"

又往前走了一段,陈远忽然说:"妈,其实这条路,我以前来过。"

"你以前来过?"

"是的。以前为了寻亲,我几乎走遍了光明市的每一条街巷,也来过两次这条路,只是做梦也没有想到妈妈居然就住在这条街上。我两次从您门前经过,却浑然不觉。"说话之间,陈远想起自己寻亲路上的种种艰辛和受过的委屈,眼眶不由自主地红了。

"没事,现在咱们娘儿俩不是已经相认了吗?"林郁秋轻轻搂住儿子的肩膀说,"相信妈妈,从今往后,再也不会有人将咱们分开了!"

陈远"嗯"了一声,侧转头来,看到妈妈脸上亲切的笑容,也感觉到了从肩头传过来的暖意。

母子俩说话的工夫,已经走出南林路,来到了外面的凤凰大道。这是一条新修建的繁华街道,大街上车辆往来穿梭,行人熙熙攘攘。街边的店铺装修得光鲜亮丽,漂亮的售货员小姐正站在门口招揽生意。林郁秋拉着儿子走向一家男装店,说:"走,妈妈去给你挑两套新衣服。"

"不用了，妈，我自己有衣服。"

"怎么，跟老妈也客气起来了吗？"林郁秋笑道，"你身上这身衣服，至少是好几年前的款式了吧？早该换新的了。"

"我自己有钱，我自己也可以买衣服。"陈远坚持道。

"你自己有钱？"林郁秋忽然想起他曾在《寻亲日记》里写自己寒假打工挣钱的事，"你自己挣的钱，自己留着当零花钱吧。买衣服的钱妈妈给你出，就当是妈妈送给你的见面礼。"她最终还是拉着这个腼腆少年走进男装店，给他挑了两套新衣服。

林郁秋掏钱包准备结账的时候，陈远忽然看见两个男人跟在后面，躲躲闪闪，形迹可疑。他以为遇上了小偷，正想上前探个究竟，却被林郁秋悄悄拉住，听她道："别理他们，他们不是小偷，是记者！"

"记者？"陈远有些意外。

林郁秋轻轻笑道："你还不知道吗？从你发表了《寻亲日记》，再到咱们母子认亲上了热搜，你就成了网络名人。有记者跟踪拍摄，这是很正常的。"

"是吗，我这是要成为网红了吗？"陈远一脸难以置信，提着衣服从男装店走出来，果然看见身后还有好几个男男女女正举着手机偷拍他们。甚至还有人明目张胆地扛着摄像机跟在他们后面，看起来不太像正规记者，估计是网上流行的那些自媒体人。他突然觉得这样的画面太有戏剧性了，以前只在电视里看到那些大明星被狗仔跟踪偷拍，想不到这样的场景，竟然也会发生在自己身上。

在街上闲逛了一阵，回到家时已近中午，林郁秋让儿子去休息，自己系上围裙走进厨房开始做中午饭。

陈远回到自己房间，打开电脑，登录自己的社交账号，看到自己的《寻亲日记》下面又多了好多条留言。有人祝贺他终于找到了亲生母亲，也有关心他的网友问他近况如何,《寻亲日记》还会不会继续更新下去。

他想了想,决定写下最后一篇《寻亲日记》,也算是对自己寻亲之路的一个总结,对关心和帮助过他的网友一个交代。

今天过得开心而幸福!

昨天的认亲仪式举行得非常顺利。在谭警官的帮助下,我第一次在现实生活中见到了亲生母亲。她是一位言语温柔、非常有才华的女作家。我以前在书店里看到过她的书,只是没有多留意,以后一定要多读读她的书。毕竟我是她的儿子,如果连自己妈妈写的书都没有看过,那就会让人笑话了——我开玩笑的,其实我妈写的是那种题材比较深沉厚重的小说,而我最爱读的却是那些脑洞大开的悬疑侦探小说。妈妈说她以后也要写一部我爱看的小说,男主角就用我的名字。哈哈!

认亲仪式结束后,我跟着妈妈回了家。妈妈早就请人给我收拾好了房间,卧室虽然不大,但却整洁舒适,晚上睡觉非常安静。虽然目前只在家里住了一个晚上,但我已经感受到这是一个非常温馨的家。今天妈妈带我去逛街,还给我买了新衣服。最让我感动的是,妈妈对我说,从今往后,再也没有人能让我们母子分开!

我的《寻亲日记》就写到今天为止吧。从今天开始,我将努力过好自己的新生活。这么长时间以来,多谢各位网友对我的关心和支持,更要感谢谭剑波谭警官对我的帮助,如果没有警察叔叔的努力和付出,我不可能这么顺利地找到我妈妈。

我一定会过得幸福的,请大家祝福我吧!

上传完这篇日记,陈远长舒一口气,像是终于了却一个心愿一样。

他一边转动着脖子放松颈椎，一边顺手点开几个网站浏览，意外看到几篇配图是上午妈妈带自己去服装店买衣服的照片的文章。文章是几个自媒体大V发出来的，标题写着"女作家与子团聚，母子俩相处融洽"之类的字眼。看来妈妈说得没错，那几个人果然是在跟踪偷拍他们。

吃完午饭没多久，门铃声响起，陈远以为是司马庆回来了，开门看时，却见门口站着一个五十多岁的矮胖女人。她对着陈远满脸堆笑地叫了一声："远少爷。"

陈远愣了愣神，这才记起她是家里请的钟点工芮姑，每天下午都会来家里干活儿，忙将她让进屋来，犹豫着道："芮姑，您是长辈，其实叫我小远就行了。"

"哎哟，这孩子真懂事！"芮姑立即当着林郁秋的面，夸起陈远来。

星期一，陈远骑着妈妈给他新买的电动车去学校上学。

中午，他吃完饭从食堂走出来，看见表妹在门口等着他。他停下脚步，避开其他同学的目光，走到她面前问："怎么了，找我有事啊？"

"当然啊，昨天一整天都没有看见你，有点儿想你了嘛！"秦小怡拉着他的胳膊轻轻晃动着。

陈远下意识地朝周围看看，见无人注意自己，才放下心，慢慢将手臂挣脱出来，道："我只是去认了个亲，又没有退学，怎么搞得好像我再也不会回学校一样。"

"我还真怕你亲妈对你太好，你在新家住得舒服，干脆连学都不上了呢。"

"你想到哪里去了，再怎么说我也得把大学念完吧。"

"那倒也是。"

"你这么着急忙慌地在食堂门口等着我，就是为了跟我说这个吗？"

"当然不是，"秦小怡说，"其实我有一件重要的事情跟你说。"

"什么重要的事情？"

秦小怡抬头看着他问："你现在已经确定林作家是你亲妈，并且与她正式相认了，对吧？"见到陈远点头，她的脸忽然红了，"也就是说，咱们俩其实并不是亲表兄妹，对吧？"

"话不能这么说，"陈远有点儿急了，"我虽然不是养父母那边亲生的孩子，跟你也没有血亲关系，但舅舅舅妈一向待我如同己出，我也一直把他们当最亲的亲人。即使我现在找到了亲生母亲，也绝不会忘记你们的。在我心里，你就像我亲妹妹一样。"

"我才不要做你的亲妹妹呢！"

"那你要做什么？"

秦小怡白他一眼道："你说呢？"

"我不知道。"陈远反应迟钝地道。

"我……我想……"秦小怡红着脸，一跺脚一咬牙，"我想做你的女朋友！"

"啊？"

"以前咱们是表兄妹，有血亲关系，是不能在一起的，所以我才……但是现在……"秦小怡的声音低了下去，头也低下去。

陈远一脸木讷的表情："现在……有什么不同吗？"

"哎呀，你怎么这么笨，现在你不是我亲表哥了嘛，咱们自然就可以在一起了。怎么，你不同意？"

"我……我……"陈远本就不算口齿伶俐之人，这时更说不出话来。

秦小怡瞪着他道："我什么我，就问你同不同意？你点个头有那么难吗？"她说话的声音忽然大起来。

陈远吓了一跳，生怕被周围同学听见，忙点头道："同意同意！"话刚出口，脸上已经一片通红，心里也忽然明白过来，这丫头跟着自己到这么远的地方上学，原来是藏着这么一个小心思啊！他心里有些甜蜜，也有些感动。

陈远心潮起伏之时，忽然感觉到手掌一热，秦小怡已经牵住了他的手。他手心里的细汗瞬间就冒了出来。有熟识的同学走过，向他这边张望着，吓得他像触电似的赶紧甩开秦小怡的手。

秦小怡又重新牵起他的手，笑嘻嘻地道："怕什么，这里是大学，又不是中学，谈恋爱是咱们的自由。"

陈远只好无奈一笑，任由她牵着自己的手，在校园的林荫小道上慢慢走着。这时候，他口袋里的手机忽然响了。他像是遇见救星一样，忙把手从秦小怡的手里抽出来，掏出手机一看，打来电话的是他妈妈。他接通电话后，叫了一声"妈"。

林郁秋在电话里说："小远，今天下午放学后，你别在学校食堂吃饭，今晚有人请咱们吃饭，我到学校门口接你。"陈远刚想问是什么人请吃饭，林郁秋已经挂断了电话。

傍晚，陈远上完最后一节课，从学校走出来，果然看见司马庆的东风日产小车停在街边，林郁秋正坐在后排座位上等着陈远。他上车后，司马庆一踩油门，小车沿着街道往前行驶没多久，拐了个弯，停在了一家五层楼的大酒店门口。

一行人乘电梯上了五楼，走进一间包房，里面已经有一男一女在等着他们。男人大约四十岁，长发，扎着马尾，戴着眼镜。女人年轻一些，留着短发，显得十分干练。陈远乍一看，觉得这个女人有点儿眼熟，似乎在什么地方见过，想多看两眼，却又不太好意思。

司马庆显然跟两人已经熟识，介绍说："这位是林郁秋林大作家，这位是陈远，也就是林作家刚刚认亲的儿子，网上流传甚广的《寻亲日记》就是他写的。"又分别指着对面两人向陈远介绍说："这两位都是从省电视台来的。这位是省台王牌综艺节目《生活万花筒》的导演云海深；这位美女是《生活万花筒》的节目主持人雷雨。"陈远这才想起来，难怪看她有点儿眼熟，原来是在电视上见到过。

二人分别上前跟林郁秋母子俩握了握手。那位叫云海深的导演哈哈一笑，说："我们虽然在省城，但是关注林大作家与失散十八年的亲生儿子认亲的消息已经很久了。这次通过司马庆先生终于联系上两位，请你们吃饭，就是想认识认识你们。"

林郁秋道："云导您客气了，省台的《生活万花筒》可是全国四大综艺节目之一，我们每期都看了，尤其对雷雨温和细腻的主持风格印象深刻。记得有一次她在节目里采访一位战斗英雄的母亲，那位母亲坐着轮椅出场，在采访过程中，雷雨一直在轮椅旁边单膝跪地完成整期节目，她的专业素养，敬业之心，着实让人称赞。有这样的主持人控场，这个节目不火，那就太没道理了。"几句恰到好处的夸奖，让雷雨脸上大放光彩。

这位美女主持人似乎对陈远颇感兴趣，不但拉着他坐在身边，还凑到他面前问了他许多问题。陈远本就性格腼腆，不太擅长跟陌生人打交道，更没有想过自己能坐在这位省台著名节目主持人的身边。他神情拘谨，说起话来显得有些迟钝。司马庆坐在身侧，像是他的代理人一样，抢着替他回答了不少问题。

吃完饭，回到家时，已经晚上9点了。陈远感觉有些累了，洗完澡回到自己卧室，上了一会儿网，就上床睡觉了。

不知睡了多久，那个噩梦又向他纠缠过来：黑暗的小屋里，一个男人粗暴地将他推倒在桌子上……

"不要,不要……"他吓得浑身颤抖,大声喊叫着,从床上翻身坐起,连着大喘几口气,身上早已被汗水打湿了。

"小远,怎么了?又做噩梦了吗?"林郁秋不知什么时候听见声音,已经站在了他的床边。陈远心有余悸地点点头。

林郁秋问:"是什么噩梦,可以跟妈妈说说吗?"

"我……"陈远好像被戳中心中的一道伤口,痛得眉头都皱了起来,抬头看看妈妈,张张嘴,却又犹豫着低下头去:"没、没什么,妈,我经常做这样的噩梦,已经习惯了,是不是吵到您了?不好意思,您早点儿休息吧!"

林郁秋知道这孩子心思重,把事情都憋在心里,不想告诉自己。她也不便强求,拿起纸巾替他擦去额头上的汗珠,嘱咐他不要想太多,安下心来好好睡觉。转身正要走出儿子卧室的时候,像忽然想起什么,她又回头说道:"对了,小远,明天上午你跟学校请半天假吧。云海深,就是咱们今天认识的那个省电视台的导演,想请咱们去录制一期节目,主要是想做一期咱们母子俩认亲的访谈。"

这倒是陈远意料中的事。今天省电视台的导演请他们吃饭的时候,陈远已经预感到了。人家省城来的大导演,怎么会无缘无故请他们吃饭呢?他脸上露出为难的表情,道:"妈,您看,我这个人比较怯场,一面对镜头就会紧张得手心冒汗。我连句话都说不利索,还是不要上电视了吧。还有去省城录节目,来回一趟,再加上录制时间,估计请半天假肯定不够,太耽误学习了。而且我们母子已经相认,我也不想再让人打扰咱们的生活。"

"小远,你的担心妈妈明白。正因为你性格腼腆,不善于跟人打交道,所以妈妈才让你多面对镜头,多跟陌生人说话,这样才能锻炼你的交际能力,以后毕业了进入社会才不会吃亏。云导已经说了,咱们录这个节目不用去省城，就在咱们市电视台演播大厅录制，然后拿去省台播放。还有，你说你想回归平静的生活，不想再被人打扰，这一点妈妈也很赞同。但是咱们不能这么自私，咱们之所以能够母子相认，除了自己不懈的努力，还因为得到了许多人的帮助。现在到了咱们回报别人、回报社会的时候了。我们接受采访，我们上节目，并不是为了自己出名，而是希望通过讲述咱们的亲身经历，让更多的人关注打拐工作，给那些正在苦苦寻找离散亲人的人们鼓励和信心。说得更长远一点儿，咱们说不定还能帮助更多的离散家庭团聚。你说这难道不是一件好事吗？"

陈远脸上露出羞愧之色，说："我知道了，妈。如果真的能帮助到别人，咱们牺牲一点儿时间，也是值得的。我的想法确实太自私了！不过今天已经有点儿晚了，我明天早上再打电话向班导老师请假吧。"

"好的。"林郁秋点点头，目光关切地看着他，"我看你老做噩梦，要妈妈带你去看看心理医生吗？"

"不用了，谢谢妈，我没事的！"

林郁秋知道他跟自己刚刚认亲不久，心理上终究还是有些隔阂，显然不想跟自己多谈夜半噩梦的事，便只好作罢。从儿子卧室退出来，林郁秋反手将门关上，心想：还是等明天问秦小怡吧。她跟陈远算是青梅竹马的小伙伴，应该知道些什么。

第二天早上，林郁秋给秦小怡发了一条微信，说想找她了解一些陈远的事情，问她方不方便接听电话。秦小怡显然比她还关心陈远，以为他在家里出什么事了，立即回了电话过来，听林郁秋说了缘由，这才放下心来。

"林阿姨，关于陈远被噩梦惊扰的事情，他曾跟我说过，个中缘由，说来话长。"秦小怡在电话里叹了口气。

陈远念初中二年级的时候，班主任是一个男老师，名叫任建新，教陈远他们班语文课。陈远是班里的语文课代表，经常去教师办公室送作业本。有一天快上语文课时，陈远去教师办公室拿全班作业本，却没有看到任老师。后来，任老师叫人通知他，说自己在宿舍，叫他去教师宿舍拿作业。

陈远跑到任老师的单人宿舍，任老师好像喝了些酒，屋子里透着一股酒味。他刚进屋，任老师就将宿舍门关上了。屋里光线很暗，陈远还没有反应过来，就被任老师从后面推倒在书桌上。陈远吓了一跳，问："老师，您……您想干什么？"

"过来！"任老师命令他。陈远忽然意识到什么，张嘴欲求助。任老师按住他的头，把喷着酒气的嘴巴凑到他耳朵边，威吓道："别叫，你要敢叫，我就掐死你！"陈远本来就是个胆小的孩子，哪里经历过这样的事情，吓得浑身发抖，不敢声张。任老师弯着腰，身体压在他背上……

这件事让陈远大受惊吓，第二天，他不敢再去学校上课了。后来，他爸妈知道了这件事，找到学校去想要讨还公道，却遭到了任老师的威胁。任老师说他在教育局有后台，而且自己马上就要升任学校副校长，让他们识相点儿，不然他跟教育局的人打个招呼，陈远从此不可能在任何学校立足。

陈远的养父母本来就是老实本分之人，不敢再招惹任老师，最后只好给陈远转学。再后来，陈远虽然表面看起来已经渐渐将这件事淡忘，但实际上从来没有将这件事情放下。没过多久，他就开始经常做同一个噩梦：在一间漆黑的屋子里，一个男人将他压倒在书桌上。

"陈远跟我说过他做的这个噩梦，我知道是那件事在他心里留下了后遗症。"最后秦小怡补充说，"虽然我知道他心里的症结所在，但也只能用苍白的语言安慰他。我不知道怎么才能帮助他从那场噩梦中走出来。"

"原来是这样，真是难为这孩子了！"林郁秋叹口气道，"小怡你放心，我一定会想办法打开陈远这个心结，让他从噩梦中走出来的。"

"谢谢您了，林阿姨！"秦小怡说，"陈远有您这样的妈妈，真是他的福气！"

"妈，吃早餐了！"今天陈远起得特别早，这时他已经将早餐端上桌，在饭厅里喊道。林郁秋怕他听到自己跟秦小怡通电话的声音，急忙应了一声，挂断电话。

吃完早餐，母子俩出门的时候，司马庆的车已经在院子门口等着了。陈远有些诧异，问道："庆叔，您今天不用上班吗？"

"我今天跟公司请了假，你们不是要去电视台录节目吗？我得给你们当专职司机啊。"司马庆从后视镜里瞧了一眼林郁秋，半开玩笑半认真地说道："等你跟你妈出大名，挣大钱了，我就干脆辞职当你们俩的经纪人算了，哈哈！"

"行啊，等我入了中国作家富豪榜再说。"林郁秋也笑了起来。

司马庆朝她眨眨眼，说："我女朋友这么用功，这不是早晚的事嘛！"经过几天接触，陈远知道司马庆跟妈妈的关系非同一般。两人经常当着他的面"撒狗粮"，他也见怪不怪了。

虽然光明市电视台只是一家县市级单位，但当走进宽敞气派的演播大厅时，从没有上过电视的陈远，还是被这里的排场震惊了。头顶悬挂着能照出各种颜色灯光的灯具，四面摆放着先进的立体声音响设备，台下已经坐了一二百个观众，也不知是自发而来，还是主办方组织的。舞台上，美女主持人雷雨正指挥工作人员调试灯光音响。

导演云海深见到林郁秋他们到场，急忙迎上来，叫化妆师带他们母子俩去化妆室更衣化妆。

上午9点半，现场录制准时开始。聚光灯打到台上，林郁秋、陈远和主持人雷雨都被笼罩在明亮的灯光下。陈远第一次经历这种场面，看着台下黑压压的观众席，紧张得手心冒汗。旁边林郁秋悄悄伸出手来，轻轻握住他的手，小声道："没事，有妈妈在，不用害怕，待会儿主持人问你问题，如果你回答不上来，就对着镜头微笑，妈妈替你回答。"陈远"嗯"了一声，握着妈妈的手，这才渐渐放松下来。

在主持人正式对嘉宾访谈之前，云海深先指挥台下观众热烈鼓掌五分钟，三名摄影师从不同角度拍下了观众热情鼓掌的场面。陈远感到甚是新奇，原来电视节目里观众鼓掌的镜头是事先一次性录好，然后经过后期剪辑，穿插到节目里播放的。这样想着，陈远的紧张情绪倒是缓解了许多。

节目开始录制，主持人雷雨先让他们母子俩对着镜头做了自我介绍，然后按照大纲对他们采访，问的都是他们之前的寻亲经历和这一路走过来的心路历程。陈远刚开始有点儿口吃，后来见雷雨问的都是些自己能回答上来的寻常问题，并没有什么为难之处，这才放下心来，言谈举止自然了许多。

节目中，主持人问林郁秋："林作家，可以冒昧地问一下孩子父亲的情况吗？"陈远自认亲以来，从来没有见过自己的亲生父亲，林郁秋不说，他也不便多问。听主持人提出这样的问题，他也不由得坐直身子，认真倾听起来。

林郁秋大方一笑，说："其实并没有什么冒昧的。十八年前，我跟男朋友在一起时怀上身孕，但在医院生产时医生告诉我说孩子没能活下来。这件事对我打击很大，相信我男朋友那时候的感受也跟我一样。没过多久，我们就和平分手了。从此以后，我专心写作，再也没有联系过他。他去了哪里，现在生活得怎么样，我完全不知道。"

"现在孩子已经找到了,您想过找孩子的父亲吗?"雷雨追问道。

林郁秋摇头说:"我觉得活在当下就好,过去的人和事没有必要再纠缠,珍惜眼前人,才是我们最应该做的,您说是吧?"

雷雨点头,把脸转向镜头道:"林作家说得真好,往事已矣,休要再提,眼前之人,才是最值得我们珍惜的!"说话时,摄像机镜头适时对准了坐在台下第一排的司马庆,给了他一个特写镜头。

"听说您正在写一部打拐题材的新书,可以向广大读者朋友透露一下这部作品的最新进展吗?"

"是的。我正是因为写这部小说,上网查资料的时候,看到陈远的《寻亲日记》,才开始自己的寻子之路的。这部小说已经给编辑看过了,目前正根据出版方的审稿意见做适当修改,相信很快就能跟读者见面了。这是我创作的第十五部长篇小说,也是我写作生涯中最重要的作品,相信一定不会让大家失望。关于新书的最新消息,我会第一时间在自己的个人公众号发布,请大家多多关注。"

节目最后,主持人请林郁秋给那些离散家庭的寻亲者送上一句话。林郁秋手握话筒,沉思片刻,对着镜头说:"我之所以上这个节目,就是想用我和我儿子的亲身经历告诉大家,寻亲路上,永不言弃,你最爱的人就在前面等着你。另外,我也希望大家多关注打拐工作,让所有人贩子都受到法律严惩,希望天下无拐!"说到最后一句,观众席上响起了经久不息的掌声。

节目录制完,许多观众从台下上来,围在林郁秋身边,拿出她的书请她签名。陈远这才知道,妈妈竟然是一位如此受欢迎的作家!

从电视台出来,司马庆开车送陈远回学校,路上他将一个鼓鼓囊囊的信封从口袋里掏出来递给副驾驶位上的林郁秋。林郁秋看了一下,转头递给坐在后面的陈远。陈远打开信封一看,里面居然装着一沓钱。他吓了一跳,问道:"这是……"

林郁秋扭头看向他,解释说:"这是云导给的采访费。他的意思是,你庆叔虽然没有上节目,但为这次采访牵线搭桥出了不少力,这三千块钱咱们一人一千。我们俩又不缺钱,你全都拿着,就当给你的零花钱吧。"

陈远想要拒绝,司马庆从后视镜朝他笑笑,道:"你就赶紧收起来,难得你妈这么大方一次,平时她对我可抠门得很。"陈远不由得笑起来。

陈远回到学校后,下午上了一节"毛概"课,就没有其他课了。他约秦小怡去外面逛街,在商场给她买了一双运动鞋。秦小怡一看价格标牌,居然要好几百块,吓得直吐舌头,问他哪里来这么多钱。陈远说了上午请假去录节目的事,告诉她这是人家给的采访费。

"真的吗?是省台那个《生活万花筒》节目组找你录节目吗?"见到他点头,秦小怡不由得扯住他的衣袖,"你怎么不早说啊?"

"早说又能怎么样?"

"可以带我去啊。"

"带你去干什么?"

"我想和雷雨合个影!"秦小怡有些激动地说道。

陈远只好笑着答应:"那行吧,下次再有这样的机会,我一定叫上你。"

秦小怡把头往他手臂上一靠,满意道:"这还差不多!"挽着他手臂走了两步,又问,"对了,你们录的节目什么时候播出啊?"

陈远说:"我问过导演,他说后天,也就是星期四晚上在省台播放。"

"行,到时候我一定看。"秦小怡一抬头,看见陈远脸上带着似笑非笑的表情,不由得嘟了一下嘴巴,"你笑什么,你以为我是想看你吗?才不是,我是想看雷雨。她长得可真漂亮!"

"确实漂亮！"陈远只好笑着附和了一句。

星期四晚上八点，省电视台的《生活万花筒》节目准时播出。陈远从电视里看到了自己，虽然有点儿傻乎乎的，但至少没有说错话，表现得差强人意，这才放下心来。

时间过得飞快，一转眼，陈远就在家里住了一个星期，很快就到了周末。

星期六这天早上，吃早餐的时候，林郁秋对儿子道："我今天有事，要出一趟远差，小远，你能不能陪我去？"

陈远问："去哪儿呀？"

林郁秋笑笑，卖了个关子说："去了你就知道了。"

陈远也没有多想，就说："行啊，正好我周末也没有什么事。"

林郁秋简单收拾了一个背包，就带着陈远去了高铁站，陈远才发现他们即将乘坐的竟然是一趟开往东山省方向的列车。他以为妈妈要带自己回聊阳老家，可是看了看车票，才知道这趟高铁是开往泰港市的。

大约四个小时后，高铁到站。正是中午时分，林郁秋担心儿子肚子饿，先带他到餐馆填饱肚子，然后带着他坐上了一辆出租车，对司机说了一个地址，是附近的一个展览中心。

去了展览中心，里面很热闹，正好有一个名为"撑起法治蓝天，护航青少年成长"的法治宣传巡回展。他不由得笑起来："妈，咱们走这么远，您该不会是专程带我来看这个展览的吧？"

林郁秋不置可否地笑笑："既然来了，就进去看看呗。"陈远虽然心存疑惑，但还是跟着妈妈走进了展厅。

从展览的前言可知，这是一场为增强青少年法治意识和自我保护能力而举办的全省青少年法治宣传展，准备在东山省内十个城市巡回展览，泰港是本次展览的第一站。展厅内既有法治讲座，也有视频、图片和文字介绍，都是一些教导青少年提升自我防范能力和自我保护意识的内容，也警示性地公布了一些针对青少年犯罪的案例。

陈远一路看过去，忽然看到展板上印着一个男人的照片，虽然眼睛处打了马赛克，但他还是一眼认了出来。

"任……任老师……"陈远尖声叫出了那个让他不寒而栗的名字。是的，图片上的人，就是出现在他噩梦中的那个恶魔，就是那个让他深陷恐惧不能自拔的罪魁祸首，就是他初中二年级时的班主任任建新。

"对，你没有看错，就是他！"林郁秋扶住他摇晃的身体，"就是那个曾经伤害过你的任老师！"

"我不想看见他！"陈远带着哭腔喊叫起来，"我不想看见他，快带我离开这里，离开这里！"

"不，小远，你不用害怕，他现在是一个被关在监狱里的囚犯，再也伤害不了你，也伤害不了任何人！"

"囚犯？"陈远这才注意到任老师身上穿着囚衣。

林郁秋道："是的。他现在就是一个正在坐牢的囚犯。在你从那所初中转学后不久，任老师就被提拔为学校副校长，但是他仍然兽性不改，常常把魔爪伸向自己的学生，后来终于被人偷偷用手机拍下证据并报警……一年多前他被判刑，刑期是十五年。"

"他、他真的被警察抓住了？而且要坐十五年牢？"陈远见到妈妈一脸认真地点头，这才渐渐冷静下来，"妈，您是怎么知道的？"

"我见你经常半夜里做噩梦，料想其中必有缘由，就打电话问秦小怡，她跟我说了你在初中二年级时发生的事情。后来我托一位聊阳市的读者朋友帮我打听，才知道这个老师的罪行终于暴露，并且在一年多前就被法院判刑。但是由于当时并没有对外公开案情，所以网上也找不到任何与之相关的新闻报道。前几天我那位朋友打听到，有一个青少年法治宣传展在这里举行，为了增强青少年自我保护意识，这个展览收录了任老师的犯罪案例。"

"所以您那么辛苦地陪我坐高铁，带我来到这里，就是为了让我亲眼看见那个恶人已经被绳之以法，再也不能伤害任何人，希望我从那段噩梦般的经历中走出来，对吧？"

"是的。只要你能解开心结，从噩梦中走出来，妈妈做什么都值得。"林郁秋伸手揽着他的肩膀，声音轻柔但语气坚定，"小远，你记住，只要妈妈在，绝不会再让任何人欺侮你！"

陈远依赖地靠在妈妈的肩头，忍不住流下泪来。

看完展览，他脸上的表情已经平静下来，对林郁秋道："妈，咱们走吧！"

林郁秋欣慰地点点头，母子二人走出了展厅。

站在街道边，陈远犹豫了好久，才开口说："妈，其实泰港跟聊阳挨着，距离不太远，既然已经到了这里，我还是想……"

"你想回聊阳老家看看，是吧？"林郁秋微微一笑，"妈懂你的心思，早就给你买好了火车票。马上就到检票时间了，咱们赶紧走吧！"

陈远没有想到她竟然为自己想得如此周到，叫了一声"妈"，眼圈有些发红。

"别磨蹭了，赶紧走吧！"林郁秋一路推着他，快步往火车站走去。

两人又坐了将近一个小时火车，来到聊阳时，已经下午5点了。陈远先到墓园里拜祭了养父母，又买了些礼物，去看望舅舅舅妈。从舅妈家出来，天色已晚，母子二人在酒店住了一晚，第二天才坐上回光明市的火车。

"小远，有一件事，妈妈想征求一下你的意见。"林郁秋对陈远说。

陈远见妈妈说得这么正式,不由感觉有些诧异,放下手机,问:"什么事?"

"是这样的,妈妈最近创作了一部打拐题材的长篇小说,这个你已经知道了,对吧?"见陈远点头,林郁秋又接着道,"这本书叫《亲爱的宝贝》,写的是一位性格倔强的母亲孤身寻找自己被拐的孩子、并且配合警方打击人贩子集团的故事。稿子已经交到出版公司,正在走出版流程。最近我反复读你上传到网络上的《寻亲日记》,每读一次都被感动一次,所以我跟编辑商量了一下,决定把你写的曾经感动无数网友的《寻亲日记》,也放到我的小说里去。因为牵涉到著作权,编辑说这本小说得署咱们母子两人的名字。"

林郁秋从背包里拿出昨晚在酒店打印好的一份著作权协议,继续说道:"如果你没有异议,就在这上面签个名。妈妈回去之后,马上联系编辑对小说进行调整。"

陈远很快就听明白了她的意思,说:"妈,我那几篇寻亲日记,您想写进小说里,尽管拿去用就行了。我不要什么著作权,更不用在书上署名,我也不是作家,在书上署我的名字,那还不得让人笑掉大牙。"

"可是这个《寻亲日记》是你写的,如果没有授权,我是不能直接拿过来加进书里的,而且出版公司也通不过。"

"那还不容易,您把协议上共同署名这一条划掉,就说我同意把《寻亲日记》著作权转让给您,允许您在小说中使用,不就行了?"

林郁秋点头道:"那倒也是。"就对协议内容略做修改,双方签字,算是达成协议。

两人回到家时,已经到了下午时分。司马庆看到林郁秋,就像见了救星似的:"哎呀,林大作家,您老人家可总算回来了,这两天你不在家,咱们家里的电话都快被人给打爆了。"

林郁秋问："怎么了，发生什么事情了？"

"发生什么事情了？你是真不知道，还是假不知道？"

林郁秋一脸莫名其妙道："我是真不知道。"

"自从上次你和小远的节目在咱们省台播出之后，你俩可太出名了。这两天好多媒体记者打电话到家里来，希望采访你们，请你们上节目，做专访。我这个经纪人光接电话都接不过来呢。"

"是吗？"林郁秋有点儿难以置信，"省台的影响力这么大吗？"

司马庆得意扬扬道："那当然，我给你们联系的电视媒体，能差吗？人家《生活万花筒》是全国四大综艺节目之一，影响力自然不是一般媒体能比的。""这么多人要采访我们，那可怎么办？"林郁秋为难地说，"我们有点儿分身乏术，我还要静下心来写小说，小远还要回学校上学呢。"

司马庆摇晃着脑袋道："这个时候，就显示出我这个经纪人的重要性了吧？我经过综合考量，把几家没什么影响力的小媒体都推了，只答应了一家收视率稳居全国前三的电视台的专访和视频网站一档家庭节目的邀请，这样你们就可以用最少的时间成本，获得最广泛的宣传效果了。"

"小远，你觉得呢？"林郁秋看向儿子。

陈远虽然觉得借着认亲的名义，到处上节目接受采访，大造声势，似乎不太好，不过既然妈妈都没有说什么，他也不好拒绝司马庆的安排。而且妈妈上次说了，他们多上节目，多宣扬自己的寻亲故事，还可以让更多人关注到打拐工作，也算是一件大好事。最后，他点头说："既然这样，那咱们就听庆叔的安排吧，到时候如果需要外出，我再向学校请假。"

第五章
文坛大侠

毛乂宁刚从市局开完会回来,就被邓钊拦在办公室门口:"毛队,我终于找到那个报社实习生云海琛的下落了。"

毛乂宁似乎有点儿不太相信,一边推开自己办公室的门,一边问:"是怎么找到的?咱们不是找了好几天,都没找到这个人的一点儿信息吗?"

"咳,原来这家伙改名字了,他现在叫云海深。咱们按他原来的名字去找,自然找不到人了。"

毛乂宁这才恍然大悟。

邓钊接着说:"我也是通过户籍系统查找他的曾用名,才发现线索的。他从咱们市日报社实习结束,毕业就进入省电视台当节目编剧,给自己取了个笔名叫云海深,上节目都署这个名字,可能觉得这个名字比较文艺吧,后来干脆到派出所把自己的名字改成了云海深。"

毛乂宁插了一句:"也不见得是因为笔名的问题。这个'琛'字,很多不认识的人都念成了'深'。有可能这家伙被人叫烦了,干脆把名字里的'琛'改成了'深'。"

"这倒也有可能——刚刚我说到哪里了？"邓钊挠挠头，"师父，您能不能别打岔，搞得我差点儿忘记本来要说什么了——就是这个云海深，后来又在电视台做节目编辑，现在已经是省台的一名资深导演。您猜他导演的节目叫什么名字？"

"我哪知道。"毛乂宁挥挥手，一脸"别卖关子了赶紧说"的表情。

邓钊说："就是那个火遍全国的《生活万花筒》啊。"

毛乂宁"哦"了一声："原来是这个节目啊，我平时有空也会瞅上几眼的，只是没有注意导演的名字。"

"可不是吗，平时谁看电视会注意导演是谁呢。前不久，咱们市局打拐办这边，不是帮助一个姓林的女作家寻回了十八年前失散的孩子，还搞了一个认亲仪式嘛。省台觉得这是个好题材，就请这对母子上了节目。我前几天看了，还挺感人的呢！还有，那个女主持人雷雨长得可真漂亮！"

"甭废话，赶紧说说这个云海深。"毛乂宁皱眉道，"他现在是不是在省城？看来咱们还得专门去省城一趟啊。"

"不用去省城，他现在就在咱们光明市。"

"他在光明市？"毛乂宁感觉有点儿意外。

邓钊道："他们节目组上周来咱们光明市给那对认亲的母子做了专访。这个云海深就是咱们光明市人。他在咱们这边录完节目，就顺便跟单位请了年假，现在正在老家休假。"

"消息可靠吗？"

邓钊拍着胸脯道："当然可靠，我亲自打电话到省电视台，托熟人给我打听过了。"

"那这个云海深大导演，现在住在咱们光明市什么地方？"

"应该住在他父母家里。他出身农村，父母都是种地的农民，现在就住在咱们市隆湾乡西丰村。"

毛乂宁开会开得口干舌燥，回到办公室，屁股还没坐稳，就端起桌上的冷茶咕嘟咕嘟喝了几大口，然后伸手一抹嘴巴，道："走，咱们去隆湾乡找这个云海深问问情况。"他拿起桌上的车钥匙就往外走。

师徒二人驱车来到隆湾乡西丰村，找村民稍一打听，很快找到了云海深父母的家——那是一幢两层小楼，看上去还挺新，应该刚盖好不久。门口的台阶前，有一个戴眼镜扎马尾，四十来岁的中年男人。他穿着人字拖，挽着衣袖，端着一盆米糠正在喂鸡。脚下有二十来只鸡正围着他咯咯地叫着。

一直等男人喂完鸡，放下食盆，毛乂宁才走过去，先咳嗽了一声，等对方朝他们看过来的时候，才问："请问这是云海深导演的家吗？"

对方上下打量着他，说："我就是云海深，不过我正在休假，工作上的事情，请等我上班再谈。"说罢转身要走。

毛乂宁朝他亮了一下证件，说："我们不是要上你的节目，我们是光明市公安局的，想找你聊聊。"见对方脸上露出警惕的表情，忙又补充道，"别误会，这事跟你没关系，纯粹因为工作需要，想找你了解一点儿情况。"

云海深这才放下心来，说："那咱们进屋谈吧，我妈他们出去干活儿了，家里就我一个人。我爸说不能让我在家里好吃懒做，得帮家里干点儿活，所以喂鸡的活，这几天我就全包了。"他一边笑着在门口的水龙头下洗了手，一边将两个警察让进屋里。

"两位警官想打听什么情况呢？"云海深一边给他们倒茶，一边问。

毛乂宁接过茶杯后，问："我们打听到十八年前，也就是你大学毕业前夕，曾到咱们市的日报社实习过一段时间，对吧？"

云海深点头说："是的。大学四年级大概一个学期，我都待在报社里。"

邓钊直接问:"你认识党大明这个人吗?"

云海深一愣,显然没有料到他们是来询问这个人的,回过神道:"认识啊,我在报社实习的时候,他是副刊部编辑,也是带我的老师,当时就是他带我一起编副刊的。党老师还是一个小有名气的作家。正好当时我也是一个文学青年,我还向他拜了师,跟他学习写作。我请他喝过几回酒,他对我还挺关照的。只不过后来有一天,他突然不来单位上班了,那几期报纸副刊还是我加班赶编出来的。后来听说他辞职去了外面打工。实习期满后,我离开报社回到学校,毕业后留在省城工作。党老师从报社辞职后,我就再没有见过他,也没有收到任何关于他的消息。怎么,他出什么事了吗?"

毛乂宁脸上的表情渐渐变得严肃起来,说:"从目前情况来看,十八年前党大明并没有出去打工,而是在失踪当天就已经被人杀害了!"

"被杀了?"云海深吓了一跳,"什么意思?他不是辞职了吗?怎么会……"

邓钊说:"严格来说,党大明其实并没有亲自向报社提辞职,是后来他家里人跟报社说的。他在失踪当天就已经遇害。"

"难怪了……"云海深回想片刻,忽然倒吸一口凉气似的,发出一声感慨。

毛乂宁看出了端倪,盯着他问:"云导,你是想起什么了吗?"

云海深说:"刚才听你们这么一说,我忽然想起一件事情来。我在报社实习的时候,经常跟党老师一起下班。有一次我俩在报社前面那条窄街走着,突然从路边跳出一个年轻男人。他拿着一把水果刀,一边挥舞着,一边说要杀了党大明这个斯文败类。我当时被吓了一大跳,党老师却好像并不是第一次遇上这样的场景。他面无惧色,仿佛笃定对方根本没有胆量真的对他怎么样，只是绕开对方，匆匆走了。后来我跟党老师一起下班同行，又遇见那个家伙两三次。他每次都对着党老师挥舞水果刀，但我仔细观察了一下，这人好像只想吓唬吓唬人，似乎并没有真动手的意思。刚才听你们说党老师其实当年已经遇害了，我想起来自从党老师从报社'辞职'，也就是你们说的他失踪之后，我就再也没有在小街上看到那个疯子一样的持刀男子。"

"你的意思是说，这个男人真的杀了党大明，所以之后不再出现在那条街上了？"

"我只是这么怀疑罢了，要不然怎么会这么巧，党老师一'辞职'，他就不来了呢？"

"这倒是很有可能的事情，因为他已经得手，所以自然就不会再来。"邓钊说出了自己的判断。

毛乂宁想了想，说："无论如何，这个男人都十分可疑。"他把头转向云海深，"你知道这个男人叫什么名字吗？为什么他会在下班路上对党大明挥刀相向？"

云海深皱眉略做思索，说："我隐约记得当年党老师跟我提过这个人。这个人笔名叫卢文侠，意思是有朝一日要成为一代文坛大侠。听这笔名你们应该就知道了，他是一个狂热的文学爱好者，经常给报纸副刊投来一些小说、散文之类的稿件。但他写的大部分稿子都非常一般，大部分都被党老师退稿了，偶尔才能被选中几篇。两人之间本来就是一个普通作者与报社编辑的关系。但是我从卢文侠骂骂咧咧的声音里，也听出了一些端倪。

卢文侠投给报纸副刊一篇短篇小说，并没有被采用，后来却发现编辑党大明凭借一篇短篇小说获得了一个全国奖项，而小说内容竟然跟卢文侠的一模一样，于是怀疑党大明抄袭了他的作品，那个获奖名额本应该属于他。卢文侠深感不平,所以才拿着刀在党大明下班的路上堵人。"

邓钊追问道:"那么党大明的获奖作品,到底有没有抄袭他的小说呢?"

云海深苦笑,摇头道:"我也不清楚,这是个敏感问题。况且我那时只是一个小小的实习生,也不敢当面去问党老师。"

"那党大明听到卢文侠的骂声,是什么反应呢?"

"好像没有什么特别的反应吧。他应该笃定对方有心无胆,不敢真的动手伤人,所以并不怎么害怕。另外,卢文侠当时说的是本地方言,语速很快,吐字也不是很清晰。我在报社时一直说普通话,从没有说过我是本地人。可能党老师觉得我是个外地人,不一定能听懂本地方言,所以也没有向我解释过什么。"

毛乂宁问:"党大明的获奖小说涉嫌抄袭的事情,报社里还有其他人知道吗?"

云海深摇摇头说:"应该没有人知道吧,因为卢文侠并没有真的进报社里闹过。估计他想进也进不来,因为门口有保安,他只能在党大明下班路上拿刀拦住他威胁,所以报社里的人应该不知道这件事。"

毛乂宁一想也对,如果报社里的同事知道,他和邓钊上次去调查的时候,肯定就有人说了。他抬头直视着云海深,问道:"你觉得杀害党大明的凶手,会是卢文侠吗?"

云海深想了想,最后抱歉一笑,非常谨慎地说道:"这件事事关人命,我不敢轻易下结论。从我当时看到的情形来看,卢文侠显然只是想持刀威吓党老师,逼他承认抄袭,或者以此为把柄,要党老师多编发几篇他的稿子。当然,这只是我的主观感受,也不能完全排除他感觉党老师根本不惧怕他的威胁,最后恼羞成怒,举刀杀人的可能。到底真相如何,还得由你们警方去调查。"

毛乂宁说:"那行,你说的这些情况我们都记下了。每一条线索我们都会认真调查核实。最后还有一个问题,你说卢文侠只是这个人的笔名,他本名叫什么,家住何方,你知道吗?"

云海深摇摇头说:"他本名叫什么我还真不知道。我只知道他家应该就在城区,但具体地址我也不清楚。他当年向报社投稿时,稿子后面应该附上了真实姓名和联系地址,只不过过去十几年了,那些稿子肯定早被处理掉了,不可能保存到现在。"

"如此说来,现在很难再找到这个卢文侠了,是吧?"邓钊不禁有些气馁。

云海深忽然想起些什么:"这倒不一定。我记得卢文侠当年曾经和党老师说,他加入了光明市作家协会,是作协的会员。如果你们去作协找一下,也许可以从他以前填写的资料里找到他的家庭住址或其他联系方式。"

"行,那我们就沿着这条线索去调查,希望能尽快找到这个卢文侠,把事情的真相搞清楚。"毛乂宁向云海深道谢之后,起身告辞,跟邓钊一起离开了云海深家。

开车回到市区后,邓钊问:"师父,作协是个什么单位?在哪里办公啊?"

毛乂宁道:"我也不太了解。不过我知道作协隶属于文学艺术界联合会,咱们直接去文联问问情况吧。"

邓钊道:"我倒是知道文联,跟文化局在同一栋楼里办公。有一次他们跟我们市局联合搞了一个摄影比赛,我用手机抓拍的一张照片还得了三等奖,当时就是在文联会议室颁奖的。"

毛乂宁从副驾驶位转过头来,对他这个小徒弟有点儿刮目相看的意思:"行啊,你小子居然还是个摄影家,这是什么时候的事,我怎么不知道？"

邓钊不好意思地笑了，说道："我也就是个业余摄影'发烧友'，而且我获奖的那张照片，拍的就是一次您出现场时的工作场景。我怕您老人家反对，所以就没敢告诉您。"

毛乂宁这下真有点儿来气了，对他道："臭小子，居然敢拿我当模特拍照，小心我揍你！"

邓钊大笑道："师父，我下次不敢了。"这时正好经过一个十字路口，他一打方向盘，将小车往市中心的文化新区方向开去。文联的办公大楼就在那里。

文化新区在城区文化公园旁边，文化局、文联、文化馆等文化单位都集中在文化新区里面办公。毛乂宁师徒二人在一间办公室找到了文联主席阮佳人。从文联办公室外面的岗位公示栏中看到，阮佳人今年四十岁，是一位舞蹈家，三年前当选文联主席。

"邓警官，什么风把你给吹来了？"两人刚进入主席办公室，阮佳人就急忙从办公桌后面站起来，笑吟吟地跟邓钊打招呼。邓钊上次摄影作品获奖，就是这位阮主席给他颁的奖。仅凭颁奖台上匆匆忙忙的一面之缘，这位阮主席竟然至今还记得他，着实让邓钊感到意外。

"阮主席，没想到您还记得我。"邓钊忙上前跟她握手。"这位是我们刑警大队副大队长毛乂宁。"他指着师父向对方介绍，然后又说，"我们今天过来，是想找您了解一些情况。"

"行，咱们坐下聊吧。"阮佳人请两人坐下后，问，"不知想打听什么情况？"

毛乂宁说："我们想请教一下，市作家协会是在这里办公吗？"

阮佳人说："作协是市文联下属八大协会之一，是一个非营利性社会

101

组织，正、副主席都是兼职的，没有人员编制，没有固定办公场所，也没有办公经费。"

毛乂宁"哦"了一声，市作家协会竟然是一个"三无"单位，这倒有点儿出乎他的意料。

邓钊搓着手说："阮主席，其实是这样的。我们在找一个人，这个人笔名叫卢文侠。他的真实姓名和联系地址我们都不知道。我们唯一掌握的线索是他曾在十八年前加入过作家协会，所以我们想找作协帮忙，看能不能找到这个人的资料。"

阮佳人点点头，表示懂了："如果你们只是想找他的登记资料，那不用找作协，找我们就可以了。我们下属八大协会所有新老会员的资料档案，都已经数字化了，全部都有记录。如果他没有注销会籍，我想我们应该能找到。"

毛乂宁说："那就太感谢了！"

阮佳人起身将文联秘书长叫过来交代了几句。秘书长很快找到相关资料，打印了一张表格过来。

毛乂宁接过来一看，是一份光明市作家协会会员登记表，里面标有姓名、笔名、出生年月、家庭住址和联系电话等项目。登记表上的这个人叫卢振辉，笔名正是卢文侠，从出生年月来看，今年已经三十八岁。联系电话一项是空白的，家庭住址是光明市车马大道三巷 46 号。

毛乂宁将这张表格递给邓钊。邓钊看过之后，点头确认道："师父，没错了，应该就是这个家伙。"

两人拿到资料，就同时起身，向阮主席告辞。

离开文联大楼，已经中午了，师徒二人找了个大排档，先祭了五脏庙，然后按图索骥，找到了卢振辉的住址，是一家小小的便利店，屋里只有一个六十来岁的老年妇女在看店。

见到二人走进店,那妇女以为生意上门,急忙站起身。邓钊朝她亮了一下证件,说:"大婶,请问卢振辉是住在这里吗?"

见是警察找上门来,店主有些慌张,忙点头说:"是,卢振辉是我的儿子。"

毛乂宁道:"他在家吗?请叫他出来,我们找他有点儿事情。"

店主摇头说:"他不在家,他去他外婆家了。"

邓钊愣了一下,听见里面一间屋里传出咳嗽声,往里走了两步,朝屋里瞧了瞧,里面光线有点儿昏暗。一个老头正坐在躺椅上看电视,一边抽烟一边咳嗽。屋子里透着一股呛人的烟味。

店主说:"这是我们家老头子。"

邓钊点点头,目光快速将屋里扫视一遍,并没有看到其他人。他退回便利店,问:"您说您儿子在他外婆家?他外婆家在哪里?"

店主犹豫片刻,说:"我娘家在城南郊区的忻田村。"邓钊将这个地址记录下来,正想转身离开便利店,回头看见师父好像并没有急着离开的意思。

毛乂宁在便利店买了两罐饮料,扔给邓钊一罐。他一边喝饮料一边问店主:"大婶,您儿子有个笔名叫卢文侠,是吗?"

店主点头说:"是啊,他平时就是用这个笔名写文章。我儿子是个作家,写了很多文章。"她虽然这么说着,但语气里并无自豪,听起来很无奈。

毛乂宁问:"听说以前有人抄袭他的小说还获得了全国大奖,有这回事吗?"

店主一听这话,立即放下手里的计算器,抬起头看着他,然后又看看邓钊,问道:"你们真的是警察?"

103

邓钊有点儿被问蒙了："当然，刚才不是给您看过证件了吗？"

店主道："你们是来调查我儿子的小说被人抄袭的案子的？"

邓钊一愣，没料到她竟然会这么发问，一时不知该怎么回答，只好回头看向师父。毛乂宁点头说："是的。我们就是为了这件事来的。"

店主忽然流下泪来，道："老天开眼，总算有警察来调查这件事了，真是老天开眼……"

毛乂宁听出了端倪，干脆一屁股在旁边的椅子上坐下，说："大婶，能跟我们具体讲讲当时的事发经过吗？"

店主连连点头道："好的，好的！"她搬过一把凳子，在他们面前坐下，一边情绪激动地抹着眼泪，一边回忆，"说起来，那已经是十八九年前的事情了。那时候我还没退休，在小学当老师，这家便利店是我老公在经营。我们家振辉从小就喜欢看书、写作。上学的时候，他的作文常常被老师当作范文在班上朗读。他还经常被学校推荐去参加作文大赛，领回了一大堆获奖证书。只可惜念到高中的时候，因为严重偏科，他没有考上大学。我们想让他复读，他不同意。他一心一意在家里写作，立志要当一个大作家，还给自己取了个笔名叫卢文侠，意思是要做文坛大侠。埋头写作了两三年，他也零星发表了一些作品，但是距离他的作家梦还是很遥远。后来他通过投稿，认识了光明市日报社副刊部编辑党大明，经他之手发表过几篇稿子，但更多的是被他退稿。每次退稿后，党大明都会指出稿子存在的不足，提醒我儿子改进。我们家振辉很是感激，以为自己遇上了良师。后来经党大明介绍，他还加入了作家协会，好像离自己的作家梦更近了一步……

"有一年夏天，我老公在家看店的时候，便利店里来了一个骗子。这人先假装在店里闲逛，然后趁人不注意，将一包过期食品放在货架上，第二天他又过来将那包食品买走，然后以买到过期食品为由，要求店里赔偿他一万块钱，不然就去工商部门告我们，一直告到我们小店倒闭为止。因为店里没有安装监控摄像头，我老公有嘴也说不清。

"这时候振辉走出来，很快识破了那人的骗局，说其实很简单，咱们报警吧。那人说报警就报警，报警我也是有理的一方，最后吃亏的还是你们。振辉说那可不见得，刚才我在后面看得一清二楚，我们店里没有电子收银机，你把这包东西放在柜台上问我爸多少钱，我爸报出价格后，你就付了钱。我爸从头到尾都没有碰过包装袋，所以上面只有你一个人的指纹，你觉得警察会相信你吗？骗子知道露馅儿了，才灰溜溜地走了。

"后来我们家振辉以这件事为素材，写了一篇小说，写完还读给我和他爸听，我们都觉得他把骗子写得活灵活现，是一篇挺好的小说。他把这个小说投稿到报社，却遭到了编辑退稿。当时没觉得有什么不对劲，毕竟他也不是第一次被退稿。可是第二年，振辉无意中在一本杂志上读到一篇党大明的获奖小说，内容竟然跟他写骗子的那篇一模一样。当时他很气愤，觉得党大明抄袭了他的作品。党大明不光抄袭，还让他失去了一次获大奖的机会。那个全国小说大奖本来应该是属于振辉的。如果振辉获了这么大的奖，说不定早就成大作家了呢。我们怕他因为一时想不开做出什么傻事来，就劝他说，人家抄你的作品都能获奖，恰恰证明你有水平，你有才华，你的小说写得好。既然有这个实力，你以后自然也能写出更好的作品，获得更大的奖项。

"他受到我和他爸的鼓励，从那以后就更加勤奋地写作。那时候他还没有电脑，一直在手写稿子，用过的稿纸都已经装满了几个柜子，却很少能发表作品，也没有再获过奖。我和他爸都有点儿后悔，也许当初对他的鼓励反而害了他，就劝他放弃写作，去找点儿别的事情做。但他像着了魔似的，根本听不进去我们的话。唉，振辉埋头苦写二十年，除了塞满一屋子的废纸，什么也没捞到，现在已经快四十岁了，既没工作也没有结婚成家。我和他爸都已经这把年纪了,还不知道能不能在有生之年抱上孙子……"说到最后,她已经泪眼婆娑。

毛乂宁师徒二人听罢,不由得交换了一记眼神,两人都从对方脸上看到了复杂的表情。他们这才明白,为什么刚才这个女人提到自己的儿子是"作家",并没有流露出一点儿自豪的表情,反而一脸辛酸与无奈。她的眼泪,除了对抄袭者的痛恨,也有对自己当初劝儿子努力写作的懊悔,更有对痴迷写作至今一事无成的儿子的未来的担忧。

毛乂宁和邓钊虽然不是文坛中人,但也听过有人因为写作成痴,白白耗费一生时光却连一篇作品也没有发表的故事。没想到真遇上了这样的"痴心人"。"这到底是一个怎样的人呢?"两人对这个笔名叫卢文侠的文学青年更加感兴趣了。

"大婶,当年您儿子知道自己的小说被党大明抄袭并且获了大奖的时候,除了气愤还有什么反应呢?"邓钊问。毛乂宁很快又补充了一句:"他当时可有什么异常的举动?"

卢振辉的母亲一边抹着眼泪,一边说:"他又生气又委屈,在家里嚷着非得要找党大明把这个大奖要回来,后来……"说到这里,她忽然停顿了一下。

邓钊问:"后来如何?"

女人迟疑道:"后来有一次我下班回家,看见他坐在后门口磨刀。"

毛乂宁问:"磨什么刀?"

"家里的一把水果刀。"

毛乂宁和邓钊心里一震,问道:"水果刀?"

"是的。我当时觉得有点儿害怕,一把夺过了刀,又劝说了他一阵,叫他千万不要一时冲动做傻事。只要他继续努力写作,一定会再写出能获大奖的好作品,也总会有出头之日的。"

毛乂宁盯着她问:"那您儿子听了以后是什么反应?"

女人点头说:"他没有说话,但是点头应承了我。"

邓钊问:"后来呢?"

女人说:"后来嘛……因为我要上班,不能整天看着他,但又担心他一时想不开做出什么傻事来,就让我老公盯紧点儿振辉。我老公没有工作,就在家里看着这家小店。他平时比较空闲,所以我就让我老公白天多注意。"

"那您老公盯紧他了吗?"

女人脸上的表情变得犹豫起来:"这我可说不准,他性格马虎,守店的时候喜欢看电视追剧,也有可能看得入迷了,注意不到儿子偷偷溜出去。"

邓钊往后面屋子看看,对她道:"那您去问问他,看看那段时间里,您儿子可有什么异常行为?"

女人点点头,进屋问了,很快又出来说:"我老公说时间太久,已经记不清了,不过如果振辉有什么异常,应该早就发现了,不可能等到现在让你们警察来问吧。"

邓钊两手一摊,突然觉得这个说法好像也对。

毛乂宁知道从这女人嘴里很难再问出其他线索,这件事还得找到卢振辉本人才能问清楚,就道:"您刚才说您儿子现在在他的外婆家,是吧?"

女人点头说:"是的,他在我妈家里闭关写作呢。"

"闭关?"邓钊又是一愣,"他是在写武侠小说吗?"

"不是写武侠小说,他在写《红楼梦》。他说《红楼梦》后四十回写得太差劲,简直漏洞百出。他要改写,写出一本全新的《红楼梦》来。他嫌家里太吵,两个月前就带着笔记本电脑和一堆资料去乡下外婆家闭关写作去了。平时我们也不敢给他打电话，更不敢打扰他，等他写完，自然就会回家。"

邓钊撇撇嘴道："他要是真能写出一本新《红楼梦》来，那可就真要出大名了。"

女人自然听得出他言语中的嘲讽之意，苦笑一声，没有接话。

毛乂宁问："能告诉我们去了忻田村怎么找到你的娘家吗？"

女人说："我妈妈姓朝，朝鲜的那个朝，全村姓朝的只有她一个人。你们去村里问朝婆家在哪里，别人就会告诉你们了。"

邓钊站起身，点头说："好的，我们会去找您儿子核实情况的，打扰了！"

师徒二人来到朝婆家时，看见一个老态龙钟的小脚阿婆带着一个四五岁的小女孩儿在门口剥干玉米粒。估计这位老太太就是卢振辉的外婆了。

邓钊停了车，上前问："大娘，请问卢振辉在这里吗？"

老太太好像完全没有听见他说话一样，仍然埋头剥着玉米。邓钊只好又提高声音问了一句。老太太这才意识到有人来了，抬头看了他一眼，摇摇头，说了一句话。邓钊没有听清楚。

师徒二人正有点儿无奈，旁边的小女孩儿操着一口熟练的普通话说："我太婆耳朵聋，听不见别人说话。你们是要找我表舅舅吗？"

邓钊问："卢振辉是你表舅舅？"

女孩儿点头说："是的。"

毛乂宁立即蹲下身问："我们找他有点儿事，你知道他在哪里吗？"

女孩儿回头往屋里一指，说："他就在厨房旁边的那间小屋里。"见两人朝小屋走去，小女孩儿忙又上前拦住他们，道："我表舅舅脾气很怪，他在屋里玩电脑，不准别人去吵他。不然他会发火的，他发起火来很吓人。"

邓钊摸摸她的头说："我们是警察，不怕他。"他走到那间屋子前，房门是关着的。

邓钊敲敲门，没人应声，用力一扭门把手，发现房门已经从里面锁上了。他只好又用力拍拍门，屋里终于传出一个很不耐烦的声音："敲什么敲，不是叫你们不准打扰我写作的吗？"

邓钊贴着门道："卢振辉，我们是警察，想找你核实一点儿情况，请开门。"

卢振辉在屋里粗声粗气地吼："警察有什么了不起的，你们先等着。我正写到关键时刻，马上要把林黛玉写活了，高潮即将来临，不要打扰我。我这部作品一定可以成为轰动文坛的惊世之作。耽误我写作，你们负得起责吗？"

邓钊被他吼得一愣，退后一步，就想踹门进去，却被毛乂宁拦住了。毛乂宁冲屋里喊道："那行，我们在外面等着。你写完赶紧开门出来，要不然我们就要砸门进去了。"

在门外大约等了半个小时，邓钊有些不耐烦，忽然听到屋里传出一阵呜咽声，卢振辉似乎在悲声哭泣。两人还没反应过来，屋里又传来了哈哈狂笑的声音。

"我终于把林黛玉写活了，我终于把林黛玉写活了……"卢振辉在屋里跺足大叫。师徒二人站在门口，面面相觑。他这一惊一乍的，要不是了解内情的人，肯定会以为屋里住着个疯子吧。

他们正迟疑之时，房门突然"砰"的一声，从里面打开了。门内站着一个男人，个子高高的，但瘦得像根竹竿，估计一阵风就能把他吹倒。他的头发又长又乱，如同一团杂草。脸瘦得颧骨突出。他虽然戴着一副

109

近视眼镜，但两只眼睛却神采奕奕的，像有一团烈火在眼睛里燃烧。

毛乂宁上前一步，往屋里看去，里面光线很暗，床边摆着一张小书桌，上面放着一台旧笔记本电脑。地上到处扔着像砖头一样厚的大部头书，仔细一看，竟然是各种版本的《红楼梦》。烟头遍地，竟然没有把书本引燃，也算是个奇迹。

"你是卢振辉，对吧？"邓钊朝他亮了一下证件，"我们是公安局的。"

卢振辉朝他翻翻眼睛，道："警察就可以随便打扰别人工作吗？我告诉你们，刚才要不是我定力强，全书最出彩、最高潮的部分就被你们耽误了。这可是一本未来的世界名著，你们负得起责吗？"

邓钊吐吐舌头，一时无语，生怕一出声就把这位大作家的思路给打断了。

"咱们去外边聊吧！"毛乂宁见那小屋一片狼藉，连个站脚的地方都没有，只好朝外面做了个"请"的手势。

三人走到大门外，门口连一把凳子也没有。卢振辉一屁股坐在台阶边，从裤子口袋里摸出一支烟，点燃用力抽了几口。邓钊看到他夹烟的两根手指已经被熏得焦黑，好像他所有的灵感都是被香烟烧出来的一样。

"有什么事，赶紧说吧！"卢振辉透过缭绕的烟雾看着这两个站在面前的警察，"我只有十五分钟休息时间，马上就要开始下一章的写作任务了。"

毛乂宁师徒俩苦笑一声，感觉他确实已经进入了写作的癫狂状态，生怕耽误这位大作家书写惊世名作，只好在他旁边的台阶上坐下。毛乂宁问："听说十八九年前，你的一篇小说曾被光明市日报副刊部编辑党大明抄袭，并且获得了全国大奖，有这回事吗？"

"确有其事！"卢振辉说，"抄袭是一个作者最下作的做法，这样的人我已经不齿与之为伍。他不配当一个作家，更配不上编辑这个神圣的职业！"

邓钊问："发现他抄袭之后，你对他做了什么？"

"还能做什么？"卢振辉忽然冷笑一声，"我把他杀了！"

"把他杀了？"毛乂宁和邓钊完全没有料到，他俩还没开始问党大明命案的事，他就已经主动承认自己是杀人凶手了。两个人一齐扭头看卢振辉，以为他在开玩笑。

邓钊向他确认道："你说的是真的？人命关天的大事，可不能信口开河！"

"我没有信口开河，我真的把他杀了！"卢振辉用手里的烟屁股点燃另一支烟，一边接着抽烟，一边道，"我无意中发现他抄袭我的作品获了奖之后，就跑去报社找他。可是门口的保安狗眼看人低，说我一看就不像个正常人，将我拦在了外面。我只好在家里磨快水果刀，拿着刀躲在党大明下班的必经之路上等着他。一开始我并没有要杀他的意思，就是想拿刀逼他承认自己抄袭了我的作品，并且给大赛评委会打电话，把那个大奖重新颁发给我。可是他根本就不理我。于是，我怒从心头起，就对他动了杀心。这样的文坛败类，我把他杀了也算是为民除害，对吧？"

对于他这个逻辑，邓钊自然不敢苟同。

卢振辉见两个警察并不点头附和，有点儿不高兴了，但还是接着说："后来有一天，我觉得事情拖得太久了，不能再等了，必须马上做个了断，于是又揣着水果刀在报社附近转悠，等党大明下班出来。谁知他下班之后坐上一辆私家车走了。我觉得他在故意躲着我，于是就叫了一辆摩托车跟在他后边。后来，我发现党大明到了城北马岭宾馆。我想进去找他，却被门口的服务员拦住。我没有办法，只好在外面等着他。再后来，我就发现他喝了酒从宾馆出来，醉倒在路边。我觉得这可是一个大好机会，就冲上前去，一刀把他给捅死了！"说到最后，他右手猛地往前一伸，做出一个拿刀捅人的动作，然后叼着香烟，有点儿得意地看着两个警察，像是等表扬一样。

"后来呢？"邓钊等了一阵子，见他似乎并没有接着往下说的意思，就追问了一句。

"后来嘛，"卢振辉吐出一口烟圈说，"后来的事情，你们警察应该都知道了吧，后来我就被当地派出所民警抓了呀。"

毛乂宁点点头。闹出命案，被警察抓，倒也是意料中的事。他问："被抓之后呢，你被判了几年刑？"问这句话的时候，他心里还有点儿犯嘀咕：好像以前并没有听说过这个案子啊，像这样的恶性杀人案，在当时应该非常轰动才对。怎么连他这个公安内部人员都不知道？

谁知卢振辉两手一摊，满脸不以为意地道："后来没什么啊，第二天警察就把我放出来了。像党大明这样的文坛败类，本来就死有余辜。我杀他绝对是为民除害，铲除文坛毒瘤。警察一定会站在我这边，认为我做得对，不是吗？"

他的话把在场的两个警察给惊呆了。当时这个派出所是什么操作，一个杀人嫌疑犯头天被抓，第二天就被放了，这也太儿戏了吧？邓钊还是有些不相信，跟他再三确认道："你说的这些都是真的？第一，党大明真的是你杀的？第二，派出所把你抓了，真的第二天就将你放出来了？"

卢振辉道："当然是真的！"

"师父，这到底是怎么回事？"邓钊疑惑地看向毛乂宁。

毛乂宁扭头仔细打量卢振辉两眼，总感觉这小子的思维有点儿飘忽。他的言语看似正常，但细想一下，还是有些前言不搭后语。毛乂宁顿时起了疑心，对邓钊说："这事咱们得到派出所核实一下。"又问卢振辉，"当初抓你的是哪个派出所？"

卢振辉倒是记得很清楚，回道："是城北派出所。"

邓钊立即起身，说："师父，您在这里守着他，我马上去城北派出所核实情况。"

毛乂宁拦住他说："不用，城北派出所所长邱志纯跟我是老熟人了。我先打个电话过去问问情况。"他走到一边去打电话，刚一接通，电话那头就传来女所长爽朗的笑声："毛队，你可是难得给我打一次电话啊！"毛乂宁也不由笑了起来："邱所，我找你有点儿事。"

邱志纯道："知道，没事你也不会找我，大神探！"

她这一声"大神探"，把毛乂宁叫得有些不好意思，只好直接说事："是这样的，我想让你帮我查一下档案。看看十八年前，你们是不是因为一桩杀人案抓过一个名叫卢振辉的年轻人，当时他大概二十岁。"

没想到邱志纯立即回复说："你说这个人啊，我有印象。这人还是我跟另一个同事一起抓回来的。当时我是派出所民警，刚参加工作没多久，亲自抓人的机会并不多，所以还记得。不过我记得当时抓他，并不是因为他杀了人，如果真的闹出命案，所里不可能派我们两个小民警出警的。我印象中的情况是这样的：那天应该是过完春节没多久，我们接到辖区内马岭宾馆的报警电话——马岭宾馆你知道吗？就在马岭坡附近——报警人称，他们宾馆来了一个年轻人，手里拿着一把水果刀，要往里面硬闯，被服务员拦下后，就一直持刀围着他们宾馆前前后后转圈儿，嘴里还念念叨叨，脸上带着杀气。他们感觉有点儿害怕，就报警了。我们出警后，很快就拦截了这名持刀的青年男子，没收了他手里的水果刀。盘问原因，他支吾着说宾馆里有只狗前几天把他咬了，他想杀狗报仇。我们将他带回派出所拘留了一夜，没查出什么可疑情况，第二天就把他给放了。"

"哦，原来是这样。"毛乂宁问，"确定他当时并没有杀人吗？"

"这个是肯定的。我们已经反复排查确认,他当时并没有做出什么出格的举动。他要是真的身负命案,我们却将他放了,那可是重大工作失误,要被处分的。"

"行,我明白了。还有最后一个问题,你还记得他被抓那天的准确日期吗?"

"这个还真记不太准确了。具体日期我得从电脑里查查档案,你稍等一下。"没过一会儿,邱志纯说,"根据我们当时的出警记录来看,事发当天是十八年前的二月二十四日,也就是刚刚过完元宵节的第二天。他被我们带回派出所的具体时间是当晚七点半。第二天早上七点左右,他就离开了派出所。"

"行,我知道了,多谢邱所,改天我请你吃饭。"

见毛乂宁挂断电话,邓钊立即凑过来,问:"师父,怎么样,派出所那边怎么说?"

毛乂宁朝卢振辉那边看一眼。卢振辉正坐在台阶边,伸长脖子看着远处天边的云彩发呆。手里的烟头已经烧到他的手指,他却浑然不觉,似乎又沉浸在了写作灵感之中。

毛乂宁往旁边走了两步,确认卢振辉听不到自己说话的声音,才将刚才从邱所长那里调查到的情况简单跟邓钊说了。

邓钊立即就发现了问题,道:"师父,这中间有点儿不对劲啊!"

毛乂宁也点头道:"你说的是时间不对吧?我也这么觉得。"

"是的。从时间上看,完全对不上啊。根据咱们调查结果看,党大明失踪及死亡时间应该是十八年前的正月十七。但是卢振辉拿刀到宾馆追杀党大明,被派出所抓起来的时间,是正月十六,不在同一天嘛。"

"嗯,这也正是这个案子吊诡的地方。"

邓钊皱眉道:"不行,我总觉得这个卢振辉有些神经兮兮的。他肯定没有跟咱们说实话,我得再去问问他。"两人一回头,发现卢振辉已经起身,正准备推门进屋。

"喂,等一下,我们还有事情要问你!"邓钊在大门口叫道。

卢振辉将手里的烟屁股丢到地上,回头对他道:"十五分钟时间已到,我得写稿子去了。要是耽误我新《红楼梦》的诞生,你们负得起责吗?"说完,他一头钻进自己的屋里,"砰"一声关上了房门。

邓钊跟着跑过去,发现房门已经从里面锁上了,气得正要砸门,毛乂宁拦住他道:"算了,从派出所提供的证据看,现在断定他是杀人凶手,似乎为时过早。而且这人明显已经有些神经质,说起话来不知哪句是真,哪句是假。对于他提供的这些情况,咱们还得再去核实一下才行。"

邓钊道:"我是怕这家伙跑了,如果他真是凶手的话。"

毛乂宁苦笑一声:"他现在一心一意想写惊世之作,我看就算用九头牛怕也不能将他从书桌前拉开。还有,如果他真想逃走,就不会当着咱们的面承认自己杀人了。"邓钊只好收回砸向房门的拳头,认同道:"这倒也是。见过谈恋爱谈成情痴的,没想到写文章也能写出个文痴来!"

回到车上,邓钊一边发动小车,一边问:"师父,现在咱们该怎么办?"

毛乂宁系好安全带后想了想,说:"先回市区吧,我再给党大明的老婆岑虹打个电话,问一下情况。"

在回去的路上,毛乂宁拨通了岑虹的电话,问她:"你确认你老公失踪的时间,是十八年前的正月十七那天吗?"

岑虹道:"当然确定了。我都已经跟你们说过了,那天是我女儿的生日,所以发生的事情我记得很清楚。他就是那天上午给我发的短信。"她见警方反复纠缠时间问题,显然已经有些不耐烦。

"那么前一天呢？"毛乂宁突然话锋一转。

岑虹一愣，重复道："前一天？"

毛乂宁道："对，正月十六这天，你老公可有什么异常表现？"

"正月十六吗？他好像没有什么不正常的啊。"岑虹回想道，"那天，他在家吃完我煮的早餐，就去上班了。因为报社离家不算太远，而且他还想散步锻炼身体，所以一般都步行去单位。中午在单位吃饭、午休，直到傍晚才下班。"

"那天他下班后，就直接回家了吗？"

"这倒没有。我记得那天我都已经在家里煮好晚饭等着他了。临近下班的时候，他突然给我打电话说晚上有个饭局，就不回家吃饭了。我还在电话里骂了他两句，告诉他以后不回家吃饭就早点儿说，免得我做好饭菜又浪费了。"

"你确定当时给你打电话的人是你老公吗？"

"当然了，这么多年夫妻，他的声音我还听不出来吗？"

"他吃完晚饭，大概什么时候回家的？"

"那天他没回家呀，他要值晚班赶着编第二天的报纸。打电话的时候他就跟我说了，在外面吃完饭就直接回单位加班，如果时间太晚就睡在单位不回家了。这样的情况时常有，所以我当时也没有多想。第二天早上我上街买菜，看见他们的报纸摆在报摊上。我随手一翻，他的名字还印在副刊版面上呢，我就知道他昨晚又加了一个通宵的班。本以为他会回家补休，谁知上午突然收到了他的短信……"

"哦，原来他失踪前一晚就已经没有回家了，是吧？"毛乂宁加重语气道，"那你为什么不早说？"

"这……这个很重要吗？"岑虹在电话里嗫嚅着道，"上次我见你们没有问，我也就没有说。"

"算了,现在不是追究这个的时候。"毛乂宁在脑海里将她刚才提供的这些线索快速过了一遍,然后向她确认道,"咱们现在来捋一捋你丈夫失踪前后的时间线。也就是说你最后一次见到你老公,实际是在你发现他失踪的前一天,即正月十六早上,他从家里出去上班,对吧?"听到对方在电话里"嗯"了一声,他又道:"他最后一次跟你通电话,是在这天下午临下班前,而且你也确定打电话的就是他本人,对吧?"

岑虹说:"对,这个我可以确认。"

"你丈夫参加完饭局,就回单位加班,因为加完班后时间太晚,所以就住在单位没有回来。"毛乂宁问,"这一点你怎么确认?就因为第二天的报纸上有他的名字吗?"

"倒也不全是因为我看到了第二天的报纸。"岑虹像是突然想起来,"你刚才说他最后一次和我通电话——我记起来了。当天晚上他在外面吃完晚饭回报社的时候,又给我打了一次电话,说他喝了点儿酒,但是不碍事,准备回单位加班了,还问我女儿睡了没,今天没有回家教她做作业,她有没有不高兴。所以现在想来,这才应该是他最后一次给我打电话。"

"这是晚上什么时候的事情?"

"具体记不太清了,当时我看完省电视台播放的一集电视剧,洗完澡后正在洗衣服,估计应该是晚上八九点钟吧。"

"当天晚上的饭局是谁组的,有哪些人参加,地点在哪里,你知道吗?"

"这个真不知道。他在电话里没有说,我也没有问。男人嘛,在外面吃个饭也很正常,所以我很少过问。"

"那行,先这样吧,如果你还想起其他线索,随时打电话找我。"毛乂宁挂断了电话。

小车里空间狭窄，邓钊已隐约听明白岑虹在电话里说了些什么，从后视镜里看了师父一眼，说道："那天晚上，卢振辉7点半就被抓去派出所了。而岑虹刚才说，党大明在吃完饭后晚上八九点钟还给她打过电话。这么说来，卢振辉肯定不是凶手，至少不是像他说的那样，在当天晚上党大明喝醉酒躺倒在路边时趁机杀了他。"

"是的。如果岑虹提供给咱们的线索没有差错，她丈夫党大明在正月十六这天晚上参加完饭局，立即回单位加班，并且编出了第二天的报纸，那党大明再次离开报社的时间，应该是第二天，即正月十七。他应该在这天回家补休。这与咱们先前做出的党大明是在正月十七这天被杀的推断，是吻合的。"

邓钊明白他的意思，问道："所以现在咱们的调查重点还得放在党大明被杀当日，即正月十七，他离开报社之后发生的事情上，对吧？"

毛乂宁目视前方，用力点了点头，道："是的。这就是咱们下一步的侦查方向！"

第六章
新书发布

"好的，著名作家林郁秋新书发布仪式现在结束，下面进入签售环节！"年轻漂亮的女主持人手持话筒，一面朝林郁秋做了个"请"的手势，请她到台下的签售台就座，一面对现场观众道，"请各位读者朋友先购买林老师的新作《亲爱的宝贝》，然后再有序排队，请林老师签名。最后再声明一下，因为主办方备货有限，加上今天到场的读者比较多，所以每人限购一本新书，敬请见谅！"

这里是省城海天购书中心，也是全省最大的一家书店，林郁秋的《亲爱的宝贝》新书发布会就在这里召开。刚开始的时候，林郁秋担心冷场，建议主办方请几位行业大咖或者名人来捧捧场，吸引一些人气。但是主办方说："林老师，自从您寻子认亲成功之后，各种采访报道铺天盖地，您和您新书的流量都噌噌往上涨。现在您就是名家大咖，请谁来捧场都不如您自带的流量。"

今天到场一看，林郁秋果然看见发布会观众席上早已坐满了人，还有一些远道而来的读者没有抢到座位，就站在场地外围，没多久就把发布会现场围了个里三层外三层。她仔细观察了一下，这些人还真是从各地赶过来参加发布会的读者,并不是主办方事先请来的托儿,这才算是放下心来。

按照主办方的要求,林郁秋把儿子陈远也带了过来。刚才主持人还在现场采访了陈远,问他是否读过妈妈的新书,有什么感受。陈远说:"我妈的这本小说出版之后,我第一时间就读完了,流了许多眼泪,因为我从这本书里看到了自己和妈妈的影子!"说这句话的时候,他忍不住红了眼圈,转身拥抱了自己的母亲。正是这么一个暖心的动作,感动了现场所有的人。

当主持人宣布签售开始的时候,早已买好新书的读者很快就在购书中心的大厅里迂回排起了长队,放眼望去,黑压压的全是人。

陈远跟妈妈坐在一起,帮她递笔倒水,协助她工作。出版公司的营销编辑短发圆脸,穿着牛仔裤、小白鞋,也在现场忙来忙去。陈远抬头看着她那张圆圆的脸,总觉得有点儿眼熟,好像在什么地方见过。当看见舞台两边的广告牌上印着他们母子在认亲现场抱头痛哭的照片时,他忽然记起来,这不就是当初在认亲现场,拿相机对着他们不停拍照的那个圆脸女孩儿吗?当时他还以为她是哪个报社的记者,原来是出版公司的编辑。难道那个时候出版公司就已经在谋划为妈妈的这本新书做营销推广了?

陈远心里这个念头还没转过来,前面保安已经打开隔离带,立即就有许多读者拿着新买的书走到林郁秋的桌子前,有的人叫着林老师,请她签名的时候给自己写一句鼓励的话,有的人签完名想跟林老师合个影。林郁秋都微笑着点头答应,与读者合照时还对着手机摄像头做出比心的手势。

现场签售活动进行到一半的时候,有一个三十多岁、胡子像野草似的中年男人已经等不及了,拿着书越过前面几个人,使劲挤到林郁秋面前。在林郁秋低头给他签名的时候,他凑到林郁秋跟前,问:"林老师,您还记得我吗?"

林郁秋抬头看了看他,脸上保持着礼貌的微笑,摇头说:"抱歉,我不太记得了,您是……"

"郑锐,"男人指着自己说,"我是郑锐啊,以前在网上跟您聊过,并且还给您提供过创作素材。"

林郁秋"哦"一声,似乎想了起来,问道:"就是那位在网上加我好友,给我讲述自己十年寻子辛酸路的锐哥吧?"

"对对对,我就是锐哥。我儿子十年前被人贩子拐跑了。这些年我一直骑着摩托车满世界找他,可惜就是没有一丁点儿线索,我都快撑不下去了。后来,看到您跟您孩子十八年后相认的新闻,给了我很大的鼓舞。我相信只要坚持下去,总有一天我也能找回我的孩子。再后来,听说您是作家,正在写一部打拐题材的小说。我觉得我的寻子经历十分坎坷,也许可以为您的小说提供一些写作素材,所以就冒昧加了您的微博好友,给您发私信把我的经历说了。我请求您把我的经历写进小说里,把我的真实姓名和联系电话也写进去。因为您的小说发行量大,影响广,这样一来就会有更多人知道我寻子的消息,可以帮助我早日找回孩子。"

"是的,我记得的。"

郑锐一边快速地翻动着手里的书,一边说:"那您把我的故事和联系方式写进小说了没有?我翻来翻去怎么都没找到呢?"

林郁秋不由得面露难色,说:"郑先生,很抱歉,我是个作家,我们作家写小说找素材会有取舍,并不会像记者那样采访到什么就真实地记录下来,所以我并没有把您的故事写进小说里。不过,目前我正在准备写这本书的第二部,看看到时候能不能把您艰辛的寻亲经历写进去……"

"那就是说，你并没有把我的经历写进书里了？"男人顿时变了脸色，把手里的书朝林郁秋扔过去。好在扔得不准，书只砸在了林郁秋的手臂上。旁边的两名工作人员立即上前，一面劝阻，一面拉着他离开签售区。

对于这个小插曲，林郁秋并没有太介意。她一边加快签名速度，一边向后边的读者道歉说："不好意思，耽误大家时间了。"

林郁秋刚为几个读者签完名，突然一个胖女人抱着一大摞书"砰"地放在签售桌上。把林郁秋和陈远都吓了一跳，以为又来了一个闹事的。

胖女人一见吓到了林郁秋，急忙道歉说："林老师，不好意思，吓着您了。我是您的铁杆粉丝，我读过您写的每一本书，但是从来没有要过您的亲笔签名。这次好不容易赶上您的签售会，所以就赶紧到书店将您写的书全都买了一本，想请您在每本书上都签个名。不知道您能否满足我这个铁粉的心愿？"

"行的，没问题！"林郁秋立即起身，朝她鞠了一躬，"读者是我的衣食父母，如果没有你们的支持，我不可能在文学创作的道路上走到现在。多谢了，希望你们以后能一如既往地喜欢我、支持我！"后面的读者听到立即鼓起掌来，还有人高喊："林老师，我们都是您的铁杆粉丝。您的书出一本我们买一本，不但自己买，还推荐给亲戚朋友买来读！"那个圆脸的营销编辑立即拿起手机，将这沸腾的场面摄录下来。

就在这时，一个戴着口罩和鸭舌帽的男人，趁机悄悄从后面挤进来，快速冲到林郁秋面前。

陈远一见这人目露凶光，手里没有拿书，显然并不是来找妈妈签名的读者，心里咯噔了一下。他还没来得及叫保安，那人突然冲上前来，掏出一把明晃晃的匕首，隔着桌子扎向林郁秋。

陈远大叫一声"妈妈小心"，猛地一把将林郁秋推开，只见刀光一闪，那人的匕首正好刺在他的左肩膀上。他感到肩头一阵刺痛，鲜血顿时染红了他身上的白色T恤。陈远扭头看看妈妈，她摔倒在旁边的红色地毯上，并无大碍，他这才放心。

现场顿时惊叫连连，一片混乱。两名保安这才反应过来，一齐上前将行凶者摁倒在签售台上。对于这种突发情况，在场的众多记者自然认为这比新书发布会更让人感兴趣，立即围上去连连按相机快门。

行凶者在两名保安的控制下，仍然挣扎着凑到记者镜头前，甩掉帽子，扯下口罩，露出脸，居然是前面闹事的那个郑锐。他冲着记者的镜头大喊："我叫郑锐。我儿子郑小锐在十年前被人贩子拐走了。他今年已经满十二岁，右胳膊上有一块蝴蝶胎记。如果谁有线索，请给我打电话，我的手机号是138……"在场的人这才明白过来，他之所以在这里闹事，是因为想吸引媒体的关注，扩大影响，找回自己的儿子。

陈远看到他被保安架走了，这才松了口气。他肩膀上的鲜血越流越多，身子晃动了几下，整个人就从椅子上滑落下来，接着眼前一黑，昏了过去，耳边隐约听到了母亲的呼唤声……

不知昏睡了多久，陈远睁开眼睛恢复意识的时候，才发现自己已经躺在医院病房里，妈妈正一脸焦急地坐在床前陪着他。他张张嘴，轻轻叫了一声"妈"。林郁秋惊喜地拉住他的手说："小远，你总算醒了，你已经昏迷一整天了，可把妈吓坏了……"

陈远侧头看了看，受伤的左肩膀已经缠上了绷带。他试着抬了一下左手臂，除了伤口有点儿刺痛，手臂活动起来并无大碍，就笑着说："妈，您别担心，我没事，一点儿皮外伤而已。"

林郁秋嗔怪道："还说没事，医生说幸亏扎得不深，要是刺穿肩胛骨，你这条胳膊可能要废了。你不知道，刚被救护车送到医院的时候，你脸色特别苍白，怎么叫都叫不醒。医生说你失血过多，要立即输血。

123

可是医院血库告急，一时找不到你这个血型的血。好在妈妈跟你血型相同，我给你输了几百毫升血，才把伤情稳定下来。"

陈远一听着急道："妈，我还年轻，这点儿伤根本不碍事，您身体本就不太好，怎么能……"他一句话没有说完，林郁秋忽然俯下身，将他轻轻抱住，说道："妈没事，你能为妈妈挡刀，妈为什么不能给你输血？从今往后，咱们母子俩可真的是血肉相连了！"

陈远感到脖子后一湿，知道妈妈流下了眼泪，伸出一只手来，轻轻拍拍她后背，说："妈，您这话其实说得不对。我是您生的，就算您不给我输血，咱们也是血肉相连的母子俩，对吧？"

"那倒也是！"林郁秋被儿子的话给逗笑了，直起身来转过去，悄悄擦拭着眼角的泪水。

"您的签售会怎么样了？"

"当时你出了那么大的意外，妈哪还有心思搞签售，当时就提前结束活动，陪你到医院了。还有那个行凶的人，也已经被派出所抓去了。昨天晚上派出所打电话和我说，郑锐倒也不是真的想行凶杀人，只是想在我的新书发布会上制造出一点儿新闻来，好让媒体记者关注他寻找孩子的事情。"

"说起来，这个郑锐好像也挺可怜的。"陈远不由得叹了口气。

林郁秋说："你不用担心，后面的事情我已经委托律师去办了。妈妈向你保证，以后再也不会有这样的事情发生了。"

"谢谢妈！"

"对了，不说这个郑锐了，妈有个好消息要告诉你。"林郁秋脸上荡漾起了笑容。

"什么好消息？"陈远抬头看着她。

"妈妈的新书《亲爱的宝贝》在出版之前就已经被一家很有名气的影

视公司看中了，他们想要购买这个小说的影视改编权，就在咱们俩来参加新书发布会的路上，你庆叔给我发来信息，说已经跟影视公司签订合同了，版权费也已经到账，足足八位数。"

"八位数？"陈远一时没有反应过来，扳着手指头一算，"那就是千万级别了？"

林郁秋含笑点头说："是的，而且另外两家影视公司也看中了妈妈以前出版的几本书，目前正在谈授权合同。因为妈妈要专心写作，没有时间处理版权事宜，所以干脆让你庆叔从电脑公司辞职，给我当专职经纪人，全权委托他去谈。"

"那太好了，妈，咱们很快就可以从电视上或者电影院里看到根据您的小说改编的电视剧或电影了。"

"是的，还有一家影视公司说，想请你去演男主角呢，哈哈！"

陈远的脸红了："妈，您别笑话我了！"

"好吧，妈不跟你开玩笑了，咱们说正事。"林郁秋坐直了身子，"你知道的，我跟你庆叔在一起的时间也不短了。最近呢，我们一直在商量着结婚的事。现在咱们手头有钱了，你庆叔就想买一套新房。可是我在咱们那个杂乱的小院子里住出了感情。最主要的是，那地方远离喧闹的大街，十分安静，而且后面有一个绿化公园，空气也好，很适合我这样搞创作的人居住，所以我还是不想换地方。结果，你庆叔打算把咱们那栋小楼全部买下来，这样咱们家以后就拥有一个独门独户的小院了。你觉得他这个想法怎么样？"

陈远点头说："我觉得这个想法挺好的。咱们现在住的地方闹中取静，其实环境还是很不错的。最重要的是，那套房子是外公外婆攒钱买的，妈妈又一直住在那里，在那里写出了那么多畅销书。咱们母子在那里团聚，那里也算是咱们的福地，我也不想搬走。"

125

林郁秋笑笑说:"看来咱们母子连心,想到一块儿去了。那栋楼虽然旧了一点儿,但如果好好装修一下还是很不错的。到时候,总共三层小楼,我跟你庆叔住一层,你住一层,剩下一层给我做创作室,正好物尽其用。只是房子突然由一层变成三层,家务活儿更多了,干脆就请芮姑到咱们家来做住家保姆吧。芮姑其实是妈妈的一个远房表姑,老家在乡下,年轻的时候家里出了变故,生活很艰难,从二十多岁开始就进城打工,以前还在咱们家包子店打过短工,后来又成了咱们家的钟点工。在妈妈最困难的时候,她帮过我不少忙,所以咱们请她来家里当保姆最合适了。"

陈远点头说:"行啊,我也觉得芮姑这个人挺好的。"

"那我回头跟你庆叔说说,让他去把芮姑请来。芮姑一定会同意的。"

母子俩聊着家事,谈兴正浓,病房的门忽然被人敲响了,一个年轻姑娘提着一袋水果走了进来。陈远认得,来人正是妈妈新书发布会上那个忙着拍照的营销编辑,之前他听到出版公司的工作人员叫她珍珍。

珍珍将水果放在床头柜上,说:"林老师,小远的伤情怎么样了?公司领导特意委托我来医院看看。"

林郁秋起身道:"他没什么大碍,主要是失血过多。昨晚输血之后,很快就恢复过来了。"

珍珍点头说:"那就好。"她掏出一个红包,轻轻塞到陈远的枕头下,"这是公司的一点儿慰问金,算是给小远压压惊吧!"

陈远在病床上欠欠身,一时之间不知道该不该收这个红包,只好用询问的目光看向妈妈。林郁秋笑道:"既然是领导的关心,小远你就收下吧。你要是不收,珍珍回去不好交差,领导会以为她没有把工作做到位。"

珍珍也笑起来，说："还是林老师理解我们的工作。"她坐下来，跟林郁秋聊了几句新书的事，然后说道："林老师，咱们昨天的新书发布会开得非常成功，虽然中途出了一点儿小插曲，但整体来说，还是很有成效的。"

林郁秋点头致谢："辛苦你们了，都是主办方组织得好。"

珍珍说："林老师，目前情况是这样的，因昨天咱们的签售活动取得了巨大成功，好几家有影响力的媒体都出了推广文案。公司觉得咱们得趁热打铁，再做一波营销，扩大战果。我们不但要借您的影响力把这本书做成超级畅销书，而且还要做成一本长销书。所以，公司决定给您安排全国巡回签售活动。活动将在重安等十个城市依次展开。目前，前期预热工作我们这边已经做起来了，等您这边确定了行程，我们就可以向读者公布这个消息。"

"我这边没有任何问题。"林郁秋说，"这是我的新书。公司的宣传推广活动我肯定无条件支持配合。"

"只是……"珍珍犹豫了一下，"公司这边的意思是，想请您儿子小远一起全程参与巡回签售活动。"

"小远也要一起参加？"这倒是有点儿出乎林郁秋的意料。

珍珍点头说："是的。公司这边主要出于这样的考虑——我们想创新一下活动方式，所以跟一家很有名气的寻亲网站达成了合作协议。到时候，除了签售，网站方还会请您和小远参加网站主办的寻亲公益活动，对你们进行访谈，请你们讲一讲自己的寻亲经历，宣传打拐工作，吸引更多的人关注寻亲网站上的信息。这个活动除了卖书，还有一定的社会意义。到时候，网站还会邀请一些寻亲家庭到现场现身说法，呼吁大家相互鼓励，抱团取暖。相信这次活动一定能给那些在黑暗中艰难摸索前行的寻亲者带来光明和希望！"

"这样啊，这个活动其实还是很有意义的。"林郁秋看向陈远，"只是我儿子受了伤，可能不太方便……"

陈远从病床上坐起，咬着牙抬了抬左胳膊，说："妈，我这边胳膊经过医生包扎治疗，已经没什么大碍，参加签售活动完全没有问题。"

"可是一连签售十场，辗转十个城市，肯定得花不少时间吧？"林郁秋看向珍珍。

珍珍从自己的手提包里拿出一个iPad，打开里面的工作计划一边浏览一边说："是的。按照公司的安排，咱们每天签售一场，每天跑一个城市。所以整个巡回签售活动估计最少也得十天。"

"要这么长时间啊！小远，你能跟学校请到这么长时间的假吗？"林郁秋还是有些担心。

陈远犹豫了会儿，说："时间确实有点儿长。不过我跟班导老师商量一下，应该能请到假。只是这么长时间不去学校，肯定得耽误不少课程，估计回校之后，又得恶补一阵子了。"

林郁秋看得出他似乎有点儿为难，就说："实在不行的话，咱们推掉这次活动吧。"

陈远笑笑道："没事的，妈。您出新书，我肯定得为您站台啊！"陈远在医院休息一天，第二天就办了出院手续。按照出版公司的安排，他跟妈妈一起坐飞机辗转几个城市，马不停蹄地为《亲爱的宝贝》做新书营销推广工作。

每到一个城市，活动现场都会被从各地赶来的读者围得水泄不通。因为每天要签很多本书，林郁秋的右手腕都肿了，但为了不辜负每一位到场读者的热情，她只用冰块冷敷简单处理，就又一本接一本地在读者递过来的新书扉页上签名。

当然，有付出就有回报。从出版公司发回的销售数据来看，她的新书销量节节攀升，已经卖出了数十万册。她当初给自己定下的百万畅销书的目标，估计很快就能实现。这一系列的营销活动，也带动了她以前出版的图书的销量，使她迅速成了超级畅销书作家。她还没有关于下一本新书的写作计划，图书公司就已经向她支付了高额的订金。

广京的一家购书中心，是这次巡回签售活动的最后一站。活动结束后，主办方在购书中心附近的一家酒店开庆功会。一位读者代表上台给林郁秋献花，并且送给了她一份礼物。林郁秋打开包装看到一个玫瑰色的笔记本，翻开它，里面有读者摘抄的她新书里的锦言妙语，笔迹非常娟秀。她竟然抄了满满一整本。林郁秋很受感动，拥抱了这位暖心的读者。

第二天，林郁秋带着陈远回到光明市。司马庆开车将母子二人接回了家。

林郁秋娘俩发现出门没多长时间，家里这栋三层小楼已经被装修得焕然一新。司马庆有些得意地道："我把咱们上面的二、三楼一起买下之后，就立即找公司进行装修。现在外墙已经全部翻新完毕，完全是按别墅的标准改造的，只剩下三楼和天台还在施工。等全部装修完毕，咱们再装一部小电梯，那可就真是一个五星级的家了。"

"辛苦你了！"林郁秋上前给了他一个拥抱。司马庆嘻嘻一笑，伸长脖子就要来亲她。林郁秋躲闪了一下，对他道："别胡闹，小远还在这里呢！"司马庆瞥了一眼陈远，只得讪讪地放开她。

"太太，少爷，你们回来了！"芮姑从厨房跑出来，迎接林郁秋和陈远，"赶紧坐下歇歇。我已经做好晚饭，就等着你们回家了！"说着就伸手要来接陈远手里的行李箱。

陈远愣了一下，才明白她喊的"少爷"是自己，顿时觉得很不好意思,一边把行李箱往自己房间拖,一边道:"芮姑,您是长辈,叫我少爷我听着浑身不舒服,您还是叫我小远吧。"

林郁秋也笑起来,对芮姑说:"是啊,咱们也不是外人,您还是叫我的名字吧,别搞得咱们家跟地主老财似的。"

"这个……"芮姑犹豫着看向司马庆。很显然,是司马庆把她请到家里之后,特别授意她这么称呼的。

司马庆道:"既然他们不喜欢这个称呼,那你还是按以前那样叫他们吧。不过你必须得叫我老爷,我就喜欢这个格调!"说完哈哈一笑,很是得意。

在全国各地飞来飞去,辛苦十来天,陈远也确实累了,吃完晚饭,他给秦小怡打了个电话,就上床睡了。

第二天,因为要销假上学,陈远起得很早。林郁秋和司马庆都还在卧室睡觉,只有芮姑早早起床,已经做好了早餐。

陈远心里有点儿过意不去,说:"芮姑,其实您不用起这么早,我自己到外边随便买点儿早餐吃就行了。"

芮姑说:"那怎么行呢,外面的早餐很不卫生,哪有家里自己煮的干净?再说了,我等会儿要出去买菜,可不只是为了给你做早餐才起这么早的。"

陈远见无法说服她,只好作罢,吃完早餐就上学去了。

芮姑收拾好碗筷,拎着一个购物袋出了门。她来到附近的超市,先买好一天的菜,想起家里已经没米,又买了一袋优质大米。付完款才知道,超市并不负责送货上门,一袋大米足有五十斤重,摆放在超市门口,她一个年近六十的老婆子扛又扛不起,背又背不动,实在把她难住了。

正在束手无措之际,扭头看见超市旁边的巷子口坐着几个捋衣挽裤、五大三粗的男人,像是正在等着揽活儿的民工。芮姑心中顿时有了主意,走过去说:"喂,扛米的活儿,有人接吗?五十斤大米,给我扛到南林路,大概也就一里多路远。"

几个男人同时站起来,一个说:"一百二十块钱,我干!"另一个说:"我只要一百块钱。"

芮姑细问了一下,最便宜的也要收八十块钱。她不由得连连摇头,说:"太贵了!"

这时旁边一个五十来岁,头发花白的小老头直起腰来,说:"老姐姐,我帮您把米驮回去。这才几脚路,价钱我也不跟您讲了,您给多少是多少。"

芮姑是光明市深景乡人,在他们乡下老家的方言里,常把"扛"说成"驮",也用"几脚路"来形容路程很近。她一下子就听出了这男人的深景乡口音,不由得将目光转向他,问:"你是深景的?"

男人挠挠头道:"可不是嘛,我从乡里进城打工好多年,还是改不了这个口音。"

芮姑一拍大腿说:"巧了,我也是深景的,咱俩可是正宗的老乡呢。我叫芮素芬,在城里给人家做保姆,别人都叫我芮姑。"

男人说:"我叫伍峥嵘。我帮您驮回去这袋米,不收钱,谁叫咱们是老乡呢。"

芮姑心里有些过意不去,说:"那不能,该给多少给多少,反正是我们家老爷出钱。"于是,芮姑就请了这个民工,帮她把大米扛回了家。

芮姑进屋跟司马庆说了这事。司马庆说:"给他五十块吧,扛着一袋米走这么远,也挺辛苦的。"

芮姑依言给了伍峥嵘五十块钱。出门的时候,伍峥嵘见左右无人,从口袋里掏出一张二十块的钞票悄悄塞到她手里,说:"多谢老姐姐,以后有什么活儿需要人搭把手,还请多关照关照我这个老乡。"芮姑见他这么"懂事",很是高兴,一面点头应着"好好好",顺手将那二十块钱塞进自己口袋,一面打开大门,将他送下台阶。

从门口院子里穿过的时候,伍峥嵘看见走廊两边杂草丛生,花木乱长,就说:"老姐姐,您家这院子里的花木也该修剪修剪了。"芮姑说:"是啊,我跟我们家老爷提过,他也同意了。我们想请个花匠,不用一整天在这里上班,只需要每天下午来打理半天,把这些花花草草侍弄好就行,可是一时又找不到合适的人。"

"这可太巧了,"伍峥嵘停住脚步说,"我以前在园艺公司做过花匠,后来辞职回家帮儿子儿媳带孩子。现在孙子大了,不用我带了,我不想在家吃闲饭,才出来打短工的。"

芮姑自然明白他的意思,说:"行啊,我回头跟我们家老爷说说。"

伍峥嵘凑到她耳边说:"老姐姐,您帮我在老爷面前说几句好话。如果能接下这份工作,那我以后也不用每天去街头揽活儿,就安安心心在这里干着。每个月发了工资我分您一半,怎么样?"

芮姑一听居然有这样的好事,乐得连嘴都合不上了,说:"行,这事包在我身上!"

吃晚饭的时候,芮姑趁着主人家人都在,就提了请伍峥嵘到家里来做花匠的事。司马庆说:"咱们买下这栋楼后,整个院子都是咱们家的了,院子里那些花花草草确实该请人来打理一下,要不然乱七八糟的,影响咱们这个五星级家园的光辉形象。"

林郁秋说:"只是侍弄一下花木,工作量不大,也不用一整天都来上班。每天下午来工作三个小时就行了,还能省一些人工费。"

司马庆转头对芮姑说:"那就这么定了,让你说的那个姓伍的人过来做花匠。每天下午上半天班。具体情况你跟他谈,谈好了告诉我们一声就行。"

芮姑很高兴,晚饭后立即给伍峥嵘打电话,说主人家已经同意,他明天就可以过来上班。

伍峥嵘很感激,在电话里亲热地叫着她老姐姐,还说了不少感谢的话。

第七章
指认现场

　　围绕党大明在十八年前失踪当天离开单位前后发生的事情，警方花了大量时间和精力，逐一走访调查了十八年前与党大明共事过的报社老同事，甚至连已经退休的老员工——只要能联系上的——都派警员上门问询。但是因为时间久远，大家对当年发生的事情，几乎已经没什么印象。

　　老金告诉毛乂宁说："当年报社人员众多，大家各忙各的，谁也不会太关注谁。而且单位考勤纪律松散，党大明是连续两三天没有来上班，领导发现有些不对劲，去他家里问了，才知道他已经单方面辞职跑到外面打工去了。所以你们问他失踪那天是怎么离开报社的，真不可能有人知道，就算知道也不可能记这么久。毕竟这已经是十八年前的事情了，对吧？"毛乂宁点头表示理解。

　　邓钊又问老金："还有一件事。我们调查到党大明失踪前一天下班后，有人开车到报社门口接他去参加一个饭局。你知道是谁请他吃饭吗？"

　　老金摇摇头："这可不知道，我们是党报。报社的编辑、记者在社会上还是有一定地位和影响力的。所以有人请客吃饭也是常有的事，倒也不奇怪。"

结束报社的走访调查之后，毛乂宁又想起了当年在党大明手下实习的大学生云海深。这时候这位云大导演已经结束休假，回省电视台上班去了。毛乂宁给他打电话，却是他的助手接听的，说云导接到紧急拍摄任务，目前正在大山深处专心工作，在拍摄任务完成之前，不会接听任何电话。毛乂宁只好在微信里给云海深留言，问他是否知道十八年前党大明失踪前一天晚上，开车请他吃饭的人是谁。请他拍摄完看到消息后务必尽快回复。

案情调查受阻，专案组开了个碰头会，大家都有点儿垂头丧气。毕竟这已经是十八年前发生的命案，所有线索几乎都已经被时间冲断了。从目前的调查情况来看，破案的希望已经越来越渺茫。

这天上午，毛乂宁从市局的会议室开完会出来，在走廊里碰见了城北派出所所长邱志纯。两个人相互打了招呼，正要擦肩而过的时候，邱志纯忽然停住脚步，对毛乂宁说："哎，毛队，上次你找我打听十八年前卢振辉的事，是为了查案子吧？"见毛乂宁点点头，她又问，"案子查清楚了吗？"

毛乂宁摇头说："还没呢。"

"这样啊，"邱志纯说，"我倒是突然想起一个细节来，不知道跟你调查的案子有没有关系。"

毛乂宁抬头看着她，露出洗耳恭听的表情。邱志纯说："是这样的，当时我们把卢振辉带回派出所的时候，我不是把他手里的刀具没收了吗？第二天早上，他被放出来以后，又找我要那把刀，还说那把水果刀是他妈妈买的。他们家是开便利店的，卖水果的时候要用这把刀切水果，如果把刀弄丢了，他妈妈会骂他。"

"那你把刀还给他了吗？"

"还了。我们检查过，那就是一把普通的家用水果刀，并不属于管制刀具，而且我们已经口头教育他不要再闹事。所以，当他签完字之后，我们就让他把这个私人物品领回去了。"

"行，我知道了，谢谢你。还是上次那句话，等案子破了，我请你吃饭。"毛乂宁挥手向她道别，对方说了一句玩笑话，他却没有听见，因为他已经在想另外一件事情。

回到刑警大队，毛乂宁叫上邓钊说："走，再跟我去一趟忻田村。"

邓钊一愣，从电脑屏幕前抬起头，问："忻田村？是去找卢振辉吗？"

毛乂宁点头说："是的。"又把邱所长的话简单对他说了。

邓钊很快就明白师父的意思，道："您是说，有可能卢振辉在派出所被关了一夜之后，第二天出来仍然恨意难平，所以要回来那把水果刀，躲在报社外面，等党大明加完班早上从单位出来的时候，就尾随他，找了个没人的地方将他给……"话至此处，他用手往脖子上轻轻一抹。

"确实不能排除这个可能。"毛乂宁点点头。

"可是卢振辉为什么要和咱们说自己前一天晚上就已经在宾馆外面杀了党大明呢？"

"有两个可能。要么这小子脑子糊涂记混淆了，要么这小子在咱们面前装疯卖傻，故意用假口供误导咱们，以掩盖他第二天杀人的真相。"

"这家伙看起来痴痴呆呆的，说话也完全没有章法，如果真是装出来的，那他真是太会演戏了。"

毛乂宁一面下楼走向停车场，一面道："所以无论如何，咱们还是得再去会会他。"

师徒二人驱车来到忻田村，第二次找到朝婆家。卢振辉的外婆居然还坐在台阶下剥玉米，好像家里有剥不完的玉米一样。不过这次只有她一个人，并没有那个小女孩儿陪着。毛乂宁知道朝婆听力不好，就没有跟她打招呼，直接走向卢振辉闭关写作的那间屋子。门从里面锁上了，邓钊敲了一下，屋里并没有什么反应。

邓钊用力拍门，大声道："卢振辉，开门，我们是公安局的，上次来找过你。"屋里仍然没有人应门。邓钊看向师父，毛乂宁示意他不要动粗，继续敲门。

邓钊还是忍不住举起拳头，正要砸门，却忽然听到屋里传来"咣当"一声，像是凳子倒地的声音。

师徒俩顿生惊疑。毛乂宁贴着门缝往屋里瞧瞧，突然变了脸色，说道："不好，这家伙上吊自杀了，赶紧破门！"

邓钊也吓了一跳，急忙往后退两步，上前一个飞踹，房门应声而开。两人冲进屋里，只见卢振辉正吊在房梁上垂下的一根绳子上，翻着白眼双腿乱踢。

"想畏罪自尽啊？没那么容易！"邓钊上前一把抱住他的双腿，用力往上托举。毛乂宁扶起地上的凳子踩上去，解开卢振辉脖子上的绳扣。卢振辉一下瘫软在邓钊身上。邓钊一脸嫌弃地抱住他，将他平放在地上。

卢振辉躺了一会儿，很快就恢复了。他从地上一跃而起，瞪着两个警察道："你们想干什么？"

邓钊道："我们是在救你。知道你想畏罪自杀，我们可不能眼睁睁看着你死。"

卢振辉往地上吐了一口痰，里面竟然有些血丝。他气急败坏道："你们懂什么，只会坏我的好事！"

毛乂宁皱眉道："坏你好事？你上吊自杀，还是好事？"

"呸，我活得好好的，新《红楼梦》都还没写完呢，干吗要上吊自杀？告诉你们，我这是在体验生活。"

邓钊觉得有些好笑，道："我知道作家要体验生活才能写出好作品，但没见过体验生活要上吊自杀的啊。"

卢振辉朝他翻翻白眼，露出一副"你什么都不懂"的表情，说："我正写新《红楼梦》呢，写到林黛玉要上吊自杀。为了把经过写得更真实、更具体、更可信，所以自己就上一回吊，试试到底是什么感觉。"

毛乂宁道："你上次不是说要把林黛玉写活吗？怎么又写她要上吊自杀了？"

卢振辉摇头叹息："没办法，按照我原本的创作计划，我是想让她活到大结局的。可是，作家笔下的人物一旦写活，就有了自己的思想，自己的故事。她自己想自杀，我虽然是作者，却也拦不住啊。"

邓钊惊奇道："她是你笔下的人物，你想怎么写就怎么写，怎么可能拦不住？"

卢振辉有些不耐烦地挥挥手，说："算了，你们这些人一点儿文学细胞都没有，跟你们说了也白说。"

"我们看到的情况，可不像你说的这么简单。"毛乂宁往他脸上指一下，"你刚才哪里是在体验生活，分明是想寻死。你脸上的血色到现在都还没恢复过来。要是我们再晚一点儿进门，你就要吊死自己了。"

卢振辉撇嘴道："哪有那么容易死。我脖子下面系的是一个活结，如果感觉受不了了，只要轻轻一拉，就能解开。"

毛乂宁看了看悬挂在头顶上的绳子，回想刚才解绳子时候的情形，好像卢振辉还真的系的是一个活结。他说："就算真是活结，那也很危险，一不小心弄假成真，就会把自己的命搭进去。"

卢振辉一脸认真地道："搞文学创作就要有献身精神。只要能写出一本惊世大作，就算把我的命搭进去，那也值了！"

毛乂宁见他如此偏执，知道很难在这件事情上说服他，只好转移了话题："知道我们为什么会再来找你吗？"

"知道，还是为了党大明的案子嘛。"

邓钊冷笑一声："你倒挺有自知之明的。上次你说在十八年前正月十六晚上，党大明从宾馆出来的时候，你杀了他。可是我们查过城北派出所的档案，当天晚上党大明还没有离开宾馆，你就已经被民警抓到派出所关起来了，根本就没有作案时间。"

"是吗？上次我是这么说的吗？"卢振辉搬起他刚才踩着上吊的凳子，回到书桌前坐下。书桌上的笔记本电脑还开着，显示屏上全是密密麻麻的文字。

邓钊见他想否认之前的说法，就有点儿着急道："你可别不承认。上次问讯我全都记录在案了。"

卢振辉倒是一副无所谓的样子，说："也许是我记错了吧。"

"这种事都能记错？"

"是的，应该是我说反了。"

"什么叫说反了？"

"就是我把事情的前后顺序颠倒了。上次我说先杀了党大明，再被警察抓走。经过今天你们这么一提醒，我才发现自己记错了。其实是我先被派出所抓了，放出来后，才把党大明给杀了。"

"具体情况，能跟我们说说吗？"屋里只有一把凳子，毛乂宁只好坐在卢振辉对面的床上。

卢振辉有点儿不耐烦地道："上次我不是已经跟你们说过了吗？党大明抄袭我的小说获了奖，我去找他评理，人家根本不理睬我。我就对他动了杀心，把家里的水果刀磨快了要去杀他。那天他下班后我跟踪他来

139

到一家宾馆……"

"是城北的马岭宾馆吧？"毛乂宁想起了上次邱志纯提过的这个宾馆名。

卢振辉说："对，就是马岭坡附近的那个马岭宾馆。党大明进去吃饭，我在外面等了很长时间，也没有见他出来。"

毛乂宁问："你上次说，那天党大明下班后，被一个开私家车的人接到宾馆吃饭，是吧？你知道接他的人是谁吗？"

卢振辉摇头说："我看见他跟党大明一起进去吃饭，但不认识他。"他忽然冲两个警察翻白眼，"哎，我说你们两个，能不能好好听我说话，不要打断我？"

邓钊不由得笑起来，他还是第一次遇上在警察面前表达欲这么强的嫌疑人。毛乂宁只好举手做投降状，说："好的，你说你说，我们不打断你了。"

卢振辉这才满意地点点头，接着往下说："当时我想直接冲进去，但是被宾馆服务员拦住了，最后没有办法，只好提着刀围着宾馆绕圈，等党大明吃完饭出来。结果，我没有等到他，反而把派出所民警给招来了。一个女警官没收了我的水果刀，还把我带到派出所拘留了一夜。他们问我拿着刀想干什么。我可不傻，当然不能说是杀人啊。我正好见过有一条大狗进出那家宾馆，于是我编了个谎话，说宾馆的狗把我给咬了，我要杀狗报仇。警察也没怎么怀疑我，第二天就把我放出来了。我找那个女民警把刀要了回来。都是这个该死的党大明，害得我白白被派出所拘留了一夜，我对他更是恨得咬牙切齿。从派出所出来后，我把水果刀揣在怀里，又回到宾馆，还是想找党大明报仇。我怕被里面的服务员看见，不敢闯进去，又围着宾馆前前后后转了两圈儿，没想到真的在宾馆后面的树林里看见了党大明。他正躺在杂草丛里，如果不仔细看，还真发现不了，估计是前一天晚上喝醉酒在林子里躺了一夜。我觉得这可是我报仇雪恨的天赐良机，于是就掏出水果刀，上前狠狠地捅了他一刀。"

"然后呢？"邓钊见他没有再往下说，忍不住追问了一句。

卢振辉说："后来我就跑了啊，你当我是傻子，杀了人还站在原地，等着警察来抓我吗？"

毛乂宁问："当时你用刀捅了党大明什么部位？"

"当时有点儿慌张，记不太清了，反正就是捅在他身上致命的部位了。"

"那你当时确认过他已经被你杀死了吗？"

"这倒没有。不过后来发现他再也没有回报社上班，肯定是被我杀死了啊！"

邓钊问："凶器呢？"

卢振辉一愣，说："什么凶器？"

邓钊说："就是你用来杀人的那把刀，是留在党大明身上了吗？"

"这个……应该是吧。"这次卢振辉回答得有些迟疑。

毛乂宁瞪他一眼，道："是就是，不是就不是，什么叫应该是？"

卢振辉搔搔一头乱发："这个我真不记得了。也许留在他身上了，也许拔出来扔在附近的荒地里了。"

"你说的这些都是真话？"

"当然，党大明是个文贼，我杀他是为文坛除害，没必要藏着掖着。再说了，历史上那些非常有名的作家都曾有过牢狱之灾。你们抓我去坐牢，说不定我的作品就能火了。"

正在做笔录的邓钊听到这里，也不禁皱起了眉头。卢振辉的杀人动机倒是可以成立，只是作案的思维逻辑太过混乱，而且跟他们调查到的关于党大明命案的情况也有相悖之处。他一脸疑惑地看向师父。

毛乂宁也发现了一些可疑之处,对卢振辉道:"目前我们调查到那天晚上,党大明在宾馆吃饭的时候,确实喝了一些酒。不过,他晚饭后就回到单位加班,直到第二天才离开。所以你说你看到他第二天居然还在宾馆后面的草丛里醉酒睡觉,这也太扯了吧!"

"你们调查到的是什么情况,我管不着,反正我就是在宾馆后面杀了他。你们要是不相信,我可以带你们去那家宾馆后面指认现场。"卢振辉耸耸肩,摆出一副事实就是如此,你们爱信不信的样子。

毛乂宁师徒俩交换眼色,都从对方的眼睛里看到了一个大大的问号。毛乂宁思索片刻,点头说:"行,我只知道那家马岭宾馆就在马岭坡附近,具体位置还不知道,正好借这个机会,让你带我们过去看看。"

"我可以带你们去,不过不是现在,得等我把这一章写完。我刚上吊,体验到了那种濒死的感觉,必须写下来。"卢振辉坐在电脑前不肯走。邓钊不由得有些恼火,这都什么时候了,这家伙居然还惦记着写小说的事,果然是个文痴啊!

毛乂宁知道卢振辉性格偏激,不能硬来,想了想说:"我有个朋友在省城出版社工作,你要是好好配合调查,回头我把我朋友介绍给你认识,你可以把你的新《红楼梦》拿到他们出版社出版。"

"真的吗?"卢振辉顿时两眼放光,"你真的可以介绍出版社编辑给我认识?"见到毛乂宁点头,他不由得惊喜道,"这么说来,我这部伟大的著作终于有机会出版面世了!现在的出版社就是这样,如果没有熟人介绍,人家编辑根本不看你的稿子,你写得再好也没有用。"

毛乂宁说:"别发牢骚了,咱们赶紧去你十八年前杀人的现场看看。"这次卢振辉倒十分配合,很快就跟着他们上了警车。

邓钊开着警车穿过大半个城市,来到北城区时,已经上午 11 点多了。驶出市区之后，沿着一条国道往前走了不远，就到了位于城郊接合部的马岭山。一条两车道的乡村公路，将马岭山与城市的风景分隔开。按照卢振辉的说法，他所说的马岭宾馆就在这条马岭路上。

可是在这条不足两公里长的水泥路上来回走了两三趟，他们也没有在路边看见马岭宾馆的招牌。邓钊开始有点儿怀疑。正好路边有几个年轻人在打球，邓钊就停车下去问了一下。几个年轻人都摇头说："没有啊，我们这里没有什么马岭宾馆。"

邓钊忍不住生气，回到车里，一把抓住卢振辉的衣襟，几乎要把他从座位上提起来，说道："你是在耍我们吧？人家都说了，这里根本就没有什么马岭宾馆。"

卢振辉也急了，回道："不可能啊，当年我就是在这里等党大明出来的。宾馆的招牌很大，就竖立在路边，很好找的，一眼就能看到，现在怎么找不到了呢？"他扭头朝车窗外张望着，好像要用目光把他说的那间宾馆从某个角落里揪出来一样。

毛乂宁想了想说："小钊，你先别着急，我再下去问问。"他跳下车，拦住路过的一个四十多岁的中年人打听。

中年男人一听他问"马岭宾馆"，不由得皱起了眉头，说："哎哟，这可不好说。以前这里确实有个马岭宾馆，不过十多年前就已经关门大吉了。"

毛乂宁"哦"了一声，难怪年轻人不知道这个宾馆，原来是这么回事。他又问："宾馆倒闭了，但楼应该还在吧？"

中年男人说："你问原来开宾馆的那栋楼啊。那栋楼倒是没有被拆掉，以前租给别人开过制衣厂，后来制衣厂扩大生产规模搬到别的地方去了。三年前不知是市里的哪家技校租下了这栋楼，办了一所厨师培训学校。你们顺着这条路往前走不远，会看到'南方烹饪技术学校'这样的字眼，那里就是你们要找的马岭宾馆旧址了。"

毛乂宁总算明白了。他回到车里，让邓钊往前开车。没开多远，果然看见路边有一幢五层高的大楼，外墙被漆成天蓝色，楼顶的招牌上写着"南方烹饪技术学校"几个大字。浓浓的油烟正从二楼几个窗户里飘出来，估计学生们正在厨房里学习炒菜。

毛乂宁把卢振辉带下车，指着这栋蓝色楼房道："你好好看看，这里是不是当年的马岭宾馆？"

卢振辉眯着眼睛仔细瞧了两眼，很快点头道："对对对，我记起来了，就是这栋楼。只是当时外墙好像不是这个颜色，所以不细看完全认不出来。"

邓钊在后面推了他一下，道："走吧，带我们去看看你十八年前的杀人现场！"

卢振辉说："就在这栋楼的后面。"他带着两个警察从楼前绕过去。大楼后面一米开外的地方有一片树林，林子里长满了杂草和藤蔓植物。时近中午，太阳从头顶照射下来。天气已经有些炎热，但树林中有风吹过，竟然十分凉爽。

十八年后故地重游，可能环境发生了些变化，卢振辉在墙角站了许久，才看出些眉目，说："当年我来这里的时候，这些树木可没有现在这么高、这么大。"

沿着烹饪学校后墙向前走了没多远，来到了一棵歪脖子树下。卢振辉像遇见故人似的，一下就认了出来，用手一指："就在这棵树下面！我记得当初看到党大明时，他就躺在这棵歪脖子树下面的草丛里睡觉。"

"看来你记得很清楚嘛！"

"那是因为我小时候看小说里面有的人活不下去的时候，就找一棵歪脖子树，拴上绳子上吊自杀，所以我对歪脖子树就有很特别的感觉。当时党大明就是睡在这棵歪脖子树下的。因为地上杂草比较多,我第一次走过的时候完全没有看到他,直到第二次经过时,才隐约看见草丛里睡着一个人……"

"然后你就上前给了他一刀,是吧?"

"是的。我知道他肯定是前一天晚上喝多了,醉倒在这里睡了一夜。正好这里四野无人,于是,我一个箭步冲过去,狠狠刺了他一刀。没等他反应过来,我就飞速逃离了现场。"卢振辉一边说着,一边把他杀死党大明的经过在两个警察面前演示了一遍。

毛乂宁站在那棵歪脖子树下,用脚拨开草丛仔细查看,好像党大明的尸体还在那里一样。实际上,时隔十八年,即便真如卢振辉所言,这里确实是他杀死党大明的现场,也不可能再发现什么蛛丝马迹。但弥散在草丛中的那种死亡气息似乎还在,好像只要抽动鼻子,就能嗅出来一样。

毛乂宁从草地上瞧不出什么线索,便抬头看这棵歪脖子树正对着的烹饪学校的后墙。从二楼到五楼,每楼都有一扇窗户,上面都安装了防盗网。三楼、四楼的窗户上挂着几件衣服,估计是学生宿舍。

毛乂宁背着双手,四下看看,忽然觉得这地方似乎有些眼熟。他踏着草丛走了一百多米远,就从树林里穿出来了。原来树林的另一边就是马岭坡。应警方要求,张五一兄弟挖出白骨的坟坑,还一直没有回填,像块疮疤似的敞开在那里。他记起来了,上次在坟场听到的上课铃声,想来就是从这家烹饪学校传出的。他用脚步丈量了一下,从那棵歪脖子树到坟坑之间的距离,还不到二百米远。

"你杀了党大明之后,是怎么把他拖到这里埋掉的?"毛乂宁站在坟坑前问卢振辉。

卢振辉听得一脸莫名其妙,问:"把党大明埋在这里?"

邓钊说:"对,党大明的尸骨就是从这里挖出来的。"

卢振辉说:"不对啊,我当时杀了人就跑了,根本没有埋他,怎么可能……会不会是后来哪个好心人看见他死了,就悄悄把他拖到这个地方,挖了个坑给埋了?"

邓钊被他逗笑了,说道:"你这是什么脑回路?别人看见有人被杀,不去报警,反而悄悄帮你埋尸灭迹,人家是你同伙吗?"

卢振辉道:"这倒也是。杀人的事我认了,不过埋尸的事,真不是我干的。"

"那好吧,埋尸的事情暂时放一边,咱们先说说党大明的手机吧。"毛乂宁道,"你杀死党大明之后,为了不让他老婆起疑心,就拿他的手机给他的老婆发短信,以党大明的口吻说自己因被人举报私吞作者稿费而要辞职出去暂避风头。这个你总得认吧?"

"为什么你们的理解能力这么差?"卢振辉有些不耐烦地道,"我已经跟你们说得清清楚楚了。杀死党大明之后,我立马就跑了,既没有埋尸也没有拿过他手机,更没有给他的老婆发过什么短信。再说了,像他这样的文坛败类,我杀他是为民除害,你们警察也会支持我的,我为什么要怕他的老婆起疑心给她发短信?"

邓钊道:"可是根据我们的调查,党大明被杀之后,尸体确实被埋在了这里。并且有人拿他的手机给他的老婆发了短信,这个你怎么解释?"

"解释?"卢振辉一脸冷笑,"我为什么要解释?这些不应该是你们警察自己去调查的事情吗?为什么要我解释?总之,该说的我都说了,也带你们来看了现场。我配合你们警方调查的义务已经尽到,现在该让我回去写小说了吧?"

"如果你说的是真话,那你现在就是这起命案的犯罪嫌疑人。都这时候了,你还想着回去写你的小说?"

"不然呢？"卢振辉耸耸肩，一脸理所当然的表情。

邓钊认真打量着卢振辉，看他实在不像是开玩笑的样子，心里忽然想到了什么，把毛乂宁拉到一边，低声道："师父，我总觉得这家伙说话、行事有点儿不对劲儿，该不会写作写傻了，这里出了问题吧？"他一边说，一边用手指指向自己的脑袋。

毛乂宁听了这些话，眉头皱了起来，回头瞧了瞧卢振辉。卢振辉正站在坟坑前，嘴里念念有词，不知道在说些什么。他深有同感地点点头道："我也这么觉得。一开始我还以为他是因为醉心写作，闭门造车，跟社会严重脱节，不太知道人情世故。但通过几次接触，我确实感觉这家伙脑子似乎有点儿不正常。他的供词有一搭没一搭的，全都是似是而非的内容。你要是不信吧，好像真是那么回事；你要说完全相信他吧，可是他的说辞又有许多跟案情不吻合的地方。你问他这些异常之处，他好像还回答不上来。"

"此外，杀了人还觉得自己是在为民除害，警察不该抓他还应该表扬他，正常人应该没这样的脑回路吧？"邓钊不由得摇摇头。

毛乂宁想了想，说："那行吧，咱们还是先将他的供词记录在案，再把他送去做个精神疾病鉴定，等有了结果再说。"

师徒二人带着卢振辉回到刑警大队。毛乂宁让梁凯旋和商蓉蓉先带卢振辉去司法鉴定中心做精神疾病鉴定。

下午，师徒二人又来到卢振辉的家。卢振辉的母亲仍然在便利店里看店。邓钊先向她说了卢振辉因为涉嫌命案被警方拘留审查的消息。卢振辉的母亲一听儿子被警察抓了，不由大惊失色道："警察同志，你们搞错了吧？我们家振辉那么老实，一天到晚只知道埋头写小说，怎么会杀人呢？"

毛乂宁道:"他已经亲口向警方说是他杀死了党大明。当然,他到底是不是真的杀了人,我们还得进行详细调查。如果最后证明他无罪,我们自然会放他回家。"

"我们这次来找您,还有一个目的,想请您辨认一件证物。"邓钊拿出一个透明的物证袋,里面装着那把从党大明胸口取出的置其于死地的水果刀。刀身本已生锈,但经过技术处理,已经基本恢复原状。他问卢振辉的母亲,"这把刀,您认识吗?"

卢振辉的母亲接过物证袋认真看了看,最后摇头说:"不认识。"

毛乂宁提醒道:"上次您曾说过,您儿子得知党大明抄袭了自己的小说之后,气愤地磨刀,要去找党大明的麻烦,他磨的是这把刀吗?"

"不是啊,"卢振辉的母亲脸上露出莫名其妙的表情,"他磨过的那把刀,是我们店里用的水果刀,至今还在用着呢。"

"还在用?"毛乂宁和邓钊都愣住了。

"是啊,这把刀是我们学校组织教师去外省旅游时,我自费购买的。这个品牌的刀具在全国都很有名,质量也确实不错。这把水果刀我们一直用到现在都没有坏,只是木质刀柄有点儿开裂,我老公用铁丝箍了一下。"卢振辉的母亲转身走到窗口摆的一堆水果旁,拿起一把水果刀递给两个警察,说,"这把刀平时放在店里,主要用来切西瓜、哈密瓜之类的水果。"

毛乂宁接过来看了看,这把水果刀比物证袋里的那把刀要短一些,形状也不同。最主要的是这把刀是木质刀柄,物证袋里的水果刀是黑色塑料刀柄。他将这把水果刀拿在手里掂量了一下,虽然不能判断它是十八年前的刀具,但从磨损痕迹来看,确实应该有些年头了。

卢振辉的母亲似乎有些不太明白,看着他们手里的刀问:"你们问这把刀,是因为……?"毛乂宁说:"是这样的,这把黑色塑料柄的水果刀,就是从党大明的尸骨上取下来的。根据我们推测,凶手正是用这把刀杀死了党大明。"

卢振辉的母亲"哦"了一声,很快就明白了过来,解释说:"这把刀是别人家的,跟我们家振辉没有关系。他当年磨的是家里这把水果刀。如果他真的想杀人,肯定是用家里这把刀啊!"

这个结果确实有些出乎毛乂宁的意料,他想了想,道:"这确实是一个疑点,我们一定会调查清楚的。还有,您家这把水果刀能借给我们用一下吗?"

卢振辉的母亲明白他们是想把刀拿回去验证她说的话,点头说:"好的,你们拿去吧,用完记得还给我。"

从便利店出来后,邓钊道:"师父,作案工具完全对不上啊。按卢振辉的口供,他应该是从自己家里拿刀行凶的,但是留在党大明尸体上的却是另一把刀。而他家里的水果刀并没有丢失,还一直用到了现在,这到底是怎么回事啊?"

毛乂宁皱眉道:"这只能说明,卢振辉在作案工具这件事上说谎了。他当时揣在身上的并不是家里的水果刀,而是自己另买的一把刀,就是这把塑料柄的水果刀。"

"其实要想搞清楚他当时手里拿的到底是什么刀,并不困难。"

毛乂宁明白邓钊的意思,问:"你是说去问城北派出所的邱所长?"

邓钊道:"是的,也许她还有点儿印象。"

毛乂宁立即给邱志纯打了个电话,问她相关情况。邱志纯在电话里笑道:"我又不是神仙,十八年前的这些小细节,我怎么可能还记得?不过,当时做笔录的时候,我们不但给卢振辉拍了照,而且还拍了他手里的刀具,我可以查一下电子档案,等会儿把刀具的照片发给你。"没过多久,她就将照片发了过来。证实了卢振辉当时拿的刀具,正是他家里这把木质刀柄的水果刀。

邓钊道:"会不会当时卢振辉身上藏有两把刀?"

毛乂宁说:"你觉得如果他身上还带着另一把刀,当时派出所出警的两名民警会搜不出来吗?"

"那到底是怎么回事?难道卢振辉从派出所出来后,为了杀人,不用已有的水果刀,又去路边小店重新买了一把刀?"邓钊回想着道,"卢振辉并没有提到第二把水果刀啊。"

毛乂宁道:"我也觉得他有第二把刀的可能性很小。他可能用身上携带的自家店里的水果刀杀死党大明,然后将刀清洗干净,带回了家。因为如果这把刀不见了,他妈妈很可能会对他起疑心,所以他必须得把凶器带回去。"

"可是他不是跟咱们说他杀人之后,把刀扔到路边荒地里了吗?"

"他还说有可能没有拔出来呢,"毛乂宁说,"要么他是真记不清了,要么就是故意说谎来扰乱咱们的侦查视线。所以他说的话,咱们也不能全信。"

"那另一把黑色塑料刀柄的刀,又是怎么回事呢?"

毛乂宁看着物证袋叹了口气,说道:"这个我也不知道。但是有一点是可以肯定的。这个案子完全不像卢振辉说的那么简单。咱们必须打起精神来,好好地查一查。"

两人刚坐回警车里,毛乂宁的手机忽然响了,一看是省电视台导演云海深打过来的,他急忙按下接听键,叫了一声"云导"。

云海深倒是很热情,在电话里连声道歉:"毛警官,实在不好意思,这几天一直在大山里忙着拍外景,手机让助手拿着。今天得了空,才拿回手机看一下,知道您在找我,赶紧给您回个电话。"

"云导千万别这么说,是我打扰您工作了。情况是这样的,目前我们仍然在调查党大明十八年前被杀的案子，找您主要是想向您打听点儿事。"

"您请说！"

"我们现在调查到，十八年前党大明失踪的前一天晚上下班时，有个人开车到报社门口接他去参加一个饭局。您知道开车接他的是谁吗？"

"哦，您问这个啊，我知道的，那个人姓白，是当时的文联主席。我还是有点儿印象的。那天快下班的时候，党老师跟我说晚上有个饭局，文联白主席会开车来接他，还说他吃完晚饭就回单位加班，叫我晚上在办公室等着他。因为那天我们要赶着编发一篇专稿，是一个急活儿，必须得当晚加班完成划版和编校，才能赶上第二天凌晨出报。"

"白主席？具体叫什么名字，您知道吗？"

"他没说，我也没有问。"

毛乂宁换了一个问题，道："那天晚上，党大明大概是什么时候回单位跟您一起加班的？"

云海深似乎在电话那头愣了一下，说："啊？他当天晚上没有回来加班啊！"

"他没有回单位？"这倒是大大出乎毛乂宁的意料。

"是的。那天晚上我在办公室等他，一直等到很晚都没见他回来。给他打电话，手机能打通，但一直没有人接听。我以为他在饭局喝多了，直接回家睡觉去了，以前也曾有过这种情况。后来那个急件专稿送到副刊部来了，但党老师不在，我这个实习生只好硬着头皮顶上去了。"

毛乂宁有些奇怪地道："可是我听他的老婆说，党大明吃完晚饭后曾打电话给她，说正准备回单位加班。之后她第二天看到报纸副刊版面有丈夫的名字，就此认定她老公确实回单位加班了。"

"他怎么和他的老婆说的我不知道。不过他确实没有回单位，稿子是我代编、代发的。按照报社规定，不可能在责任编辑一栏里署我这个实习生的名字，所以稿子虽然是我代劳编发的，但责任编辑还是得署党老师的名字。"

毛乂宁知道这很可能是一条改变案情走向的重要线索，于是再三向他确认道："也就是说，十八年前，正月十六晚上，党大明被当时文联的一位姓白的主席开车接走去参加饭局之后，就再也没有回过报社，对吧？"

"是的。用你们警方的话说，那天下班是我最后一次见他。他晚上没有回单位加班，第二天也没有来上班。第三天、第四天还是不见人，报社才重视起来，还派了领导去他家里了解情况。"

"好的，我明白了。多谢云导给我回电话，有什么需要了解的，我可能会再联系您。"

毛乂宁挂断电话后，将云海深在电话里提供的线索跟邓钊说了一遍。邓钊"嗯"了一声，说："这倒是跟卢振辉的口供对得上。他说党大明当晚喝多了，醉倒在宾馆后面的树林里睡了一夜，第二天早上被他撞见，于是他就给了党大明一刀。从现在的情况来看，他说的应该是真的。"

毛乂宁明白他的意思，问："你是说，那天晚上，党大明虽然打电话告诉他老婆岑虹自己准备回去加班了，但实际上并没有回单位，而是因为不胜酒力，转到宾馆后面的树林里，倒在草丛中昏睡了一宿，对吧？"

"我觉得应该是这样的。"

"这个卢振辉确实有点儿意思，你说他的口供漏洞百出吧，偏偏有些部分却又跟事实出奇地吻合。"

邓钊犹豫片刻，道："那怎么办，直接把这家伙刑拘起来审讯吗？"

毛乂宁看着车窗外面深思片刻，最后还是摇头说："还是先等他的精神鉴定结果出来，咱们再做进一步安排吧。另外，我们也不能干等着，可以先做一些外围调查，比如查一查那位开车接党大明参加饭局的白主席，看看他到底是什么来头，有无可疑之处。"

"好！"

半夜，陈远忽然被一阵奇怪的声音惊醒。他双肘撑在床上，半坐起身子侧耳细听，才发现声音是从二楼传来的。先是传来一阵"咚咚咚"撞击墙壁的声音，接着又传来几声焦虑而压抑的低喊，听起来像妈妈的声音。家里装修完成后，二楼就改造成了林郁秋的书房。他不知道发生了什么事，急忙跳下床，趿上拖鞋上到了二楼。林郁秋书房的门半掩着，他从门缝里望进去，只见书桌上的笔记本电脑打开着，屏幕上显示的是一个 Word 文档页面，应该是妈妈在写作。

陈远又看向林郁秋，她正坐在电脑前焦躁地晃动着身体，嘴里喃喃自语："……我写不出来了，怎么办？我写不出来了，怎么办？"突然间，她站起身，以头撞墙，发出"咚咚"的声响，边撞边发出绝望的呜咽声："怎么办？我刚写出点儿成绩，就江郎才尽，写不出东西了……"撞完墙，她又把十指插进头发里，用力抓扯着自己的头发，一不小心竟将大把头发扯了下来。

陈远张大嘴巴，差点儿"啊"的一声叫出来，定睛一看，才知道妈妈扯下来的是一顶假发。原来她平时示人的大波浪头发竟然是一顶假发，而假发之下的真头发已经十分稀疏。露出真实发量的她，瞬间苍老了十多岁。陈远这才知道，"著名作家"的头衔也不是随便得来的，作家的创作量应该与其脱发的数量是成正比的吧。

他正想敲门进去，却发现司马庆也在书房里。只见司马庆走到林郁秋身边，一面将假发帮她重新戴上，一面劝慰她道："你也别太着急，写不下去了，休息一下，慢慢就好了。"

林郁秋道:"不能再等了,这都已经卡了一个晚上了,从吃完晚饭走进书房到现在才写了几个字……照这样的写作速度,这本《亲爱的宝贝2》肯定没办法在合同约定的时间内完成全稿,那咱们收的订金就要全部退回去,说不定还要给出版公司赔偿违约金。"

"那倒也是,"司马庆想了想,"对了,我最近托朋友搞到一种进口新品咖啡,听说提神效果非常好,喝了之后能让人神清气爽、灵感迸发,我去给你冲一杯试试。"没等林郁秋回话,他就转身从书房走出去。陈远怕被他撞见了尴尬,急忙闪身躲到了门外墙壁转角处。

司马庆沿着走廊,走进了靠近二楼楼梯间的那个房间,那是他当上林郁秋的经纪人之后,专门用来在家办公的地方。陈远自墙壁转角处探出头来,从门缝中看见司马庆掏出钥匙,打开书桌抽屉,从里面拿出一包长条状的速溶咖啡,撕开包装袋后倒进杯子里,加上热水冲泡,用勺子搅拌好,最后端到鼻子前闻一闻,脸上竟然露出一丝诡异的笑容。司马庆从自己的办公室走出来,把咖啡端进了林郁秋的书房。

陈远站在暗处观察着,心中疑窦丛生。书房旁边就有一个茶水间,平时家里人一般都在那里冲泡咖啡,司马庆为什么要舍近求远,跑到自己办公室冲泡咖啡呢?最后他脸上露出的那个诡异笑容又是什么意思?

陈远越想越觉得不对劲,见司马庆办公室的门半开着,就悄悄溜进去,正好看见刚刚打开的抽屉还没来得及锁上,拉开后果然看到里面有一盒刚刚拆开包装的咖啡条。陈远随手拿出一包咖啡,这咖啡外表看起来跟平时喝的速溶咖啡并没有什么两样。陈远撕开塑料包装细看,发现咖啡粉里还夹杂着一些红色、绿色和橙色的小颗粒,放到鼻子前闻了闻,发现它透着一股不同于正常咖啡粉的怪异香味。

陈远顿时警惕起来,隐约感觉这咖啡暗藏玄机,急忙将手里这包咖啡揣进口袋,快步走向妈妈的书房。林郁秋此时坐在电脑前,接过司马庆递上来的咖啡，正要喝。陈远不由得急了，叫了一声"妈"，就闯了进去。

"小远？"林郁秋见他进来，把端到嘴边的咖啡杯放下，问："这都几点了，怎么还不睡？"

"我……我……"陈远本想说这咖啡不能喝，可一见司马庆还站在旁边，话到嘴边又忍住了。他飞快转动大脑，很快找到一个借口："妈，我又做噩梦了！"事实上自从上次妈妈带他去看过那个变态老师的下场之后，他就很少再做噩梦了。

"是吗？你上次不是说已经没再做过噩梦了吗，怎么又……"林郁秋抬头看着他，眼睛里满是关爱之情。

陈远上前一步，假装没有站稳，向前一个趔趄，手臂碰到了桌子上的咖啡杯，杯子掉在地上，"啪"的一声摔得粉碎。刚刚冲泡好的热咖啡洒了一地。

陈远"哎哟"一声，连声说："对不起，妈，碰倒了您的咖啡，我再去给您泡一杯。"他马上去茶水间，给林郁秋重新冲泡了一杯咖啡，然后又找来扫帚和拖把，将地上打扫干净。司马庆袖手旁观着，看着他忙进忙出，目光像刺一样，仿佛要把他钉在地上。

林郁秋看看表，对司马庆说："时间太晚了，你去休息吧，反正这会儿我写不出东西，小远被噩梦惊醒也睡不着，我们娘俩正好可以聊一会儿。"司马庆只好答应一声，讪讪地离开了。

林郁秋拉着陈远的手，在旁边沙发上坐下，问道："以前的心结不是已经解开，好久没有做噩梦了吗？怎么今晚又被噩梦惊醒了，要不要妈妈明天带你去看一下心理医生？"

陈远本就是随口撒了个谎，没想到让妈妈这么担心，心里很过意不去，说："妈，您别担心，我就是晚上睡觉前看了一部恐怖片，所以做噩梦睡不着。跟以前的事情没有关系。"

"你这孩子，晚上睡觉还看什么恐怖片，这不是成心不想睡觉吗？"林郁秋这才放下心来，轻声责怪他一句。

陈远说："妈，您最近写作是不是卡文了？"

林郁秋点点头说："是的。因为《亲爱的宝贝》第一部非常成功，受到了读者和书评家们的好评，所以妈妈想把第二部写得更好，因此压力也更大。而且，你庆叔这个经纪人也很称职，他跟出版公司签了一个很高的预付价格，只是给我的交稿时间有点儿短，我必须尽快将这个小说写出来。但是最近两天的写作都卡在一个情节点上，一直不能往前推进，就算是我拿头撞墙都没有用。看来妈妈是真的老了，再也写不出新作品了。"

"妈，您别这么说。我虽然不会写小说，但也知道要写出好作品可不是一件容易的事。想写好作品不但需要灵感，还需要精力，更要静下心来，不被外界的纷纷扰扰影响。您如果实在写不下去，不如停下来休息休息，就算真的不能按时交稿，也用不着拿自己的命去拼，大不了赔钱给他们，反正咱们家现在不缺钱，是吧？跟写小说和挣钱相比，您的身体才是最重要的，不是吗？"

"你这孩子，反倒安慰起你老妈来了！"

"我这不是安慰您，是在跟您说心里话。我早就觉得您这作息时间安排得不对。天天熬夜写作对身体很不好，就算写出好作品，却把身体给拖垮了，那也不划算啊！"

"那你说我该怎么安排作息时间？"

"我说了，您能听我的吗？"

"你说吧，妈一定听你的。"林郁秋不由得笑起来。

"我觉得您得调整作息时间，像普通上班族一样，白天写作，晚上早点儿休息。休息好了，第二天才能有更好的精力去工作嘛。"

"这样啊……"林郁秋不由得面露难色，"其实多年来妈妈已经习惯深夜写作了，只怕一时之间改不过来呢。"

陈远道："您都没有试过，怎么知道调整不过来呢？不如从明天开始，改掉这昼夜颠倒的作息习惯，说不定您的创作灵感很快就来了呢。"

"那好吧，"林郁秋终究拗不过他，"妈听你的，明天开始试一试。"

"不是从明天开始，而是从现在开始。您呀，现在就关了电脑，不要想小说的事，先上床好好睡一觉，保证您明天早上起来灵感迸发，文思泉涌，想停都停不下来。"

"真的？"

"当然是真的。"陈远拍着胸脯保证。

"行，妈听你的。"林郁秋关了电脑，起身说，"你也赶紧去睡觉，以后晚上睡觉前不准看恐怖片。"

陈远挺起胸脯道："好的，林女士！"

第二天早上，陈远吃完芮姑煮的早餐去上学。从南林路拐出来后，他打电话向学校请了半天假，拐个弯，把电动车开到了属地派出所门口。他拿着昨晚从司马庆办公的屋子里偷出来的咖啡，面对着派出所庄严的大门犹豫了一阵子，终于鼓起勇气走了进去。

派出所接警窗口有一名年轻的警员正在值班，见有人走近，抬头看了他一眼，问："同志，您有什么事？"

陈远将手里那包咖啡递到窗口，说："我……我想请你们帮我化验一下，看看这包咖啡里有没有违禁药品。"

值班警员看了他一眼，又看了看他手里的咖啡，问道："这包咖啡有什么问题吗？"

陈远说："我怀疑这是一包毒咖啡。"

警员问："你有什么证据吗？"陈远摇摇头。

警员就有些不乐意了，说："我们这里确实可以化验，但并不是每个人随便拿来一包什么东西，都可以要求我们启动违禁药品检测程序。如果真是这样，那我们派出所民警就不用干别的活儿，专门帮群众化验都已经忙不过来了。"

"可是……"陈远还想说什么，这时正好有一个老头进来办事，值班警员就跟他聊上了，不再理会陈远。

陈远只好失望地从派出所走出来，在门口站了一阵子，等那个老头走后，他犹豫片刻，再一次走进去，对警员说："警官，其实情况是这样的。我是光明职业学院的学生，昨天晚上我跟朋友一起在KTV聚会，我看见有人拿出这种咖啡，喝了之后有些异常反应，我怀疑这里面会不会有成瘾性违禁药品之类的东西，所以偷偷拿了一包出来，想请你们化验一下。"为了引起警方重视，他随便撒了个谎。

值班警员这才开始重视起来，问他："你怀疑昨晚有人聚众吸毒？"陈远默默地点头。

值班警员立即拿出一份接警单，让他逐项填好，然后接过那包咖啡，装进一个透明的塑料袋里，打电话叫来两个同事，一面将咖啡递给他们，一面将陈远报警的情况跟他们说了。

两名警察点点头，对陈远说："你先在这里等一会儿。"两人拿着那包咖啡走进室内。陈远在外面的长凳上坐了一会儿，很快就看见两个警察去而复返。

"这包咖啡是你带来的吗？"

陈远起身说："是的，我——"

一个警察打断他的话道："你先跟我们来一下。"

158

"去哪里？"

另一个警察瞪了他一眼，脸上的表情很不友好，说道："去了就知道了！"

两名警察一左一右将陈远夹在中间，带着他穿过接警大厅，沿着一条走廊走了几十米远，来到一间问讯室。

陈远走进去的时候，发现桌子边已经坐着一名头发花白、表情严肃的老警察。"这是我们黄所长。"两个警察说完，像怕他跑掉一样，又一左一右在他身边坐下。

陈远很快就感觉到室内气氛不对劲，抬头看着对面的老警察说："黄所长，是不是我那包咖啡查出了什么问题？"

黄所长没有直接回答，而是上下打量着他，问："你叫什么名字？"

"陈远，耳东陈，志向远大的远。"

"在哪里上学？"

"光明职业学院。"

"这包咖啡是你的，对吧？"黄所长手里拿着一个透明的物证袋，里面装着陈远提供的那包咖啡。

陈远点点头，然后又问："这包咖啡真有问题吗？"

黄所长说："是的。我们经过快速检测，在这包咖啡里发现了氯胺酮成分，也就是人们常说的'K粉'。"

陈远虽然早有心理准备，但听到这个鉴定结果，还是忍不住"啊"了一声，张大了嘴巴。他自然是听过"K粉"这个名字的，知道这是一种常见的、能让人短时间内兴奋，又很容易让人上瘾的违禁药品。想不到司马庆居然真的给妈妈喝这种毒咖啡！

黄所长见他有点儿走神，就敲着桌子说："陈远，你听好了，从现在开始，我提出的每一个问题，你都必须老老实实回答。"

"好的。"

"这包咖啡，你说是从昨晚聚会的地方拿到的，对吧？昨晚你们在哪里聚会？都有什么人参加？有哪些人当场喝了这种咖啡？你自己喝了没有？"

陈远听他这么一问，才意识到事情的严重性，刚才只是为了引起值班警员的重视，才随口撒了个谎，想不到给自己挖了个大坑，这个大坑自己无论如何也填不上了。他想了想，最后决定实话实说："警察同志，其实这包咖啡并不是从聚会场所拿到的，我昨晚也没有去参加聚会，放学后我一直都待在家里。要是不信，你们可以去调查。"

"没参加聚会，那这包咖啡是从哪里来的？"

陈远犹豫了一下，脑海里忽然闪过司马庆那张诡异的笑脸，几乎就要张口说出他的名字了，但还是忍住没说，只道："这包咖啡，其实是我今天上学时在街道边捡到的。我撕开看了，觉得有点儿像禁毒网站上公布的毒咖啡，所以就想着送到派出所化验一下。结果外面值班的警官不肯接收，说不是谁都可以随便拿个东西到派出所化验的。为了让他重视这包毒咖啡，我才不得不撒谎说是昨晚从一个聚会场所拿来的。"

黄所长目光如炬，直视着他，道："我看这包咖啡不是你捡的，而是你自己身上的吧。"

陈远突然有种惹火烧身的感觉，急忙摆手道："不是，真不是我的，我从来不碰这些东西。"

"这个可不由你说了算。"黄所长对两个警察说，"我看他说话支支吾吾，反应也不太正常。你们带他去验个尿，看看他是不是吸嗨了，自己撞到派出所来了。"两名民警立即将陈远带去厕所取了他的尿样，然后拿去检测。

没过几分钟，陈远又被带回那间问询室。这时候黄所长脸上的表情总算缓和了一些,说:"尿检结果呈阴性,证明你小子没有吸食违禁药品。"

陈远松了口气,说:"这下你们总该相信我了吧?"

黄所长说:"你没吸毒,身上却有违禁药品。藏毒也是很严重的罪行,难道你不知道吗?"

陈远着急道:"黄所长,我都已经跟你们解释过了,这包咖啡真的是我从路边捡来的。看到里面有些花花绿绿的颗粒,我觉得很可疑,所以才交到派出所来的。如果真是我自己藏毒,我对警察肯定避之不及,怎么可能自己送到派出所来检测呢?那不是往枪口上撞吗?"他本就是个老实孩子,这时候更是急得满头大汗,差点儿没当场哭出来。

黄所长干了一辈子警察,阅人无数,自然看得出这孩子不太像携带违禁药品的毒犯,不过这包咖啡确实是他拿进来的,也不能掉以轻心。他缓和语气道:"行吧,我们姑且相信你这一回。你家长的电话号码是多少,我们给他们打个电话,让他们过来把你领回去。"

陈远说:"这是我个人的事情,跟他们没关系,就不用惊动家长了吧?"

黄所长说:"也行,那就给你们学校打电话,让你们校领导来领人。"

陈远一听,这个更麻烦,只好说:"那还是让我妈来吧。"就报上了林郁秋的手机号码。

没过多久,林郁秋和司马庆就匆匆忙忙赶到了派出所。黄所长跟他们把情况简单说了一下,又道:"现在已经排除了陈远吸食违禁药品的可能性。至于这包违禁药品的来源,他说是在上学路上捡到的。我们警方相信了他的说法。不过,这毕竟不是一件小事,所以还是希望家长把孩子领回去之后,严加管教。年轻人可千万不能碰这些东西,要不然这一辈子可就毁了。"然后,他又拿出物证袋给两人看,里面装着的正是陈远拿来的那包毒咖啡。

司马庆一见，顿时变了脸色，但很快掩饰住惊慌的表情，一边跟黄所长握手，一边道："黄所长，您说得是。回去之后，我们一定会对孩子多加教育，绝不会再给您添麻烦。"

林郁秋办完手续，带着陈远走出派出所几十米远，回头看看，才停下脚步，看着陈远道："小远，老实告诉妈妈，你真的没有碰过违禁药品，对吧？"

陈远说："妈，您相信我，我还是有这点儿常识的。我绝不会碰这些东西。"

林郁秋点头道："好，妈妈相信你。但是你得老实告诉妈妈，这包东西到底是从哪里来的？"

"是我……"陈远说到这里，下意识看向司马庆。司马庆站在路边，掏出一支烟来正准备往嘴边送，听到林郁秋问出这个问题，不由得手一抖，香烟掉到了地上。

陈远话到嘴边，还是犹豫了，说："妈，我跟警察说的都是实话。那包毒咖啡确实是我在外面捡到的，因为心生怀疑，所以才送去派出所的。想不到派出所的警察不相信我。您放心，我不会碰任何违禁药品，也绝不允许任何人用这些东西来伤害我的家人！"他是看着司马庆说的最后一句话，目光所及，明显能感觉到司马庆的身体抖了一下。

林郁秋不知内情，完全没有感受到两个男人之间剑拔弩张的气氛，只是拍拍儿子的肩膀说："行，既然你这么说了，妈妈肯定相信你。这件事就这么了结了，以后谁都不许再提。阿庆，你说是吧？"她把目光转向司马庆。这时候，司马庆已经将香烟叼在嘴里，掏出打火机点了几次都没有点着。他点点头，语意模糊地"嗯"了一声。

林郁秋看看表说："已经下午了，小远，让你庆叔开车送你回学校上课吧。"

陈远说:"不了,我骑了电动车,就停在路边,自己去就行了。"跟母亲挥手告别之后,他很快骑上电动车走了。

司马庆把刚抽一口的烟扔到地上,瞧着陈远的背影,狠狠地踩着烟头。

林郁秋看他有点儿奇怪,问道:"什么情况,你这烟才抽了一口怎么就扔了?"

司马庆生怕被她看出端倪,忙道:"这烟味道不正,可能买到假烟了。"

两人回到家时,已经下午两点多了,院子里新请的花匠伍峥嵘正弯着腰,手持大铁剪,在修剪花草。这几天经过他的打理,院子里的花花草草已经长得有模有样了。

"先生,太太,你们回来了!"伍峥嵘见到男女主人,礼貌地打着招呼。

林郁秋点头回应道:"伍伯,辛苦你了,天气热,干完活儿就进屋休息一会儿吧。"

"好呢!"伍峥嵘点头答应着,目送两人进屋后,又拿起水壶,开始给花木浇水。

伍峥嵘看见花圃的尽头,院子的东北角,远离主人家三层小楼的地方,有一间水泥墙面的小屋,屋顶爬满青藤。他走近发现门上挂着铁锁,墙壁上开着一扇小窗,窗口距离地面足有两米多高。伍峥嵘曾搭了一把梯子,凑近窗户往里瞧过,里面乌漆嘛黑的,什么也瞧不见。

"你干什么呢?"伍峥嵘手提水壶,正绕着这间小屋观察的时候,芮姑不知道什么时候走了过来。

伍峥嵘急忙回头说:"也没干啥,我平时修剪花草的一些工具没地方放,看到这个角落里正好有间小屋,就寻思着能不能把这门打开,往里放一放工具?"

芮姑说:"不用看了,这房子已经派上别的用场了,而且钥匙在太太手里,不能随便打开。你要是没地方存放工具,回头我给你找。这会儿我要去超市买点儿面粉回来,明天给太太他们做早点。"

"好的,老姐姐,您先忙!"伍峥嵘点头哈腰,对她十分恭敬。

芮姑对他的态度十分满意,走了没多远,又回过头叮嘱道:"对了,听说这间小屋以前闹过鬼,搞得大家都不安宁。你没事最好别在旁边瞎转悠,免得惹上什么不干净的东西。"

伍峥嵘脸露惧色道:"原来是这样啊,我这个人最怕鬼了,还好老姐姐提醒我。"目送芮姑出去之后,他又拿起铁铲,给小屋旁边的几株栀子花树施肥。这几株栀子花树虽然种在墙角,却长得十分茂盛,绿油油的枝叶下已经有几朵早开的栀子花露出了三两片白色花瓣。人们即便是从旁边的小径路过,也能闻到一阵栀子花的清香。

就在伍峥嵘低头数栀子花树上到底开了几朵白花的时候,街道对面一家修鞋铺墙壁上的老式挂钟传来"当当当"三声响,已经下午 3 点了。伍峥嵘掏出手机看看,上面显示的时间是下午 2 点 57 分。对面修鞋铺的挂钟比他手机显示的时间整整快了 3 分钟。看来这家店铺不但要修理鞋子,连这挂钟也要修理了。

施完花肥,伍峥嵘左右看看,偌大的院子里除了他,并没有其他人,芮姑刚刚出去,估计一时半会儿也不会回来。于是,他又折回那个水泥小屋前,对着门上的挂锁认真查看,那就是一把普通的铁锁,并没有特别之处。伍峥嵘心想:真是天助我也!他掏出两根弯弯曲曲的小铁丝,伸进锁孔轻轻拨动几下,挂锁就"啪"的一声打开了。他回身看看,四周无人,于是推开铁门,闪身进屋,又顺手将门关上。屋里只有一扇小窗透进少许光亮,即便是大白天也显得一片昏暗,什么也看不清楚,只能闻到一股浓重的臭味。

伍峥嵘掏出一个小手电筒,往屋里照照。屋子不大,也就十几平方米,水泥地面显得有些潮湿。屋角铺着一张旧竹席,竹席边上有一些可疑的污迹。他用手电筒仔细照照,那些污迹看起来像是大小便的痕迹,难怪屋子里弥漫着一股臭味。除此之外,屋里并没有其他东西。看来这房子的女主人林郁秋告诉芮姑这里已经派上别的用场,根本就是在骗她。

屋子里应该被人用水简单冲洗过,除了大小便污迹,倒也没有其他可疑之处。但伍峥嵘还是有点儿不死心,把地上那张脏兮兮的竹席掀起来,用手电筒照了照。竹席下面有一个东西正泛着蓝光,他捡起来一看,原来是一个蓝色的带蝴蝶结的小发卡。

正在这时,外面忽然传来了司马庆的声音,好像在打电话。伍峥嵘生怕被发现,急忙将发卡攥在手里,从小屋里闪身出来,迅速将铁门锁上,然后拿起一把锄头,假装在给花圃除草。司马庆下楼走到院子里,往他这边瞧了一眼,就开着小车离开了。

伍峥嵘站在花圃边,拿出刚刚在小屋里捡到的发卡仔细看了看,最后点头自语道:"没错,这就是依依戴过的发卡!"

其实伍峥嵘并不是在街边揽活儿的民工,而是派出所一名退休的老民警,几年前因公负伤,提前办了退休,一个人住在城里。他儿子儿媳在省城工作。他有个孙女叫依依,今年十岁。去年八月,儿子儿媳怕他一个人在家里孤单,就将女儿依依送到老家,一来可以陪陪爷爷,二来可以请他帮忙照看看孩子。

谁知依依在他家里刚待一个星期,就在下楼玩耍时失踪了,伍峥嵘赶紧报了警。派出所民警调看了小区对面小店的监控视频后发现,依依在楼下玩耍时,有一个男人跟她搭了几句话,看起来像是在找她问路,然后那人借着让她带路的机会,把她带走了。至于带去了哪里,监控没有拍到。警方调查了三天,也没有找到任何线索。儿子儿媳得到消息后第一时间赶回老家,当场就跟老爹闹翻了,一直埋怨老头没看顾好孩子,自然没少说难听的话。伍峥嵘觉得对不起儿子儿媳,内疚得都想跳楼了。

就在依依被人拐走的第五天,事情终于迎来了转机。那天清晨,一个在新城区橘园路打扫卫生的清洁工报警,说在街边的一个垃圾箱里发现了一个十来岁的小女孩儿。派出所民警到场后发现,这孩子正是几天前失踪的依依,于是联系了伍峥嵘。

伍峥嵘和儿子儿媳又惊又喜,赶紧将孩子接回家。依依受到这一番惊吓,生了一场大病,在医院住了一个星期才缓过劲儿来。伍峥嵘也断断续续从孙女嘴里知道了她被拐走以及逃出来的经过。

那天下午,依依正在楼下玩耍,一个男人走到她跟前,用有些沙哑的声音向她打听育英小学怎么走。依依正好知道这个学校就在附近,就跟他说了。可这个男人怎么也听不明白,最后提出想请她帮忙带路。只要将他带到育英小学,他就给她买一个奶油冰激凌。依依没有多想,就答应了。没走多远,在一个僻静无人的小巷里,男人突然掏出一块毛巾,捂住了她的口鼻。依依闻到一股浓浓的酒精味,没过一会儿,就晕晕乎乎地倒在了地上,然后被男人抱上了一辆带车棚的电动三轮车。

等她醒过来的时候,发现自己已经被转移到了一间黑暗的小屋子里。依依想要挣扎呼救,那人突然拿出一把刀,吓唬她说:"别出声,你要是敢叫,我就杀了你!"

依依从未见过这般场景,吓得尿了裤子。不过她听出了先前问路的男人是一个女人假扮的,沙哑的声音都是装出来的。她看了看手腕上的夜光电子表,知道自己从家里出来到这里已经过了四十多分钟,这会儿爷爷一定急着到处找她呢。

　　黑暗中，那个女人拿出一支针管在她胳膊上打了一针，依依很快又昏睡了过去。第二天同一时间，在她迷迷糊糊快要醒过来的时候，那个女人进屋喂了她一点儿吃的，然后又给她打了一针。不知道在凉席上躺了几天，恍惚中她又被那人抱进电动三轮车里。三轮车停下来后，她隐约听见那个女人在跟几个男人说话，其中提到了"五万块""八万块"之类的，好像在谈价钱。这时候已经过了每天给她打针的时间，依依恢复了一些力气。趁着那几个人没注意，她打开车门悄悄爬了出来，才知道已经晚上了。

　　那是一条很宽敞的马路，周围没有其他人，也看不到房子。依依壮着胆子往三轮车后面的大路上跑。没跑多远，那几个人就发现她不见了，呼喝着追了上来。她吓得两腿发软，实在跑不动了，找到一个没有路灯的地方，躲进了垃圾桶里。直到听见那些人远去的脚步声，她才松了口气，想从垃圾桶里爬出来，可又饿又累，根本没有力气。不知道什么时候，她躺在垃圾堆里迷迷糊糊地睡过去了，直到第二天早上才被清洁工叫醒。

　　伍峥嵘到底做过警察，警惕性高，就问孙女还记不记得那个女人长什么样子，说话有哪里的口音。依依摇头说不记得了，她一直被对方关在一间黑屋子里，根本看不清对方相貌，只知道是个女人。伍峥嵘又问记不记得关她的那间小黑屋在什么地方。依依说只记得那是一间水泥小屋，有一个小窗户，但是距离地面特别高，根本看不到外面，即使在白天，屋里关上门也很暗。关于小屋的其他细节，她已经完全记不清了。

　　依依虽然受了些惊吓，但总算平安回来了。儿子和儿媳对伍峥嵘也不好再有什么怨言，只是再也不敢把女儿放到他这里了，等孩子出院，就赶紧带着她回省城了。伍峥嵘虽然想念孙女，却也没有办法，谁让自己没有看好孙女，让她被人贩子拐走，差点儿酿出大祸呢。孩子倒是跟伍峥嵘很亲近，在省城给他打电话说："爷爷，只要那些坏人被抓住，下次放假我还到您家里玩！"

孩子这么一说，伍峥嵘可就当真了。他下决心一定要找出与人贩子有关的线索，把他们揪出来。跟孙女在微信里聊了几次之后，依依终于又向他提供了两条重要线索。小姑娘说："我在那间小屋里昏睡的时候，闻到外面有栀子花的香味，因为我们学校也有这个花，所以我一闻就知道是什么花。还有，我隐约听到外面有钟表报时的声音，就是爷爷您家里的那种老式挂钟，到了几点，就会'当当当'地敲几下。不过这个钟好像不太准，有几次钟声响起时我看电子手表，都比我的表快三分钟。"孙女的电子手表还是他给买的，他曾调校过，是非常准点的。

伍峥嵘立即把孙女提供的这两点线索跟派出所民警说了。派出所也很重视，立即派出警员专门调查。无奈城区范围太大，派出所人手又不够，警察最后也没能查到那间小黑屋具体在什么地方。伍峥嵘没有办法，为了让孙女以后能放心来自己家里玩，他这个退休老民警只好再次上岗，下决心一定要找到那间小黑屋，并把这个人贩子团伙连根拔起。

首先，依依说了，从她下楼玩耍到被人贩子用电动三轮车拉走关进小黑屋，只用了四十多分钟，推算下来，三轮车在路上也就行驶了半个小时左右。此外，人贩子开的是电动三轮车，而且还要尽量避开路上的监控，速度不会太快，最多也就能走二三十里路。根据这个路程，伍峥嵘在城区地图上以自己居住的街道为中心，划了一个半径为十五公里的圆圈，大致确定了孙女被关地点的范围。然后，他就骑着摩托车，整天在这方圆几十里的街道转悠，专门寻找旁边种有栀子花，能闻到花香；附近人家有挂钟，而且还总是快三分钟；窗户开得很小、很高的小屋子。

从去年九月到今年四月，伍峥嵘把这方圆三十里之内的地方都筛查了一遍。最后，他发现只有南林路这个小院子角落里的这间小屋完全符合依依说的那几个条件。

锁定这个小院后，伍峥嵘很快打听到屋主是一个名叫林郁秋的女人。他怀疑林郁秋很可能就是那个将依依拐走的女人贩子。但这仅仅是他的怀疑，并没有任何证据，报警也没有用。唯一的办法就是自己先查出些眉目，再去报警就好办多了。

伍峥嵘探知，林家请了一个全职保姆，被唤作芮姑，是光明市深景乡人。恰好他以前做警察时在深景乡蹲过点，会说一点儿深景话，于是就想了个办法接近她。这样，他每天下午就能自由出入林家院子，调查小黑屋的事情就方便多了。

本来伍峥嵘还不太确定，如今在屋子里意外找到了依依遗落的发卡，也就完全能确定这间小屋就是人贩子用来关孩子的地方了。伍峥嵘将发卡捏在手心里，一想到依依遭的罪，还有儿子儿媳对自己的怨言，以及自己以后可能再也享受不了儿孙绕膝的天伦之乐，他心里就恨得直咬牙。他暗暗发誓，一定要协助警察抓住这些可恶的人贩子，给儿子儿媳一个交代，同时，也可以让孙女以后放心地来爷爷家里玩。

第八章
致命饭局

下午，邓钊敲门进入毛乂宁的办公室，一脸沮丧地说道："师父，卢振辉的精神疾病司法鉴定结果出来了。医生说他患有偏执型精神分裂症。"他顺手将一张鉴定报告递给毛乂宁。

毛乂宁接过来看看，鉴定结果一栏里确实写着："……幻觉症状和妄想症状表现突出，患有偏执型精神分裂症。"等内容。邓钊补充说："医生还说卢振辉的情况比较严重，建议立即住院治疗。"

毛乂宁叹口气，道："这就比较麻烦了。卢振辉有幻觉症和妄想症，我们很难说他的那些供词不是他自己臆想出来的，所以无论他说什么，都没有办法成为给他定罪的证据。"

"是的。咱们在他身上算是白忙活了一场。"邓钊道，"我担心的是另一件事，假设卢振辉说的是真的，但如果他能证明自己在杀人的时候处于发病状态，那他岂不是不用负刑事责任了？"

"这也算是意料中的事吧。其实咱们刚接触他的时候，就已经感觉到这个人精神方面有些不正常了，只是没想到竟然这么严重。看来他身上的这条线索，就只能先查到这里了。你赶紧去通知他的家人将他送去医院接受治疗，要不然他的情况只会越拖越严重。等他精神状态好转之后，咱们再接着找他调查。"

"好的。"邓钊拿着鉴定书刚要转身出去，毛乂宁又叫住他说："算了，这事我等会儿让梁凯旋去办。你现在换上便装，跟我去一趟市委办公大楼。"

邓钊不由得眼前一亮，问道："那个白怀宇回来了？"

前几天他们从云海深那里得到了与当时文联一位姓白的主席有关的线索，之后，警方立即到文联调查，得知这位白主席就是十几年前的文联一把手——白怀宇。十五年前，白怀宇离开文联，调到宣传部上班，后来经过几次职务调整，现在已经是市委办公室主任兼市委常委，成了市领导之一。

毛乂宁按程序请示局里领导之后，局里同意他们去接触一下这位白常委。可是那边的人说白常委这几天在外地开会，不在单位，估计至少得两三天才能回来。

毛乂宁说："三天过去了，我估摸着这位白常委也该回来了。咱们一起去找他了解一下情况。"

"行，我来开车。"

师徒二人驱车来到市委大院，得知白常委正在开会，只好在一间小接待室等着。半个多小时后，会议才结束，一个年轻的办事员将他们带进了主任办公室。

白怀宇大约五十出头的年纪，额头前的头发早已掉光，后面稀稀疏疏的几根头发向前倒伏着。他应该是提前得到了消息，看见两个警察上门，很热情地迎出来，跟他们一一握手，请他们在沙发上坐下，一边亲自给他们泡茶，一边问："不知两位警官找我有什么事？"

对方毕竟是市领导，毛乂宁先点头表示歉意："知道您忙，冒昧打扰，实在抱歉。"然后才道，"我们过来，是想向您打听一个人。请问您认识党大明吗？"

白怀宇愣了愣，似乎没有料到他们问的是这个人，点头说："党大明吗？认识啊，是当年在报社副刊部做编辑的那个党大明吧？"

邓钊说："对，就是他。"

白怀宇呵呵一笑："原来你们是问他呀。之前我在文联工作的时候，他是文联下属作家协会的副主席，平时跟我有些业务上的往来，我们也算是比较熟悉了。后来，我听说他从报社辞职去外面发财了，从那以后就跟他断了联系，再也没有见过他。怎么，他现在出什么事了吗？"

"他死了，"毛乂宁直截了当地说，"是被人杀死的！"

"是吗？"白怀宇显然吃了一惊，"好好的，怎么会被人杀了？凶手是谁？杀人动机是什么？"

毛乂宁看他脸上讶异的表情不像是装出来的，就说："这个案子目前还在加紧调查之中，而且他不是最近被杀的，他是在十八年前遇害的！"

"十八年前就已经被杀了？"这下白怀宇更吃惊了。

毛乂宁点头说："是的。更具体一点儿说，十八年前，您开车带他去马岭宾馆吃完晚饭后的第二天，他就被杀了。"

白怀宇立即挺直了腰身，道："你们该不会怀疑是我杀了他吧？"

毛乂宁忙道："白常委，您千万别误会。我们没有这个意思，就是想找您了解一下当晚饭局的一些情况，走个程序而已，并没有针对您的意思。"

白怀宇这才松一口气，说："那还好，你们想了解什么，尽管问吧。不过这已经是十八年前的事情，我也不能保证我记得有多准确。"

"理解理解，您记得多少就说多少。"毛乂宁点头表示理解，然后开始提问，"我们了解到十八年前的正月十六这天，您下班后开车到报社门口,接党大明参加了一个饭局,对吧?"

白怀宇说:"对,当时确实是我开车接的他,吃饭地点就在马岭宾馆。那地方离城区还挺远的。"

"能跟我们说说当晚饭局的具体情况吗?比如几点开始,几点结束,有哪些人参加,吃饭过程中有没有发生什么异常的事情。"

白怀宇喝口茶,想了想才道:"行,其实也没有什么不能说的。当时有一个年轻的女作者姓林,叫林郁秋……"

"林郁秋?"邓钊将这个名字重复了一遍,"就是咱们光明市著名的畅销书作家林郁秋吗?她的新书现在卖得正火呢,听说还要拍电影。"

毛乂宁白了徒弟一眼,似乎嫌他话多,打乱了自己问话的节奏。邓钊尴尬一笑,急忙止住话头。

白怀宇转过头来,看了这个年轻警员一眼,说:"对,就是这个女作家。只不过那时候她还是个默默无闻的新人作者,根本算不上什么作家,没有发表过什么作品,更没有出版过任何著作。当时她写了人生中第一部长篇小说,投稿给日报副刊编辑党大明。党大明看了稿子觉得写得不错,打算在自己的副刊版面连载。因为那时候林郁秋根本没有任何名气,也没有任何人脉资源,她的小说很难被出版社看中并出版上市。所以,她就想等小说连载完之后,自费出版自己的第一本书。当时自费出一本书,书号费、印刷费、设计费等,加起来至少得花好几万块钱。她一个待业女青年,家境也不宽裕,根本拿不出这么多钱。

"正好当时我们文联搞了一个青年文艺家扶持计划,凡是本地作者出书,都可以资助二至四万元不等的经费。如果拿到这笔钱,林郁秋就勉强能够凑齐这本书的出版经费了。当时党大明很想帮助这个年轻作者,就跟她说了文联的这个扶持政策。林郁秋很快向文联提交了书面申请。

"申请书我看了,发现里面有一个问题——我们这个资助是事后行为，也就是说要等作品出版了，作者拿着书和产生费用的发票到文联领取这笔补助。可是林郁秋当时根本掏不出钱先出版自己的小说。所以，她就跟我们商量，看能不能先把这笔扶持资金拨给她。

"这事让我感觉很为难，因为毕竟还没有这样的先例嘛，所以得先请文联领导班子开会研究研究。党大明将这个情况跟林郁秋说了。林郁秋提出请我和党老师吃个饭，一起坐下来商量一下这件事。我同意了。因为马岭宾馆距离市区比较远，不容易被熟人撞见，而且宾馆老板好像还是党大明的朋友，他应该常去那里吃饭，所以林郁秋就把饭局地点定在了那里。因为党大明没有车，那天下班后，我从单位出来，开车到报社门口载着他一起去吃饭。"

毛乂宁问："当天的饭局，林郁秋到了吗？"

"当然到了，我跟党大明赶到的时候，她已经先去订好了包房，在那里等着我们。吃饭的时候，我们就在饭桌上把这件事谈妥了。等这部长篇小说在日报副刊连载到一半的时候，先让报社将稿费提前结算给她，然后她拿着这笔钱交给印刷厂，就当图书出版定金，让印刷厂把发票开出来，我们拿到发票就可以给她拨付扶持资金了。这样就可以先将这笔出版经费凑出来，让她拿去出版自己的作品。

商量好之后，大家挺高兴，就喝起了酒。我因为尿酸高怕痛风，没有喝。林郁秋和党大明两人倒是喝了不少。尤其林郁秋，她觉得总算可以圆自己的出书梦了，而且出书后就可以申请加入省作家协会，成为一名名副其实的作家，一高兴就多喝了几杯，最后醉倒在了酒桌上。"

"她喝醉了？"

"是的，而且还醉得不轻，她根本没有办法回家，我们只好给她在宾馆开了一个房间——那个宾馆一、二楼是餐厅，是吃饭的地方；三到五楼是客房，是住宿的地方。当时我和党大明，还有一名女服务员一起把林郁秋扶进了位于三楼的一间客房。把她安顿好后，我们又跟服务员交代了一下，就离开了宾馆。"

"你跟党大明是同时离开的吗？"毛乂宁问。

白怀宇点头说："是的。当时有点儿晚了，记不太清具体是夜里几点几分，估计是晚上9点以后了吧，我跟党大明同时离开宾馆，仍旧我开车。本来我是想送党大明回家的，但他说要回报社加班，我就想将他直接送到报社。但是，刚进城区不久，他就提前下车了，说喝多了心里堵得慌，想在街上吹吹风透口气，反正离报社也不太远，走一会儿就到了。我也没有多说什么，就让他下车，自己开车走了。"

"当天晚上，他还联系过您吗？"

"没有了。当晚我回家后，再也没有接到过他的电话。大概一个星期之后吧，我因为有事联系他，打他手机却没有人接听。后来，我找报社的熟人问，才知道他已经辞职走了。"

邓钊问："后来林郁秋的那本书呢，在文联的资助下出版了吗？"

白怀宇摇摇头说："没有，估计是因为党大明突然辞职，报社最终也没有连载她的小说。她拿不到稿费作为出书的启动资金，自然没有办法按原来的计划出版这本书了。"

毛乂宁听到这里，总算搞明白了当晚饭局的情况，但听起来这个饭局似乎跟党大明命案关系不大。他想了一下，又问："您确定党大明当晚下了车，是要回报社吗？"

白怀宇一愣："当然确定啊，这是他自己跟我说的。而且我看见他下车之后，确实是朝报社的方向走了。怎么，他当晚就出事了吗？"

邓钊道："根据我们调查到的情况，党大明当晚其实并没有回报社加班。目前我们已经抓到作案嫌疑人，他说他是在第二天早上看见党大明因为醉酒睡在马岭宾馆后面的树林里，所以才上前刺了他一刀，把他杀死了。"

"是吗，竟然有这样的事？"白怀宇皱眉道，"这不可能啊，他明明已经回了市区，还要赶回报社加班，怎么会醉倒在宾馆后面的树林里呢？"

毛乂宁问："当晚他喝了多少酒？"

白怀宇回忆了一下说："大概小半斤吧，具体记不太清楚了。他坐我的车回来的时候确实有了点儿醉意，但绝对没严重到在树林里昏睡一夜的地步。而且，他已经跟我一起离开了宾馆，就算真的喝醉了，也不可能走回去啊。他下车的地方距离宾馆还有十几公里呢。这完全不符合逻辑啊！"

毛乂宁思索着道："确实有些奇怪。我们抓到嫌疑人后，他的供述里也有许多漏洞，所以我们才要更加深入地调查一下。"

邓钊像是忽然想起什么，问白怀宇："对了，当晚在宾馆外，有人拿刀要杀党大明，你们知道吗？"

白怀宇倒吸一口凉气，说："有这样的事情？我们完全不知道啊！"

这时候有人敲门进来说："白常委，会议要开始了，就等您了！"

白怀宇顺势起身，对两个警察说："我这边还有一个会，你们看……"

毛乂宁见已经问得差不多了，就识趣地起身告辞，出门的时候，又回头问了一句："白常委，那天晚上回家之后，您还出去过吗？"

白怀宇正伸手拿办公桌上的一份文件，听到这个问题，把手停在半空，回头瞧着他道："当天晚上我回家后，感觉比较累，洗洗就睡了。不过你们警方事事都要讲证据，这事都已经过去这么久了，如果你们要我找出什么证人，我可找不到。"

毛乂宁笑笑道："我就是随便问问。您先忙，如果还有其他需要了解的情况,我们可能再来打扰您。"

白怀宇拿起桌上的文件一边往外走,一边道:"没问题,不过你们来之前最好先跟我的单位联系一下。有时候我可能出去开会了,不一定在办公室,怕让你们白跑一趟。"

毛乂宁点头说:"行。"

"师父,您刚才最后问白怀宇的那句话,是什么意思啊?"很显然,这个问题已经在邓钊心里憋了很久,但直到从白怀宇办公室走出来,把小车开出市委大院,他才敢向师父提问。

毛乂宁坐在副驾驶位上说:"没什么特别的意思,就是那么随口一问。"

邓钊知道师父是个心思缜密、办案经验丰富的老刑警,如果没有把握,绝不会随随便便问调查对象某个问题。尤其像白怀宇这种有身份的人,他们多问一句都有可能得罪他。师父不会无缘无故问出这样一句话。

"师父,您是不是觉得白怀宇没有对咱们说真话?"他把身体往师父跟前凑近过去,"或者,您怀疑他跟这个案子有关系?"

毛乂宁扭头瞪他一眼,道:"这话可不能乱说,今天咱们只是按程序例行走访调查,而且他是市委领导,没有实打实的证据,绝不能随便怀疑人家,要不然吃亏的是咱们。明白吗?"

邓钊只好讪讪地道:"我明白了,师父!"

"明白就好!"毛乂宁看了看手表,见时间还早,就问他,"你觉得咱们下一步该怎么办?"

"下一步嘛,"邓钊想了想说,"既然刚才白怀宇提到了咱们光明市那位著名的女作家林郁秋,不如咱们就去会会她吧。"

毛乂宁点头道:"这倒是可以,作为当晚参加饭局的三人之一,咱们确实不能漏掉她。只是不知道她住在什么地方。"

"师父，这个不难打听。我读过这位林作家的书，对她的动向也有一些关注。她前段时间不是找回了离散十八年的亲生儿子，还上了省电视台《生活万花筒》节目吗？您知道是谁帮她找回来她的孩子的吗？就是咱们市局打拐办的谭剑波，谭警官。您不是跟谭警官挺熟的吗？打个电话问问他就知道了。"

"原来是这样，看来你对这位林作家还挺了解的嘛。"毛乂宁掏出手机，给谭剑波打个电话，很快就问清楚了林郁秋家的地址，是南林路125号。

邓钊在市委大院前面的街道上拐个弯，把车往老城区方向开去。二十多分钟后，小车开进了南林路。这是一条老街，街道狭窄，两边都是一些灰扑扑的房子。街上行人和车辆都很少，显得有些安静，倒也确实很适合林郁秋这样的作家隐居在此搞文学创作。

他们找到了林郁秋的家，这是一个独门独户的小院，院门打开着，有一些花香飘散出来。沿着一条青砖路走进去，里面是一幢三层小楼，样式显得有些老旧，但外墙应该是刚刚刷新过的，给人一种温暖而宁静的感觉。

邓钊上前按响门铃，出来开门的是一个五十多岁的矮胖女人。从穿着打扮上看，她应该是家里的保姆。对方疑惑地上下打量着二人，问他们找谁。

邓钊道："您好！请问林郁秋作家是住在这里吗？"

对方不答反问："你们是来采访她的记者吧？她现在正闭关写作，可没有时间接受采访，要不你们改天再来吧。"

邓钊亮了一下证件说："我们是公安局的，想找她了解一些情况。"

一听说两人是警察,女人这才忙道:"哦,原来是警察同志,快请进,你们先坐一坐,我上楼去叫太太。"没过多久,就见一个四十多岁,披着波浪卷发的中年女人,沿着楼梯缓缓走了下来。邓钊曾在电视上看过她的访谈节目,识得她就是林郁秋。

"芮姑,客人来了,怎么连茶也不倒一杯?"林郁秋一面责怪家里的保姆,一面亲自给两位警察泡了杯茶,然后就直身站在两人面前。

毛乂宁问:"林郁秋林作家是吧?您先坐下,我们想找您打听一些情况。听说您正在闭关写作,打扰了,实在抱歉!"

林郁秋笑笑说:"我整天坐在电脑前写小说,难得有机会下楼透透气。坐久了腰椎不舒服,所以现在站一会儿,对我来说,反倒是一种休息和放松,还请两位警官别介意。你们是为了我跟我儿子认亲的事情来的吗?"

毛乂宁见她执意要站着说话,也就不再勉强,抬头看着她说:"林作家,其实我们不是打拐办的,我们是刑警大队的。"

"刑警?"林郁秋听到"刑警"这两个字,脸上露出意外的表情,"不知两位刑警先生找我有什么事?"

"是这样的,林作家,最近我们在北城区郊外的马岭坡挖出一具白骨。经过调查,死者名叫党大明,十八年前被人用水果刀杀死之后,埋尸在别人坟坑里。现在我们正在调查这起命案。说起党大明这个人,林作家应该不会陌生吧?"

林郁秋的眼神飘忽了一下,但还是很快就点头说:"当然,我是认识党大明老师的,只是我一直以为他从报社辞职去广京省工作了,没有想到竟然是被人……"她低下头去,声音也变得有些低沉,"十几年前,党老师在日报副刊当编辑,我曾向他投稿,虽然少有作品发表,却经常受他的指教。他也算是我写作路上遇到的一位明师了。"

毛乂宁道:"我们听说十八年前,您因为长篇小说连载和出版的事情,曾请他和当时的文联主席白怀宇一起吃过饭。有这回事吗?"

"想不到你们了解得这么清楚,"林郁秋点头说,"这确实已经是十八年前的事情了。那时我还只是一个默默无闻的小作者,写出了创作生涯中的第一部长篇小说。给党老师看过后,他觉得写得不错,决定在他负责的副刊版面进行连载,同时帮我联系文联那边,希望能帮我拿到一笔创作扶持资金,这样我就可以自费把这本书出版出来了。为了商量这件事,当时我请了文联白主席和党老师一起吃饭,最后在饭桌上把这个项目定了下来。"

"我们听说您在饭桌上喝醉了,是吧?"

"确有其事,因为自己出书的事情总算有着落了。你们不是搞写作的,可能不太能理解我当时的心情。能出版一本自己的作品,对于一个基层作者来说,那绝对是自己创作生涯中向前迈进的一大步,用'梦寐以求'四个字来形容也不为过。当时我一高兴就多喝了两杯,本来我就没什么酒量,所以很快醉倒了。当时是党老师和白主席帮我在宾馆三楼开了一间客房,让我住了一个晚上,直到第二天早上酒醒了,我才离开宾馆。"

"在这天晚上的饭局中,或者说您在宾馆住宿的过程中,发生过什么异常的事情吗?"

林郁秋回忆着道:"这个应该没有吧。我虽然醉了,但也没有醉得不省人事,多少还是有些知觉的。当晚并没有发生什么特别的事情。我一觉睡到天亮,第二天才离开宾馆。"她警惕地看着两位警察,"不知两位警官为什么这么问,是不是那天晚上发生了什么事情?"

邓钊道:"是这样的,林作家,我们调查到党大明正是在那天晚上喝醉了酒,倒在宾馆后面的树林里一直昏睡到第二天,可能在第二天早上被人用刀杀死的。"

"是吗？"林郁秋有点儿吃惊，"这怎么可能，当晚我在宾馆住下之后，他们不是已经开车回去了吗？"

毛乂宁点头道："是的。党大明当晚本来是要回单位加班的，但事实上，他乘坐白怀宇的车进入主城区后，在离报社还有一段距离的时候下了车，说想散散步，自己走回单位。但是当晚他并没有回报社，不知道什么原因，又返回宾馆，并且醉倒在宾馆后面的草丛中，第二天一个对他心怀恨意的作者看到他，刺了他一刀，前段时间我们发现了他的尸体。"

"哦，原来是这样，"林郁秋松了口气，"这么说来，凶手已经被你们找到了是吧？"

"我们找到了嫌疑人，但他的供述有很多漏洞，现在也不能完全确定他就是真凶。所以我们必须得更深入地调查。"

"难怪了，连党老师出事前一晚吃饭的事情，你们也要打听。"林郁秋像是明白了什么，"你们应该已经去问过白主席了吧？"

"不光是在饭桌上，您在宾馆住宿的时间段，也没有任何异常，是吧？"毛乂宁又向她确认了一句。

林郁秋点点头说："是的。如果有什么异常，我肯定会跟你们说的。"

邓钊问："当天晚上，曾有人在宾馆外面拿着刀要杀党大明，您知道吗？"

"不知道。"林郁秋摇摇头说，"竟然有这样的事？杀死党老师的凶手，就是这个人吗？"

毛乂宁犹豫一下，最后还是点头说："目前只能说初步锁定犯罪嫌疑人是他。"他抬头看向林郁秋，"最后再问您一个问题，您的那本书后来顺利出版了吗？"

"没有，"林郁秋摇摇头，但很快又点点头，"那是我的长篇处女作。本来已经商量好了，先在党老师主持的副刊版连载，然后再用文联的扶持资金出版。但就在那天之后没多久，我突然联系不上党老师了，去报社问过，才知道他辞职了，现在想来，那时候他应该已经出事了。后来，副刊的新编辑没有看上我那部小说，自然就不能连载发表。文联答应给我的扶持资金也没有办法拿到。我无计可施，拖了一年多，直到第二年才凑齐经费，自费把书出版了。也是因为出版了这一本书，我顺利加入了省作家协会，得到省里一些老师的指点，在写作上进步很快，后来陆续发表了一些作品，渐渐有了些名气，后来再出版自己的作品就容易多了……"

毛乂宁侧头朝邓钊看看，示意他把这些都记录下来，然后又问了林郁秋几个问题，请她在询问笔录上签了字。正要起身告辞的时候，邓钊忽然从手提包里拿出一本新书，递到林郁秋手里说："林作家，我很喜欢读您的书，能帮我在这本《亲爱的宝贝》上面签个名吗？"

林郁秋似乎没有料到这个年轻警员竟然是自己的读者，愣了一下，很快就微笑着说了声"谢谢"。她拿起笔来，在新书扉页上龙飞凤舞地签上了自己的大名。

离开林家的时候，邓钊看见师父脸上的表情有些严肃，不由得心里有些忐忑，对毛乂宁说："师父，我买了林郁秋的新书，还没来得及看，正好咱们要来找她，所以就顺手带来请她签个名。这不算以公谋私吧？"

毛乂宁正色道："这倒也不算什么。不过这些有可能干扰咱们办案的行为，以后最好不要再有。"

邓钊脸红了一下，说："知道了，师父！"

毛乂宁坐进车里，一边系上安全带，一边扭头从车窗看向林家。林郁秋正站在二楼窗户前。他把车窗放下来，林郁秋立即把脸从玻璃窗户后面缩了回去。

"我觉得这位林作家似乎没有对咱们说实话。"毛乂宁把车窗升上去之后说。

邓钊说:"是吗?我倒是没有觉察出来啊。"

毛乂宁瞧他一眼道:"你是因为一心想找她在新书上签名,根本没有注意到她脸上的异常表情吧?"

邓钊感觉到了师父凌厉的目光,嗫嚅着道:"那怎么办,咱们要不要回头再问问她?"

毛乂宁摇摇头:"再问她,估计也问不出什么结果来。"

邓钊一边启动小车,一边问:"那现在咱们该怎么办,回单位吗?"

"去城北吧。"

邓钊很快就明白他的意思:"您是想再去马岭宾馆看看?可是咱们上次已经去过了。"

"这个我自然知道,"毛乂宁皱眉道,"不过我总有一种预感,党大明之死,肯定不是卢振辉说的这么简单,极有可能跟前一晚发生的事情密切相关。但从咱们现在调查的情况来看,案子似乎跟那场饭局没有一丝一毫的关系。"

"的确是这样。如果单从白怀宇和林郁秋提供的证词来看,他们二人对党大明之死完全不知情。当晚的三人饭局,也完全跟党大明的命案没有任何牵扯。"邓钊说道。

"我觉得白怀宇和林郁秋似乎都没有对咱们说真话,很可能隐瞒了什么重要线索。要想把党大明的死因调查清楚,就必须搞明白那天晚上在宾馆里到底发生了什么事。既然从当事人那里问不出实情,那咱们就只有从宾馆方面着手调查。"毛乂宁说。

"您这个侦查思路虽然没错,但当年那家宾馆早已不存在,只怕再过去也查不出什么。"

"事在人为，没有试过怎么知道结果如何？"毛乂宁脸上显出坚毅的表情，"咱们警察的工作不就是在不可能中寻找可能吗？"

"那倒也是，咱们这就去那个烹饪学校看看。"邓钊一踩油门，往城北方向开去。

师徒二人来到城郊马岭路时，已经是傍晚时分。落日将这条把城市和乡村分隔开的水泥路照得一片金黄。几位老人从城里幼儿园接到了放学回家的孩子，正在路上慢悠悠地走着。他们找到南方烹饪技术学校的时候，正是晚餐时间，在这里学习烹饪技术的都是初中、高中毕业后没有继续升学的孩子，整个大楼都显得有些喧嚣。

师徒二人在一名学生的指引下，找到了杨校长。这是一个四十多岁，穿着西装制服，发髻高绾，显得十分精明干练的中年女人。

在校长办公室，毛乂宁先向杨校长亮明身份，然后问："杨校长，之前有人在这所烹饪学校所在的楼开过宾馆，名字叫马岭宾馆。您知道吗？"

"这个还真不知道。"杨校长摇头说，"我是外地人，到咱们光明市没几年。我只知道这栋楼以前被一个制衣厂租了，后来他们搬走了，房子空了一段时间。直到三年前我才把这里租下来，跟市职业技术学校合作办学，开办了这所烹饪学校。"

"哦，原来是这样。"毛乂宁点点头，"那您能帮我们找到这栋楼的房东吗？我们想找他问问，也许他知道当年马岭宾馆的一些情况。"

"行啊！"杨校长爽快地点头答应，"房东姓温，叫温敬泽，就住在这条马岭路上，离学校不远。我有他的手机号码，可以打个电话联系他。"她拨打了房东的电话，说了几句之后，和他们说："他正在家里吃晚饭。听说有警察找他,他马上过来,请两位稍等一下。"

毛乂宁点头说:"行。"两人坐在校长办公室,一杯茶还没有喝完,就看见一个五十多岁、红光满面的男人穿着条纹短裤,趿着人字拖,拎着一个泡满枸杞的玻璃杯,一摇三晃地走了进来。

杨校长起身介绍说:"警察同志,这位就是这栋楼的房东,有什么问题您可以直接问他。我还有点儿事情处理,就不陪你们了。"

"打扰了,您先忙!"毛乂宁点头道谢。

待杨校长离开之后,这位姓温的房东才大马金刀地在她刚才坐过的沙发上坐下来,打开茶杯喝了两口,一边嚼着嘴里的枸杞,一边问:"警察同志,你们找我有什么事啊?"

邓钊朝他点点头说:"温先生是吧,这栋楼之前曾有一段时间用来开宾馆,是吗?"

"对啊,就叫马岭宾馆,因为在马岭路上嘛。"

"能告诉我们当时租您这栋楼开宾馆的老板是谁吗?我们想找他打听点儿事情。"

"我没租给别人开宾馆啊。"温敬泽两手一摊。见到两个警察都愣住了,他才解释说,"当初宾馆就是我开的,并没有租给别人经营。"

毛乂宁总算明白过来:"原来您就是马岭宾馆的老板,那可太好了!"

温敬泽说:"这栋楼建成有二十来年了,建好之后,我就在这里开了一家宾馆。一、二楼是吃饭的餐厅,三到五楼是客房。刚开始生意很火爆,但过了五六年,这条路上宾馆酒楼也渐渐多起来,我们这里的生意一落千丈。大概十多年前吧,我就把宾馆关了。正好有人要租房子开厂,我就把整栋楼都租出去了,自己坐收租金比经营宾馆舒服多了。当时他们开的是一家制衣厂,大概做了六七年,老板生意越做越大,后来要扩大经营，嫌我这里地方太小，就把厂子搬走了。我这房子空了一两年，直到三年前，才被杨校长租下来开办这所烹饪学校。"

毛乂宁把他说的这几个时间点默默计算了一下："十八年前，您的宾馆还在营业，对吧？"

"十八年前，那时宾馆生意还不错的。"

毛乂宁道："那就好，我们要问的事情正好发生在十八年前。小钊，你把情况跟这位温先生说一下。"

"好的，"邓钊看着温敬泽道，"温先生，情况是这样的。今年三月，有人在这栋楼后面几百米外的马岭坡挖出了一具无名白骨。后来经过我们警方查证，死者名叫党大明，是市日报社副刊部的编辑。他的死亡时间大约是十八年前的正月十七这天，而就在他被杀前一晚，即正月十六晚上，他曾在马岭宾馆吃饭。我们怀疑那天晚上发生的事情很可能跟他的死因有关，所以需要找到宾馆的人调查一下。"

"你是说党大明吗？"温敬泽像是被杯子里的热茶烫到一样，咧了一下嘴，"在报社做记者的那个党大明？"

"对，就是他，他之前确实在报社做过记者。"

"我知道的。"温敬泽脸上显出讶异的表情，"他是我的初中同学，我跟他很熟的呀。"

"是吗？"这倒有点儿出乎毛乂宁和邓钊的意料。两人已经从白怀宇那里知道党大明和马岭宾馆的老板认识，但没有想到两人竟然还有这么一层关系。

温敬泽点头说："是的，我俩是初中同班同学。我开了这家宾馆之后，他就经常到这里吃饭。他是记者，平时饭局很多，一来怕在城里请吃请喝被别有用心的人看见传扬出去不太好，二来也是照顾我这个老同学的生意，所以他常把饭局约在我的宾馆里。我这里离中心城区比较远，一般不会被熟人撞见。

"十几年前吧，记不清具体时间了，我突然感觉党大明好像很长一段时间没来我这里吃饭了，打他手机一直关机，后来遇见一个报社熟人才打听到党大明已经从报社辞职了。他具体去了哪里也没有人知道。当时我还以为他到外面发大财去了，没想到竟然出事了……"

"十八年前正月十六晚上，他到您店里吃晚饭，您还记得这事吗？"

温敬泽扶着额头想了一会儿，最后摇头说："这个真不记得了，我这个人记性不太好。我虽然是这家宾馆的老板，但基本是个甩手掌柜，主要是我老婆在打理，并不是天天守在店里。"

毛乂宁点点头，这个答案倒也在他的意料之中。一般情况下一个人要记住十八年前发生的事情，几乎是不可能的。他想了一下，又问："温先生，调查还原那天晚上发生的事情，对搞清楚党大明的死因至关重要。不知能否请您帮我们把当时在宾馆上班的服务员叫过来，看看他们是否还记得当晚的一些情形？"

温敬泽点头说："这倒不难，十八年前是吧？让我想想，当时我们店里有个领班，叫玉玲，就住在马岭村。我可以叫她过来，你们向她问问情况。不过我不能保证她还记得当年发生的事情。"

邓钊点头说："行，那就谢谢您了，不记得也不要紧，我们完全能够理解，毕竟事情已经过去这么久了。"

温敬泽给玉玲发了两条消息。大约十分钟后，一个中年妇女骑着摩托赶到学校，来到了杨校长办公室。

温敬泽说："这就是玉玲。"又对玉玲说，"这两位是警察同志，他们想找你了解咱们宾馆当年的一些情况，他们问什么你答什么就行了。"

玉玲显得有点儿紧张，点点头，在旁边沙发上坐下，两只手掌放在膝盖上不断地摩擦着。

187

邓钊先在手机里打开党大明、白怀宇和林郁秋的照片，给她看了，然后问："您对这三个人有印象吗？"

玉玲看看手机屏幕，摇头说："没……没什么印象。"

邓钊说："您再仔细看看。"

玉玲又眯着眼睛仔细看了看，最后指着党大明的照片说："这个人……有点儿眼熟。他是不是在报社上班？我记得他好像是我们老板的一个记者朋友。"

"对，他叫党大明，在报社做过记者，后来做了编辑。"邓钊说。

毛乂宁向玉玲进一步解释道："事情是这样的，十八年前的正月十六晚上，这三个人曾在你们宾馆吃饭。您看到他们的照片，还能记起来吗？"

玉玲仍然摇头说："这个记者确实来我们店里吃过好几次饭，但你们要问他每次来吃饭的具体情况，我还真不记得了。"

邓钊凑近她，提醒道："那天晚上有一个年轻人拿着一把水果刀要闯进宾馆来，这事您还记得吗？"

玉玲的眼睛亮了一下，说："原来你们说的是这件事啊！我记得的，当时就是我报的警。那天，老板的这位记者朋友带人来店里吃饭，两人刚上二楼包房没多久，就来了一个年轻人。他手里拿着一把水果刀，我问他要干什么，他也不说话，我就拦住没让他进去。他倒是没有硬闯，掉头走了。可是，过了没多久，我发现他并没有离开，而是拿着刀围着宾馆转圈。我怕出什么事，就打电话报了警。后来派出所的警察过来，把那个年轻人带走了。"

毛乂宁道："对，就是那天晚上发生的事情。我们要问的，是当晚他来吃饭的一些情况，您还记得吗？"

玉玲点点头，回忆着说："那天晚上发生的事情，我倒是记得一些。

当时好像是一个年轻女人请客吧。她先到店里订了包房，点好了菜，在这里等着。之后党记者跟另一个男人开车过来，三个人在包房里吃饭喝酒。后来那个女人好像喝醉了，党记者到前台给她开了一间客房，说要让她在这里住一晚。当时还是我帮着两个男人一起将那个女人扶上三楼客房的。"

"当时那个女人，也就是林郁秋，她是什么状态？"邓钊一边记着笔录一边发问。

玉玲说："当时她确实喝醉了，连走都走不稳，几乎是我们三个人把她扶上楼的。党记者他们怕她回去路上不安全，所以才给她在宾馆开了个房间，让她住一晚再走。"

"你们三个人扶她进房后，在她房间里待了多久？"

"没多久吧，估计也就几分钟。我们把她扶到床上安顿好，就离开了。"

"是您和党记者他们一起离开的吗？"

"是的。"玉玲点头说，"党记者还交代我说，等她第二天早上酒醒了，把情况跟她说清楚。我说行，没问题。第二天早上，那个女人很早就醒来退房了。我把党记者交代的事情跟她说了，她好像也没说什么，就离开了。"

"那天晚上，党记者和他的朋友，也就是白怀宇，是什么时候离开宾馆的？"

"具体时间我记不太清楚。总之，从三楼客房下来之后，他们就开车一起走了。"玉玲像是想起了什么，很快说道，"不过后来过了没多久，大概一个小时之后吧，那个党记者又返回来了。"

"他又返回宾馆了？"

"对，他是坐出租车返回宾馆的。当时我正好看见他了。他下车后好像先到宾馆斜对面的便利店买了包烟，然后回到了宾馆。我问他有什么事，他说不太放心把那个女人独自留在这里，所以回来看看，又让我洗了几个梨和橙子。他用一个果盘端着水果和一把水果刀上了三楼，说想切点儿醒酒的水果给那个女人吃。我跟他一同上了楼，用钥匙打开客房的门，让他进了房间。"

这倒是一条新线索！毛乂宁师徒二人交换了一记眼神，两人都感到有些意外。因为按照林郁秋的说法，当晚她在宾馆客房睡下之后，什么事情也没有发生，一觉睡到第二天早上才离开。现在看来并非如此。是她醉意太浓，完全不知道党大明后来进过她的房间，还是她在刻意隐瞒什么。

邓钊问："这次您跟着进客房了吗？"

"这倒没有，我用钥匙打开门就下楼了，只有党记者一个人端着水果进去。"

"后来，党大明是什么时候离开的？"

玉玲皱眉想了一下："这个我倒是没有留意。我们宾馆前台跟楼梯口不在同一个方向。他什么时候下楼离开的，我没有看见。"

"他进入林郁秋的房间之后，屋里可曾传出什么异常动静？"

"这个嘛……"玉玲犹豫着道，"不知道，好像没有吧。因为那个房间在三楼，我一直在一楼忙着，也没太注意楼上的动静，所以并没有什么印象。"

"当时三楼还有其他住客吗？"

"应该有吧，不过时间太久，我实在记不清楚了。就算能记起来，估计也不可能找到那些客人。"

毛乂宁点头赞同道："那倒也是。除了党大明去而复返，当晚还有什么其他可疑情况发生吗？"

玉玲又认真想了一下，摇摇头说："好像没有了，不过……"她很快又犹豫起来。

"不过什么？"毛乂宁听出了端倪，抬头看着她。

玉玲迟疑着道："不过有一件事，我不知道跟你们调查的事情有没有关系。"

毛乂宁皱眉道："您觉得不正常的任何事情都可以说出来。是不是跟我们调查的案子有关系，由我们来判断，即便说错了也不用您负责。"

玉玲生来胆小，生怕自己说错什么，听毛乂宁这样一说，这才放下心来，说："是这样的，大概在党记者来我们这里吃饭后的第三天还是第四天，我们宾馆盘点物品的时候，发现丢了一把水果刀。按我们宾馆的规定，丢了东西得由当班负责人照价赔偿，所以最后还是从我当月工资里扣了二十五块钱当作赔偿金。后来，我仔细回忆了一下，我拿给党记者这把刀去客房切水果之后，好像忘记收回来了。到底是怎么弄丢的，我也不太清楚。"

毛乂宁和邓钊听到这里，相互看了一眼，都冲着对方轻轻点一下头。邓钊从自己手机里翻出从党大明胸口拔下来的被当作凶器的水果刀照片，递给她看。玉玲一眼就认了出来，说："对对对，我有印象，就是这把刀，黑色塑料刀柄，我认得的。你们怎么有这把刀的照片？"

毛乂宁道："这把刀目前就在我们手上。"

"在你们手上？"玉玲一脸疑惑。

邓钊道："不久前，有人在这栋楼后面的马岭坡上一个坟坑里挖出一具白骨，死者就是党记者。他是被人杀死的，当时他的胸口上就插着这把水果刀。"

"凶手抓到了吗？"玉玲吓得脸色苍白。她见警察来找自己，知道肯定是有案子发生，但是没有想到竟然是人命大案，而且还跟自己熟识的

191

人有关。

邓钊回答她说:"嫌疑人已经抓到了,就是当年您报警后被派出所民警带走的那个持刀男青年。他交代说他第二天早上从派出所出来后,又回到宾馆这边,围着这栋楼转了几圈,在后面的树林里看见党大明醉卧在草丛中,于是一刀将其刺死了。"

"怎么会有这样的事?"玉玲不由得睁大了眼睛,"党记者怎么会醉倒在我们宾馆后面呢?那天晚上他好像并没有喝醉啊,怎么会……还有,那个人也太可恶了,从派出所出来,居然还到我们宾馆来杀人!"

"请您再认真看看,确认照片上这把刀,就是您当初拿给党大明的那把水果刀吗?"毛乂宁表情严肃地向她再次确认道。

玉玲又把照片放大看了,果断点头道:"我可以确认。你看,刀刃这里还有一个小缺口,就是我有一次没拿稳,它从楼梯上掉下来时磕碰出来的。我一眼就能认出来,错不了的。"

邓钊很快明白了师父的意思,他是猜测凶手可能并不是卢振辉,而是另有其人。

邓钊心领神会,又把目光转向玉玲,"请您再好好想想,那天晚上党大明去而复返,进了林郁秋的房间之后,有没有传出什么异常的动静?"

"这个我真的没什么印象。但在我的记忆中,那天晚上后来确实没有发生什么特别的事情。"玉玲有些为难地说,"至于党记者进了三楼客房之后,是什么时候下楼离开的,我倒真没有注意,实在不好意思!"

毛乂宁向她点头道谢:"这么多年前的事情,您还能记得这些,已经很不错了。您说的这些情况,对我们来说都是非常有用的线索。"

玉玲有些不好意思地道:"也不是我记性好,实在是那个晚上有些特别。开始有人拿刀要闯进宾馆,然后我又生平第一次拨打报警电话,再加上这事又跟党记者有关,所以当天晚上发生的事情,我有些特别的印象。"

"您刚才说当天晚上那个醉酒的女人，是住在三楼客房，对吧？"毛乂宁见对方点头，又道，"可以带我们去看看那个房间吗？"

玉玲面露难色道："可以，不过这栋楼已经装修过好几遍了，不一定还是当初的模样。"

"没关系，我们只是想去实地查看一下而已。"毛乂宁说。

玉玲迟疑着望向旁边的温敬泽，好像这个人还是她的老板一样。

温敬泽点点头说："既然警察同志想去看，那你就带他们上楼看看吧。杨校长那儿，我去跟她说，她应该没有意见的。"玉玲这才"嗯"了一声，带着两个警察上了三楼。

从三楼楼梯间拐出来，就是一条长长的走廊，走廊两边是一个个排列整齐的房间。玉玲边走边说："我听说三楼这里已经改成学生宿舍了，不知道是不是真的。"沿着走廊往前走了没多远，来到楼梯左手边第三间房子门口，看见房门是虚掩着的，玉玲说："就是这间房了。"推门一看，里面果然已经改成了学生宿舍，二十多平方米的房间内摆放着两张上下铺铁架床。

玉玲在房间里比画着说："当初这个地方摆着一张单人床，这里放着床头柜，床尾那头有一张桌子，桌子上面摆放着电视机，整个客房的布局大概就是这个样子。"

毛乂宁边听边点头，虽然房间里已经完全看不出当初作为酒店客房的痕迹，不过按照玉玲的描述，他还是能在脑海里大致想象出当初的摆设与布局。

房间后面墙壁上有一扇铝合金窗户，外面安装着防盗网，上面晾着几件男生衣服。毛乂宁背着双手，踱到窗户前往下看看，窗口正对着后面树林里的那棵歪脖子树。他的眉头一下就皱了起来，伸手往防盗网上敲了敲。防盗网是钢制的，非常牢固结实，不可能被人随意打开。

他又回身四下打量着这间屋子。墙壁显然刚刚刷新不久，虽然有一些污渍，但应该是学生最近弄上去的。毕竟已经过去了十八年，这些房子被租出去之后，肯定已经经历过多次装修，派上过不同的用场。想在这里找到十八年前那晚发生的事情的痕迹，当然已经不可能了。

毛乂宁沉默着，从房间里出来后，又在这栋楼里上上下下走了一遍。这里已经完全变成了一所技术学校的样子，并没有什么可疑的地方。

下楼的时候，毛乂宁对玉玲说："今天真是多谢您了，如果您有事可以先走了。"毛乂宁又掏出一张名片递给她，"如果您还能想起什么其他线索，可以随时打电话给我。"他又询问了对方的联系方式，说，"方便留个联系方式吗？可能我们之后还需要联系您，请多包涵！"玉玲点点头，把自己的手机号码告诉他们之后，骑着摩托车回家去了。

等玉玲离开后，毛乂宁又跟邓钊一起，转到烹饪学校大楼后面，找到当初卢振辉指认现场时认定的那棵歪脖子树。据卢振辉说，当初党大明就是躺在这棵歪脖子树下的草丛里。

师徒二人站在树下，抬头向上看看，这个地方正对着刚才看过的三楼房间的窗户。窗户离地面八九米高的样子，一般情况下，人也不可能从这么高的地方跳下来。毛乂宁背负双手，站在楼下盯着三楼的防盗网足足看了三分钟，像是透过防盗网窥探十八年前的事情的真相一样。

"哎，警察同志，我到处找你们，原来你们在这里啊！"这时候，温敬泽大呼小叫着跑过来，因为趿着拖鞋，被杂草一绊，还差点儿摔跤。邓钊立即上前将他扶住，问他有什么事。

温敬泽喘口气道："是这样的，警察同志，刚才玉玲带你们去看房间的时候，我接到我老婆打来的电话，问我怎么还不回家。我就跟她简单说了警察同志找我调查十八年前党大明命案的事情。我老婆记性比我好，一下就想起了当晚发生的一件事。"

"您老婆?"邓钊愣了一下。

温敬泽忙解释道:"我刚才不是说了嘛,我虽然开了这家宾馆,但平时店里的生意,都是我老婆帮着打理的,她平时没事都在店里待着。她说十八年前正月十六晚上,党记者来店里吃饭的事情她还有点儿印象,尤其记得一件事。"

毛乂宁问:"什么事?"

温敬泽说:"她说她记得那天晚上党记者确实去而复返,坐朋友的车离开后没多久,又坐出租车回来了。"

毛乂宁点头说:"玉玲刚才已经说过这件事了,我们都知道了。"

温敬泽继续说:"我老婆还说,她曾看见党记者下了出租车后,在进入宾馆之前,曾到附近一家便利店买了一样东西。"

邓钊道:"这个我们也已经知道,他在店里买了一包烟。"

"不是一包烟,玉玲看错了。"温敬泽摇头说,"我老婆告诉我,党记者当时买的其实是一盒避孕套。"

"避孕套?"毛乂宁和邓钊都吃了一惊。毛乂宁盯着他道:"您能确定吗?哦,不对,应该是您的老婆能确定吗?"

"她非常确定,当时她还有点儿奇怪。等党记者上楼后,她特地去那家便利店问了一下。都是在这条街上开店的,大伙儿都是熟人,店主明确告诉她,刚才那个客人买的就是一盒避孕套。"

"党大明平时抽烟吗?"

温敬泽说:"据我所知,他是不抽烟的,所以我也觉得他不太可能去便利店买烟。"

"嗯,有道理。"

温敬泽接着道:"我老婆也认识党记者,知道他买了这个东西,也不好意思跟我说，一直放在心里。本来以为没什么的，没想到时隔十八年，你们突然找上门来调查党大明的案子，还说他有可能是在那天晚上或第二天被杀的，我老婆一下就想起了这件事，托我一定要告诉你们。"

毛乂宁点头说："行，这是一条非常重要的线索。谢谢您，也谢谢您的老婆！如果她还想到什么，可以随时给我们打电话。"

温敬泽咧嘴笑了，说："好的，我记住了，如果没有其他事情，我就先回家吃饭了。我这晚饭才吃到一半呢，听说有警察找我，我扔下筷子就跑过来了。"

目送温敬泽离开之后，邓钊又抬头望向三楼那个房间，对毛乂宁道："师父，温敬泽老婆提供的这条线索，信息量很大啊！"

"是的。在当时那种情况下，党大明去而复返，本就让人生疑，再加上他第二次进入宾馆之前又悄悄买了一盒避孕套，很难不让人联想到什么。"

"难道当天晚上他真的对林……"

毛乂宁用眼神制止了他，朝他摆摆手说："先回车上再说。"邓钊愣了一下，抬头看看，才发现这时烹饪学校的学生都已经吃完晚饭回到了宿舍，好几名学生都趴在窗户上好奇地向他们张望着。他只好止住话头，跟着师父一起从树林里走出来。

刚回到小车里，他就有点儿迫不及待地道："师父，党大明买避孕套显然是冲着林郁秋去的啊！"

毛乂宁点头说："没错。"

邓钊道："如果真是这样，那我觉得这个案子基本就能串起来了。"

毛乂宁从副驾驶位侧转身来，饶有兴趣地看着他："那你说说看，怎么就能串起来了？"

"很显然，这个党大明当时根本就对林郁秋没安什么好心。"邓钊语速很快地道,"晚上吃饭的时候,他自己没喝多少酒,却将饭桌上唯一的女性林郁秋灌醉了,然后在宾馆给她开了个房间,让她在那里过夜。

"他假意跟白怀宇一起坐车离开,自己却在半路上借故下车。等白怀宇开车走后,他再打车返回宾馆,并且在下车时悄悄买了一盒避孕套。当他以送水果为由进了林郁秋房间后,趁着林郁秋醉酒昏睡之时,对她实施了性侵。

"在这个过程中,林郁秋被他折腾醒了,在极力反抗,呼救无门的情况下,她随手摸到床头柜上水果盘里的水果刀,用尽全身之力,一刀刺进了党大明的胸口。这一刀插中了党大明的心脏,他应该很快就倒地身亡了。

"一见出了人命,林郁秋很快就清醒过来。为了逃避罪责,她悄悄把党大明的尸体运出去,扔在了宾馆后面的树林里。为了不让鲜血大量喷出,她一直没有将凶器从党大明身上拔出来。回到客房,洗干净地板上的血迹和其他杀人痕迹之后,第二天一早,她就慌里慌张地退房离开了。

"巧的是,卢振辉也对党大明怀有杀心,而且他这个人还有点儿神经兮兮的,当晚被派出所抓走了,第二天一早居然又回到宾馆来找党大明,更巧的是,居然真的找着了。只是他不知道在宾馆后面歪脖子树下看到的党大明,并不是因为喝醉了酒昏睡在此,而是已经在前一晚被人杀死了。可能因为尸体是蜷卧着的,他没有看到插在党大明胸口的凶器,所以完全不知情。他觉得这是自己报仇雪恨的天赐良机,所以二话不说,上前就刺了党大明一刀,然后撒腿就跑。他一直以为是自己这一刀把党大明杀死的,其实他刺的只是一具早已冰冷的尸体。"

"嗯,确实是那一盒避孕套帮助咱们打开了思路,我基本赞成你这个推理。"毛乂宁点点头,但很快又皱起眉头,"只是现在还有一个问题。如果林郁秋在客房里杀了党大明,她又是怎么把尸体弄下楼,丢弃在后面树林里的？她的房间在三楼，要把尸体弄下来，必须得经过楼梯间和一楼大堂，不可能不被人发现啊。"

邓钊坐在车里，抬头透过前挡风玻璃往前面的五层大楼楼顶看，对毛乂宁说："师父，我觉得她应该没有下楼，而是上楼了。"

"上楼？"

"对，十八年前，林郁秋正年轻，虽然是个女人，但多少还是有些力气的。她应该是把党大明的尸体搬上了楼顶，然后从天台上直接扔了下来。楼下人多眼杂，但楼上都是客房，楼道里应该没有什么人，所以她搬着尸体上楼的途中没有人撞见。"

毛乂宁摇头道："你这个推理不能成立，因为我刚才已经把整栋楼上上下下都走了一遍。这是一个老式楼房，五楼并没有通往天台的楼梯，所以林郁秋根本不可能把党大明的尸体搬运到天台再扔下来。"

"哦，原来是这样，"邓钊有些疑惑不解地看向他，"那师父您觉得她是怎样把党大明的尸体运送出去的呢？"

毛乂宁瞧他一眼道："你别看我，我心里也没底。她想避开别人的目光把尸体搬运到后面的树林，确实不是一件容易的事。"

"是啊，这可真是让人百思不得其解。从楼梯往下走，一楼、二楼是餐厅，楼梯间人进人出，下了楼就是大堂。虽然楼梯间跟前台不在同一个方向，一个人若无其事地走过去，不被人注意到也还说得过去，但一个女人搬着一具尸体下楼还不被人看见，这也太说不过去了。如果不下楼，走楼顶天台，又没楼梯可以直达楼顶，就更不可能了。如此一来，尸体就只能是被从三楼房间窗户里直接扔下来的。可是窗户又安装着防盗网，她根本不可能把防盗网撬开，再把尸体扔下去啊。"

"是的。刚才我特意检查过窗户防盗网，是钢筋焊制的，如果手里没有专业的破拆工具，根本不可能打开。"

"那倒也是,"邓钊点点头,回忆着刚才在房间里看到的防盗网,很快就发现端倪,"哎,师父,好像不对啊……"

毛乂宁也很快明白过来:"你的意思是说,那防盗网太新了,对吧?"

"对,我见过用了十几二十年的防盗网,即使年年喷涂防锈漆,看起来也没有这么光鲜,完全没有一点儿生锈的痕迹啊。"

毛乂宁眉头一挑,道:"你说得没错,那个防盗网应该安装了没多久,至少不是十几年前的老物件。"他立即掏出手机,想拨打温敬泽的电话,但想了一下,还是直接把电话打给了玉玲,问了一下客房防盗网的事。

玉玲像是在电话那头愣了一下,说:"当时我们客房没有安装防盗网。你们现在看到的防盗网和铝合金窗户,都是后来烹饪学校装修学生宿舍时换上去的。"

"那之前宾馆安装的是什么窗户?"

"这房子建得比较早,用的还是那种推拉式玻璃窗户,可以把窗户向外推开。304钢做成的防盗网格就固定在窗叶上,是可以随着窗户推开而打开的。"

毛乂宁"哦"了一声,说:"我明白了。如果客人将两扇窗户推开,那整个窗口就完全没有遮挡,只要愿意,人都可以从窗户跳下去,对吧?"

"对,就是这个意思,不过当时可从来没有人从窗户跳下去过。"

"好的,我明白了。"

挂断电话后,毛乂宁把当年宾馆窗户的情况跟邓钊说了。邓钊一拍大腿道:"师父,这就对了嘛,肯定是林郁秋打开窗户,把尸体扔下去的。"

毛乂宁也点头说："是的。按玉玲的说法，当时两扇窗户是可以全部向外推开的。那林郁秋杀人后把党大明的尸体从窗户扔下去，尸体正好掉在那棵歪脖子树下的杂草中。这个推理就完全能成立了。"

"这么说来，林郁秋还真有可能就是杀死党大明的凶手了？"邓钊兴奋地嚷了一句，但很快又沉默下来，似乎有点儿不大愿意相信自己崇拜的作家竟然是一个杀人凶手。过了好久，他才叹口气说，"可是我们那天问过林郁秋，她说她当时在宾馆住了一晚，其间根本没有发生什么异常情况啊！"

毛乂宁冷笑一声道："很明显，她是在说谎！"

"如果党大明真的是被她杀死的，她将尸体扔在后面的树林里，第二天一早就离开了宾馆。那尸体又是怎么被放入张五一母亲的坟坑里去的呢？卢振辉只是刺了党大明一刀，并没有转移尸体啊。"

"嗯，这确实是个疑点。咱们必须得顺着这个线索，再详细调查一下。"毛乂宁把身体往座位上重重一靠，"开车走吧！"

邓钊问："去哪里？"

毛乂宁说："去马岭村，找张五一问问情况。"

"好嘞！"邓钊一打方向盘，开着小车拐下马岭路，驶入了一条无名小道，不久，就来到了马岭村。

这时候天已经完全黑了，村里没有路灯，只有一些灯光从路边村民的家中透出来。村道上没有什么行人，偶尔能听到某处人家传出父母打骂孩子的声音，惊起几声狗吠。他们找人问了一下，很快打听到了张五一的家。

张五一的家是一栋两层小楼。毛乂宁师徒二人敲门进去的时候，张五一和张六一兄弟二人及几个家属正坐在一楼客厅里看电视。张五一自然认得他们是上次在墓地里见过的两个警察,急忙请两人进屋坐下。

毛乂宁问:"张大哥,你母亲迁坟的事情,都已经办妥了吧?"

张五一点头道:"已经办好了。尸骨捡出来后火化了,已经集中安葬在了公墓。"

张五一的弟弟张六一在旁边问:"两位警官还是为了埋在我妈坟墓里的那具尸体来的吧,查到那个人是谁了吗?"

邓钊点头说:"是的,我们正是为了那个案子来的。我们已经查明了死者身份,他姓党,叫党大明,应该是被人用刀杀死之后,埋在那个坟坑底下的。"

张五一"哦"了一声,又道:"原来是一桩凶杀案啊。我们可是做梦也没有想到我妈棺材底下还埋着一个人呢,这真是太巧了!"

"这不是一个巧合!"毛乂宁道。

"不是巧合?"张五一见他一脸严肃的表情,不由得吃了一惊,"警察同志,你们该不会怀疑是我们……"

毛乂宁摇头道:"张大哥,你误会了。目前我们已经掌握了这个案子的一些重要线索,案情跟你们无关。我们这次过来,其实是想找你们打听一些情况。"

张五一兄弟俩听他这么说,才放下心来。

邓钊从手机里打开林郁秋的照片递到他们兄弟二人面前,问道:"请问你们对这个人有印象吗?"

张家兄弟仔细看了照片,最后一齐摇头说:"不认识,没见过。"把手机递给邓钊的时候,张六一问:"警察同志,这个女人就是杀死那个党什么的凶手吗?"

邓钊没有正面回答,只说她很可能跟这个案子有关联,目前正在调查。

"哎，不对，"就在邓钊拿回手机，关上屏幕的那一刹，张五一突然敲了一下自己的脑袋，"这个女人我看着有点儿眼熟！"

"真的吗？"毛乂宁立即凑近过去问，"你认识她？"

张五一摇头说："倒是不认识，我认识的熟人里边没有这样一个女人。她的头发烫得像波浪，戴着眼镜，看起来斯斯文文的，一瞧就知道是个大知识分子。我一个大老粗，去哪里认识这样的人呢，不过我总觉得好像在哪里见过这个女人。"

"见过？"

"没见过本人，准确一点儿说，应该是见过她的照片吧。"张五一渐渐想了起来，"我女儿是个大学生，她平时喜欢看书。我好像有一次看见她带回来的一本书里，印着这个女人的照片。"

"哦，原来是这样！"邓钊大失所望，"这个女人叫林郁秋，确实是一个大作家，写过很多畅销书。你女儿买过她的书带回家，也不奇怪。你除了在书上见过她，还在别的地方见过吗？"

张五一摇头说："这倒没有。"

毛乂宁见从他们这里问不出什么有用的线索，就寒暄了两句，准备起身离开。这时，旁边的张六一却拿着自己的手机一拍大腿道："哎哟，原来是这个女人，我也见过啊！"

邓钊问他："你也在书上见过她？"

张六一摆手道："不不不，我不看书，没有在书上见过。我见过她本人，而且不是现在，是在十八年前见过她。"

"什么？"最后这一句，让毛乂宁大吃一惊，"你真的在十八年前见过她？"见对方点头，又问，"那刚才看到她照片的时候，你怎么说没见过？"

张六一一着急，就变得有点儿口吃，吞吞吐吐道："警……警察同志，你说得没错，你……你们拿出的照片上的这个中年女人，我看着眼生，确实没有见过。不过，刚才听你们说她叫林郁秋，还是什么大作家，我就有点儿好奇，随手上网搜索了一下，看到她年轻时的照片我突然就记起来了，以前我是见过她的。"他边说边把自己的手机递了过来。

邓钊接过手机，屏幕上显示的是一个年轻女人的照片。照片中的女人齐耳短发，细眉细眼，容颜青涩，文静秀气，只是看起来皮肤有点儿黑。细看之下，眉眼确实跟现在的林郁秋有些相似。邓钊在手机屏幕上点了一下，将照片退出后才发现张六一搜到的是一篇林郁秋的专访文章。文章里除了放了林郁秋的近照，还附上了一张她年轻时的照片，照片下配有一句图片说明：初入文学殿堂的林郁秋。

邓钊把照片拿给师父看，毛乂宁点头说："没错，这就是林郁秋，只不过照片中是年轻时的她。"

张六一说："这就对了，她现在的样子我没有见过。我见过的是十八年前的她。"

毛乂宁本来已经打算走，但看了邓钊递过来的照片之后，又坐了下来："跟我们说说看，十八年前你是怎么见到她的。"

张六一让哥哥把电视机关了，说吵得慌，然后回忆道："这确实已经是十八年前的事情了。那时候我妈刚过世，棺材在家里停了两天，水陆道场都做完了。下葬那天，应该是正月十七早上九点多钟吧，这个时间我记得比较清楚，因为是选定的吉时嘛——我和几个亲戚扛着铁锹来到马岭坡，在前一天选好的位置给我妈挖坟坑。

挖到一半的时候，我看到一个年轻女人从树林里走了出来。她看上去有点儿精神恍惚，还被脚下的杂草绊了一跤，然后就坐在草地上抹眼泪。因为那个地方挺偏僻，又靠近坟场，一般人都嫌晦气，平时很少有人经过，所以我就多看了她几眼。

让我没有想到的是，这个女人好像对我们挖坟的事很感兴趣，还特意走过来问我们挖这么深的坑干什么。我一看就知道她不是马岭村人，因为附近的人都知道这里是坟场，所以就随口跟她搭了几句话，对她说我妈故去了，这是在为她挖坟，准备今天下午下葬。她听后没说什么，转身就走了。"

"那后来呢？"邓钊问，"你有没有再见过她？"

张六一摇头说："她离开后，我就没再见她回来。后来，我们很快挖好了坟坑，都回家去了。等到傍晚，才把我妈的棺材抬过去，埋在了上午挖好的坟坑里。我当时看到的那个年轻女人就是你们说的林郁秋。不过，这么多年过去了，她的样貌也变了不少，如果不是看到她年轻时的照片，我还真认不出来。"

毛乂宁听张六一说完之后，问他："你母亲下葬的时候，你们可曾发现坟坑里有什么异常，或者说被人动过的痕迹？"

张氏兄弟相互看了一眼，一齐摇头，一个说"没有"，另一个说"没太注意"。

毛乂宁知道他们能记起十八年前遇见过这个女人已经很不容易，估计不太可能回忆起其他更具体的细节。他又问了几个问题，果然这兄弟俩都是你看我我看你，完全答不上来，只好让邓钊做好询问笔录之后，让两人签字确认。

毛乂宁起身告辞，临出门的时候，像是想起了什么，又回头问张六一："我还想问一下，当天上午你们在马岭坡挖好坟坑，离开的时候，用过的铁锹也一同带走了吗？"

张六一愣了一下，很快就摇头说："这倒没有，几把铁锹都留在了墓地里，因为下午填坟的时候还要用。"

邓钊问："不怕被别人拿走吗？"

张六一说:"不怕。一来那地方有点儿偏,没什么人去;二来我们在铁锹木柄上系了白毛巾,人家一看就知道家里出了白事,碰见就嫌晦气,避之不及,怎么还会偷这样的铁锹呢。"

"好的,我们明白了!"毛乂宁点头道谢。

从马岭村出来,小车沿着一条泥土路前行没多远,穿过一片树林,就到了马岭坡。夜间的马岭坡黑黢黢的,偶尔会有一点点可疑的光亮在半空中闪动,不知是夏夜的萤火虫,还是坟场磷火,像幽灵的眼睛,让人不敢久视。再远一点儿的地方,隐约可以看到几台推土机停在荒地上,看来高速公路的基建项目应该很快就可以推进到这里。

小车即将与这片坟地擦肩而过时,毛乂宁忽然说:"小钊,停一下车!"

邓钊有点儿诧异,但还是将小车缓缓停下。透过车窗往外瞧瞧,土路的左边是烹饪学校后面的树林,右边是马岭坡坟场,车灯之外的世界一片漆黑,什么都瞧不清楚。他不禁有些发怵,说:"师父,您该不是想夜探坟场吧?"

毛乂宁说:"那倒不至于,白天咱们已经看过周围的情况,再下车也没有什么可看的了。"

"那您还要在这里停车?"邓钊奇怪地问。

毛乂宁说:"没什么,我只是想感受一下这里的气氛,顺便在脑子里梳理一下目前咱们所掌握的线索。"邓钊的目光亮了一下:"师父,这个案子,您是不是有些眉目了?"

毛乂宁本来正在闭目凝神,听到这话,不由得睁眼瞧瞧他,问道:"为什么这么说?"

邓钊道:"您在离开张家的时候问了铁锹的事,应该是怀疑凶手利用张六一他们留下的铁锹埋掉党大明的吧?"

"好小子，有进步！"毛乂宁表扬了徒弟一句，然后道，"我确实这样怀疑过。林郁秋在十八年前的正月十六晚上杀死党大明，将其尸体扔下了窗户。第二天早上退房之后，要么根本没有离开宾馆太远，一直在附近徘徊，要么回到家后，再次返回了抛尸现场。总之，她左思右想，觉得将尸体扔在这个地方不安全，会被人发现，到时候警察顺藤摸瓜，很快就能找到她头上，所以她必须回去将尸体处理好。"

邓钊点点头，表示同意师父的推断，并且补充说："她应该是在第二天上午9点多重返抛尸现场的。而这个时候，卢振辉已经在党大明的尸体上刺了一刀，因为党大明早已死亡，他这一刀刺得再深也不会有鲜血淌出来，所以尸体并没有留下太明显的痕迹。当林郁秋再次看到尸体时，慌乱之中，她也不太会注意到这点。"

"是的。林郁秋重返现场，惊吓之余，正为怎么处理党大明的尸体才不会被人发现而发愁时，忽然听到树林外边有些声音，循声走去，正遇上张六一在为母亲挖坟。她装着若无其事的样子问了张六一几句，知道他母亲的棺材下午会葬在这里之后，心里突然就有了主意。她一直躲在树林里，等张六一他们挖好坟坑离开之后，立即来到坟场，用留下的铁锹把坟坑往下深挖了一两尺，趁着四野无人，将党大明的尸体从树林里拖出来埋在了坟坑底下，然后再填上泥土将坟坑恢复原状。

如此一来，等到张六一他们把母亲的棺材葬下去，将整个坟坑填上之后，就没有任何人能发现棺材底下埋着的尸体了。马岭坡本就偏僻，她做这些事情的时候又小心翼翼的，所以根本没有人发现异常。"

邓钊顺着他的思路往下推理道："她留下了党大明身上的手机，后面冒充党大明给他老婆岑虹发信息，自然都是她做的了。正是通过这几条手机短信，她成功制造出了党大明因为怕被纪委调查而慌忙跑路，躲到广京省去打工的假象。林郁秋心思缜密，行事周到，因此无论是党大明的家人，还是工作单位，竟然没有一个人心生怀疑。一桩凶杀案，就这样被她掩藏得密不透风。如果不是十八年后张家兄弟给母亲迁坟，意外挖出党大明的骸骨，这个案子很可能就此湮没了，再也不会被人提起。"

"确实是这样，很多案件东窗事发，完全是巧合。事实上有时候咱们警察破案，也是运气使然！"毛乂宁感慨了一句。

邓钊道："师父，既然案情已然明了，那咱们接下来是否对林郁秋进行调查询问？"

毛乂宁摇头道："暂时还不行，这些只是咱们根据种种线索做出的合理推测。事实上，咱们手里没有任何证据能证明她跟党大明之死有关联。而且，咱们今天下午去找她的时候，她已经明确否认自己跟党大明的命案有关。现在在没有任何实证的情况下再去找她，自然不会有什么结果。"

"那怎么办？"

毛乂宁皱眉想了一下，道："既然咱们已经掌握这个案子的来龙去脉，也算是有了重大进展。接下来咱们还得再围绕林郁秋详细调查一下，只要党大明真是被她杀的，相信咱们就一定能找到她身上的破绽。只是我们得暗中调查，不能打草惊蛇，要不然她提前防备，就会给咱们增加破案难度。今天太晚了，先回去休息，明天咱们专案组成员再碰一下头，把工作分工安排一下。"

邓钊一边启动小车，一边点头说："行！"

第九章
雨夜较量

晚上 11 点，林郁秋准时关闭电脑，离开书房。这段时间她接受儿子的建议，把生物钟调整了一下，每天早起早睡，白天写作，傍晚锻炼身体，晚上不再熬夜，工作到夜里 11 点准时上床睡觉。作息时间调整之后，她整个人的精神状态都好了许多，创作速度大幅提高，新书已经写完了一大半。有时候她想，这个儿子应该是上天派来成就她的，不，应该说是来拯救她的！

回到卧室的时候，司马庆已经穿着睡衣在床上等着她，对她道："亲爱的，辛苦了！来来来，我给你放松放松！"林郁秋坐在床上之后，他立即殷勤地围着她又捏肩又捶背。司马庆贴着林郁秋的耳朵道："郁秋，有件事，我想问问你。"

林郁秋迷迷糊糊中"嗯"了一声，说："是不是出版公司又找你这个经纪人催我的稿子了？你告诉他们不要催，新书写得很顺利，应该能按时交稿，不会耽误他们赚钱的。"

"我不是说稿子的事。"

"那是什么事？"

"我想问问什么时候让小远搬出去,方便咱们俩结婚过幸福的二人世界。"司马庆凝视着她,"咱们当初可是说好了的,你只是借寻子认亲这件事来给自己的新书炒作一把。一旦成功,你就立即让孩子搬出去,继续过咱们两个人的生活。你看现在,林大作家'寻亲母亲'的人设已经立起来了,新书大卖,小说的影视改编权被各大影视公司疯抢。你现在已经是各大出版社争相签约的炙手可热的大作家,完全用不着再借寻亲的新闻来宣传炒作。而且咱们也快结婚了,你看是不是可以考虑让陈远搬出去住了?"

"不行,小远不能搬出去!"

司马庆皱眉道:"为什么?咱们当初可是说好了的,你怎么又变卦了呢?"

林郁秋说:"此一时彼一时,咱们当初的决定不一定正确。通过这段时间相处,我觉得小远这孩子还是很不错的,咱们不能那样对他。而且他真的是我儿子,我将来还指望他给我养老送终呢!"

"可、可是,咱们不是早就计划好了吗?只要你火了,咱们立即把他赶出去,继续过不被任何人打扰的二人世界。你怎么说话不算话呢?"司马庆显然有点儿生气,"再说,你老了不还有我吗?"

林郁秋看了他一眼,忽然用力将他推开道:"要是我老了,可不敢指望你!"

司马庆听出她似乎话里有话,就问:"为什么?"

林郁秋瞥了他一眼,道:"你跟你们公司那个女总监的风流事,你以为我不知道吗?"

司马庆尴尬地说:"你这是说什么话。那都是我从公司辞职以前的事了。而且我跟她只是逢场作戏,我心里最爱的人还是你啊!"

林郁秋冷笑一声:"你心里最爱的人是不是我,你自己心里有数,我自己心里也清楚！"

"怎么好好的还生起气来了呢？咱们不是说陈远的事吗？"司马庆嬉皮笑脸道，"好啦好啦，亲爱的，既然你这么喜欢这孩子，那我听你的，让他留下来。咱们结了婚，一家三口一起和和美美地过日子也挺好，是吧？"

林郁秋点点头，脸上的表情缓和下来："如果你想要孩子，我也可以给你生一个。"

"行啊，不如咱们现在就生一个！"司马庆一翻身，要往她身上压。但林郁秋却已经裹紧了被子，转过身说："我今天有点儿累，早点儿睡吧。"

司马庆有点儿不甘心，想把她扳转过来强行亲吻。林郁秋将他的手挡了回去，转过身，给了他一个冰冷的背影。

司马庆无趣地躺在一边，像被人兜头浇了一盆冷水，心底一片冰凉。他想着：果然是母子连心啊，有了陈远那小子之后，她居然将我晾在了一边！也不知道那小子到底给这个女人灌了什么迷魂药，竟然让她这么快就改变了主意。他心里升起一股恶意：这可不行，这个家的江山是我好不容易才打下来的，可不能让那小子白白捡了大便宜，说什么也得把他赶出去。最可恶的是他手里还握有我的把柄。这小子对我来说，就是一颗定时炸弹，无论如何也要想办法把他"拆除"！

司马庆在心里狠狠地想着，暗中盘算着，计划着，竟然一夜没有睡着。直到第二天早上，他才勉强合上眼睛，没有起床吃早餐，一觉睡到了午饭后。

下午，司马庆出门的时候，看见花匠伍峥嵘正牵着一根水管给他洗车。他心头怒气未消，逮着花匠就骂："你发什么神经，谁让你洗我的车了？把我的车淋得湿漉漉的，叫我怎么开出去？"吓得伍峥嵘赶紧关了水龙头。

直到看见司马庆开着小车出了院门，伍峥嵘还没回过神来，心想：这人今天怎么了？不是你以前交代我，叫我每次浇花的时候，顺便帮你把车洗了吗？怎么今天帮你洗车还不乐意了？不过他年纪大，一向宽大为怀，倒也没怎么往心里去，拿着水管继续浇花。

来到院子角落的时候，伍峥嵘下意识往那间水泥小屋门口瞅了瞅。每天下午观察小屋的动静，已经成为他的秘密工作，但是一直没有发现任何异常。他甚至一度怀疑是不是自己侦查有误，要不然为什么这间小屋这么久都没有动静呢？但是今天，他却一眼瞧出了一些变化，铁门上的挂锁似乎被人动过。他清楚地记得上次看到这把锁的时候，锁孔是朝向左边的，而今天锁孔却转向了右边。很明显，最近有人打开门锁进去过。

伍峥嵘顿时警惕起来，四下看了看，正是下午3点多，花圃里的花草都被晒蔫了，院子里没有其他人。他悄悄绕到侧墙边，搭了一把小梯子，凑到窗户口往屋里瞧。屋子里很暗，什么也看不见。他拿出手机，打开手电筒往里照，身体一晃，差点儿从梯子上摔下来——他看见小屋里的竹席上侧躺着一个小女孩儿，约六岁，穿着红色的公主裙和白色凉鞋，一动不动地躺在那里。铁门后边还有一辆带雨棚的电动三轮车。一开始他以为这孩子已经死了，仔细一看，她胸口还有起伏。他这才知道她只是被什么药物迷晕了，暂时没有生命危险。

伍峥嵘想起孙女告诉他，人贩子每天给拐来的孩子打迷药，让孩子一直处于昏迷状态，看来是真的。林郁秋这个人贩子，真是太可恶了！伍峥嵘在心里暗骂了一句。他从梯子上跳下来，想把前门砸开，冲进屋里救出这个可怜的孩子。但是转念一想，他又止住了脚步。现在救下这个孩子，并不能证明孩子就是被林郁秋拐骗来的，反倒会打草惊蛇，让人贩子提高警惕。以后想要将他们一网打尽，就更是难上加难。

这可怎么办呢？伍峥嵘着急地搓着手，在原地转了一圈儿。最后他拿定主意：孩子暂时没有生命危险，救她的事可以先缓一缓。他要暗中观察人贩子的行动，等他们"出货"的时候，再打电话报警，让警方将这伙丧尽天良的人贩子一网打尽。只是这样一来，就得让这孩子在黑屋子里多受一点儿苦了。看到这孩子，他就想起自己那乖巧可爱的孙女，不由心疼得直抹眼泪。

"我说你发什么愣呢？赶紧过来帮帮忙！"就在这时，伍峥嵘听见身后芮姑叫他。他回头一看，原来是芮姑从外面买了两个大西瓜，提到院门口已经气喘吁吁了。她把西瓜放在地上，一边甩着胳膊，一边向他求助。

伍峥嵘忙扔下手里的活计，跑过去说："哎哟，老姐姐，让我来，让我来！下次出门买什么重东西，记得把我叫上，我给您提回来。"

芮姑呵呵一笑说："行，下次出门采购的时候把你带上。"

伍峥嵘帮芮姑把西瓜提进厨房，放到冰箱里。芮姑给他倒了杯水，递过来说："你可真是个实在人，干起活儿来一点儿都不偷懒。"

伍峥嵘憨厚一笑，说："老板给了那么多工钱，我就得干这么多活儿啊，要不然对不起这份工作。"

芮姑看看墙上的挂钟，说："这都下午4点多了，你也累了，赶紧下班吧。"

伍峥嵘急忙摆手道："这可不行，还没到下班时间呢。"

芮姑白他一眼道："你怎么这么死心眼儿！我说到点儿了就是到点儿了，你早点儿下班回去休息不好吗？"说罢，朝他眨眨眼。

伍峥嵘明白过来，连声道："多谢老姐姐照顾，那我就先下班了。上次我送您的酱牛肉好吃吗？我家里还有一些，明天我再给您带两包过来。"

芮姑乐得合不上嘴，轻轻打了一下他的肩膀，说："哎哟，老是吃你送的东西，那怎么好意思呢。"

伍峥嵘出门，看院子里的花花草草都收拾得差不多了，也就依芮姑所言，洗干净手准备下班了。拿毛巾擦手的时候，他又转到水泥小屋门前，举目四望，看见街道斜对面一栋四层高的旧楼正在做外墙装修，四面墙壁已经被搭好的脚手架包围着，一些工人正忙上忙下。他点一下头，心中已经有了主意。

下班后，伍峥嵘骑着摩托车从院子里出来后，并没有像往常一样直接回家，而是转到附近的商场里买了一个望远镜，又到街边随便找了家快餐店，解决了晚餐。等到天完全黑了下来，他又回到了林郁秋家附近。

街上亮着几盏昏暗的路灯，一眼望过去，整条南林路都显得灰蒙蒙的，一派老旧之气。街边那栋四层楼的外墙装修工人早已经下班走了。伍峥嵘在街边徘徊一阵子，见没有人注意，就趁着夜色悄悄爬上脚手架，在三楼位置找了个地方坐下了。因为外面还有一层安全防护网挡着，街上行人如果不仔细辨别，就很难发现脚手架上藏着人。伍峥嵘坐定之后，将外面的防护网悄悄拨开一条缝，把望远镜伸出去，调整一下距离，正好可以清晰看到街道那边林郁秋家的院落。

原来这个退休老民警早就已经有了行动计划。据他推测，人贩子既然把三轮车停在水泥小屋里，显然是想尽快找机会把这个拐来的小姑娘送出去。从孙女的被拐经历来看，人贩子应该不会选择大白天行动，极有可能会在晚上"出货"。所以他决定在对面这栋楼的脚手架上蹲守，等到人贩子把孩子拉到外面"出货"的时候，再打电话报警。这样既可以抓他们一个现行，又可以救出这个可怜的小女孩儿。

伍峥嵘将望远镜对准那间水泥小屋，仔细观察着院子里的动静。晚饭后不久，最先从三层小楼里走出来的，是林郁秋的儿子陈远。这个年轻人穿着运动短裤和跑鞋，在院子里活动完筋骨后，就出门跑步去了。晚上8点多的时候，林郁秋也出来在院子里散步，司马庆在一边陪着。两人回屋后，芮姑又站在花圃边打了一个很长的电话。等陈远跑步回来后，院子里便再无动静。

伍峥嵘一直蹲守到天亮，再没有看见其他人靠近那间水泥小屋。再等下去，装修工人很快就要来上班了，而且天亮后人贩子也不太可能会行动，他只好从脚手架上爬下来，拖着疲惫的身体回家休息去了。

下午上班，趁着院子里没有人的时候，伍峥嵘又透过那扇狭小的窗户往里看了看——被拐来的那个小女孩儿仍然昏睡着，三轮车也还停在门后。看到孩子并没被转移走，他这才稍微松了口气。晚上，他草草吃过饭，又悄悄爬上对面楼上的脚手架，继续观察着水泥小屋的动静。

这天晚上，陈远并没有出去跑步，而是陪着林郁秋在院子里散步。母子俩进屋的时候，司马庆出来把自己的小车开出了院门。没过多久，他就把车停在了路边。很快，一个穿着超短裙、打扮艳丽的年轻女人走到了小车边。司马庆下车跟她拥吻了一下，然后带她上车离开了。伍峥嵘不禁在心里叹了口气，看来这个男人也不是什么好货色啊。

这天晚上，人贩子仍然没有任何行动。伍峥嵘不禁有些气馁，难道人贩子知道有人在暗中调查、监视，所以不敢行动？他把自己暗中进行的侦查工作从头到尾检视了一遍，自认为没有露出什么破绽，更没有跟林郁秋有过任何正面接触，应该不会引起她的疑心，所以被对方发现的可能性极小。应该是他们"出货"的时间还没到，看来还得再耐心等待。

第三天晚上，乌云密布，下起了大雨。伍峥嵘没有带任何雨具，很快被淋成了落汤鸡。到了凌晨1点多，他有些犹豫，想着要不要先躲进屋里，找个地方避避雨再说。下这么大的雨，估计人贩子不会有什么行动了。就在他要放下望远镜从脚手架上站起来的时候，忽然看见对面院子里似乎有人影在晃动。他拿起望远镜细看，有一个人从三层小楼里闪了出来。那人穿着雨衣，戴着雨帽，遮头盖脸，无论怎么调整望远镜都看不清他的脸。

那人在院子里张望了一下，又到院子门口往外看。尽管伍峥嵘知道对方不可能看到自己，但还是下意识地往后缩了一下身子。因为下着雨，又是凌晨时分，街道上没有一个行人，也看不到任何车辆，只能听到哗哗啦啦的雨声。

那人显然对这条空寂无人的南林路感到很满意，回头走到院子角落打开了那间水泥小屋的门，先将那辆电动三轮车推到门口，然后抱起那个小女孩儿，将她塞进后面的车棚里，紧接着开动三轮车，驶上了南林路。

看来人贩子已经准备"出货"了！伍峥嵘有些兴奋，顾不得浑身湿透，立即爬下脚手架，推出自己的摩托车，悄悄跟在了电动三轮车后面。三轮车冒着大雨开出南林路后，并没有走大路，而是专挑偏僻无人的小街小巷走。大约走了一个小时，三轮车渐渐慢下来，最后沿着东郊路二巷，拐进了东富花苑。

东富花苑位于城东郊区，本来是一个规模很大的楼盘，结果建到三分之一的时候，因为房地产公司老板犯了行贿罪被抓，这个楼盘就停工了。几栋没有封顶的烂尾楼一直兀立在这片废弃的工地上，加上这里地处市郊，平时根本没有什么人会到这里来。人贩子将这里选作交易地点，看来费了不少心思。

雨势渐停，视线也变得清晰起来。夜色里，只见那个"雨衣人"将三轮车停在一栋烂尾楼前面，打开手机灯光，向前挥了三下。很快不远处的黑暗中传出一阵汽车引擎声，一辆白色面包车缓缓开过来，在三轮车前几米远的地方停下。车里的人似乎在观察周围情况，足足过了三分钟，副驾驶位的车门才被推开，一个男人跳下车，朝"雨衣人"走去。

这时候大雨已经完全停住了，一阵凉风刮过，天上云开雾散，渐渐有几颗星星探出头来。"雨衣人"朝那男人走近，说："阿龙，让你们久等了。今天下大雨，路上不敢开太快，耽误了一点儿时间，所以迟到了。"

那个名叫"阿龙"的男人说："没事，只要货到了就行。"

"雨衣人"又朝面包车那边瞧了瞧，坐在车里的司机不知道说了句什么，"雨衣人"点点头，终于将头上的雨帽摘下来。

伍峥嵘将摩托车停好后，在黑暗中伏低身子前行了一阵子，在距离"雨衣人"六七米远的一堆建筑垃圾后面潜伏下来。他悄悄探出头，睁大眼睛，终于看清了"雨衣人"的脸。大大出乎他意料的是，"雨衣人"根本不是他一直认定的林郁秋，而是林家的保姆芮姑！

伍峥嵘睁大眼睛，惊讶极了。在他看来，芮姑一直是个爱贪小便宜，说话、办事啰啰唆唆的女人，完全没有想到她就是自己苦苦追踪的人贩子。她隐藏得如此之深，如果不是今天目睹，他实在难以相信。伍峥嵘躲在黑暗中，连口大气也不敢出，一边暗中观察着几个人的动静，一边掏出手机，把屏幕调暗之后，对准芮姑他们点开了相机录像。这可都是以后报警的证据啊！

芮姑跟叫阿龙的家伙接上头后，阿龙走到她跟前，有些不高兴地抱怨道："您老人家怎么搞的，以前不是一直在新城区那条没有修通的公路上做交易的吗？怎么突然把地点改到这该死的烂尾楼来了？您不知道这地方多偏僻，我们兄弟俩开着车找了好久才找到。"

芮姑道："我为什么改地点，难道你不知道吗？上次我带那个孩子过来的时候出了状况，还没有收钱就让她跑了。后来虽然惊动了派出所，但好在并没有查到咱们头上。不过,小心驶得万年船,那个交易地点肯定不能用了,谁知道警察有没有在那里暗中布控,就等着咱们上钩呢?所以为了安全起见,这次我把交易地点改在这个地方。这里都快成鬼城了,大白天都没有人来,更别说半夜凌晨了。"

阿龙揶揄地笑道:"我看啊,您老人家就是小心过了头。您不是一直借着林郁秋家那间小屋暗藏你拐来的孩子吗?就算真有警察上门调查,也怀疑不到您老人家头上。"

芮姑有点儿得意地道:"那倒也是,自从十几年前在林郁秋家做钟点工开始,我就看中了他们家院子角落里那间没有人管理的水泥小屋。所以,每次拐到孩子,我都把他们关在那里。就算事情败露,也是他们家的事,跟我这个面相忠厚的老人家可没有半点儿关系。年轻人,你们可别嫌我老人家太胆小。告诉你们,如果我不是这般小心谨慎,怎么可能在这行干了一二十年,却从来没有失过手?"

"是是是,多亏您老人家神机妙算,我们全都仰仗着您混口饭吃,行了吧?"阿龙随手送给她一顶高帽。

芮姑笑着道:"别拍我马屁,赶紧给钱吧。我还得赶回去,要不然被人撞见三更半夜在外面瞎逛就不好了。还是老规矩,一个孩子五万块钱,必须给现金,千万别用手机转账,会留下证据的。"

阿龙点头道:"知道,哪次我不是带现金来的?您老人家别着急,我还没有验货呢。"

芮姑朝自己的三轮车努努嘴,道:"孩子就在车里,自己去看!"

伍峥嵘立即调整手机,把镜头对准三轮车的位置。只见阿龙走近三轮车,掀开车棚,拿出手机,用手机屏幕的光朝里面照照,然后很满意地点点头说:"这小姑娘挺漂亮的啊!芮姑,您老人家的眼光越来越好了,这样的小女孩儿根本不愁买家。"

芮姑道:"我就是知道现在的买家越来越挑剔,所以才专挑漂亮的孩子下手。"

阿龙转过身,冲着面包车那边点点头。面包车司机跳下车,给他递上来一个小包。

阿龙从小包里掏出几叠现金,塞到芮姑手里。芮姑数了一下,总共五叠。伍峥嵘远远地探头瞧着,看得不太真切。他觉得应该是一万元一叠的百元大钞,五叠放在一起正好是五万元。芮姑收到钱,心满意足地点点头说:"妥了,可以'出货'了,合作愉快!"

阿龙也说了一声:"合作愉快!"他从三轮车里将那个小女孩儿抱出来,估计是药效快过去了,小女孩儿在他怀里"嗯嗯"了两声,并没有发出太大动静。

芮姑说:"这孩子快到打针时间了,你上车后记得再给她打一针,可别跟上次一样,让到手的鸭子飞了。"

阿龙说:"行,我车上备着针管呢,保证让她睡得老老实实的。"

"那我走了,你们也趁着天还没亮,赶紧出城,可别出什么岔子。"芮姑回身骑上自己的电动三轮车,掉转车头,很快沿着来时的那条窄路走了。

伍峥嵘朝她离开的方向看了一眼,最后还是决定留下来继续跟踪这两个男人。反正他已经拍摄下了芮姑跟同伙交易的罪证,也算是已经掌握了她犯罪的证据。

只见阿龙低头瞅了小女孩儿几眼,忽然噘起嘴巴"啵"地亲了一口她的脸。他从面包车旁边经过的时候,没有上车,抱着孩子直接朝后面的烂尾楼走去。

司机同伴从车里伸出头来喊:"龙哥,你又想整什么幺蛾子?"

阿龙头也不回地说:"你闭嘴,老实在这里等着。这小姑娘生得挺俊

218

的，可不能浪费……"

司机有点儿无奈地道："你这个老色鬼，下手轻点儿，要是把她整破相，就不太好出手了。"阿龙没再理他，抱着小女孩儿进了烂尾楼。

伍峥嵘从他们的对话里自然听得出阿龙要对这孩子做什么，气得浑身发抖。这个畜生，这孩子才六七岁啊！他本想立即打电话报警的，可是现在情况紧急，期待警察从天而降制伏这两个人贩子，救出小女孩儿显然不可能了。他一咬牙，看来得自己上了！他顺手抄起地上一根木棍，从几堆建筑垃圾后面绕道往烂尾楼那边走去。

这时面包车司机正拿着手机刷视频，脸被手机屏幕的光照得明一块暗一块的，根本就没有留意到外面的动静。

伍峥嵘绕过面包车，悄悄溜进了烂尾楼。楼里光线比外面更暗，他在门边趴了好一阵子，眼睛才慢慢适应。他隐约看清屋里坑坑洼洼的，地上到处是砖头和水泥块，楼梯旁边有扇窗户，星光从外面照进来。阿龙将小女孩儿放在地上，先将自己的皮带解开，把裤子褪到膝盖下面，然后又弯下腰，将小女孩儿的裙子掀起来。

畜生！伍峥嵘肺都差点儿气炸了，咬牙暗骂了一句。他抡起手里的木棍准备往前冲，可是转念一想，如果这么鲁莽地冲上前去，对方万一把外面的同伙叫过来，自己将面临以一敌二的局面，实非良策。不过，他很快就有了主意。他闪身躲到一根柱子后边，打开手机里面储存的一段警笛音频，顿时"滴——呜——滴——呜——"的警笛声就响了起来，惊得正要往女孩儿身上扑的阿龙一个激灵，就要回身细看。

伍峥嵘知道只要阿龙一回头自己的空城计肯定就会露馅儿，当下没犹豫半分，立即冲上前去，叫道："警察！"猛地一棍打在阿龙背上。

阿龙以为真的是警察来了，来不及回身细看，就往旁边窗口冲过去，不料裤子还挂在腿上，刚跑两步，就摔倒了。这时他也顾不了太多，三

219

下五除二蹬掉裤子，光着屁股，越窗而逃。

伍峥嵘知道这次要是让他们跑了，往后再想抓住他们可就难了，于是紧追而上，从窗口跳了出去。

烂尾楼外，面包车里的人贩子听到有人喊"警察"，也吓得不轻，赶紧发动小车，一溜烟跑了。

伍峥嵘从烂尾楼后面追出来，就看见黑暗中一个白晃晃的屁股在前面跑着。他追出几十米远，忽然想到孩子还在屋里，担心她发生什么危险，可是如果折回去，那眼前这个人贩子可就再也追不上了。两难之下，犹豫片刻，最后他还是咬牙朝前面的阿龙追了上去。他一边跑，一边拨打了110报警，告诉警察有人贩子在城东东富花苑的烂尾楼里留下了一个被拐卖的小女孩儿，请警方赶紧过来救人。接线警员还想询问详情，他已经挂断了电话。

伍峥嵘沿着烂尾楼后面的一条小土路向前追赶了四五百米远，因为退休之后仍然经常跑步锻炼，所以倒也不觉得怎么吃力。阿龙虽然比他年轻，但耐力远不如他，才跑出几百米远，就喘得不行，速度明显慢了下来。

伍峥嵘咬咬牙，加快速度追过去，眼看就要追上时，突然从大路上拐过来一辆车，正是阿龙同伙开的那辆面包车。

"龙哥，上车！"司机喊了一声。阿龙像是终于抓到了一根救命稻草，立即拉开车门跳上车。面包车掉转车头，一轰油门，快速逃窜。

伍峥嵘大步往前追了一段，然而两条腿自然跑不过四个轮子，最后只能眼睁睁地看着面包车迅速消失在没有路灯的暗路上。他停下脚步，双手撑在膝盖上，弯着腰大口喘气。伍峥嵘虽然万分沮丧，但很快又想起那个小女孩儿还一个人躺在烂尾楼里，担心她有什么危险。他正要转头去救她，却又听到一阵汽车发动机的轰鸣声，抬头一看，那辆面包车居然从街道那头开了回来。

这两个人贩子很可能已经发现了他的虚张声势,所以掉转车头,想回来将小女孩儿带走。想明白这点之后,伍峥嵘暗叫不妙。情急之下,他捡起路边一块砖头,迎着面包车猛地砸了过去。砖头砸到面包车前的挡风玻璃上,穿出一个大洞,砸在阿龙脸上,砸得他满脸是血。

阿龙顿时气急败坏,指着伍峥嵘,对开车的同伴道:"这里只有这老家伙一个人,给我把车开过去,撞死他!"司机一踩油门,面包车就像一头疯牛一样,直直地朝伍峥嵘冲撞过来。

伍峥嵘想要躲避,却已经迟了。电光石火之间,车头已经撞到他身上,他本能地用手抱住头,只听得"砰"的一声闷响,他整个人被撞出好几米远,滚落在路边阴沟里。他脑中轰然一响,身体像散了架一样。他努力睁开眼睛,看见阿龙和同伴已经跳下车,两人手里都拎着铁棍和扳手。他不由得暗叫一声:我命休矣!就在这时,一阵警笛鸣响,有警车朝这边开了过来。看来警察已经来了!伍峥嵘松了口气,意识逐渐模糊,在彻底陷入昏迷之前,他隐约看到阿龙和同伙慌忙上了面包车,掉头跑了。

……

伍峥嵘清醒过来时,已经是第二天早上了。阳光像一块被温水打湿过的毛巾,覆盖在他脸上。他感觉有些闷热,睁开眼睛,发现自己还躺在阴沟里,一翻身,左膝盖传来一阵钻心的刺痛。他龇着牙坐起身一看,裤子破了一个大洞,左腿上血肉模糊。伍峥嵘倒吸一口凉气,从阴沟里爬起来,四周空荡荡的,看不到一个人影。他忽然想起那个还留在烂尾楼里的小女孩儿,顾不得腿上的伤口,一瘸一拐地往烂尾楼那边跑去。

烂尾楼里没有一点儿动静。伍峥嵘的心不由得沉了下去,难道昨晚警察并没有来到这里,还是人贩子又回来把小女孩儿带走了?他忍着腿上的剧痛往楼梯那边走，里面没有人，只见窗户下边，昨晚小女孩儿躺的地方四周已经拉起了蓝白相间的警戒线，上面写着"警察"字样。他长舒一口气，看来昨晚警察确实赶到了这里，并且已经救走了小女孩儿。

知道小女孩儿现在已经安全，伍峥嵘突然像一个泄了气的皮球，浑身瘫软地坐在地上，连喘几口大气，休息了足足半个小时，才勉强恢复些力气。他扶着墙壁慢慢走出烂尾楼，在几百米外的一个隐蔽处找到了自己的摩托车。

伍峥嵘骑车回到家里，简单处理了一下身上的伤口，洗了个澡，就躺在床上睡着了。直到中午起床后，他才想起昨晚拍到了人贩子交易的视频。虽然昨晚错过了报警的最佳时机，但如果有视频做证，警方想抓到这些人贩子应该不难。

伍峥嵘打开手机里的视频，不由大失所望——自己使用的这部老款智能手机的摄像头像素并不高，加上夜间拍摄，视频里的人像十分模糊，根本看不出是谁。他气恼地把手机丢到一边。上次儿子回家说要给他换一部新手机，他不肯，说自己的手机将就着还能用。早知如此，就应该听儿子的话。如果换了新手机，一定能将芮姑与阿龙他们交易的过程拍得清清楚楚。有了这次教训，他决定等这个月退休金到账之后，立马去换一部高像素的新手机。

吃午饭的时候，伍峥嵘把昨晚跟踪追查人贩子的经过从头到尾细想了一遍。为自己错失了协助警方抓住人贩子的机会而沮丧的同时，他也确定自己昨晚并没有在芮姑面前暴露身份。所以他还可以以花匠的身份再回到林郁秋家里暗中侦查。如果芮姑以后继续作案，他就有机会抓到她的罪证。但转念一想，阿龙他们有没有看清楚他的脸，事后会不会告诉芮姑……思前想后，伍峥嵘最后决定，无论如何，还是要冒险一试。绝不能就此放弃，要不然真的是前功尽弃了。

决心已定，下午他骑着摩托车去林家院子里上班。进门的时候，芮姑正好从外面超市购物回来，拎着两只看起来很沉的购物袋。他急忙上前接住，帮她提进厨房。芮姑也像往常一样跟他打招呼，完全看不出任何异常。他不觉暗自松了口气，看来自己的身份并没有暴露。

在院子里的花圃前忙碌了一阵，等到芮姑进厨房做晚饭的时候，伍峥嵘又来到水泥小屋边。他踩着梯子凑近窗户往屋里看了一眼，不由得大吃一惊——屋子里没有了竹席，也没有了三轮车，而是堆放了许多杂物，看起来乱糟糟的，好像这间小屋一直只是一间杂物房。如果他不是亲眼见到这种不可思议的变化，绝不会相信这里昨天还是人贩子用来关被拐孩子的地方。

伍峥嵘很快就明白了过来，应该是阿龙打电话告诉了芮姑昨晚警察出动的事情，让她有所警觉。昨晚的事情有可能已经败露，所以她连夜将这里巧妙布置了一番，就算真有警察找上门来，也完全找不出任何蛛丝马迹。

伍峥嵘不由得暗自佩服这个心思细密的女人，借着主人家的房子做着拐卖孩子的勾当，就算真的被查到，也可以把自己的责任撇得一干二净。刚刚开始调查时，他就被迷惑了，竟误认为林郁秋就是那个拐卖孩子的人贩子。不过他干了一辈子警察，深信再狡猾的狐狸也斗不过好猎手。遇上如此狡诈的对手，反而更激起了他的斗志。离开那间水泥小屋的时候，他在心里暗暗发誓：一定要将这些可恨的人贩子一网打尽！

专案组人员经过一系列调查，终于在没有惊动林郁秋本人的前提下，将她的一些基本情况搞清楚了。

今年四十岁的林郁秋，原名林绿秋，出生在光明市南店乡林家村，自幼喜欢阅读，爱好文学。上小学和初中时，林郁秋曾在《学生周报》

上发表过作文。高考时她的语文成绩几乎满分，而数学和英语只考了三四十分，因为严重偏科，她最后没有考上本科，在一所民办学校读大专。她也没有念完大专，只读了一年就辍学回家了。这时候，她的父母已经进城务工多年，在光明市南林路开了一家包子店，生意还过得去。辍学后，林郁秋并没有回乡下，而是到城里跟父母住在一起。

刚开始，林郁秋的父母让她在包子店帮工，想让她学做包子的手艺，以后好把包子店传给她。但林郁秋志不在此，只在包子店待了几天，就再也不来了。她住在父母在包子店附近租的一套民房里，闭门看书、写作，立志要当一个大作家，并且嫌弃父母给自己取的名字太土，就给自己取了个笔名叫林郁秋。后来，她干脆到派出所，把自己的姓名也改成了"林郁秋"。埋头写作两三年时间，除偶尔能在文学杂志或报纸发表几篇短篇小说之外，她并没有太多的成绩。

二十一岁那年，林郁秋终于完成了自己的长篇小说处女作。据说当时市日报副刊编辑、市作协副主席党大明读完这部作品后，给予了很高的评价，甚至决定在他主持的副刊版面连载发表。只是后来党大明出了事，小说连载发表的事情自然也就黄了。后来，林郁秋的这部处女作以自费的方式出版。也正是这部自费出版的长篇小说，成了她日后成功的跳板。

出版作品之后，第二年林郁秋就加入了省作家协会，并且得到了一个去省文学院脱产学习三个月的机会。通过这次深造，她不但大幅提高了创作水平，还认识了不少文学刊物的编辑和有影响力的作家。之后，她在一些著名的文学期刊上连续发表了不少有分量的作品，吸引了文学评论家的注意。她也因此成为文坛上冉冉升起的一颗文学新星。

大约十年前，林郁秋转变写作风格，开始朝畅销书市场进军。以写生活话题类长篇小说见长的她，连续出版了好几本畅销小说，迅速成为知名的畅销书作家。而帮助她成为火爆全国的热门作家，却是因为最近一段时间发生的事情。

今年年初，林郁秋与离散十八年的亲生儿子相认，并且高调举办了认亲仪式，被各大媒体争相报道。她之后出版的打拐题材长篇小说《亲爱的宝贝》也一炮而红，成为今年的超级畅销书。据说该书现在的销量已经超过一百万册，并且已经被影视公司高价买下改编权。目前影视公司正在拍摄电视剧，男女主角都是现在当红的一线明星。也正是因为这本书带来的巨大收益，让林郁秋一夜之间成为身家数千万的富豪作家，估计今年的作家富豪榜上会有她的一席之地。

林郁秋父母的那家包子店大约在十年前发生过火灾，她的母亲被当场烧死。后来林郁秋的父亲结束了包子店的营生，带着她母亲的骨灰回到了乡下老家，只有林郁秋继续留在城里。另外，林郁秋家里还有一个保姆叫芮素芬，是她的一个远房亲戚。芮素芬原本是她父母包子店里的帮工，偶尔帮林郁秋打理一下家务。林郁秋成名后，聘她做钟点工，再后来，林郁秋又让她做了住家保姆。

"关于林郁秋出版的第一本书，也就是那部长篇处女作的情况，是谁调查的？"听完专案组的情况汇报后，毛乂宁扫了大家一眼，问道。

"是我。"女警商蓉蓉举了一下手。

毛乂宁道："我们前些天掌握了一个情况。据说林郁秋的这本书当初是想通过文联资助出版的。当时的文联主席是白怀宇，不知道她出版的这部书跟文联有没有关系？"

商蓉蓉摇头说："据我们调查，应该是没有关系的。她这本书是在党大明死后第二年才出版的，印制单位是咱们市的人民印刷厂。"

"人民印刷厂？"

商蓉蓉一边翻看自己的调查记录，一边点头说："是的，就是人民印刷厂。不过，据调查，人民印刷厂早在十三年前就完成了改制，被当时的副厂长刘英达收购后改成了民营企业，现在叫英达彩印公司。其经营规模比原来扩大了十几倍，已经成为咱们市印刷行业中的龙头企业。"

毛乂宁低头想了一会儿，说："那行吧。你把这家印刷厂的地址给我，我过去看看，主要是想了解一下当年林郁秋在这里出版第一本书的情况。咱们必须得确定一下她的这笔出版经费到底是怎么来的，如果不是文联资助出版，那她怎么会有这么大一笔钱。毕竟出版一部书从书号费到印刷费，少说也得好几万，在当时可不是一笔小数目。"

商蓉蓉说："英达彩印公司是在人民印刷厂原址上扩建的，就在沿边路那里。厂子规模很大，开车过去的话，应该很远就能看到他们的招牌。"

"行，我知道了。"毛乂宁扫了大家一圈，开始布置工作任务，"小钊，你下午跟我去印刷厂看看。梁凯旋和商蓉蓉，你们去找一下打拐办的谭剑波主任，了解一下林郁秋寻子及认亲的详情，看看有没有什么可疑之处。其他人按原定计划各司其职，我就不再啰唆了。"

在单位食堂吃过午饭，毛乂宁和邓钊身着便装，开着小车来到沿边路。没过多久，果然远远就看见街边悬挂着一个很大的红字招牌，上面写着"英达彩印"。招牌下面有几排高大的厂房，隔着院门就能看到工人师傅开着叉车叉着一人多高的各类纸张穿梭在各个厂房之间。几辆厢式货车拉着打包好的各类印刷品正从大门口出来。工厂里一片忙碌。

邓钊先进大门边的保安室，跟里面的老保安打了声招呼，亮明身份后把来意说了。保安一听他们是警察，不敢怠慢，立即将他们领进老板刘英达的办公室。刘老板正坐在宽敞的办公室里练习书法。他身后的墙壁上挂着一幅装裱好的书法作品，上面写着"附庸风雅"四个大字，左下角还钤着一枚大红印章,写着"英达"两个篆体字,看起来应该是他自己的大作了。

刘英达五十来岁,头发浓密乌黑,脸上没一道褶子,看得出他平时应该是一个很注意保养的人。听保安说有警察找他,刘英达立即放下毛笔,请两位警官坐下,一边给他们倒茶,一边说:"警察同志,其实我跟你们主管扫黄打非的张副局长是老朋友,上次他跟文化局文化市场综合执法大队联合执法时,还来过我这里检查工作,对我们厂的情况大加赞赏。其实有什么事你们给我打个电话就成,用不着亲自跑一趟。"

毛乂宁明白他的意思,喝了口茶,放下茶杯道:"刘老板您误会了,我们不管非法出版物方面的事。我们这次过来,是想找您打听点儿事情,跟你们厂子现在的业务没什么关系,请放心。"

刘英达听他这么一说,也就松了口气,在对面沙发上坐下后说:"不知两位警官想打听什么事情?"

毛乂宁问:"您认识林郁秋吗?"

"林郁秋?"刘英达哈哈一笑,"当然认识啊,她现在可是炙手可热的大作家。前段时间她有本书不是炒得很火嘛,我也买了一本,不过还没来得及看。告诉你们,十几年前,我就认识她,她那时还没出名。"他忽然身体前倾,凑近两个警察,放低声音道,"实不相瞒,她的第一本书还是我帮她出版的呢。"

毛乂宁与徒弟对视一眼,两人会心一笑。他心里暗道:我们可正是为这事来的呢!

邓钊道:"刘老板,可以跟我们说说当初林郁秋在您这里出版第一本书时的情况吗?"

"这个啊,应该是十八年前的事情了吧。"刘英达摸着下巴回忆道,"当时我们这里还是人民印刷厂,我是主管业务的常务副厂长。有一天,一个年轻姑娘跑到厂子里来找我,说她叫林郁秋,想找我咨询一下自费出书的价格。她当时写了一部长篇小说,书名叫《郁秋》,大概有二十多万字吧,想要自费出版。我们开印刷厂的经常能接到这样的业务。我当时就把情况跟她说了,说现在新闻出版部门管控严格,已经明令禁止买卖书号。不过,这事可以换个方式操作,就是跟出版社合作出版。你交的钱不是用于买书号,而是用于出版管理,大概要两万多块。我们印刷厂的排版制作及印刷等费用,要一万多块钱。两项加起来总共需要四万块钱左右。"

毛乂宁问:"她当时就交钱出书了吗?"

刘英达摇头说:"那倒没有。这是她第一次来找我,当时她的肚子有点儿大,应该是怀孕了吧,只问了一下价钱及出版流程就走了。等她第二次来找我的时候,已经是第二年,她可能刚生完孩子,脸色还很憔悴。她用一个皮包提来四万块现金,说是交钱出书,又掏出一叠打印稿递给我,就是她写的《郁秋》。几个月后,我们帮她申请到了出版社的书号,她这部书很快就在我们这里印制出来。当时印了一千册,那些书还是我亲自派车送到她家里去的。"

"之后她还在你们这里出过书吗?"邓钊问。

"没有了。后来我虽然在别的场合见过她两次,但和她再也没有生意上的来往。听说她后来被省里重点培养,很快就出名了,再出书估计也不用自费了。只是让我没有想到的是,如今她居然会突然火出圈,连我这个并不怎么关心文学的人,也知道了她的新书。而且,我还去书店买了一本,只可惜没有她的签名。下次如果有机会见到她,我一定要请她给我签个名,哈哈!"

"当时,林郁秋并没有正式的工作,只是一个普通的文学女青年,四万块钱对于她来说,应该不是一个小数目。"毛乂宁皱起眉头问,"当时她跟您提到这笔钱是从哪里来的了吗?"

"我记得她好像说过,这些钱是她父母给她的。"

"她父母给的?"邓钊看了师父一眼,说道,"她爸妈开包子店挣些辛苦钱。即便真是父母给的,那也是很大一笔钱了。"

刘英达见他们总是围绕钱的事情问来问去,不由起了疑心,说:"怎么,警察同志,当初她这笔钱来路不正吗?这我可完全不知情啊!"

毛乂宁道:"我们没有说她这笔钱有问题,就是想详细了解一下跟她有关的一切情况而已。"

刘英达"哦"了一声,总算松了口气,但脸上的表情马上变得八卦起来,问道:"是不是林郁秋犯什么事了?"

邓钊刚想出声,毛乂宁咳嗽一声,阻止了他,说:"也没有什么事。她前一阵子不是寻子认亲了嘛,这事您也知道对吧?我们现在是想做一些补充调查。"

刘英达脸上露出失望的表情说:"哦,原来是这样啊!"

起身离开的时候,毛乂宁说:"对了,林郁秋出版的那部处女作长篇小说叫《郁秋》,对吧?你们这里还有这本书吗?"

刘英达有些为难地道:"有倒是有,只是……"

邓钊问:"只是什么?"

刘英达道:"我们每次做出印刷成品,都会留下一两件样品存档。所以,虽然年代久远,但在我们仓库的档案柜里应该还能找到这本书。只是我们的样品只能用于存档,一般不外借。"

毛乂宁说:"这个我能理解。不过,如果可以的话,我们还是想借来看看。您放心,我们可以开收条给你,等用完之后,一定原物奉还。"

刘英达有些犹豫,最后还是点头道:"那行吧。我马上叫人去仓库里找找。"他走到办公室外面,叫来了一个工人,吩咐了几句。工人点头去了，没过多久，就拿了一本书过来。

刘英达将书递给毛乂宁。毛乂宁接过看看，正是名叫《郁秋》的书，作者姓名就是林郁秋。书的封面画的是一派秋景和几片飘下的黄叶，透着一股忧郁，倒很适合这个书名。毛乂宁随手翻开，看到封面勒口处还印着林郁秋年轻时的照片。当时的她看起来很年轻，文静秀气中透着一股青涩。这张照片正是张六一从网上看到的那张。

从印刷厂大门走出来，邓钊从师父手里拿过那本书，也翻了翻，看到版权页上标明的出版时间，他在心里推算了一下，应该是在党大明出事后第二年的年末。上车后，邓钊说："师父，我觉得咱们有必要去南店乡林家村找找林郁秋的父亲，毕竟当年的四万块钱对于一个进城务工的家庭来说不是一个小数目。咱们必须得搞清楚这笔钱到底从何而来。"

"我也是这么想的。"

南店乡处在光明市南边，距离市区大约七十公里。师徒二人驱车赶到南店乡，找到林家村时，已经是下午3点多，正是一天中太阳最毒辣的时候，烈日几乎把脚下的乡间土路炙烤得冒出烟来。他们向村民打听的时候，村里人都知道林郁秋是从林家村走出去的大作家，非常热心地给他们指路，还告诉他们林郁秋一直住在城里，只有她父亲林世坤还在老家，就在前面那幢最矮的砖瓦房里。

师徒俩一路寻过去，看到这里的人家大多都住上了楼房，只有那幢低矮的砖瓦房夹杂其间，分外醒目。那房子一看就有些年月了，檐上的瓦片已经掉落好几片，门口树桩上系着的一头老水牛正低头嚼着几根干草。大门紧闭，门上挂着一把铁锁，显然家里没人。他们问了隔壁的邻居，确定这里就是林世坤的家，不过他现在不在家。

"林世坤吃完中午饭就扛着一把锄头去前面菜地里除草了。"邻居边说边抬手往前指一下。师徒俩顺着她手指的方向看去，房前的大路边有一条水沟，离水沟两三百米远的地方有一片菜地，一个老头戴着草帽佝偻着腰，正拿着锄头锄草。"那就是林世坤。"邻居说。

师徒二人在邻居的指点下，从一座独木桥上穿过水沟，又沿着一条长满青草的狭窄田埂往菜地那边走去。邓钊一不小心被一簇杂草绊到，差点儿摔下田埂，幸好毛乂宁一把扶住了他。走到菜地边，毛乂宁冲着老头喊了一句："大爷，这大热天的，怎么还出来锄草呢？"

老头听见有人跟自己打招呼，抬头瞧了他们一眼，说："中午太阳猛，这草一锄出来，晒晒就死了，不容易再长。"

毛乂宁沿着菜地里的一条垄沟走到老头身侧，问："您是林世坤，林大爷吧？"

老头有点儿诧异地点点头说："我就是，你们是乡干部吧？"他见两人气度不凡，猜测他们肯定是乡上来的干部。

毛乂宁笑着说："我们不是乡干部。林郁秋，林大作家，是您女儿，对吧？"

"她是我们家姑娘。"林世坤疑惑地打量着他们，"你们到底是……"

邓钊把手伸进口袋，正要掏出警官证亮明身份，毛乂宁抢着道："林大爷，我们是记者。"

"记者啊？"老头回了一句，脸上带着似信非信的表情。

毛乂宁说："是的。您女儿现在不是成了大作家，出大名了嘛，我们想给她出一期专访。找到您这里来，是想了解一下她的成长经历。"

"原来是这样啊！"老头见他说得挺像那么回事，这才相信他的话，又说，"我看过关于她的一些新闻报道，报纸上也有，电视里也有，不过记者追到老家这里来采访还是头一次呢。"看得出老人家很高兴。他把锄头一扔，在衣服上擦擦手，问，"你们想怎么采访？"

田间地头，太阳实在晒得厉害，毛乂宁左右看看，周围连棵遮阴的大树都没有，只有菜地边的黄瓜架下勉强还算阴凉。他抹着满额大汗说："要不咱们坐在那边的黄瓜架下聊吧。"老头说："行啊。"就领着他们越过几垄青菜地，在黄瓜架下坐了下来。

邓钊坐下后，抽抽鼻子，问："这是什么味？"

老头呵呵一笑，说："这黄瓜我刚浇过有机肥。"

邓钊问："什么是有机肥？"

毛乂宁道："就是大粪。"邓钊像是屁股被烫着了似的，立即从地上跳起来，宁愿站着也不愿再坐下。

毛乂宁倒是无所谓，他往老头身边挪了挪，拿出林郁秋那本《郁秋》，问："林大爷，您知道这本书吗？"

林世坤显然是识字的，他拿过书翻了一下，眼睛里就有了些亮色，说道："你们真是有心了。这本书是好多年前的了，应该是我女儿出版的第一本小说吧。"

"是的，大爷您记性真好，这正是林作家十七年前出版的长篇处女作。我们听说当年她为了自费出版这本书，一共花了四万块钱。这么多钱，在当时可不是一个小数目。这些钱都是您支持她的吧？"

老头愣了一下，说："没有这回事吧。郁秋当初跟我们说，出这本书是不要钱的，就像她在杂志上发表小说一样，都是不收费的。"

"不要钱？"毛乂宁和邓钊都感觉到有些意外。

老头说："是啊，她就是这么说的。当时我们正攒钱准备把租的那套房子买下来，怎么可能拿得出四万块钱给她出书呢？"

"哦，原来是这样。"毛乂宁点点头，眉头渐渐皱起。如果十七年前林郁秋自费出书的钱不是家里给的，而且从白怀宇那里证实并非文联资助的，那么这么大一笔钱她是从哪里得来的？毛乂宁跟邓钊对视一眼，两人都在心里打了个大大的问号。

"大爷，您确定当时家里真的没有给这么一笔钱让林作家自费出书？"邓钊向他确认道。

林世坤说："没有。其实我跟她妈当初不太同意她搞这些，她整天关在家里写写画画，也没见她写出几个钱来，还不如去外面打工呢。当时邻居家一个女儿去深圳打工，挣回来的钱都够养活一家子人了。"老头现在说起来，都还有点儿恨铁不成钢的意思。

毛乂宁知道他说的是实话，想了一下，只好暂时结束四万块钱这个话题。他换了个问题："大爷，有件事我们还想采访您一下。您还记得这本书是林作家什么时候出版的吧？"

老头说："记得哩。这是她写的第一本书，在她二十三岁那年出版的。印刷厂把书送过来的时候，书把家里小半间屋子都堆满了。我记得当时还有报社记者采访她，说她是光明市有史以来最年轻的出版长篇小说的作家呢。"

"林作家今年四十岁，在二十三岁那年出了第一本书，那就是十七年前的事了。时间再往前推一年，也就是她二十二岁那年，在她身上可曾发生过什么异常的事情吗？"

站在一旁的邓钊知道，师父已经渐渐将话题引到党大明命案的事情上来了。他立即从背包里掏出笔记本，准备做笔录，却发现笔记本封皮上印着一个醒目的警徽。师父刚才说他们是记者，这时候可不能露馅儿。他赶忙把笔记本塞回去，悄悄打开了手机录音键。

"她二十二岁那年吗？"老头奇怪地看着两人，好像在疑惑为什么不问别的时间的事，单问十八年前的。

毛乂宁忙解释道："是这样的，我们来之前读过林作家的一些作品，发现十八年前像是一道分水岭。在这段时间前后，她作品的风格变化有

233

点儿大。所以,我们推测这一年对她来说应该是比较重要的一年,也许发生了某些特别的事情,让她在创作风格上做出了改变。我们特别想知道这一年到底发生了什么事情,在她作品里,留下了如此明显的印迹。"

邓钊一脸惊奇地看着师父,想不到师父说起谎来居然这般镇定,同时也不得不佩服师父随机应变的能力。

"哦,原来是这样啊!"老头显然已经相信了毛乂宁的话,回忆道,"那一年好像也没有什么特别的事情发生吧。当时我跟她妈全部心思都放在了包子店里,也没有什么时间管她。反正,她整天把自己关在屋子里,除了读书,就是写作——哦,对了,我记起来了,那一年亚鹏跟她分手了,没过多久,她就发现自己怀孕了。当时,我跟她妈都想让她把孩子打掉。你说一个未婚的闺女,突然生下一个孩子,这叫什么事?可是她不同意,执意要把孩子生下来。当时包子店里实在缺人,我和她妈忙得抽不开身,我们没有办法,只好让店里的帮工芮姑去家里帮忙照顾她。不过幸好后来生下的是一个死婴,要不然她一个大姑娘把一个孩子带大,不知道要吃多少苦。只是让我没有想到的是,当年那个孩子并没有死,而是被医院偷偷卖给了人贩子。十八年后,她居然把那孩子找回来了。"

毛乂宁点头说:"是的。林作家寻子认亲的新闻前段时间很轰动,我们也听说了。她认亲之后,带孩子回来看过您吗?"

老头摇摇头说:"还没有。不过我外孙给我打了电话,说现在要上大学,等他放假的时候就到乡下陪我。这孩子,还真懂事呢!"

"您女儿平时经常回来吗?"

"她呀,可是一个大忙人,一般只有过年过节的时候,才回来看看我这个老人家。"老头抱怨了一句,又怕这两位记者因此看轻了自己的女儿,忙补充道:"其实姑娘对我还是挺好的,每个月都会按时给我一笔生活费,叫我拿着在家养老就行了。可我是天生的劳碌命,一天不下地干活儿就浑身不舒服。所以她给我的那些钱我一直存着,基本没怎么花,平时我靠自己种田养活自己。前段时间,她给我打电话说她已经把南林路租住的那栋楼全都买下了,一共三层,地方很大,想接我到城里住。我可不想去。我是农民出身,我的根就在林家村,断了这个根,我估计也就活不长了。"说完,老头呵呵一笑,很豁达的样子。

正说着话,忽然听到一阵"唧唧唧"的声音,邓钊以为自己踩到了蛐蛐儿,急忙低头查看。林世坤忙道:"没事,是我的手机响。"他撩起衣服下摆,从横挂在腰带上的一个黑色皮袋里掏出手机。那是一部款式非常老旧的键盘手机,估计已经使用了好多年,外壳已经变得十分斑驳。林世坤按下接听键,对着电话"嗯"了几声,说:"好的。我等会儿就开车过去拉回来。"放下手机后,他说:"是乡农机站给我打电话。我昨天去他们门市部买化肥,结果没货。刚刚他们通知我说已经到了一批钾肥,叫我赶紧过去拉回来。我种的那两亩水田马上要追肥,不能再等了。"

老头站起身,扛起锄头就往家里走,毛乂宁师徒二人只好跟在他后面。走在田埂上的时候,毛乂宁说:"林大爷,您刚才提到林作家二十二岁时的男朋友,叫亚鹏是吧?"

老头边走边说:"他姓巴,叫巴亚鹏,那时候在我们包子店打工。我觉得这个小伙子很不错,老实肯干,性格也好,就撮合着让他跟我女儿耍起了朋友。两人相处得还不错,后来还住在了一起。

"年轻人的事情嘛,我们也不好说什么,一直以为他们要结婚的,谁知后来竟然分开了。他们那年四月分的手,五月我女儿才发现自己已经怀上了他的孩子。我们想让她去找巴亚鹏,但她打死也不同意,说好马不吃回头草,她要把孩子生下来自己养着。"

毛乂宁记得上午专案组开会的时候,有人提到了林郁秋当年的男朋友,只是没有查到具体是谁。现在看来,应该就是这个巴亚鹏了。

他紧走两步，跟在老头后面问："大爷，这个巴亚鹏，现在跟您还有联系吗？"

老头摇摇头说："早就不联系了，而且我问过我女儿，亚鹏也跟她没再联系过。"

邓钊问："您知道他现在在什么地方吗？"

老头突然止住脚步，毛乂宁差点儿一头撞到他背上。林世坤想了一下说："我记得有一次进城的时候见过他。他已经结婚了，做了别人家的上门女婿，夫妻俩在马鞍湖边开了一家湘菜馆。"

"您知道那家湘菜馆的名字吗？"

"这我可记不得。当时，我只是碰巧看到他站在自家餐馆门口招揽生意，就和他随口聊了两句。那家餐馆叫什么名字，我也没注意看。不过那里湘菜馆应该不多，你们过去看看，应该不难找到他。"

说话间三人已经走过独木桥，回到了村道上。老头赶着去拉化肥，从家里推出三轮车，"呼啦啦"开走了。车后面扬起一阵火热的尘土，呛得毛乂宁咳嗽了几声。

"走吧，师父，我都快被烤焦了，我们赶紧回车里吹吹空调吧！"邓钊见师父还在望着老头离开的方向发呆，就出言催促道。毛乂宁这才收回目光，"嗯"了一声。

两人走回车里，邓钊赶紧把空调开到最大，身上这才有点儿凉意。

"师父，我觉得吧，这老头对林郁秋和党大明的事情，应该并不知情。"

"我也这么觉得，所以没在他面前提起这事。"

"咱们得去问问那个巴亚鹏，他是林郁秋当时的男朋友，他们分手的时间又正好是党大明出事之后不久。我觉得他很可能知道些内情。"

"行。咱们先回城里，然后再去马鞍湖边转一转，希望能找到那家湘菜馆。"

邓钊点头应一声，开着小车驶出了林家村。回到城里，已经是傍晚时分。

马鞍湖在新旧城区交界的地方，面积并不大，因形似马鞍得名。邓钊放慢车速，在湖堤上转了一圈，果然看到一家小餐馆，招牌上写着"飘香湘菜馆"。整个湖边只有这么一家湘菜馆，估计林老头说的就是这里了。

两人在路边停好车，穿过街道，走进店里。小店里开着冷气，摆放着十来张小桌，生意不错，已经坐了不少顾客。正好已到晚饭时间，师徒俩有些饿了，就找了张空桌坐下，让店家炒了两个小菜，一边吃饭，一边观察着店内情形。

店里总共两个干活儿的。一个四十来岁的胖女人坐在收银台后边，除了收钱的时候，其他时间一直都在低头玩手机。后面厨房里，一个系着围裙的男人负责炒菜，每炒好一道菜，就亲自端出来送到客人桌子上。看来林世坤说得没错，这是一家夫妻店，他们没有另外再请帮工。

师徒两人吃完饭，又坐了一会儿。直到天完全黑下来，店里客人渐少，厨房里的男人才有空出来抽根烟。毛乂宁趁机叫住他："巴亚鹏！"

男人吃了一惊，在他们桌子边停下，手里夹着还没来得及点燃的香烟，好奇地看着他们问："咱们认识吗？"

"不认识。"毛乂宁掏出警官证朝他亮一下，"我们是公安局的，想找你打听一些跟林郁秋有关的事情。"

"林郁秋？"巴亚鹏愣了一下，回头朝收银台那边望望，那个胖女人显然也注意到了这边的动静，正抬头望过来。巴亚鹏表情微变，很快就摇头说："你……你们问错人了吧？我跟林郁秋没有任何关系啊！"

邓钊皱眉道："你们现在确实没有任何关系，不过十几年前，你们谈过恋爱，而且还同——"

巴亚鹏急忙咳嗽一声，打断他的话说："那都多少年前的事了，我哪还记得这些。"他边说边回头张望，目光变得有些小心翼翼。

毛乂宁很快就瞧出端倪，说："既然这样，咱们聊点儿别的吧，店里太闷，出去走走。"

巴亚鹏犹豫了一下，最后还是点头说："那行吧，不过我不能离开太久，怕等会儿店里还有客人过来。"

毛乂宁说："行，不会耽误你太久时间。"邓钊拉开玻璃门，巴亚鹏像个犯错的孩子，低着头走了出去。

三人走到街道对面，在湖边杨柳下的围树椅上坐下。这里正对着餐馆，如果有顾客上门，巴亚鹏很快就能看到。毛乂宁坐下后调侃了一句："看来你老婆对你管得有点儿严啊！"

巴亚鹏脱离老婆的监视，终于松了口气，苦笑一声道："唉，没办法，谁叫我是一个倒插门的女婿呢！"

毛乂宁很快进入正题："我们这次上门，主要想找你打听一些跟林郁秋有关的情况，准确一点儿说，是想打听一些林郁秋十八年前的事情。"

"十八年前，我正跟她谈恋爱呢，难怪你们会找上我。"巴亚鹏问，"你们想打听什么？"

毛乂宁思索片刻，似乎一时之间不知该从何问起，犹豫一下，才道："冒昧问一句，当年你因为什么而跟林郁秋分手的？"

巴亚鹏两手一摊道："也没有什么特别的原因，就是觉得在一起不适合，然后就分了呗。"

邓钊问："在你们分手之前，你有没有发现林郁秋有什么异常的表现？"

"异常表现？"巴亚鹏侧转头看着他，"你指的是什么？"毛乂宁想了一下，最后还是简单地将党大明的命案跟他说了。

巴亚鹏"哦"一声，接着说道："原来是这样。我虽然没有见过党大明这个人，但当时确实听林郁秋提起过。党大明是报社编辑，林郁秋写了一本长篇小说，还拿给他看过，听说他很赞赏，还称林郁秋是才女。后来因为这个长篇小说的事情，林郁秋还请党大明和文联的一个什么领导吃过饭……"他说到这里的时候，似乎有点儿欲言又止。

毛乂宁盯着他的眼睛，追问道："你是不是就在这个时候，发现了林郁秋身上的异常？"

巴亚鹏犹豫了一下，最后还是点头说："是的。她请党大明他们吃饭的那天晚上，彻夜未归。夜里我给她打电话，她也没有接，直到第二天早上她才匆匆赶回来。当时她整个人看上去好像有点儿失魂落魄，一回到家就把自己关进浴室，至少洗了大半个小时的澡。当时我急着进去上厕所，敲了好几次门，她才穿好衣服打开门。我进去的时候，看见她换下来的衣服堆放在洗衣机上面，其中有两件衣服……"

"两件衣服怎么了？"

"她前一天穿的那件黑色文胸——是我送给她的生日礼物，所以我记得比较清楚——不知道怎么被扯破了，里面的海绵都露出来了。还有她的内裤，上面有一些可疑的痕迹……"

"什么可疑痕迹？"

巴亚鹏看着两个警察，目光躲闪，声音也低下来，说："她的内裤上有两个指甲盖大小的白色斑点。我凭经验感觉应该是……精斑之类的吧，因为我以前也不小心在她的内衣上留下过这样的印迹，她嫌脏，连夜洗掉了。"

毛乂宁用审视的目光瞧着他问道："你确认那就是精斑？"

巴亚鹏摇摇头说："我、我不能确定……只是感觉有点儿像。这玩意儿必须得经过化验才能百分之百确定,我哪能看一眼就知道。当时林郁秋的脸色很难看,我也没敢详细问她,只当什么都不知道,正好又到了我去包子店上班的时间,我就走了。但我刚从院子里出来没多久,回头就看见林郁秋也匆匆忙忙离开了家。她具体去了哪里,我就不知道了。"

毛乂宁点点头,表示理解他当时的心情,问道:"你是因为这个才跟她分手的,对吧?"

巴亚鹏承认道:"是的,如果我没有记错的话,这应该是那年正月发生的事情。从那以后,林郁秋的性情就发生了很大变化。一是变得有些沉默寡言;二是容易受惊,晚上常常会从噩梦中惊醒;三是有时候行踪会有点儿神秘,她经常莫名其妙地出去一趟,也不知道去干什么。那天晚上到底发生了什么事情,她一直没有说,我也没有问,但作为一个男人,我自然也能猜到七八分。

"我知道她肯定是被党大明那个家伙给睡了。这事搁哪个男人心里,都是一道永远不可能愈合的伤口,对吧?随着时间的推移,这道伤口在我心里越来越深,越来越痛。我知道,我肯定没有办法跟她走到结婚的那一天了。所以大概两三个月后,我终于跟她提出分手,她倒也没有挽留。

"分手之后,我离开他们家的包子店,去一家酒店当帮厨,学了点儿厨艺。几年后,我遇上了我现在的老婆。她当时还没有现在这么胖,也在我工作的那家酒店上班,做大堂服务员。我来自农村,她有城市户口,而且她是家里的独生女。她父母同意我们的婚事,但提出要我入赘到他们家来。为了混个城市户口,我只好答应。婚后不久,在她家里人的资助下,我们在马鞍湖边开了这家小餐馆。"

邓钊听完"哦"了一声,说:"师父,这样一来,倒是跟咱们先前调查到的情况对得上了。"

"什么情况？"巴亚鹏忍不住好奇地问了一句。

邓钊看向师父，一时间不知该不该说。看到师父点头，他才道："是这样的，我们怀疑十八年前的那个晚上，党大明趁林郁秋醉酒之际，性侵了她。"

巴亚鹏点头说："看来我估计得没错，当年她内裤上的精斑，应该就是党大明那个畜生留下的。"

十八年前，留在林郁秋内裤上的精斑，倒是一条重要线索。邓钊立即将这个情况记录了下来。

毛乂宁又问巴亚鹏道："你跟林郁秋分手之后，还有什么来往吗？"

"没有了，分手之后，我们就断了联系，没有再见过面。尤其我结婚之后，你们刚才也看见我老婆的样子了，她管我管得很严，我就更不敢再提林郁秋这个名字了。只是前不久，林郁秋的父亲，也就是当年我在包子店打工时的老板，从附近路过。他正好在店门口认出了我，跟我简单聊了几句，这算是我跟他们家唯一的一次联系了。"

毛乂宁点点头。两人又聊了几句，这时有一男一女走进餐馆，巴亚鹏忙起身说："警察同志，我得回去招呼生意了，要不然我老婆又得给我打电话了。"

毛乂宁见已经询问得差不多了，便也跟着站起身，让他在询问笔录上签了字，然后又递给他一张名片，说："那行吧，今天的谈话就到此为止，多谢你配合我们的调查。如果你再想起其他可疑的事情，可以直接给我打电话。还有，我们今天来找你的事情，希望你保密，尤其不能告诉林郁秋本人，因为案子还在侦办之中，我们不希望打草惊蛇，节外生枝。"

巴亚鹏说："行，我明白。你们放心，我跟林郁秋根本没有联系。你们来找我的事情，我会保密的。"他一路小跑着穿过湖堤，回到自己店里去了。

这时已经是晚上 8 点多了，白天的暑热已经褪尽，夜风从湖面吹过来，头顶的垂杨沙沙作响，让人感到一阵阵凉爽。师徒二人东奔西忙累了一天，终于有机会歇下来。坐在围树椅上吹着晚风，看着湖堤上的街景，倒也很惬意。

邓钊说："师父，巴亚鹏提供的线索对咱们很有用啊，至少能够证明咱们先前的推断是正确的——党大明确实在宾馆房间里对林郁秋实施了性侵，因此被林郁秋举刀刺死。"

"确实是这样的。现在党大明性侵林郁秋和林郁秋杀人埋尸，都已经有迹可循。"

"那咱们是不是可以直接去抓她了？"

毛乂宁给了他一记不赞同的眼神，皱眉道："不可以。我们办案要讲究证据，林郁秋现在是著名作家，是有影响力的公众人物，此案可不能出半点儿差错。要是咱们功课没做足，被她反戈一击，就十分被动了。我觉得咱们目前还缺少一些能够把整个案子串联起来的关键性证据。不过不用着急，咱们还有时间更深入地调查，只要她是真凶，肯定跑不了！"

第十章
寻找生父

傍晚，落日余晖把林郁秋家的院子照耀得活色生香。花圃里的茉莉花、九里香和六月雪都竞相绽放，新栽的几株罗汉松已经长得郁郁葱葱。晚风拂过，刚刚洒过一遍水的院子也渐渐凉爽了起来。

陈远放学后，骑着电动车回到家，一眼看见司马庆正坐在院子里的葡萄架下喝着工夫茶，忍不住有点儿诧异。司马庆自从当上林郁秋的经纪人后，就开始变得忙碌起来，每天电话不断，还要经常天南海北地出差去洽谈版权合作事宜，很少如此悠闲放松。陈远停放好电动车，远远地喊了一声"庆叔"，就准备进屋。司马庆却叫住了他："小远啊，放学了？芮姑还没做好饭，时间还早，过来陪庆叔喝杯茶。"

陈远本就对他没有好感，只是碍于母亲的面子，不得不跟他同住在一个屋檐下，平时极少跟他说话，也不愿意跟他单独相处，就摇着头说道："不了，马上要英语四级考试了，我得回房刷题了。"

"来嘛来嘛，"司马庆朝他招着手，"就占用你喝一杯茶的时间，不会影响你考试的。你过来，我有事要对你说！"陈远这才"哦"了一声，慢慢走过来，在茶桌边坐下。

司马庆亲自动手给他泡了杯茶，说："来，试试这个龙井茶，限量版的，有钱也不一定能买到。这是我上次去杭州出差，托当地的一个朋友搞到的。"

陈远虽然觉得有些无趣，但还是端着杯子尝了一口，感觉跟平时喝的茶没什么两样，他有些尴尬地说："庆叔，其实我不太会品茶。"

司马庆哈哈一笑道："那可真是有点儿暴殄天物了！"

陈远听出了他话语中的讥诮之意，放下茶杯道："庆叔，您刚才不是说有事对我说吗？到底什么事？"

司马庆侧头朝屋里看看，林郁秋正在二楼写作，芮姑也在厨房里忙着做晚饭，四周很安静。他凑近陈远，问道："小远，你来咱们家也有一段时间了吧，觉得咱们家怎么样？"

陈远不知道他葫芦里卖什么药，点头说："挺好的啊，妈妈对我很关心，芮姑也很照顾我。"

司马庆见他唯独没有提及自己，自然知道他心里的想法，嘿嘿一笑，并未深究，只是摆出一副要跟他推心置腹的样子说："有一件事情，虽然你从来没有在你妈面前提起，但是我知道你心里其实还是很在意的。"

"什么事情？"

"就是你的亲生父亲到底是谁这件事啊！"

陈远的身体微微晃动了一下。他抬起头看着司马庆，没有说话，但眼睛里充满了期待，期待着他接着往下说。

司马庆却故意卖起关子来，垂下眼皮，喝起了茶，半晌无言。

陈远有些按捺不住，只好开口道："庆叔，您知道我的亲生父亲是谁吗？"

司马庆点点头。

陈远虽然有点儿厌恶他故作高深的样子，但还是央求道："那您给我说说呗。"

司马庆卖够了关子，才道："据我所知，你妈十八年前曾交过一个男朋友，名叫巴亚鹏，是你外公包子店里的伙计，当时还跟你妈同居过一段时间，但两人最终还是分手了。分手后不久，你妈发现自己怀了身孕。"

陈远很快明白了，问道："您的意思是，这个巴亚鹏就是我的父亲？"

司马庆笑笑道："你妈当时只交了他这一个男朋友，如果他不是你的亲生父亲，那我实在想不出是谁了。"

"可是我记得有一次省电视台采访我妈的时候，我妈曾说因为她在医院生下'死胎'，她的男朋友才伤心离开的。"

"那只是她面对记者的说辞而已，甚至这套说辞都是我事先帮她设计好的。事实上，他们分手之后，她才发现怀上了你。你妈坚持要把你生下来，才有了后来发生的事情。"

陈远"哦"了一声，一颗心再也平静不下来。自从认亲之后，他心里就一直有一个疑问：自己的亲生父亲到底是谁，怎么从来没有听妈妈提过那个人的名字。记得有一次他还问过妈妈，可是妈妈当时有些不高兴，从此他再也不敢在妈妈面前提这个问题了。他心里的疑问更深了，甚至产生过自己去寻找亲生父亲的念头，却因为全无线索不知从何入手。想不到今天司马庆竟然会主动跟自己说起他亲生父亲的事情来。

"那您知道那个巴亚鹏，也就是我父亲，现在在哪里吗？"陈远问道。

司马庆对他说："他跟你妈分手之后并没有离开光明市，一直在城里打工。我也是前段时间无意听人说的，才知道他十年前已经找了个城里姑娘结婚，现在跟他老婆一起开了个小餐馆，店名就叫'飘香湘菜馆'。"

而且,我还打听到一个消息,他跟他老婆结婚十年了,一直没有生下一男半女。我觉得如果你去找他,他应该会很高兴地接纳你。"

"飘香湘菜馆?"陈远问,"这个餐馆具体在什么位置?"

"听说就在马鞍湖边。"

"行,我记下了!"陈远放下手里的茶杯,起身就走。

"你干吗去?"司马庆吃了一惊,问道。

陈远道:"我想去马鞍湖边,看看是不是真的能找到我爸。"他骑上自己的电动车,往院门外驶去。

芮姑听到声音,出门喊道:"饭都已经做好了,吃完饭再出去吧。"

陈远头也不回地说:"我不吃了,你们吃吧,不用等我了!"话未说完,电动车已经驶上外面的南林路。

"他这么急匆匆的,去干什么呀?"芮姑问司马庆。

司马庆耸耸肩说:"我哪知道。"芮姑一脸莫名其妙地进屋了。司马庆坐在藤椅上,看着院子门口,脸上浮现出一片阴冷的笑意:臭小子,别仗着你妈向着你,就可以踩在老子头上。老子只要随便动动手指头,就能把你扫地出门!

陈远骑着电动车出了门,大街上暑热未退,有几个老头正光着膀子在街边溜达,似乎连空气里都透着一股湿热的汗臭味。但这一切好像都跟他无关,他只想以最快的速度找到那家飘香湘菜馆,看看自己的亲生父亲到底是一个什么样的人。

陈远穿过旧城区,沿着新修的新城大道往前不远,就来到了马鞍湖边。湖堤上有许多吃过晚饭出来散步的行人。道路显得有些拥挤,但他并没有放慢车速,他骑着电动车在人群中穿梭前行,围着马鞍湖转了大半个圈儿,终于在湖堤街上找到了那家飘香湘菜馆。

下车后,陈远站在餐馆门口犹豫了一会儿,最后鼓起勇气推开玻璃门走了进去。店里有几桌客人正在吃饭，一个中年胖女人坐在收银台后面玩着手机，再没有看到其他店员。

陈远把自己的衣角往下押了押，然后走到收银台前，问那个胖女人道："您好，请问巴亚鹏在吗？"

女人瞧了他一眼，然后冲着厨房的方向粗喉大嗓地喊了一句："亚鹏，有人找你！"又嘀咕道，"最近找你的人可真多啊，昨天来两个，今天又来一个。"

巴亚鹏手拿锅铲从后面厨房跑出来，看到陈远，上下打量了一番，问："你是谁？找我有什么事？"

陈远显得有些紧张，说："巴、巴叔叔，我叫陈远。"

"什么陈远陈近？"巴亚鹏皱眉道，"我不认识你啊！"

"林郁秋是我妈妈！"

巴亚鹏一听这话，脸色就变了，下意识地回头朝收银台那边看看，沉着脸道："谁是林郁秋，我不认识。"

陈远一愣："可是……"

巴亚鹏的脸色难看了起来，瞪了他一眼道："我们这里是餐馆，你不吃饭跑到这里捣什么乱。我正忙着呢，锅都快烧煳了，你赶紧走吧，别耽误我干活儿！"他伸手推了陈远一把，又回厨房忙活去了。

陈远站在那里，一时没有反应过来，抬头看到那个胖女人用钉子般的目光盯着自己，满脸通红。他强忍着溢到眼眶的泪水，在女人嫌恶的目光里，从餐馆中走出来。他做梦也没有想到自己跟亲生父亲第一次见面竟然是这样一个场景。

陈远在店门外站着，眼泪终于止不住地流出来。但他并没有离开，想等店里的顾客都走了，厨房里不那么忙的时候，再进去找巴亚鹏说说话。

247

等到晚上9点多，店里的客人终于全部散去了，他还没来得及走进去，就听见"哗啦"一声响，餐馆的卷闸门被人从里面拉下，很快锁上了。他被冰冷的店门关在了外面。

一声惊雷在夜空中炸响，暴雨骤然而至，豆大的雨点落下来，恨不得把水泥街面砸出一个个坑。餐馆外面的台阶上没有遮雨棚，衣着单薄的陈远很快被淋了一个透心凉，不，也许让他感觉到心寒的，并不是这黑夜冷雨，而是那个男人冷漠的态度。

陈远一边淋着雨一边守在大门外边，他不相信里面的人会一直闭门不出。雨势越来越大，他抱着肩膀，瑟缩在墙角里，默默地等待着。忽然间，背后的卷闸门轻响一声，他以为有人出来了，回头一看，却是夜风吹得大门摇晃作响，心中未免有些失望。

无论如何，今天一定要等到那个男人出来，把自己的身世问个清楚！陈远咬着牙，在心里暗暗发誓。

夜渐深沉，雨并没有停下来的迹象。街道上除了偶尔有一辆小车开着雨雾灯驶过，再也看不到其他人影。陈远实在有些累了，就在台阶上坐下，两手抱着膝盖背靠着卷闸门，这样只要门里有任何动静，他就能立即感觉到。

连续打了几个哈欠后，陈远把头低下去，放在膝盖上，竟然迷迷糊糊地睡了过去。也不知道睡了多久，又被一阵卷闸门的声音惊醒，他以为又是风吹大门的响声，睁开眼睛，风雨已停，天空已经泛起鱼肚白，应该到了第二天凌晨。

陈远忽然感到背后有些动静，回头一看，居然真的是卷闸门拉上去了，那个叫巴亚鹏的男人推着一辆摩托车从店里走出来，看到他坐在店门前，不由得大吃一惊道："你、你怎么还没走？"

陈远急忙站起身，说："我一直在这里等您出来。"

这时候店里传出女人的声音，巴亚鹏慌忙应了一句："我去菜市场买菜了！"说完，他悄悄指了一下湖堤对面，同时小声道："你这孩子真是的，去那里等我！"

陈远顺着他手指的方向穿过街道，来到对面湖堤边的杨柳树下。围树椅上很湿，他胡乱擦了两下就坐下了。

巴亚鹏回身锁好门，推着摩托车走过来，有些不高兴地道："你到底想干什么？我老婆凶得很，要是被她误会了，我可连家都回不了了。"

陈远这才知道他是个"妻管严"，难怪昨晚在店里不敢搭理自己。他说："巴叔叔，我是林郁秋的儿子，我叫陈远，我在门口等您一晚上了。"

巴亚鹏好像急着赶去买菜，一只脚已经跨上了摩托车，问他："你找我有什么事？"

陈远从围树椅上站起来，看着他直接问："您、您是我爸爸吗？"

"啊？"巴亚鹏身子一晃，差点儿从摩托车上摔下来，"你什么意思啊？是你妈叫你来找我的吗？"

陈远摇头说："不是，是我自己来的，她并不知情。"

巴亚鹏这才松口气，回答道："你不是我儿子，我也不是你爸！"

陈远上前一步，站在摩托车前面说："可是您以前不是跟我妈……"

一提到林郁秋，巴亚鹏又下意识地回头张望一下，好像生怕被他老婆听见似的。实际上现在才凌晨4点多，大街上静悄悄的，根本看不到一个人影。他干脆从摩托车上下来，将车支好，摆出一副要跟陈远好好说道说道的样子，道："你这孩子，瞎说什么呢！十八九年前，我确实跟你妈谈过恋爱，也在一起住过一段时间，可是……那时候我根本没有办法让你妈怀孕。"

"为什么？"陈远毕竟只是一个刚成年的孩子，还不太懂这些。

"我跟我现在的老婆结婚十多年了,一直没有生下一男半女。我上中学的时候下体受过伤,医生说我已经丧失了生育能力。"巴亚鹏没好气地道,"这下你懂了没?"

陈远"哦"了一声,大概明白了他的意思。巴亚鹏因为身体生不了孩子,所以就算跟妈妈在一起过,也不可能让妈妈怀上孩子。但他很快又糊涂了,说:"可是那时候我妈只有你一个男朋友,她怀孕了,肯定是你……"

巴亚鹏像是被他这句话戳中了某个痛处,忽然冷笑一声:"这可不一定。"

"为什么不一定?"

"你妈可不一定只跟我一个人睡过。"

"什么?"陈远像是没听清楚似的问道。巴亚鹏张张嘴想说什么,却忽然想起之前警察交代他的话,也不敢再细说,只好闭上嘴巴。

陈远却拉住他的衣袖道:"巴叔叔,您刚才这句话是什么意思?难道当年我妈除了您,还交过其他男朋友吗?"

巴亚鹏嘟囔道:"是不是男朋友可说不定,我只知道她当年还被别的男人睡过。"

"您这话是什么意思?"陈远瞪着他问。

巴亚鹏显然对这件陈年旧事一直耿耿于怀,此时提及,心里仍然有些愤愤不平:"你知道当年我为什么跟你妈分手吗?"

陈远道:"我听我妈说是因为她在医院生了个'死胎',所以你们才……"

巴亚鹏摇头道:"那只是你妈的一面之词,真相根本不是这样的。"

"那您跟我说说,真相到底是什么?"

巴亚鹏原本没有打算跟他细说,但此时被他勾起了话头,就干脆在围树椅上坐下来，带着些怒意道："十八年前，你妈跟报社的一个编辑睡过觉，没多久就怀上了你。我当时就瞧出了问题，所以很快跟她分手了。她父母曾对外人说，是在我们分手后，她才发现已经怀上了我的孩子。这当然是骗人的谎话。其实，早在分手之前，她就已经知道自己怀上了孩子。但是，我也知道自己的身体情况，根本不可能让她怀孕。后来，我在电视里看过她的采访视频，说是因为生下一个'死胎'，所以我跟她才黯然分手，这就更是一派鬼话了。"

"这不可能！"陈远忽然愤怒起来，"我妈她……她绝不是这样的人！"

巴亚鹏轻蔑地瞧了他一眼道："你一个小屁孩儿知道什么？要是不相信，可以直接去问你妈。"

陈远顿时没了底气，他是背着妈妈出来寻找亲生父亲的，当然不敢回头再去问。"你说的那个报社编辑，到底是谁？"他总觉得巴亚鹏是在信口雌黄诬蔑自己的母亲，"我去找他问个清楚，如果不是你说的这样，我……我一定不会放过你！"

"他姓党，叫党大明。当时，他还打算在报纸上连载你妈的长篇小说，不过后来……"

"后来怎么了？"

"后来他出事了。"

"出事了？"陈远问，"出什么事了？"

"他被杀了，十八年前就已经死了。不过，他的尸体最近才被人挖出来。目前警察正在调查他的死因。"

"你怎么知道的？"

"我当然知道，前天警察还因为这件事情来找过我呢。"

"哦，原来是这样。"陈远点点头，"那您能不能帮我联系一下警察？"

"你想干什么？"

"我想跟那个死了的报社编辑做一个DNA鉴定，看看我跟他到底有没有血缘关系。"

"你……"巴亚鹏被他这个想法吓了一跳。前天警察已经交代他不要泄露案情，以免让林郁秋知道后打草惊蛇。刚才话赶话不小心说了出来，不过幸好没有说警察已经怀疑林郁秋的事情。如果真让陈远去找警察跟党大明验DNA，那警察肯定就会知道他泄露了案情，说不定还会向他追责呢。他马上改口道："你想得太容易了，警察是随便能找的吗？就算找了他们，人家会随便给你做鉴定吗？"

"那怎么办？"陈远虽然语气带着疑问，但脸上的表情却十分坚决，"不管怎么样，我一定得想办法查清楚这件事情。"

巴亚鹏听他这么一说，心里暗暗叫苦，知道自己遇上了大麻烦。如果真让陈远去找警察，自己肯定脱不了干系。他想了一下才道："要不这样吧，我听说党大明有个女儿叫党晨，在城东大药房上班。你去找到她，想办法从她身上拿一个DNA样本，然后自己送去医院化验一下，看看跟她有没有血缘关系，不就知道你到底跟党大明有没有关系了？"

陈远迟疑了一下，问道："这样能行吗？"

"当然能行啊，现在很多生物公司都可以做个人DNA鉴定，价格也不贵。我以前就有一个朋友做过，检查速度还挺快的。"

"那行吧，我试一下。"

巴亚鹏见他不再坚持去找警察，大大松了一口气，掏出手机看看时间，说："天都快亮了，我得赶紧去市场把今天要用的菜购齐，要是回去晚了，我老婆又得唠叨半天。我先走了！"说罢跨上了摩托车。

"哎——"陈远想要叫住他，他却已经骑着摩托车，一溜烟跑了。看着巴亚鹏远去的背影，陈远这才想起自己还有一大堆疑问没来得及问他。但他的摩托车很快消失在湖堤远处，陈远这时候想要追上他，显然已经不太可能。

陈远退后一步，沮丧地坐在围树椅上，神思有些恍惚。他当然不相信妈妈真的是巴亚鹏说的那样的人，心里就更加坚定了查出真相，弄明白自己的身世，同时也还妈妈一个清白的决心！

这时天色已经大亮，湖堤上渐渐有了一些早起晨练的行人。陈远骑上电动车，正要往家的方向走，手机却响了，是他妈妈打过来的。林郁秋在电话里问他昨晚怎么没在家。陈远愣了一下，这才想起来昨天晚上出来得急，竟然没有跟妈妈说一声，司马庆自然不会跟妈妈说起他的去向。害得妈妈为自己担心，他心里有点儿过意不去，就说："妈，我没事，昨晚学校有活动，我就在宿舍里跟同学住了一晚，忘记跟您说了。"林郁秋"哦"了一声，这才放心。

陈远本想回家，但接到妈妈的电话之后，显然已经不好再回去。离开湖堤后，他只好直接去了学校。

在学校食堂见到陈远时，秦小怡显得有些意外，说："你不是一直都在家里吃早餐的吗？今天怎么这么早就到学校来了？"

陈远犹豫了一下，知道她比谁都关心自己，也不想瞒她，就将昨天晚上发生的事情简单地跟她说了。

秦小怡帮陈远买好早餐，坐在他桌子旁边说："你先别着急，不管这个巴亚鹏说的是不是真的，这件事都不难查出真相。只要找到他说的这个报社编辑的女儿，拿到她的DNA样本送去化验一下，就能彻底搞清楚了。"

陈远"嗯"了一声，一边低头吃着早餐，一边说："我也是这么想的。"

因为一直想着要怎么去找党大明的女儿党晨拿到DNA样本，上午上课的时候，陈远就显得有点儿心不在焉。他当然不可能直接找到党晨向她说明原委，然后光明正大地找她拿样本。这事只能在她不知情的情况下，悄悄地做。可是陈远想了一上午，也没想出个主意，最后只好走一步看一步，先找到党晨再说。

中午，陈远骑着电动车来到城东。他记得巴亚鹏说过，党晨就在城东大药房上班。他在手机地图里查过，城东大药房就在城东大道中段。他顶着烈日，沿着城东大道一路找过来，果然很快看到了城东大药房的招牌。

药房规模很大，沿街占着好几间门面，门口音响里播放着各种大促销广告，一些顾客进进出出。看起来药房的生意还是很不错的。陈远信步走进店内，在里面转了一圈儿。药房里有十来个穿着白色衣服、戴着口罩的男女店员正在忙碌着，因为他们没有戴胸牌，所以陈远看不出每个人的身份，也无从知晓哪一个是他要找的党晨。

陈远在店里徘徊一阵，看到一个上了年纪、面目和善的女店员正在给一个顾客拿感冒药。他趁机凑到近前，向那女店员打听党晨在哪里。女店员说："党晨没在店里。"

陈远一愣，问道："她今天没有上班吗？"

女店员说："上班了，只是在外面。"她顺手朝门外一指，"你看，门口那个卖血糖仪的就是她。"

陈远走出来一瞧，果然看见大门外边的遮阳伞下摆着一张小桌，桌上放着几台血糖仪。桌子后边站着一个年轻姑娘。她穿着白衣服，扎着马尾辫，正向路过的行人派发血糖仪广告页。

陈远站在药房对面的树荫下暗中观察了一会儿。有一个大妈在党晨前面的桌子边坐下，她应该跟党晨已经熟识了，开口就道："党晨啊，你们这血糖仪能不能卖便宜一点儿？我最近去医院体检，血糖有点儿高，医生叫我平时多观察血糖变化。我想买个血糖仪，可是太贵了，一直没敢买。"

党晨说："于大妈，今天正好我们店里搞促销活动。这款血糖仪打八折，比平时便宜了好几十块钱，一台只要二百块钱，还送两包检测试纸。"

于大妈说："真的吗，这么便宜啊？不知道测得准不准。"

常晨说："这是高精准血糖仪，测试结果绝对准确，您要是不相信，可以当场测试一下。"于大妈有点儿动心，伸出手指，让党晨用采血针扎破皮肤，挤出几滴鲜血滴到试纸上，再把试纸插进仪器里进行检测。于大妈低头看看上面显示的数值，显然感到很满意，当场就掏钱买下一台提走了。

看到党晨为于大妈扎手指取血样的动作，本来脑子里没有半点儿头绪的陈远，忽然眼前一亮，有了主意。等到党晨面前没有其他顾客的时候，他慢慢走过去。党晨见他是一个年轻人，不太像自己潜在的顾客，也就没有理睬他。

陈远只好在她对面的凳子上坐下，党晨这才打量着他问："你想买血糖仪吗？"

陈远点点头说："是的。"

党晨问："你这么年轻，血糖也偏高啊？"

陈远摇头说："不是，我是买给我奶奶用的。"

"那你买我们店这个血糖仪就对了。"党晨很快就向他推销起自己店里的血糖仪来。

陈远听了几句，表示很满意，就问多少钱。党晨说："现在打折促销，每台只售二百元。"

陈远说："那行，我给我奶奶买一台。"

党晨说："你可真有孝心！"

陈远故作犹豫，说："不知道你们这个血糖仪测得准不准啊，要是买了个不准确的回去，我奶奶肯定得骂我了。"

党晨忙道："我们这款血糖仪检测数值是非常准确的。你看，好多老人家都买回去用了，从来没有一个人说测得不准的。你要是不信，可以当场测试。"

陈远问："怎么测试？"

党晨说："很简单，就是用采血针在你的手指头上扎出一点儿血来，滴到试纸上，然后把试纸放进仪器里，很快就能读出数值来。"

陈远皱起眉头，脸上露出害怕的表情问："真的吗？可是我从来没有拿针扎过自己的手指头。我怕疼，不敢扎。"

党晨说："没事，我帮你扎。"说着就伸手来拉他的手指。

陈远急忙把手缩回去，道："别，我不敢。要不你扎一下自己的手指头，弄出点儿血来帮我测试一下这台血糖仪。如果没有问题，我就买了。"

"扎我的手指啊？"党晨显然没有料到他会提出这个要求，不由犹豫起来，但是药房给她施加的销售压力还是让她很快就点头同意了，"那行吧，我扎我自己。你看好了，回家像我这样给你奶奶扎一针就行了。"她先拿棉签蘸点儿酒精，给自己的一个手指头消了毒，然后用采血针在指尖扎一下，给陈远演示了一下操作全过程，几秒钟后，屏幕上就显示出了血糖测试结果。

"你看，是不是很简单？"党晨拿出棉签，擦干净了手指上的血迹。

陈远点头说："行，那我就买这一台，你帮我装起来吧。"趁她转身去取包装盒的时候,陈远快速将她刚才用过的试纸和擦过手指血迹的棉签捡起来,用一个白色小塑料袋装好,悄悄揣进了自己的口袋。付完钱后,他很快就提着那台血糖仪,离开了药房。

拿到党晨的DNA样本之后,下一步就是送检了。

陈远早已上网了解过,DNA检测分为两种:一种是司法鉴定,必须到司法机关指定的司法鉴定机构进行,且须征得鉴定人和被鉴定人的同意,手续非常严格;另一种是个人民事行为,只要找到一家具备DNA检测能力的医院或生物机构去检测就行了,手续比较简便,但价格要比前一种高一些。不过好在陈远把妈妈给他的零花钱都存了起来,手头还算比较宽裕。他选择了后一种方法,找到已经在网上预约好的位于市中心的一家生物技术公司,提交了他本人及党晨的DNA样本。

两天后,检测结果出来了,证实了他跟党晨之间没有任何血缘关系。拿到鉴定报告,看到比对结果,陈远大大地松了口气。这个鉴定结果完全可以证实巴亚鹏那天晚上对他说的全都是谎话。很显然,巴亚鹏不想认他这个儿子,所以故意抹黑他妈妈,想把他推到别人那里去。陈远心里很是气愤,真想立即去飘香湘菜馆,把这个鉴定报告扔到巴亚鹏脸上。但转念一想,自己大白天找上门去,巴亚鹏那么怕老婆,肯定不会在店里理睬自己。最后,陈远决定凌晨去找他。

第二天凌晨3点多的时候,陈远悄悄起床出门,外面天色未明,街上路灯昏黄,一片寂静。他骑着电动车来到马鞍湖边,在飘香湘菜馆门口没等多久,就看见巴亚鹏像往常一样推着摩托车出门,准备去市场买菜。等巴亚鹏关上卷闸门后,陈远从后面走了过去。

屋外光线很暗,直到他走到跟前,巴亚鹏才发现他,不由得吓了一跳问:"你怎么又来了?"

陈远站在巴亚鹏面前直视着他,怒声道:"你为什么要骗我?"

巴亚鹏一愣，问："我怎么骗你了？"

陈远朝他扬了扬手里的鉴定报告说："我已经检测过了，党大明的女儿跟我根本没有任何血缘关系。什么我妈跟别的男人睡过，我是党大明的儿子，都是你编出来的谎话吧？你为什么要这么做？你不想认我这个儿子就算了，为什么还要抹黑我妈？"

"我怎么抹黑你妈了？我说的都是实话。你真不是我儿子，我为什么要骗你？"巴亚鹏道，"再说了，你妈被别的男人睡过，这话不光是我一个人说过，警察在调查党大明死因的时候，也已经知道了这件事，不信你可以去问……"他本想说"不信你可以去问警察"，但话到嘴边却又止住了。倒也不是怕陈远真的去问警察，警察追究他泄露案情的责任，而是他话至此处，忽然想起警察给他介绍党大明命案时说过的一个情况。

巴亚鹏记得警察说，十八年前，党大明性侵林郁秋时戴了避孕套。如果真是这样，陈远不是党大明的孩子，也就说得过去了。只是当时他发现的留在林郁秋内裤上的精斑，又是怎么回事呢？按理说党大明既然戴了避孕套，就不应该留下这么明显的精斑痕迹，那林郁秋内裤上的精斑又是谁留下的呢？他脑海中闪过一个念头，不用细想，也已经明白了。当时跟林郁秋一起吃饭的，除了党大明，好像还有另一个男人。如果林郁秋内裤上的精斑不是党大明留下的，那就极有可能是……

"白怀宇！"巴亚鹏一拍脑袋，"对，我记起来了，另一个男人叫白怀宇，当时好像在文联上班，你妈打电话的时候叫他白主席。"

"白怀宇？"陈远愣了一下，脸上露出莫名其妙的表情，"什么白怀宇？"

"你妈当年……"就在这时，卷闸门里边似乎传出来什么声响，巴亚鹏脸色一变，生怕他老婆在屋里把他们说的话听了去，忙止住话头，"咱们还是去前面湖边说话吧。"说罢，他就推着摩托车往街道对面走去。

陈远满心疑惑，只好跟在他身后，来到上次坐过的那把放置在湖边的围树椅前，却没有坐下来，而是一直站着看着巴亚鹏，等着他往下说。

巴亚鹏支好摩托车，在椅子上坐下后才道："这事说来话长。应该在十八年前吧，你妈写了第一部长篇小说。这部小说被当时报社副刊部的编辑党大明看中。党大明说要把她的小说在报纸上连载发表，还说要联系文联领导，资助她出版这本书。当时你妈很高兴，为了落实这件事，一天晚上，她请了党大明和那个文联领导去吃饭。吃饭的具体地点在哪里，她没有说，我也不知道。当时那个文联的领导就是白怀宇，我听你妈打电话的时候称呼他白主席，估计应该是文联主席之类的官儿吧。当天晚上你妈没有回家，我有点儿担心她，半夜我给她打电话，她也不接。直到第二天早上，她才匆匆赶回家，神色异常，我跟她说话她也没有搭理我。她看起来一副神思恍惚的样子。回到家后她一言不发，把自己关进浴室洗了一个时间很长的澡。后来我去洗手间，看见她换下的内裤上面有些可疑的痕迹，凭着一个男人的敏感和经验，我判断出那是她跟男人睡过之后留下的精斑。虽然我什么都没有问，她也什么都没说，但她回来时的表情和举止，已经可以证实我的判断是没有错的。这种事情，放在哪个男人身上都是没有办法忍受的，对吧？更让我没有想到的是，大概三个月后，你妈的肚子渐渐大起来，我这才知道，她居然怀孕了。她可能以为这个孩子是我的，其实只有我自己知道，我根本不可能让她怀上孩子。

"没过多久，我就找了个借口跟你妈分手了，从此两人之间再没有任何联系。直到前段时间，在电视里看到你妈的新闻，我才知道她当初竟然真的把那个孩子生了下来，而且还被医生偷偷卖给了人贩子，直到十八年后的今天你们母子才相认。

"这些陈年旧事，我原本也没有往心里去，一直安心经营着我这点儿小生意。而且我老婆又是个醋坛子，但凡她对我有半点儿怀疑，我以后的日子就不好过了。所以，我从来不敢在她面前提起以前的事情。

"直到几天前，突然有警察上门找我。因为党大明被杀，他们为了调查命案，顺便也对十八年前的事情做了些调查。他们怀疑十八年前的那个夜晚，党大明强暴了你妈，这也正好印证了我十八年前的猜测。所以你上次来找我，我怀疑你很可能是党大明的孩子，才让你去找党大明的女儿做 DNA 检测。现在你已经证实党大明跟你没有血缘关系，我也正好想起警方说过党大明当时应该戴了避孕套。所以，我有理由怀疑当年你妈不光被党大明一个人强暴，极有可能还有另外一个男人对她做了不可告人的事情。这个人没有戴避孕套，所以留下精斑痕迹的，应该就是这个人。而当天晚上，跟你妈一起吃饭的，除了党大明，就只有白怀宇了。"

"你……你这么说是什么意思？"陈远本是个温顺少年，听到他一再这样说自己的母亲，心里的火气"腾"地一下就冒起来。他冲上前去一把抓住巴亚鹏的衣襟，"我妈到底跟你有何仇怨，你居然要如此作践她？"

巴亚鹏被他吓了一跳，急忙挣脱开他的手，一边跨上摩托车，一边没好气地道："我只是告诉你事情的真相而已，信不信是你的事。至于你是不是白怀宇的种，到底是谁的儿子，跟我半毛钱关系都没有。你信也罢，不信也罢，都不关我的事。"

巴亚鹏启动摩托车，在戴上头盔之前，又回头道："还有，我跟你妈早就没有任何关系，你以后不要再来找我，找我也没有用，我以后再也不会跟你说半句话。要是被我老婆知道了，只会给我惹来麻烦。"他说完一轰摩托车油门，头也不回地走了。

陈远双手握拳站在原地，连喘几口粗气，过了好久仍然心意难平。

在他心目中，妈妈性情温柔，知性美丽，而且还是个大才女，怎么可能会在她身上发生巴亚鹏说的这种事情？一定是他在骗我！这个巴亚鹏，实在是用心险恶！陈远一屁股坐在椅子上，椅子"咔嚓"一响，像是要被他坐断一般。

这时天色未明，就算回到学校，校门未开，也没法进去，陈远只好坐在椅子上，一边想着心事，一边等待天亮。他想起巴亚鹏刚才那副嘴脸，心里的气就不打一处来。这个王八蛋先骗自己，说他是党大明的儿子，鉴定结果出来之后，又立即改口说他的身世可能跟白怀宇有关。他暗暗下定决心：那好吧，既然你用这种方式来侮辱我妈，我就一定要用事实来打你的脸！无论如何，我也要找到这个白怀宇，看看他到底跟我有没有血缘关系！就是不知道巴亚鹏刚刚提到的这个白怀宇，到底是什么领导。他用手机搜索了一下，还真找到了这个人。

今年五十二岁的白怀宇，从镇文化站站长起步，十八年前就当上了光明市文联主席，后来又一路升迁，如今已经是市委常委兼市委办公室主任。陈远对这些职位名称没有太多概念，只觉得那应该是市里的大领导了。既然如此，他一个普通大学生想找到这样的大领导，并且还要拿到他的DNA样本，显然是一件非常困难的事情。他不由得有些沮丧。

在马鞍湖边坐了一个多小时，天才亮起来。陈远到学校的时候，正是吃早餐的时间，虽然他没什么胃口，但还是来到食堂门口等着秦小怡。陈远知道自己头脑不灵活，遇上这样棘手的事情，根本想不出任何办法，但又不能直接去问妈妈，这时候，他就想到了秦小怡。这丫头古灵精怪，脑子特别灵活，也许可以帮他出出主意。

果然没过多久，就看见秦小怡从食堂走出来。"小怡！"陈远叫了一声。

秦小怡回过头看见他，感觉到有些意外，问道："你也来吃早餐吗？"

陈远随口撒了个谎说："不，我已经在外面吃过了。我是特意等你的。"

"等我呀？有什么事呢？"秦小怡几步跳到他跟前，笑嘻嘻地问。

陈远见食堂门口人多眼杂，就把她拉到一边说："有件事情，我想请你帮我出出主意。"

秦小怡何等聪明，看他脸上的表情，就已经猜了个八九不离十，问道："还是为了你身世的事情吧？上次已经证实了跟那个党大明没有关系，现在又有什么新进展吗？"

陈远"嗯"了一声，说："是的，又有了一点儿新线索。"他就把今天凌晨去找巴亚鹏的经过跟秦小怡详细说了。

秦小怡很快就明白过来，道："你是想去找这个白怀宇拿到他的DNA样本，然后再去鉴定一下，对吧？"

陈远道："我就是这么想的。可是我已经上网查过了，这个白怀宇可不是一个普通人，现在是个大领导，是市委常委兼市委办公室主任，在市委大院里边上班。那地方可不比党晨工作的药房，普通人根本连大院的门都进不去，更别说拿到他的DNA样本了。"

秦小怡想了一下，说："这件事吧，确实有点儿难，但也不是完全没有办法。"

"你的意思是，你能想到办法？"

"前段时间吧，咱们学校跟市委联合举办过一个'促进高校智库力量建设论坛'活动，当时我作为校报记者，采访过几位参加活动的市领导，其中就有白怀宇白主任。"

"这么说你们是认识的了？"

"我认识他，至于他记不记得我，那就不知道啰。"

"那不还是没有办法嘛。"陈远有些失望。

秦小怡嘻嘻一笑，道："倒也不是完全没有办法，正好我们校报要搞一次论坛活动'回头看'的采访报道，想跟进报道这次论坛取得的成果。我跟社长说一声，让我去采访一下这位白主任，应该不是难事。咱们拿着学校开具的采访函，就可以光明正大地去找这位大领导了。到时候你跟我一起去他的办公室，咱们再见机行事，看看有没有机会拿到他的DNA样本。"

陈远高兴地道："这个主意倒是不错。那你赶紧去跟校报社长说说，请他派你去跟进这个采访，这样咱们就有机会接近这位白主任。"

秦小怡道："行，我马上就去办。"

下午，秦小怡来到教室找陈远，说她已经跟校报领导请示过了，也拿到了学校出具的采访函，而且学校的宣传部部长已经跟市委办公室的工作人员联系好了，他们随时都可以过去。陈远说："正好我下午没课，那咱们赶紧去吧。"

两人坐了一辆出租车来到市委大院门口，门边有两名保安把守。秦小怡让他们看了自己的校报记者证和学校出具的采访函，保安认真确认过后才放他们进去。

秦小怡很快就找到了主任办公室。门虚掩着，秦小怡敲敲门，屋里的人说了声"进"。她推门进去，看见一个男领导正跟一个年轻的女下属在谈工作。见到有人上门，女下属很快就请领导签好文件，快步离开了。

面前这个男人，正是他们要找的白怀宇。秦小怡开口自我介绍道："白主任，您好！我们是光明职业学院校报记者，我叫秦小怡，他叫陈远。我们过来是想采访一下您对上次论坛活动的看法……"

秦小怡话未说完，白怀宇就迎上来，呵呵笑道："你们宣传部部长已经跟我沟通过了,你们来就是对上次活动进行一个补充采访嘛……小怡同学,对吧?我记得咱们上次见过面的。"白怀宇伸出右手紧握住秦小怡的手,左手还在她手背上轻轻拍着,久久没有放开。

"白主任好,我叫陈远。"陈远适时把手伸过去,白怀宇只好松开秦小怡的手,蜻蜓点水似的跟他握了一下。请他们在沙发上坐下后,白怀宇也在他们对面坐下来,身子往后仰着,啤酒肚就挺了出来。他说:"小怡同学,等会儿我还有一个重要会议,所以最多只能给你们十五分钟的时间。"

秦小怡说:"好的。那咱们就开始吧。"她打开手机录音软件,放在面前的茶几上,然后掏出采访本和钢笔,照着早已列好的采访提纲向白怀宇提问:"白主任,高校智库建设这个话题,市委领导和专家学者已经在上次的论坛上进行了讨论,请问您对此有什么看法?"

白怀宇思考之后,回答道:"我觉得地方高校智库建设应该提升到咱们市委、市政府的战略部署层面来进行研讨和研究,因为建设好地方高校智库,能有力促进地方社会经济的发展和进步。上次由咱们市委和你们学校共同举办的高校智库论坛取得了很好的成果。我们下一步的工作,就是要把这些研究成果转化为现实生产力。"

秦小怡一边点头一边记录,同时也提出了下一个问题。她严谨认真的态度,并不亚于真正的报社记者。

陈远暗自佩服起秦小怡来,想不到这丫头平时嘻嘻哈哈没个正形,工作起来竟然这么有模有样。他坐在一边也帮不上什么忙,就趁着秦小怡跟白怀宇一问一答的空当,四下看看。白怀宇的办公室看起来挺大,明显已经超过标准。办公室后面还有一个小房间,房门半开着,隐约可以看到里面有卫生间、盥洗台,还有沙发床之类的,应该是一个休息间。陈远心想:当领导就是好啊,有一个这么大的办公室,还配备装修豪华的休息间，工作休息两不误。

秦小怡显然也发现了里面的休息间。采访进行到一半的时候，她手里的钢笔忽然掉落，她伸手接住时，黑色墨水染到了她的手指上。她放下采访本和钢笔，起身说："白主任，我可以借用您的休息间洗一下手吗？"白怀宇点头说："可以啊，请吧！"秦小怡走进了休息间。

采访暂停，白怀宇这才有时间抬头打量着陈远，眉头不自觉皱了起来。陈远以为他看出了自己此行的目的，不由得有些紧张。

白怀宇瞧着他问："陈同学是吧？上次你们学校举办论坛活动的时候，你也在吗？"

陈远道："我……我没有参加。"

白怀宇道："这倒是有点儿奇怪，我看你这面相总觉得有些熟悉，像是在什么地方见过呢。"

陈远愣了一下，说："没有啊，咱们这是第一次见面。"白怀宇"哦"了一声，有些似信非信。正好这时秦小怡已经从休息间出来，接着进行采访。

没过多久，办公室外面有人敲了一下门，说："白常委，市委常委会马上就要开始，就差您了。"

白怀宇急忙起身，说："小怡同学，今天就到此为止吧。这个常委会非常重要，书记、市长都已经到了，我可不能迟到。"说罢，他转身拿起衣帽架上的西装，一边披在身上一边随着那人往外走。

虽然还有两个问题没有问完，但秦小怡也不得不提前结束采访。她一面起身告辞，一面跟在他们身后走出办公室，顺手将办公室的门带上，但却故意放慢脚步走在最后面。看到白怀宇脚步匆匆拐进了电梯，秦小怡立即转身折返，再次溜进了白怀宇的办公室。

陈远不知她葫芦里卖什么药，正要跟着走进去看看，却看见她已经从里面的休息间跑出来了。陈远以为她刚才洗手时落下了什么东西，也没有在意。

从市委大院走出来后，秦小怡忽然在街边停住脚步，捂着胸口喘了几口大气。陈远感到很奇怪，问她："怎么了？"

秦小怡摆手道："我没事，就是有点儿紧张。"

陈远叹了口气说："你的采访任务不是完成了吗，还紧张什么？不过，对我来说等于白跑一趟，我根本没有机会拿到他的DNA样本。"

"谁说的？"秦小怡朝他眨眨眼，"我跟你说，采访完成了，咱们拿样本的任务也完成了。"

"你拿到他的DNA样本了？"

"当然。"秦小怡说着，变戏法似的从背包里拿出一个透明塑料袋，里面装着一把梳子。她接着说道："这是白怀宇使用过的梳子，是完全能够提取他的DNA样本的。我去休息间洗手的时候，看到盥洗台上放着一堆洗漱用品，其中就有这把梳子，所以我刚才悄悄跑回去，把这个偷了出来。"

"啊，小怡，你真是太厉害了！"陈远朝她竖起了大拇指，"不过……"他很快又担心起来，"要是白怀宇发现自己的梳子不见了怎么办？"

秦小怡摆手道："哎，你多虑了。像他这样的大领导，怎么可能在意这样的小事？如果发现东西不见了，他肯定会叫下属去买一个新的，根本不可能想到咱们身上来，更不可能知道咱们拿走这东西的真正用意。"

"那倒也是。"陈远想一想，也觉得秦小怡说得似乎有些道理，毕竟谁也不会想到他们两人竟然会跑到别人的办公室偷一把人家用过的梳子。

离开市委大院后，两人直接来到了那家生物技术公司，把白怀宇的梳子留下请他们帮忙提取DNA样本，然后再跟陈远的做个比对。

两天后，生物技术公司通知陈远说鉴定结果已经出来了。陈远拿到鉴定报告，直接翻到最后一页，看到鉴定意见一栏里写着：依据现有资料和DNA分析结果，在排除同卵多胞胎、近亲及外源干扰的情况下，依着DNA分析结果支持白怀宇为陈远的生物学父亲。

陈远站在台阶边，突然有种失重的感觉。他一脚踩空，向前一个趔趄，差点儿从台阶上摔下来。他靠着旁边的墙壁站稳，揉揉眼睛仔细看看，没错，鉴定意见就是这么写的。白怀宇是他的亲生父亲！

陈远感到一阵天旋地转，眼前的字迹渐渐变得模糊起来。怎么会这样？自己苦苦寻找的生父，怎么可能是白怀宇？难道巴亚鹏说的那些都是真的？难道当年妈妈真的是被党大明和白怀宇侵犯之后，怀上了自己？所有问题的答案，其实只有妈妈最清楚，但是他又不能跑去当面问她。如果这一切都是真的，那自己问出的每一个字，岂不都是撒在她伤口上的一把盐？可是如果不把这些问题搞清楚，他这一辈子也不会死心啊。

现在该怎么办？陈远脑海中一片混乱。他一只手紧紧攥着那份鉴定报告，另一只手用力扯着自己的头发，像要从头发缝隙里揪出答案。等他渐渐缓过神来，才发现自己坐在一辆出租车上，已经到了学校门口。他神思恍惚地从出租车上走了下来。

"哥，哥！"陈远抬起头循声望去，秦小怡正朝他奔跑过来，问他："怎么样，哥，拿到鉴定报告了吗？"

"拿到了。"

"报告上怎么说？你跟白怀宇之间有血缘关系吗？"

陈远低下头去，没有出声。秦小怡着急地道："你倒是说话啊，真是急死人了！"

陈远抖了一下手里的鉴定报告，说："根据鉴定意见，我和白怀宇确实存在血缘关系。"

"啊！"秦小怡不由得愣了一下，"这么说来，他真的是你爸爸了？"

陈远没有再说话。就在这时，一辆黑色奥迪小车快速从大街上拐过来，停在两人身边。"陈远！"车上的人从驾驶位探出头来，冲着陈远喊了一声。陈远回头一看，竟然是白怀宇。他下意识地把手里的鉴定报告藏在身后，但是已经迟了，白怀宇还是看到了文件袋封面上的"DNA检测报告"几个大字。

"鉴定报告都出来了，你们速度还挺快啊。"白怀宇瞧着他问，"结果怎么样啊？"

陈远想不到他竟然会追到学校来，心里慌乱了一下，没有出声。

白怀宇看到他的神情，已经隐约猜测出了结果，脸上的表情就变得有些难看。"上车！"他对陈远道。

秦小怡忙将陈远护在身后，说："你想干什么？"

白怀宇嘴角扯出一丝笑意，道："不用害怕，我就是找他聊聊。陈远，上车吧，咱们在车里聊！"

秦小怡冲着陈远摇摇头，暗示他不要上车。陈远犹豫了一下，最后还是拉开副驾驶位的车门坐了进去。白怀宇启动车，开到对面的马路边停下。

"可以把鉴定报告给我看看吗？"白怀宇问。

陈远顿时警惕起来，将报告护在身后说："暂时还不行。如果你一定要看，我可以到学校复印一份拿给你。"

白怀宇摇头道："既然这样那就算了，我不看报告了，只是想问你一下，到底结果如何？是不是写着咱们两人之间确实有血缘关系？"

陈远"嗯"了一声。

白怀宇叹了口气说："你那天去采访我的时候，我就觉得你有点儿面熟，似乎在什么地方见过，但是因为最近实在太忙了，所以没有工夫多想。直到今天中午，市里召开紧急会议，我没有时间回家午休，就在休息间里打了个盹儿，结果发现盥洗台上的梳子不见了。

"当时我也没怎么在意，丢了再去买把新的就行了，也不是什么大不了的事情。但是下午我闲下来的时候，才想起这几天，只有两个陌生人来过我的办公室，那就是你和那个叫秦小怡的校报记者，而且那个女孩儿还去过我的休息间洗手。我这才将丢失梳子的事情跟你们两人联系起来。

"后来我去保安室查看当天的监控视频，发现那天我离开办公室后，你们俩曾悄悄折返回去。我就知道偷走我梳子的人肯定是你们。但是我仍然没有想明白，你们两个学生拿走我用过的旧梳子有什么用。正是心里有了这个疑点，我仔细回想了一下，才记起自己以前确实见过你，只不过不是在现实生活中，而是在你跟你那位大作家妈妈林郁秋母子认亲仪式的电视新闻里。再联想到你那天在我办公室里不自然的表情，我很快就猜测到了你们那天到我办公室偷走我梳子的真正目的。"

陈远是个老实孩子，低头承认道："是的，我们那天并不是真的要去采访你，而是要借采访之名搜集你的DNA样本，然后拿去跟我的做DNA比对。"

"是你妈叫你这么做的吗？"白怀宇冷眼盯着他问。

陈远忙摇头说："不，不，这是我自己的主意，跟我妈妈无关。她并不知道这件事情。"

"真不是她指使你做的？"白怀宇仍然不放心。

陈远道："真的不是，这是我自己的事情。既然你看过我跟我妈认亲仪式的新闻，就应该知道我虽然跟我妈相认了，却一直不知道亲生父亲是谁。我问过我妈，她没有告诉我，所以我才暗中调查查到了你头上。

这么说来，十八年前，你真的对我妈做过那样肮脏的事情，对吧？"

白怀宇两手一摊道："真的做过又怎么样？你都说了，这已经是十八年前的事情了。就算我真的犯了强奸罪，也早过了追诉时效，警察也管不了。"

"我没有想过报警，我只是想知道自己真正的身世而已。"

"就算你查到了又能怎样？"白怀宇一脸冷漠地道，"以我现在的身份地位，我绝不可能公开承认你这个儿子。不过我可以承诺，只要你不将这个鉴定结果告诉你妈，不公开我跟你之间的关系，等你大学毕业后，我可以马上给你安排一个公务员岗位，你想去哪个热门单位由你挑。只是所有这一切，都不能让你妈知道。你妈那个人爱出风头，她如果知道内情，一定会利用这件事大加炒作的。"

陈远侧转过身，直视着他道："我可以明确告诉你，这件事情我一定会对我妈讲的，只不过不是现在，要等到合适的机会。她是当年的受害者，她有权利知道真相。至于她后面怎么处理这件事，那是她的自由和权利，我不能代替她答应你任何事情。我也可以站在自己的立场上告诉你，我不会公开这件事，也不会要你给的什么公务员岗位。我之所以要调查这件事，只是因为我想知道自己的身世，现在目的已经达到了，我也就死心了。虽然这并不是我想要的结果，但总算有了一个结果。"

白怀宇愣了一下，又道："那你到底想怎么样？如果你不想当公务员，咱们还可以有别的解决办法。你想要钱是吧？那你说个数，我就当破财消灾了。只要你以后不再找我，不借机炒作，你要多少钱我都给。实话对你说，我最近快要升为常务副市长了，这么关键的时刻，可不能因为你的事情出半点儿岔子。"

陈远看他一眼，摇摇头道："你眼里除了升官和发财，就没有别的更重要的东西了吗？"

白怀宇不由得一愣："那你说我还图个什么？我这把年纪，马上就要到站了，估计也只有这最后一次机会。我在官场混了一辈子，图的不就是这个吗？"

陈远苦笑一声道："你没有明白我的意思，咱们也聊不到一块儿去。就这样吧，我已经得到我想要的答案，以后不会去找你，也请你不要再来打搅我。"他坚定地推开车门跳下车，眼泪止不住地流下来。

秦小怡正站在街道对面的学校门口等着他。陈远擦擦眼泪，穿过马路，朝她走过去。

秦小怡忽然朝他飞奔过来，同时大声喊："哥，小心后面！"

陈远听到身后传来汽车发动机的轰鸣声，不由得大吃一惊，回头一看，白怀宇的黑色奥迪就像一头发疯的猛兽，直朝他冲撞过来。他心知不妙，急忙往旁边闪身避让，但还是略迟了些，被小车刮到衣服。他整个人都被带倒在地，滚出好几米远。

秦小怡生怕白怀宇还要再次开车碾压陈远，急忙上前张开双臂，挡住陈远。白怀宇的小车慢慢减速，他探出头对陈远狠声道："你最好识相一点儿，如果敢坏我好事，我绝不会让你有好果子吃！"说罢升上车窗，绝尘而去。

"哥，你怎么样，受伤了没？"秦小怡轻轻地将陈远扶起，仔细检查了一番。见他只是手肘处有些擦伤，其他地方并无明显伤痕，她才放下心来，掏出手机，准备打电话。

陈远说："我没事，你打什么电话？"

秦小怡望着白怀宇离去的方向说："他明显是想要你的命啊，这事不能就这么算了，咱们得报警！"

陈远拦住她说："算了，反正我也没什么事，就不要折腾了。"

秦小怡这才作罢，带他去到医务室，请校医给他全身上下检查一遍，确认并无大碍,这才让他离开学校。

陈远回到南林路自家小院时,太阳已经下山,天色渐渐暗下来。

正在院子里跟花匠伍峥嵘聊天的芮姑一眼就看见他手肘处缠着的白色纱布,吃惊地问道:"小远,怎么了,受伤了吗?"

陈远生怕她大惊小怪的声音惊动正在楼上写作的妈妈,忙道:"芮姑,我没事,就是刚才骑车的时候不小心摔倒了,手上蹭破了一点儿皮。我已经在街边药店买了一点儿药水擦上包扎好了,现在没什么事了。"

伍峥嵘也劝芮姑道:"老姐姐,年轻人磕磕碰碰是常有的事,擦点儿药就好了。您别一惊一乍的,倒把孩子吓着了,是吧远少爷?"他跟陈远熟识之后,一直叫他"远少爷"。

陈远点头说:"是的,小伤而已,不碍事的。"跟芮姑说了两句话,他就进屋去了。

目送陈远进去之后,伍峥嵘拉住芮姑说:"老姐姐,有件事我想跟您说一下。明天我想请一天假,乡下老家有点儿事,我得回去看看。"

芮姑爽快地答应道:"行啊,没问题,你去吧,我明天跟主人家说一声就行了。"

伍峥嵘道:"那就太感谢了,我这次回去再给您带点儿土特产回来。"

芮姑顿时笑得见眉不见眼,说:"老是让你破费,那多不好意思啊!"

伍峥嵘见她同意自己请假,才放下心来。他当然不是真的要回乡办事,而是想从其他渠道继续调查芮姑拐卖孩子的事情。

自从上次跟踪人贩子"出货",发现芮姑就是他苦苦追寻的那个女贩子之后,伍峥嵘就回到林家小院继续潜伏。这段时间,他并没有发现他们有什么可疑的动作。应该是上次的事情引起了他们的警觉，所以他们才暂时收手以避风头。这让伍峥嵘有些着急，既然对方按兵不动，那自己就必须主动出击了。他曾向芮姑套话，终于打听到她老家在深景乡一个名叫保义村的地方。这段时间人贩子没有什么动静，他守在这里也没什么意义，倒不如去她的乡下老巢探听探听情况。

第二天早上，伍峥嵘骑着摩托车，行驶了两个多小时，来到了深景乡保义村。

保义村靠着一座数百米高的山头，山上的石头已经被石材厂盗挖一空，一眼望去，山坡坑坑洼洼的，好像当初盗采石材时扬起的灰尘至今仍未散尽，整个村子显得灰蒙蒙的。保义村里只有几十户人家，大多是砖瓦房，估计年轻人都进城打工去了，村里只有一些留守的老人和孩子。

伍峥嵘进村后，看到两个白发老太太正坐在村道边的一棵大树下乘凉，就上前打听了一下。老太太听他问起芮姑，都摇头说不知道这个人，但一听说芮素芬，又都点头说知道的。

一个老太太说："你问芮素芬啊，我们都认得的，她就是咱们保义村人。说起来她也是个苦命的女人，年轻时丈夫得痨病死了，两个儿子又先后掉进后山采石坑里淹死了，只有一个女儿算是被她拉扯大了。"

伍峥嵘问："她家住哪儿啊？"

另一个老太太用手往前指一下，说："就在前面那个水沟边。不过芮素芬二十多年前就进城打工去了，平时很少回来，家里的房子早已经塌了一大半，已经很久没有人住了。"

"那她女儿呢？"

"她女儿叫李玉玉，早嫁人了。"

"嫁到哪里去了？"

老太太摇摇头说:"这我可不知道。"

另一个老太太打量伍峥嵘一眼,问他:"为什么要打听芮素芬一家人?"

伍峥嵘随口撒了个谎道:"我是芮素芬娘家的一个远房亲戚。很早以前他们家找我借过两千块钱,一直没还。这次我正好到深景乡办事,所以顺道过来讨债。"

老太太"哦"一声,说:"原来是这样,你想找她可不容易,我也已经好多年没有见过她们母女了。不过,如果你一定要找她们,我倒是可以帮你打听一下。我的幺儿媳妇跟李玉玉是初中同学,她可能知道李玉玉嫁到什么地方去了。"

老太太起身找家里人问一下,出来告诉伍峥嵘说:"芮素芬的女儿李玉玉嫁到隔壁坪开县去了,好像是在坪开县五岭镇梅田湖村。"

伍峥嵘感激地说:"行,我记住了,多谢老大姐。"他别过两位老太太,沿着村道往前走不远,就看到了芮素芬的家。那是一间砖木结构的瓦屋,因为缺人打理,早已坍塌成危房。更让人触目惊心的是,屋门前堆着三个坟堆,一大两小,都已杂草丛生,分外凄凉,估计是芮素芬的丈夫和两个儿子的坟墓。

伍峥嵘看得心里颇不是滋味,他举目四望,看到有个老头戴着斗笠,正坐在旁边水沟边钓鱼,就凑上前去,递了一支烟,跟老头聊了几句。他问起芮素芬来,老头的回答也跟前面两个老太太所言相差无几。只道芮素芬已经进城打工二十多年了,根本没怎么回过家,村里人都快忘记这个人了。

伍峥嵘起身要离去的时候,老头抬头看他一眼,问他:"你知道她在城里做什么工作吗?"

伍峥嵘假装全然不知情,摇头道:"不知道。"

老头左右看看，见四下没人，才压低声音神秘兮兮地道："她做的可不是什么正经工作，村里人都知道，她在外面当人拐子。"

"人拐子？"伍峥嵘一时没有明白。

老头说："对，就是当人拐子。外面的人叫人贩子，我们这里的土话叫人拐子。据说她在城里专干拐卖小孩子的营生。"

"是吗？"伍峥嵘假装吃惊地道，"竟然有这样的事情？那你们为什么不告诉警察？"

老头用力咳嗽了一声，吐出一口浓痰，说道："谁这么缺德会去找警察告密呢？再说，大家也只是传言，并没有真的看见谁家孩子被她拐走了，你说谁会去报警呢？"

伍峥嵘点头说："那倒也是。有道是事不关己高高挂起，只要她偷孩子不偷到自家头上，就没有人会去告诉警察。"

老头说："对的，就是这么个理儿。"

伍峥嵘又问了几个关于芮素芬拐卖孩子的问题，见老头确实不知道更翔实的内情，便只好作罢。

从水沟边离开后，伍峥嵘在村子里转了一圈儿，又找了几个村民打听芮姑的情况。大家对芮姑离开村子前的一些经历倒是比较了解，但问到她离开村子后的一些情况，尤其是聊到跟拐卖孩子相关的话题，村民们就开始变得支支吾吾，语焉不详，也不知道是真不知情，还是有所顾忌，不敢明言。

伍峥嵘有些失望，看来这次白跑一趟了，却又有些不甘心，想了一下，觉得既然在村子里打听不到什么，不如去找找她女儿李玉玉，说不定能从她身上找出些蛛丝马迹来。这时已近中午，他在乡镇上吃午饭的时候，用手机地图查了一下，从他现在所在的位置到坪开县五岭镇，大概两个小时车程。于是，他就在加油站给摩托车加满油，一路往坪开县开去。

越过光明市和坪开县之间的界山,下午2点多,伍峥嵘终于赶到了五岭镇的梅田湖村。梅田湖村是因村中有一个大湖叫梅田湖而得名。村子依湖而建,看起来比李玉玉娘家保义村要富裕得多,水泥村道修得十分宽阔,村民们住的大多是两三层的小洋楼,大多数人家门口都停着小汽车。

伍峥嵘下车打听李玉玉家的住址,村民对他说:"就在前面不远处,你沿着村道往前走再拐个弯,闻到哪个屋里有鱼腥味,就是他们家了。"伍峥嵘"哦"了一声,像是没有听明白。村民就笑了起来,言语中带着讥讽之意道:"因为他们家是搞水产养殖的。"

伍峥嵘本以为村民说得有点儿夸张,谁知走了一段路,真的闻到一阵浓浓的鱼腥味,循着这股味道寻过去,就看见路边有一间平房,门口用一些断砖残瓦勉强围成一个小院,院门口停着一辆破旧的皮卡车。

伍峥嵘走到院门前向里张望。院子里有一个中年女人,正在晾晒干鱼,两条长长的竹竿上挂满了腌制过的咸鱼,苍蝇嗡嗡地飞着。难怪隔着几十米远都能闻到一股鱼腥味!这女人身形矮胖,身材相貌隐隐有芮姑的轮廓,她应该就是芮姑的女儿李玉玉了。

伍峥嵘站在院门外,心里有些犹豫,还没有想好到底怎么样向她开口,总不能直接问她"你妈是不是人贩子"吧?必须得找个借口,既能从她嘴里打听到芮姑的真实情况,又不会让她怀疑自己。他正想着法子,看见平房里走出一个少年,少年的手里提着两个不锈钢饭盒,正要往院门外走。

伍峥嵘往这少年身上多瞧了一眼,突然惊得往后退了一步,这少年身形瘦高,眉清目秀,居然是林郁秋的儿子陈远。他张大嘴巴,差点儿"啊"的一下叫出声来。这是什么情况?陈远这个时间不是应该在学校上学吗，怎么跑到这里来了？他顿时如坠五里雾中，惊呆在路边。

"妈，我去给老爸送饭了！"

李玉玉一边晒鱼，一边说："天气很热，快去快回！"少年答应了一声，出了院门，走上村道。

伍峥嵘站在路边，像是被人点中穴位似的，半晌没有回过神来。陈远居然叫李玉玉"妈"，他、他不是林郁秋的儿子吗？怎么会……

等他缓过神来，少年已经在前面村道边拐个弯，不见了人影。伍峥嵘虽然一头雾水，但还是快步跟上去，发现少年已经拐上一条田间小道。他犹豫了一下，还是远远地跟在了少年的后边。小路两边是成片的菜地，有几个村民正在地里给蔬菜打农药。下午的热风从旱地吹过，带着一股农药挥发出来的味道。

再往前走不远，就到了梅田湖的湖堤上。只见湖面上漂着许多网箱，应该是用来水产养殖的。靠近水边处有一间小木屋，一个男人戴着斗笠正在门边修补渔网。少年走过去，叫了一声"爸"，把手里的饭盒递给他。男人接过饭盒就蹲在湖边吃起来。少年则坐到木屋旁边太阳照射不到的阴影里，掏出手机打游戏。

伍峥嵘远远地看着，心里疑云密布。陈远这孩子称呼李玉玉为妈妈，又叫这个男人爸爸，他不是林家的孩子吗？怎么又变成别人的儿子了？到底怎么回事？

也就几分钟的时间，男人三下五除二扒光了饭盒里的饭，一面把饭盒交给少年，一面说："赶紧回家去，别光顾着玩手机，也要帮你妈干点儿活儿。"少年答应了一声，提起空饭盒往回走。

这时伍峥嵘站在小路边的一棵杨树下，少年从湖堤边沿着小路走过来，显然已经看见了他，但脸上的表情却没有半点儿变化，好像完全不认识他一样。伍峥嵘实在忍不住了，等他跟自己擦身而过的时候，跟在

277

他身后叫了一声:"远少爷!"陈远没有任何反应。伍峥嵘又连叫了两声:"远少爷,远少爷!"陈远并未答话,只是回头用莫名其妙的眼神瞧了他一眼,然后加快脚步,往前紧走了几步,很快就把伍峥嵘甩在了后面。

  伍峥嵘不由得呆立在那里,眼睁睁看着他的背影越来越远……

第十一章
投河自尽

周末，上午下了一阵暴雨，太阳收起它毒辣的面孔，天地间终于有了些凉意。

中午，陈远正在自己房间里看书，司马庆忽然推门走进来。他手里夹着一根红塔山，嘴里喷着烟圈说："哟，看什么书呢，这么认真？"

陈远放下手里的书，淡淡地应了一句："没什么，就是一本现在流行的小说而已。"

司马庆在床边坐下，点头说："对对，年轻人就应该多看书，也要多向你妈学习，说不定你还能遗传到你妈的文采，成为一个'文二代'呢。"

陈远明显感觉到他在没话找话，心里有些厌烦。他不顾旁人的感受，从嘴里没完没了吐出的那股烟味，更是熏得他直皱眉头。他起身道："您有事吗？要是没别的事，我就先出去了。"

"哎，等等！"司马庆忙叫住他，"我还真找你有事呢。"

陈远只得又坐下，瞧着他道："您有什么事？"

司马庆抽了口烟，脸上挤出一丝关心的表情道："对了，你找你亲生父亲的事情，怎么样了？找到了吗？"

陈远"嗯"了一声，说："找到了。"

司马庆立即来了兴趣，把身子往他跟前凑了凑问："怎么样，是不是就是你妈当年的男朋友巴亚鹏？"

陈远摇头说："不是他。"

这倒有点儿出乎司马庆的意料，他疑惑道："怎么，难道另有其人？这不可能啊，你妈当年可只交了他这一个男朋友，怎么会……"

陈远显然不想就这个话题深谈下去，道："我只能告诉你，我确实找到我的亲生父亲了，至于怎么找到的，他是谁，不便透露。同时，也请您暂时不要告诉我妈，以后我会找适当的时机亲自跟她说明一切。总之，我的事情不用您操心。"

司马庆抽完手里的烟，把烟头从窗户扔出去，搓着手道："小远，其实你误会了，我倒不是想多管闲事，而是……"他面露难色，欲言又止。

陈远道："庆叔，有什么事情请直说，这里也没有别人。"

司马庆连连点头道："对。咱们都是男人，说话就不用拐弯抹角了，对吧？其实是这样的，我跟你妈呢，已经在一起这么久，就快要准备结婚了。我已经跟她商量过了，我们还是希望结婚之后能过上不被人打扰的二人世界。所以，我们的意思是，如果你找到你亲生父亲了，那不如搬到你爸那边住吧。你看，你在你妈这里也已经住了这么久，按理也应该去你爸那边待一段时间了，对吧？"

提到"亲生父亲"这四个字，陈远立即想起了白怀宇对自己又嫌恶、又痛恨的那副嘴脸。他怎么可能接纳自己，让自己去他家里住呢？再说，就算他愿意，自己也不会去的。"我是不会搬到我爸那边去的。"陈远表明了自己的态度。

司马庆脸上的表情僵了一下,说:"不去你爸那里也行,你只要搬出去,别打扰我跟你妈幸福的二人世界就好了!"

陈远盯着他道:"您这是什么意思?我还只是一个学生,现在学校的宿舍又已经退掉了,您叫我搬出去,我住哪里?除非您给我在外面租个房子或者干脆买一套房子。"

见陈远拒绝了自己,司马庆不由得有些恼火道:"你想得美,居然叫我给你买房子!那我干脆给你买一栋别墅,顺便再给你买一辆奔驰小车,让你体验一把富二代生活,好吧?"

陈远听出了他话语中的嘲讽之意,气道:"行啊,房子小车都给我,我以后再也不来烦你们了。"

司马庆冷笑道:"你又要房,又要车,野心可真不小啊!"

陈远气得浑身发抖说:"我……我有什么野心了,这不都是你逼我的吗?"

司马庆听到他的声音渐渐大了起来,似乎怕惊动楼上的林郁秋,便举手作投降状,说道:"好了,既然你不乐意,就当我没有说过,这个话题咱们到此为止。你妈的新书已经写完了,现在正在进行最后的修改打磨。我已经跟出版公司谈妥,新书马上就要出版上市了。对于你妈来说,现在是最关键的时刻,希望咱们都不要去打扰她,让她专心进行创作。这一点你应该能做到吧?"

陈远道:"您放心,我知道我妈最近很忙,我是不会因为这些小事让她分心的。还有,请您收起那些毒咖啡,如果您还想害我妈,我可不会像上次那样在警察面前替您掩盖了。我查过刑法,藏毒,再加上引诱、教唆、欺骗他人吸毒,至少得判七年以上。您自己好好掂量一下。"

司马庆本已走到门口,听到这话,他顿住脚步,脸上的肌肉抽动着,回头看了陈远一眼,眼里竟然隐隐闪过一丝杀意,最后"砰"的一声带上房门，走了。

第二天早上，陈远去学校，操场上有几个同学看见他后，忽然停住脚步，一齐朝他张望。陈远感觉有点儿奇怪，以为自己脸上沾到了什么不干净的东西，伸手摸了一把，什么也没有。他再看那些同学，他们又同时把脸转过去，好像生怕陈远知道他们在暗中关注他一样。陈远摇摇头，觉得有点儿莫名其妙。

走到教学楼走廊时，前面的同学见陈远过来，忽然纷纷站到两边，给他让出一条道来，好像陈远身上带着一股晦气，他们生怕染上一样。

陈远走过去之后，隐约听到他们在自己身后指指点点。

"他就是陈远吧？"

"对，就是他。当年他和他的作家妈妈高调认亲，可是上过省台节目的。"

"呀，真想不到他竟然是这样的人。"

…………

陈远听得不明不白，想要回头问个清楚，后面的同学却又马上装出行色匆匆的样子，四散而去。他隐约感觉到有些不对劲，却又实在想不明白到底是哪里出了问题。正满心疑惑之际，表妹秦小怡忽然跑上楼来，将他拉进走廊旁边一间没有人的空教室里说："哥，你摊上大事了！"

陈远一头雾水，问道："什么大事，我什么都没干啊？"

秦小怡睁大了眼睛说："这么说你还不知道？"

陈远问："我知道什么？"

秦小怡跺足道："你快上网搜一下你的名字。"

陈远疑惑地看她一眼，将信将疑地掏出手机。秦小怡嫌他动作太慢，一把夺过他的手机，很快搜到帖子，递给他看。

陈远一看，只见那个帖子的标题是"寻亲少年终露贪婪面目，逼迫父母为自己买房买车"。发这个帖子的是一个名叫"奥斯卡"的网友。陈远点进去看里面的内容，说的是几个月前曾引起媒体关注的寻亲少年陈远跟妈妈相认之后，最近终于露出其贪婪丑恶的本来面目。据知情人士透露，陈远嫌弃家里条件太差，吵着要父母给自己买房买车，要搬出去过富二代的生活。以上内容，均有录音为证。后面的附件是一个音频文件。陈远点开之后，手机里很快就传出自己情绪激动的声音："行啊，房子小车都给我，我以后再也不来烦你们了……"

陈远听完之后，不由呆了一下，说道："怎、怎么会这样？我说的原话不是这样的。"

秦小怡问："可是我听出这真的是你的声音，不像别人伪造的啊。"

陈远急道："确实是我的声音，可是内容被剪辑和拼接了，表达的意思就跟我说的原话完全不一样了。这完全是别有用心的人在造谣生事。"他简单把昨天下午自己跟司马庆的对话说了一遍。

秦小怡很快就明白过来，道："傻瓜，你这是着了别人的道了！"

陈远还是不太明白，问："着了什么道了？"

秦小怡脑子比他灵活得多，很快就猜到了其中的来龙去脉。她对陈远道："这事明摆着是你妈的男朋友司马庆在背后搞鬼啊。他用手机将你们的对话悄悄录下，然后再用剪辑软件剪掉他自己的话，只留下你说的这几句话。乍一听，完全就是你这个白眼狼不满认亲之后在亲妈身边的生活，吵着要他们给你买房买车，搬出去过富二代生活啊。"

"照你这意思，是司马庆在后面捣鬼？"

"肯定是他啦，这还用问吗？当时只有你跟他在场，能偷偷录音的，只能是他。"

"那现在该怎么办？"

"报警啊！"秦小怡显然比陈远更有主见，"他明显是在造谣和诽谤，肯定得报警，让警察来处理。"

陈远犹豫了一下，说："真的要报警吗？我妈现在正在闭关写作。我怕报警之后，警察在我家里进进出出，问话调查。这会让她分心，影响她创作。"

秦小怡显然咽不下这口气，气愤道："那你说怎么办，难道这事就这么算了？"

陈远想一想说："要不这样吧，咱们先不要惊动警察，我上网联系一下网站客服，把情况跟他们说明一下，看能不能请网站先把这个帖子撤了。等他们删帖后，我再在网上发个澄清帖子，这事就可以处理了。"

秦小怡知道陈远生性老实，不想把事情闹大，只好点头说："那行吧。你自己先试试，实在不行，就按我说的办。我得上课去了，你自己慢慢联系网站吧。"

等她走后，陈远立即上网找到这家网站的联系方式，把自己遭遇的情况跟客服说了，希望网站能立即删帖，然后再让他发一个澄清帖子，消除这件事对他的影响。谁知等了好半天等不到网站回复。陈远有些着急，又找到网站电话打了过去。客服听他说完情况后，表示要他拿出发帖人诽谤他的证据来推翻这个帖子，不然网站也不能随便删除注册会员的帖子。陈远有些无奈，一时半会儿，又去哪里寻找证据自证清白呢？

下午，陈远上网再看的时候，发现这个帖子已经被不明真相的网友转发得到处都是，想删也删不完了。更有网友把这个帖子转到他以前发表的《寻亲日记》下面，评论道："这个陈远自从跟亲生母亲相认之后，整天伸手向妈妈要钱买名牌衣服、名牌球鞋，游手好闲，好吃懒做，花钱如流水，真是人心不足蛇吞象，这一回居然又要求父母给他买房买车。他妈妈真是太不幸了，这不是认了个儿子，而是认了个白眼狼回来……"后面的跟帖，几乎一边倒全是对他进行嘲讽、诬陷、诽谤和谩骂，甚至还有人给他发私信，诅咒他赶紧去死。看着手机屏幕上那一个个触目惊心的恶毒字眼，他不由得流下了委屈的眼泪。

下午最后一节课陈远请了假，到学校外面的酒吧喝了两瓶啤酒，头就有些晕晕乎乎的。他平时极少喝酒，只是听人说喝酒能麻醉自己，让人忘掉烦恼，却没想到这一招根本不管用。酒入愁肠愁更愁，尽管他发誓不再看网上那些帖子，但喝完酒之后，还是忍不住打开手机看。现在网上到处都充斥着对他的谩骂和攻击，甚至还有人说他当初认亲就没怀好意，根本就是冲着作家妈妈的家产去的，他是要借着这次认亲的机会，过上自己想要的富二代生活。如果他妈妈只是一个穷光蛋，他一定打死都不会认这个亲妈。看到这些颠倒黑白的评论，陈远真想把手机砸了。

傍晚，陈远带着一些酒意回到家，看见司马庆正悠闲地坐在院子里喝茶，心里的怒火"腾"地一下就升了起来，他冲过去质问道："你为什么要这么做？"

司马庆似乎被他吓了一跳，放下手里的茶杯道："怎么了？"

陈远问："那个网名叫'奥斯卡'的人就是您吧？偷录我们昨天的对话，偷梁换柱、恶意剪辑之后发网上诬蔑我的人，也是您吧？"

司马庆忽然笑了，说道："哦，你说的是这件事啊，网上那个帖子确实是我发的。"

陈远问："我跟您无怨无仇，您为什么要这么做？"

司马庆道："我这么做，还不是为了你妈！"

陈远道："为了我妈？"

司马庆道："你别这么激动，先坐下来喝杯茶，听我慢慢跟你说。"

陈远只得喘口粗气坐下来，他确实有些口干了，端起司马庆递过来的茶杯一饮而尽。

司马庆坐在茶几对面看着他道:"你妈的新书,也就是《亲爱的宝贝》第二部,马上准备出版上市,这件事你已经知道了,对吧?"见到陈远点头,他又接着说,"但是有一件事情,你一定还不知道。"

"什么事?"

"出版公司前几天联系我,说根据大数据分析,你妈最近的热度下降得很厉害。他们担心这个时候推出她的新书可能达不到预期销量。从现在的情况来看,第二部估计很难再复制第一本书的火爆场景。"这倒是陈远没想到的,他沉默着,等待着对方接着往下说。

司马庆说:"上个星期出版公司主管营销的副总亲自跑到光明市来,找我商量你妈新书的营销推广工作。按出版公司的意思,咱们必须得再围绕你和你妈制造一些话题,进行第二次炒作,提高曝光度,增加流量,这样你妈的新书才能销售得好。要是销量达不到出版公司的预期目标,先前他们支付给咱们的那一大笔预付金很可能就得收回去了。"

陈远渐渐明白了,问道:"所以您的意思是,您在网上发帖诽谤我,其实是在制造话题,为我妈的新书上市做预热?"

司马庆拍手笑道:"对嘛,就是这个意思,你真聪明,一点就透。不过这并不是我一个人的意思,而是我跟出版公司共同策划的一个营销方案。"他拍拍陈远的肩膀,"我也知道让你受了很大的委屈,不过只要能帮你妈把这本新书炒作火爆,咱们就算受一点儿委屈,那也是值得的,对吧?"

陈远沉默着点点头,很久才道:"只是……等新书营销期过了,能为我发布一个声明,说明一下事实真相,证明我的清白吗?我现在都快在网上被人骂死了。"

"这个当然。"司马庆道,"只不过我发这个帖子,还只是咱们营销计划的第一步,下面还要紧接着进行第二步,也是其中最关键、最能引爆舆论、最能博人眼球、最能把流量引到你和你妈及你妈新书上的一步。"

"还有第二步?"这倒有些出乎陈远的意料,"什么?"

司马庆没有直接回答他,而是凑近他道:"我问你,为了你妈,为了宣传她的新书,你愿意为她做些什么?"

陈远坐直身子道:"我什么都愿意做。虽然我觉得这样的炒作方法不够光明正大,但现在就是流量为王的社会。再好的作品如果没有话题炒作,就没有曝光度,更没有流量,很难真正畅销起来。"

"好,"司马庆显然很满意他的回答,"你能这么想,你妈知道后一定会很欣慰,至少会觉得自己没有白疼你这个儿子。"

陈远的好奇心被他勾起来了,问道:"那第二步,你们到底想让我做什么?"

司马庆看着他道:"自杀!"

"自杀?"陈远吓了一跳。

"当然是假自杀,"司马庆忙解释道,"我们并不是真的要你去死,只是让你演一场戏而已。"

"演戏?"陈远越发疑惑起来,"怎么演戏?"

"其实很简单。你今天晚上写一封遗书,大意就是,你因为一些琐事,跟家里人闹矛盾,没想到却被不怀好意的人偷偷录音并恶意剪辑,刻意歪曲你的本意,在未经你本人允许的情况下,擅自发布到网络平台,导致你遭遇网络暴力,身心受到巨大创伤。因不堪重压,你决定以死明志,证明自己的清白。然后明天一早,你就拿着这封遗书,到春水河边,找个没人的地方,把遗书留在岸边,跳下去……"

"这是要我跳河的意思吗?"

"是的。"

"您说的是真的？"

"当然是真的，"司马庆道，"不过你放心，我们只是叫你跳河，并不是真的叫你淹死。你投河的时候，我假装成一个正好经过的路人，用手机偷偷拍下你跳入河中并沉入河底的经过，再拍下你放在路边的遗书。我以路人视角完成拍摄之后，再把你拉上岸来。"

陈远听到这里，已经大致明白他的计划，接着他的话道："然后您就以普通网友的身份，把我的遗书及投河自尽的视频发到网上，造成著名作家林郁秋的儿子陈远在与母亲认亲不久就跳水自尽的假象，以此为话题，来炒作我妈和她的新书，是吧？"

司马庆点头道："是的。只不过这是一个非常庞大的营销计划，光靠我一个人肯定没有办法完成。我已经跟图书公司的副老总商量过了，我只负责拍视频、发帖子，后面雇水军跟帖、转发和炒作的事情由他们来负责。只要能将这个话题推上热搜，你妈的新书想不火都不行啊。"

"这个计划听着还行，可是如果以后网友知道我并没有真的身亡，会不会……"

司马庆轻蔑一笑，道："这个你放心，等网上那帮家伙明白过来，你妈新书的营销期早就过了。那时会有新的热点占据网络，大家根本不会记得以前发生的事情。"

"这样……真的好吗？"陈远还在犹豫着，总觉得这些手段似乎并不怎么光明正大。

司马庆把嘴一撇说："这有什么呀，现在无论是电影明星还是知名作家，炒作起自己来哪一个不是全无底线，无所不用其极？网络时代，流量为王，谁还管事情的真相！"

陈远点头说："那倒也是。"

"这么说，你是同意了？"司马庆脸上终于露出了满意的笑容。

"嗯，为了我妈的新书，我豁出去了！"

"这就对了嘛，不愧是你妈的好儿子！"

司马庆拍拍陈远的肩膀，好像终于跟他达成了某种协议似的。两人又坐在院子里商量了一些操作细节，直到天渐渐暗下来，陈远才起身进屋。司马庆满脸含笑，目送他离开。然而，就在陈远推门进屋的一刹那，司马庆脸肉抽动，笑意骤然凝结成一种骇人的、阴谲的冷笑。那一刻，仿佛连周围的空气都变得冰凉起来。

正站在花圃后边，偷听着他们说话的芮姑，被司马庆脸上诡异的笑容骇得打了个冷战，生怕司马庆发现自己，急忙轻手轻脚地往后退去，不想正好撞在一个人身上，吓得她差点儿惊叫出来。芮姑定睛一看，原来花匠伍峥嵘正站在她身后。

"哎呀，差点儿被你吓死了！"芮姑赶紧把伍峥嵘拉到一边，小声问，"你不是下班了吗，怎么还在这里？"

伍峥嵘呵呵一笑道："下午天气太热，我把上衣脱了挂在花枝上，下班走到半路上才发现忘记拿了，这才折返回来拿衣服。大白天的，您躲在花圃后边干什么啊？"

芮姑生怕被那边的司马庆听到动静，忙道："没什么，我煮好了饭，出来告诉先生说可以开饭了。你哪来那么多废话，赶紧拿上你的衣服走吧！"

伍峥嵘感觉有点儿莫名其妙，朝司马庆那边张望了一下，司马庆正戴着耳机在听音乐，并没有注意到两人站在花圃后边。他一边点头应着芮姑的话，一边拿上自己的衣服，骑上摩托车走了。

吃完晚饭，陈远虽然不大情愿，但还是按司马庆的要求写了一封遗书，最后签上自己的名字。他思索了一会儿，为了显得更真实，又咬破自己的手指，在遗书后面按了一个血手印。

第二天清晨，天刚蒙蒙亮，陈远就起床，揣着遗书走出了家门，司马庆已经在车里等着他。陈远上车后，司马庆问："遗书写好了吗？"

陈远说："写好了。"他将遗书从口袋里掏出来，递给司马庆。

司马庆看完，满意道："你这文笔，确实遗传了你妈！"大约二十分钟后，他们来到了春水河边。这时正是夏天涨水时节，河面比平时宽了不少，河堤下种着成片的芦苇。晨风吹动，到处飘散着白色的芦花。

来到一段僻静无人的河堤上，司马庆向河边张望了一下，说："就这里吧！"他带着陈远下了车，走下堤坡，穿过芦苇丛，来到河水边。河水拍岸，水珠飞溅，发出了有节奏的撞击声。河风从水面吹来，让人感受到阵阵凉爽之意。

司马庆朝四周看看，春水河两岸看不到一个人，于是冲陈远点点头，示意他可以从这里跳下去。陈远走到水边，找个位置站定。司马庆急忙掏出手机，打开摄像头，蹲在一丛芦苇后，故意摇晃着镜头，营造出偷拍的效果，然后朝陈远做了一个"OK"的手势，笑道："请开始你的表演！"

陈远并不觉得这是一件好笑的事情，脸上的表情渐渐变得严肃起来。他先掏出早已写好的遗书，放在河岸边，为了不让遗书被河风吹走，又在上面压了一块泥巴。然后，他回头看了看。虽然早就跟司马庆约定好，这只是演戏，但不知道为什么，当真的身临其境的时候，他心里还是涌起了一些悲伤的感觉，仿佛这真是他最后一次打量这个世界，他的眼睛里渐渐泛出泪光。

拿着手机，蹲在芦苇丛里作偷拍状的司马庆把头从手机后面抬起，向他投来催促的目光。

陈远知道司马庆已经等得不耐烦了，只好咬紧牙关，脸上带着毅然决绝的表情，纵身一跃，跳进河水中。河道里传来"扑通"一声响，溅起一大片水花。陈远在水面漂浮片刻，很快就沉入了河底。司马庆躲在暗处，早已将这一切都从头到尾"偷拍"下来。

　　陈远只是略通水性，潜进水中十几秒钟后，很快浮出水面，大口喘气，问道："庆叔，怎么样，拍好了吗？"

　　司马庆看看手机里的视频回放，十分满意，就朝他做了一个胜利的手势，说："拍得非常到位，简直比真正的偷拍还像偷拍。你别乱动，小心被河水冲走。那边有个竹竿，我拿过来拉你上岸。"

　　司马庆寻来一根两三米长的竹竿，竹竿的一头还绑着一个抄网，应该是某个在河边钓鱼的钓客遗留在这里的。他站在岸边，把竹竿朝陈远伸去。陈远在水里浸泡了一阵子，这时身上已经没有什么力气，正要伸手抓竹竿，司马庆忽然手腕一抖，将那抄网翻转过来，猛地扣在了陈远头上。

　　陈远还没有反应过来，就被他用竹竿和抄网摁进了水中。"你、你干什……"他张嘴欲叫，河水很快呛进了他的嘴里。陈远奋力扑腾，拼命挣扎，想把头露出水面，无奈司马庆力气太大，加上头被抄网扣住，一时挣脱不开，他根本没有办法再从水中浮起来。陈远挥动双手，在水中扑腾了一阵，冰凉的河水从七窍灌进他的脑袋。没过多少时间，他就渐渐失去意识，沉入河底，再也没有浮起来。

　　司马庆看着被陈远扑腾起阵阵水花的河面渐渐平静下来，这才露出满意的笑容。他本想再确认一下，却忽然听到河堤边传来窸窸窣窣的轻响，似乎有人正朝这里走来。司马庆生怕被人瞧见，再次朝河面瞧了一眼，确认陈远再也没有浮上来之后，就立即拎着竹竿，钻进芦苇丛里，从另一个方向悄悄爬上堤坡，将手里的竹竿折成几段塞进车里，开着车慌忙离开了现场。

小车进入市区,司马庆怦怦直跳的心才渐渐平静下来。他在街边找了一家早餐店,吃了早餐,再次坐回车里,将自己刚才在河边拍摄到的视频剪辑好,又仔细看了一遍,确认没有任何破绽之后,连同在现场拍到的那张遗书,一同发到网上,并且配了一段文字,说著名作家林郁秋的儿子陈远,因不堪网络暴力,留下遗书后,最终选择投河自杀,以死明志。

视频发布没多久,就迅速引起网友关注,点击量达到了数十万。出版林郁秋新书的图书公司的官方公众号很快转发了这条视频,并且不失时机地在文末放上了林郁秋的新书即将出版上市的消息。"寻亲少年自杀"的消息旋即被冲上热搜,网友分成两大阵容:有的说陈远是白眼狼,是恶子,他的死是自食其果,一点儿都不值得同情和可怜;有的人则说陈远是被网暴而死,那些曾经在网上恶意谩骂过他的人应该负刑事责任。网络暴力猛如虎,相关政府部门应该重拳出击,加以管制。一场关于网络暴力的大辩论、大思考,由此引发。

林郁秋因为闭关写作,直到中午才有空打开手机上网。看到陈远出事的消息,她完全不相信这是真的,以为是哪个小报记者为博人眼球发的假新闻。她顺手拨打陈远的手机,却没有人接听,又打电话到学校,学校老师说陈远今天没有来学校上课。

林郁秋这才开始慌乱起来,一时之间不知道该怎么办,只好给司马庆打电话。司马庆说自己正在酒店跟一家影视公司老总谈她一本书的网剧改编合同,一上午都没怎么看手机,所以对这件事并不知情,叫她先不要慌,自己马上回家。

司马庆开车赶回家里,林郁秋一见到他,就止不住担心地哭起来。

司马庆说："网上流传的视频我已经看了，因为视频是偷拍的，看起来有点儿模糊，不知道是不是真的。你联系过小远吗？"

"打过电话，手机没人接。问了学校，学校那边说他今天根本没有去上课。小远肯定是出事了！"林郁秋一边抹着眼泪，一边六神无主地问，"你说现在该怎么办？"

司马庆皱眉道："我看视频拍摄的地方，应该是春水河边。要不这样，咱们先打电话报警，然后再去河边看看。"

林郁秋点头说："也只能这样了。"

司马庆先是站在客厅打电话报了警，然后带着林郁秋往春水河边赶去。

林郁秋让司马庆放慢车速，沿着河堤一路寻找。因为不知道具体的事发地点，他们只能凭借视频拍摄的环境推测。林郁秋心里十分焦急，把头探出车窗，不停地向河道里边张望。沿着河堤没走多久，他们就看见河堤边停着两辆警车，河堤下面的芦苇已经被踩倒一大片。河岸边站着几个警察，周围已经围了不少看热闹的群众。

林郁秋心里一沉，急忙叫司马庆停车。车还没停稳，她就已经跳下来，沿着河堤跑下去。因为跑得太急，她被倒伏的芦苇绊了一跤，却也顾不了那么多，连滚带爬地奔向河边。在现场维持秩序的两个民警急忙伸手将她拦住，说前面是办案现场，不能随便进入。

林郁秋喘着粗气道："我、我是陈远的妈妈，跳水的孩子到底是不是陈远？"

两个年轻民警相互看了一眼，没有回答她的话，只是回头朝后面喊了一声："胡所，家属到了！"一个中年警察从后面走过来，上下打量了林郁秋几眼，问道："你是……"

林郁秋说："我是陈远的妈妈。警察同志，视频里那个跳水的孩子，真的是我儿子陈远吗?"

胡所长有些艰难地点了一下头,说:"我们对网上流传的那段视频进行了技术分析,基本确认拍摄内容是真实的。跳水自尽的那个年轻人的身份也得到了证实,确实是您的儿子陈远……"他话未说完,林郁秋叫了一声"小远",人就往后一仰晕了过去。

司马庆从后面跑上来,一把将她抱住,然后跟一个女警员一起将她扶到旁边坐下,又掐人中,又是给她扇风,忙乱了好一阵子,才把她从昏迷中唤醒。林郁秋睁开眼睛后,又哭喊着陈远的名字,要往河边扑去,被司马庆和女警员合力拦住了。

辖区派出所的胡所长见林郁秋情绪激动,只怕一时难以平静,只好叹口气,朝司马庆招招手,把他叫到一边,问:"你是她什么人?"

"我叫司马庆,是她的男朋友,我们马上要结婚了,出事的那个孩子叫我叔叔。"司马庆回头朝河边看看;"现在到底什么情况?孩子真的是自杀吗?"

胡所长说:"上午,我们110接警中心接到市民报警,说有人拍到春水河边有一个年轻人投河自尽。警情转到派出所后,我们派了两三组人马沿河寻找,最终确定这里就是事发现场。我们的技术人员对网上那段视频进行了初步研判,确认内容属实。之后,我们在现场找到了当事人陈远留下的遗书。"他递上来一个透明的物证袋,里面装着的正是陈远昨晚写好的那封遗书,"你仔细看看,这是不是陈远的字迹?"

司马庆假装低头认真瞧了瞧,然后点头说:"没错,这就是陈远的字迹。"他擦擦有点儿发红的眼圈,问出了自己最关心的问题:"孩子真的是自杀吗?"

胡所长点点头说:"应该是自杀。第一,有视频为证,他跳水的时候并没有人强迫他,而且我们在河边草地上也并没有发现什么可疑的痕迹;

第二，有遗书为证，我们认真检查过这封遗书，发现字迹工整，叙述有条有理，应该是当事人经过深思熟虑之后从容写下的。有了这两个极为重要的证据，我们高度怀疑你们家孩子陈远应该是自杀的。至于孩子目前是生是死，我们还不好断定。我们已经联系好专业打捞队，准备在附近河道及下游打捞，希望能找到孩子。"

"怎么会这样？"林郁秋看过儿子留下的遗书后，情绪再度失控，挣脱那名女警员的阻拦，直冲到胡所长面前，"你们查过那个视频没有，是什么人拍的？又是什么人传到网上的？既然看到我儿子跳水，那人为什么只躲起来拍视频而不去救人？如果这个人肯施以援手，我们家陈远也不会……"

"我们也正在追查视频这条线索。最初发布视频的人应该是个网络高手，利用技术手段隐藏了自己的IP地址，所以我们一时之间也很难查到。"

"老天爷，世界上怎么会有见死不救，只顾着拿手机拍视频的人啊？"林郁秋大放悲声，"小远，你怎么忍心抛下妈妈一个人做傻事呢？妈妈好不容易才把你找回来，想不到你又……我也不想活了，妈妈跟你一起去，咱们母子俩在另一个世界团聚吧……"她说着就挣扎着要往春水河里跳，吓得旁边两个警察急忙将她按住。林郁秋瘫软在地，放声恸哭起来。

"不对，这封遗书是假的，我哥绝不可能自杀！"突然间，一个十八九岁的女孩儿冲过警方拉起的警戒线，跑到警察面前，大声喊起来。

胡所长一面打量着她，一面皱起眉头问："你是谁？"

女孩儿说："我叫秦小怡，是陈远的表妹，也是他的……女朋友！"

胡所长转头瞧着司马庆，用眼神询问他。司马庆虽然没怎么见过秦

295

小怡，但也知道陈远确实有个表妹跟他在同一所学校上学，就冲警察点点头，然后又问秦小怡："你怎么知道陈远不会自杀？"

秦小怡今天上午在参加考试，中午发现联系不上陈远，上网才知道他出事了。她找到学校保卫处的时候，警方也正在跟保卫处联系，知道事发的具体地点后，她就立即赶了过来。

"我就是知道。"她瞟了警察手里的遗书一眼，"这封遗书里是不是写他因为被网暴，不堪重负，所以才选择跳水自杀？"

胡所长点头说："确实是这样。"

秦小怡道："这是绝对不可能的。昨天那些咒骂他的帖子发出来的时候，他虽然感觉很委屈，但还在一直想办法联系网站删帖。他还想着写一个澄清帖子，把这件事情的原委说清楚。昨晚他回家后，我还跟他在微信里聊过，他的情绪并无异常，怎么可能突然自杀？"

"现在有遗书为证，难道还能有假？"司马庆抢在警察面前质问她道。

秦小怡知道他就是经常在家里排挤陈远的司马庆，本就对他没什么好印象，这时候就更对他不客气，说道："谁告诉你遗书一定是真的？遗书也有可能造假！"

司马庆一愣，说："你都没有认真看过，怎么知道有假？"

秦小怡道："我不用看也知道这遗书是假的。"

"你这不是故意干扰警察办案吗？"司马庆指着胡所长手里的物证袋，"这遗书确确实实是陈远的字迹，怎么会是假的？"

秦小怡张张嘴，似乎有所顾忌，回头朝林郁秋那边看了一眼，这时候两名女警已经将林郁秋扶进堤坡边的警车里休息了。她见林郁秋听不到自己这边的说话声，才道："就算这真是我哥写的遗书，那也一定是别人逼着他写的，绝非他的本意。"

胡所长道:"遗书写得很从容,也非常有条理,不像是在别人逼迫之下写完的啊。"

"那就只剩下最后一种可能,"秦小怡道,"有人骗他写下了这封遗书。"

"你这么说是什么意思?"司马庆脸色一变,瞪着她道,"你又不是陈远,怎么知道他是被人骗了?"

秦小怡也瞧着他冷笑道:"那你又怎么知道他没有被骗呢?难道你就是害死他的凶手?"

"你、你这姑娘越说越离谱了!"司马庆突然变得口吃起来,"真是胡搅蛮缠,我不跟你说了。"他愠怒地扭过头,走到一边去了。

胡所长毕竟是警察,很快就从秦小怡的话里听出了些信息:"姑娘,你刚才说陈远不是投河自杀,可有什么证据?"

"目前我倒没有什么证据,只是有一点点线索而已。"

"什么线索?"

秦小怡又往林郁秋那边望一眼,拉着胡所长走到一边,放低声音道:"警官,我觉得我哥的事情有蹊跷。前几天,他找到自己的亲生父亲,但是他这个父亲不想认他,还在大街上想开车撞死他。"

"竟然有这样的事情?"胡所长脸上的表情渐渐变得严肃起来,"所以你怀疑他今天出事,跟他的亲生父亲有关?"

"对,我觉得很有可能是这个男人害死了我哥,然后又伪造证据,说我哥是跳水自杀。"

胡所长面露疑色道:"这事我怎么没有听他妈妈,就是刚才那位林作家,还有司马庆说过?"

"我哥去寻找亲生父亲的事情,他的妈妈并不知情。他妈妈的男朋友应该也不知道他已经找到自己的亲生父亲了。"

胡所长点点头，表示理解，然后又问："你说的这个男人，也就是陈远的亲生父亲，到底是谁？"

秦小怡道："他姓白叫白怀宇，现在是市委办公室主任。"

胡所长听到这个名字后，拖长声音"哦"了一声，显然是知道这个人的，他道："我记得这个白怀宇，他应该是市委常委吧，那可是咱们光明市的大领导。"又看了秦小怡一眼，"你真的确定他就是陈远的父亲？"

秦小怡道："是的。陈远已经跟他做过DNA比对，你们只要稍做调查就能把这个情况搞清楚，所以我觉得这个姓白的绝对有杀人动机。"

胡所长背着双手思忖片刻，最后点头说："那行吧，既然这件事还有这么多疑点，说不定还真牵扯到了刑事命案，我必须得跟市局汇报一下，看看上头有什么指示。"他侧转过身，掏出手机给市局打个电话，汇报了这边的案情。领导在电话里指示他先保护好现场，案子会很快转到刑警大队。

没过多久，又有两辆警车拉着警报，沿着春水河堤开过来。刑警大队副大队长毛乂宁带着警员邓钊、梁凯旋等人赶到了现场。

胡所长上前迎住他说："毛队，怎么是你亲自带队？"

毛乂宁说："我们接到警情后，初步研判了一下。我们手里正在侦办一个案子，有可能跟你这边的事情有关联。所以我跟领导申请，带着几个人赶过来了。"

胡所长不了解毛乂宁正在办什么案子，也不知道他说的"有关联"是什么意思，但是身为一名老警察，他知道不该问的别瞎问，所以也就没有多打听，只是把这边的案情跟毛乂宁介绍了一下，然后拍着他的胳膊说："那现场就交给你们了，我们派出所的警员都听你调遣。"

"言重了，"毛乂宁道，"都是办案子，就别分什么你们我们了。你刚才说有群众提供线索，怀疑陈远这事可能不是跳水自杀这么简单，是吧？"

胡所长说："是的。"他招招手把秦小怡叫到跟前，向她介绍说："这位是刑警大队的毛乂宁，毛警官。你把你掌握的线索，跟他具体说说吧。"

秦小怡一见刑警到场，心里有些紧张，接过旁边警员递过来的矿泉水喝了两口，喘口大气，才将陈远寻找生父，以及亲生父亲白怀宇因为不想认他这个儿子，差点儿开车撞死他的前后经过，原原本本地说了出来。她最后又道："这件事林阿姨并不知情，是我哥悄悄去做的，我哥不想让她知道后伤心。所以，如果情况允许的话，请你们暂时不要告诉林阿姨。"

"这件事怎么又跟白怀宇扯上关系了？"邓钊在旁边听着，嘀咕了一句。

"又跟他扯上了关系？"秦小怡听得一愣，"什么意思啊？"

毛乂宁显然有些怪邓钊多嘴，瞪了他一眼之后，才对秦小怡道："所以你现在怀疑陈远这次出事可能跟白怀宇有关，对吧？"

"是的。"秦小怡点点头，"我觉得我哥虽然看起来有些腼腆内向，但他其实是个特别坚强的人，这一点我很了解。以前他父母双亡，过得那么艰难，都能咬牙挺过来。现在因为网络上有些人恶意抹黑他就自杀，怎么也说不过去。我怀疑很可能是有人利用这件事情，骗他写下遗书，然后害死了他。因为有视频和遗书为证，很容易就能在警方面前伪造出他跳水自杀的假象。"

"你怀疑这个凶手就是白怀宇？"邓钊问。

秦小怡道："是的，如果我哥真的出事，凶手肯定就是他。"

邓钊听她说得这么斩钉截铁，心里对那位白常委也有些怀疑，抬眼看向毛乂宁。毛乂宁抿紧嘴巴没有说话，背着双手在原地踱了两步，忽然转过身来看着秦小怡道:"你刚才说林郁秋的儿子陈远,是白怀宇的孩子,对吧?"见到秦小怡点头,他又把目光转向自己的徒弟,"这对咱们来说,倒是一条很重要的新线索啊!"

邓钊自然知道师父的意思。这段时间,他们一直在调查党大明之死跟林郁秋之间的关系,目前所有线索都已经指向这位畅销书作家。只是为了稳妥起见,他们还在做最后的调查取证工作。现在突然爆出陈远竟然是白怀宇的孩子,难道林郁秋跟白怀宇之间真有什么不可告人的秘密?这件事跟十八年前党大明之死有没有关联?这些新出现的疑问让本已渐趋明朗的党大明命案的案情又变得扑朔迷离起来。

毛乂宁想了一下,最后招手把梁凯旋叫了过来,让他带人在河边进行现场勘查,有什么线索随时上报,然后又对邓钊说道:"走吧,咱们再去会一会那位白常委。"

"是!"案情有了新进展,邓钊也显得有些兴奋,爬上河堤,开着警车载着师父进了城区。在路上,毛乂宁打电话分别跟队长马力和市局分管刑侦工作的副局长进行了汇报和请示。因为白怀宇是市委领导,不是他这个小警察说查就能查的,必须得有市局领导的批准才行。市局领导听他汇报完案情,慎重考虑了一下,最后同意了他的侦查方案。

师徒二人很快就把警车开进了市委大院。在市委办公楼四楼找到白怀宇时,他正跟几个属下在办公室开会,两人被挡在了门外。大约半个小时后,白怀宇才开完会,等他办公室里的人都走了之后,毛乂宁才敲门进去。

白怀宇一见两人是上次来找过自己的警察,表情就有了些微妙的变化,但还是很客气地招呼他们坐下,打着哈哈问:"不知二位警察同志再次光临,有何指教?"

毛乂宁直接发问："不知道白常委平时是否关注网络新闻？"

白怀宇一愣，显然没有料到他会问这样的问题，回道："说实话，我关注得非常少。我身处领导岗位，一天到晚忙得团团转，根本抽不出太多时间去看网络新闻。"

邓钊道："那倒也是，我看您不是在开会，就是在准备开会，真是忙得分身乏术啊。"

白怀宇自然听得出他话语中的讥诮之意，却也不以为忤，反而自嘲一笑道："这位小同志说得很对，我这领导当得都快成会议大使了。"

毛乂宁很快转入正题道："情况是这样的。今天上午网上流传一个视频，一位十八岁的少年留下一封遗书后，在春水河边投河自尽。这一幕恰好被路人跟踪拍摄下来上传到了网络。这件事在网上持续发酵，现在已经上了热搜。"

白怀宇两手一摊道："实在抱歉，案头的文件我都看不完，平时我根本就没有时间去关注这些八卦新闻。"

毛乂宁道："这个是不是八卦新闻，我们不好说。目前已知的是，这位跳水失踪的少年，叫陈远，是光明市著名作家林郁秋的儿子。"他说话的时候，一直盯着白怀宇，当自己说出陈远这个名字时，对方脸上的肌肉明显跳动了一下。似乎怕被两个警察看出端倪，白怀宇忙借着端起杯子喝茶的机会，低头掩饰了过去。

邓钊瞧着白怀宇问："这个陈远，您认识吗？"

白怀宇放下茶杯摇摇头说："不认识，没什么印象。"

毛乂宁沉下脸来，道："那我就提醒您一下。几天前，光明职业学院一男一女两个学生来采访您，并且偷走了您休息间的梳子。他们通过提取上面的DNA样本比对，最后，证实这个男生就是您的孩子。这个男生名叫陈远。几天前发生的事情，您现在就忘记了？"

白怀宇被他当面揭穿谎言，显得有些狼狈，愠怒道："关你们什么事？我有几个儿子，你们警察管得着吗？"

毛乂宁道："您有多少个儿子确实不关我们的事，不过陈远现在出事了。有人向我们举报说您不想认他这个儿子，害怕他的出现会影响您升职，所以您就对他起了杀心，甚至还在光明职业学院门口开着车差点儿将他撞死。有这回事吗？"

白怀宇很快就明白过来，问道："所以你们就怀疑陈远跳河自杀跟我有关，或者干脆说我是害死他的凶手？"

毛乂宁说，"在案子没有彻底调查清楚之前，警方有权怀疑任何人，并且依法进行侦查取证，所以还请您配合。"

白怀宇碰了个软钉子，知道面前这个警察虽然言语节制，态度不卑不亢，但两只眼睛却如鹰隼般犀利有神，应该不是一个轻易能打发走的人，只好收起自己的官威，声音也变得柔和起来，说："警察同志，其实你们会意错了。那天在学校门口我并没有真的要撞到陈远的意思，就是想吓唬吓唬他，叫他以后不要再来纠缠我。之后，他再没来找过我，我也就把这事忘了。至于他今天早上投河自尽，真的跟我没有半点儿关系，肯定不是我叫他跳河自杀的。再说，他已经是一个成年人了，有自己的主见，不可能我让他去投河，他就真的去投河吧？"

"那倒也是。"邓钊说道。

毛乂宁不想再多费唇舌，直接问道："请问您今天早上 7 点至 9 点之间，在什么地方？"

"你们是在问我的不在场证明吗？"白怀宇有些愕然。

"我们初步判断陈远出事是在今天早上 7 点多，而视频上传的时间应该是上午 9 点前后。"

"这可真是太巧了，"白怀宇忽然如释重负般笑起来，"今天早上 7

点，省委刚好有个关于安全生产工作的紧急视频会议，我们这边要求市委所有领导必须参加，不得请假，且须提前10分钟，也就是6点50分之前签到入场。这是个保密会议，进入会场之前要上交手机，禁止携带任何电子设备入场。省委几个主要领导都在会上发表了重要讲话，直到上午9点多，会议才结束。我有签到记录，而且会议室外面的走廊里还安装了监控摄像头。我早上6点50分进入会场，直到9点多才出来，如果你们不相信，可以去查看监控。"

毛乂宁点头说："行，您说的这个情况，我们一定会去调查核实的。"

白怀宇道："那你们尽管去查吧。"他摊开一只手，做了一个送客的手势。

毛乂宁却并没有起身要走的意思，反而把身子坐得更直了，说道："好了，现在说完陈远的案子，咱们接下来该说说另外一件事情了。"

"另一件事情？"白怀宇愣了一下，"什么事情？"

邓钊明白师父的意思，就说："准确说，应该是发生在十八年前的事。"

白怀宇脸色陡然一变，端起茶杯，故作镇定地问："十八年前？什么事？"

毛乂宁冷静地瞧着他道："您说呢？"白怀宇避开他的目光，喉结上下跃动着，连吞了好几口口水，却说不出话来。

邓钊见他久久无言，就出言提醒道："陈远是林郁秋的儿子，现在又通过DNA比对证实他跟您有血缘关系。白常委，这件事您不跟我们解释一下吗？"

白怀宇手一抖，刚刚端起的茶杯差点儿掉到地上。他双手捧住茶杯，轻轻放到桌子上，叹息一声，好像连身体里的最后一丝力气都被抽走了。他的腰杆软塌下来，连人都似乎矮了半截，说道："好吧，既然你们问了，估计我想瞒也瞒不住，那就跟你们说说吧。"

　　十八年前，林郁秋请报社副刊部编辑党大明和文联主席白怀宇吃饭。吃饭的地点就在城北马岭宾馆。

　　饭桌上，党大明对林郁秋非常热情，不断与她碰杯，白怀宇也在一旁劝酒，很快就将涉世未深的林郁秋灌醉了。饭局结束后，两人以担心林郁秋酒后回家不安全为由，在宾馆三楼开个房间，跟女服务员一起将她扶进房，让她一个人住下。离开宾馆客房的时候，白怀宇却留了个心眼。他故意走在最后面，顺手带上房门，却并未落锁。

　　晚上，白怀宇开车载党大明回到市区。党大明在报社附近下车，白怀宇则找了个隐蔽处掉头，重新返回马岭宾馆。他远远停好车，趁前台服务员埋头算账的时候，悄悄溜上三楼，进了林郁秋的客房。

　　这时候林郁秋因为醉酒，正躺在床上熟睡。白怀宇顿时感到十分燥热。不知是醉得太厉害，还是睡得太沉，林郁秋整个过程中竟然完全没有任何反抗，直到白怀宇心满意足地起身，她才有些要醒转的迹象。

　　如果她真的醒过来，发现自己对她干过的事情，那可就麻烦了。白怀宇吓得连皮带都没有系好，就赶紧关上房门离开了。然而，就在他从宾馆出来的时候，正好看见党大明从一辆出租车上下来，还到旁边的便利店买了一盒什么东西，进了宾馆。

　　白怀宇悄悄打听了一下，才知道党大明在小店里买的是一盒避孕套。他很快就明白了党大明去而复返的原因，此人应该是抱着与自己同样的目的返回宾馆。难怪党大明要在饭桌上将林郁秋灌醉，原来他从一开始就没安好心。白怀宇在心里暗自庆幸，要是自己再迟一点儿离开，很可能要跟他在客房里撞个正着。这个党大明，看来也不是什么好人啊！他没有多停留，很快就开车离开。

此后很长一段时间，林郁秋都没有再跟他联系，白怀宇自然也不敢主动联系她。后来，他得知党大明竟然不声不响地从报社辞职，跑到南方打工去了。他虽然觉得有些奇怪，却也并未深想。林郁秋也没有再找他谈出书的事，他也就假装忘记了这件事情。

直到前不久，两个警察上门找他调查党大明命案，白怀宇才知道党大明当年并不是辞职了，而是在那次饭局的几个小时后就被杀了。回想起十八年前他在马岭宾馆门口碰见党大明去而复返的场景，他就已经隐约猜到党大明之事肯定跟林郁秋有关联。但是面对警方的调查问询，他却不敢说明当时看到的实情，因为他很清楚自己当晚对林郁秋做过什么。他怕警察沿着这条线索深入调查下去，最终查到他头上来，所以只是简单敷衍几句，就把警察打发走了。

白怀宇本以为自己已经过了这一关。谁知没过两天，又闹出陈远借采访之名偷走他的梳子，通过DNA比对，证明他们之间存在血缘关系的事。他这才知道自己当年强奸林郁秋时，竟然还留下了这么大的"后遗症"。当初就应该向党大明学习，事前有所准备……升官在即，组织上正准备对他考察，他不想因为突然冒出的这么一个儿子影响了自己的仕途，所以他才开车撞陈远。他倒也不是真的想撞死陈远，而是要警告他，叫他到此为止，以后再也不要来找自己。

果然，此后陈远再没来打扰过他，白怀宇还以为这小子真的被自己吓住了，不敢再来找他的麻烦，也就渐渐放下心来。谁知陈远竟然跳水自杀了……

"警察同志，我想提醒你们一句，"白怀宇说到最后，反而全身轻松下来，把身子往沙发上一靠，脸上现出有恃无恐的表情，"根据刑法规定，像我这种情况，法律追诉期最多只有十五年。现在已经过了十八年，你们就算知道了当年发生的事情，也不可能把我抓去坐牢，对吧？"

毛乂宁与邓钊对望一眼，两人这才明白过来，他为什么会老老实实地说出自己十八年前干过的事情——一是迫于警方压力，二是因为他知道就算警方知道这件事了，也奈何不了他。

从白怀宇办公室出来，走进电梯的时候，邓钊有些愤愤不平地道："师父，难道咱们就这样放过他了？这两个人都不是什么好人。"

"是的，当年跟林郁秋一起吃饭的这两个男人，都没安什么好心，要不然也不会在饭桌上成心将林郁秋灌醉。"

邓钊点点头，顺着毛乂宁的思路往下推理道："只不过当晚党大明没有白怀宇运气好，他在行事过程中，把林郁秋给惊醒了。林郁秋反抗无果，随手抓起水果刀刺进了党大明胸口。党大明随即倒地身亡。林郁秋为了逃避杀人罪名，只好将党大明的尸体从窗户抛下楼去……"

"从我们现在掌握的线索来看，情况确实如此。"

邓钊叹息了一声，心里不觉有些难过。其实十八年前林郁秋杀人之后如果直接报警，很可能会被判定为正当防卫致人死亡，或可轻判，或可免责，也就不会牵扯出后面这么多事情了。

从电梯里出来，走下台阶的时候，毛乂宁抬头望望，说："我记得纪委办公大楼就在这大院里吧？"

邓钊说："可不就是，咱们的老朋友第一纪检监察室袁超明袁主任，就在这里办公。"

毛乂宁看看手表，说："现在时间还早，走，咱们去他办公室坐坐。我已经将刚才跟白怀宇的对话录了下来，咱们警方奈何不了他，但完全可以将这些材料提交给袁主任，由他出面请上级部门调查。"

邓钊钦佩地看了师父一眼，完全没有想到师父竟然还留了这个"后手"。

第十二章
视频罪证

陈远出事之后,警方和家属共同聘请了专业打捞队,在事发河段及下游十几公里的范围之内打捞。但是,三天过去了,并没有陈远的任何消息。

林郁秋在春水河边坐守了三天三夜,终于熬不住病倒了,被送进了医院。挂了两天吊瓶,林郁秋才渐渐恢复了一些精神。司马庆到医院来探视她的时候,顺便把她工作的笔记本电脑也带了过来,说眼看就要到最后的交稿日期了,出版公司已经催了好几次,要她无论如何也得在一个星期内交稿,要不然新书上市时就赶不上这波热度了。

林郁秋半躺在病床上,虚弱地质问道:"小远出了这么大的事,难道在你们眼里,仅仅只是一波热度吗?"

司马庆一脸委屈道:"不然又能怎样呢?事情已经发生了,谁也无法挽回。正好热度已经被炒起来了,那咱们只有顺势而为,借着这个机会,好好营销你的新书。现在出版公司都已经准备好了,只等你一交稿,他们就以最快的速度将新书推向市场。"

"对不起,我现在没有心情改稿子。"林郁秋推开他递到自己面前的笔记本电脑,"在小远有消息之前,我是不会打开电脑的。"

"你怎么能这样呢?"司马庆强压住心头怨气道,"难道你忘了咱们之前的约定?当初我们之所以认下陈远,不就是为了找个热点炒作你的小说吗?现在你怎么本末倒置,分不出轻重了呢?如果你不按时交稿,咱们就得给出版公司赔钱,你明白吗?"

林郁秋抬头打量着他,突然觉得眼前这个男人变得面目可憎起来。她质问道:"在你心里,任何人都比不上你的钱重要,包括我在内,对吧?如果我不能写小说赚钱,你早就把我一脚给蹬了,对吧?"

"你……"面对她的连声诘问,司马庆脸色铁青,却又不好发作,只好气呼呼地转过头去。

林郁秋终究于心不忍,语气软了下来,说:"对不起,我现在实在没心情看稿子。前面的文档内容我都已经修改完毕,只剩下最后两章还需要再看一下。你要是真的着急,就拿去请编辑帮忙修改吧。"

司马庆点头说:"行,那我就直接把稿子发给编辑了。"他说完便拿着电脑急匆匆走了。看着他离去的背影,林郁秋不禁一阵心寒:这样的男人真的值得自己托付一辈子吗?儿子生死未卜,下落不明,自己准备嫁的这个男人又生性凉薄,自私寡义。思及此,她不禁心中悲凉,流下泪来。

"郁秋,别胡思乱想,这碗鸡汤都放凉了,赶紧喝了,你身子虚得厉害,得好好补一下……"芮姑一边温言安慰她,一边将盛好的鸡汤递过来。

"芮姑,想不到在我最难过的时候,竟然只有你肯留在我身边照顾我!"林郁秋不禁一阵感动。

芮姑道:"千万别这么说。你是我看着长大的,我可一直把你当女儿看待。你这么难过,我自然也心疼。我知道你最担心的还是远少爷。其实吧，我觉得现在远少爷没有消息，就是最好的消息。你尽管放宽心，吉人天相，他一定会回来的。如果他回来了，你却倒下了，你们母子俩还是不能团聚，那多可惜啊，对不对？所以呢，无论如何，你也要先把自己的身子养好，只有这样，才有力气等着远少爷回来，你说是不是？"

"你说得对，小远一定会回来的，我得好好等着他！"林郁秋终于振作起来，靠床坐好，端着鸡汤，一口一口地喝起来。

刚喝下半碗鸡汤，手机响了，林郁秋按下接听键，就听得一个男人在电话里问："林作家是吧？"声音有些熟悉，她一下就听出来了，对方正是城东派出所的胡启亮胡所长。林郁秋的心猛地缩紧，回道："是、是，我是林郁秋。"

胡启亮道："您儿子陈远找到了！"他声音平淡，没有任何抑扬顿挫，听不出这是个好消息，还是个坏消息。

"小远他……怎么样了？"林郁秋的心一下提了起来，她紧张得连呼吸都忘记了。

胡所长这才道："他还活着！"

"是、是真的吗？"林郁秋用颤抖的声音向对方再三确认。

胡所长说："是真的，他现在就在我们派出所。具体情况咱们见面再说。"

林郁秋挂断电话后，这些天来压抑在心底的悲伤和突如其来的喜悦，相互交织，都在这一刻释放出来。她先笑着从床上跳起来，然后又把脸埋进了掌心，放声大哭起来。刚哭了两声，她突然顾不得自己身上还穿着病号服，光着双脚就往外跑。

见到她这副又笑又哭的模样，芮姑吓了一跳，拉住她问："郁秋，你怎么了？"

林郁秋说："刚才派出所给我打电话，他们找到小远了，小远还活着，现在就在派出所。"芮姑赶忙双手合十，连呼几声阿弥陀佛。

　　林郁秋的精神突然之间就恢复过来了，拉着芮姑道："芮姑，你陪我一起去吧！"

　　芮姑说："行行行，你先把鞋穿上。"林郁秋这才发现自己刚才下床太急，竟然连鞋都没有穿。

　　下楼的时候，芮姑想起这家医院的位置有点儿偏僻，出门后恐怕一时难以打到出租车，于是就给司马庆打了电话。

　　司马庆离开医院没多久，听说陈远找到了，而且还活着，着实吃了一惊，但又不敢细问，只道："那行，你们在住院大楼门口等着，我掉头回去接你们。"

　　司马庆的车很快停在了住院大楼的台阶下。半个小时后，他们来到城东派出所。

　　林郁秋一口气跑上三楼，找到所长办公室。这时所长胡启亮正坐在办公桌后面批阅文件，看到她进来，就朝旁边努了努嘴。

　　林郁秋这才发现他办公室角落里的沙发上还坐着一个人。此人穿着一件不太合身的灰布衬衣，头发凌乱，下巴露出很长的一截胡楂。她定睛一瞧，此人正是她失踪多日的儿子陈远。她不由得惊喜交加，猛地扑上去，一把将他抱住，喜极而泣道："小远，你去哪里了？真是吓死妈妈了……"

　　陈远像木头人似的坐着没动，任由她抱着，脸上的表情显得有些淡漠，好像不认识她一样。

　　林郁秋问了几声，见他没有回应，这才发现有些异常，抬起头来，摸着他的脸问："小远，你……你怎么了？为什么不说话？我是妈妈啊，你不认识我了吗？"

陈远似乎被她激动的神情吓住了，缩着身子往后退了一下，摇着头不说话。

林郁秋不禁心下生疑，回头问胡启亮："胡所长，这、这到底是怎么回事？你们是在哪里找到小远的，他怎么变成现在这副样子了？"

胡所长从办公桌后面走出来，说："情况是这样的，自从孩子跳河失踪之后，我们派出所一直在组织人员打捞。忙了好几天，我们在春水河事发地段及下游十几公里之内的河道都找过一遍，没有半点儿收获。我们正计划往下游扩大搜索范围时，没想到今天中午有一个老头领着陈远来到了我们派出所。"

据胡所长所言，这老头姓吴，自称吴爹，住在距离陈远出事地点下游七八里路远的春水河对岸的岸边村。他是个孤寡老人，以贩牛为生，平时经常赶着好几头牛在河边草地上放牧。陈远出事的那天上午，他在河边放牛，看到河面上漂着一个人，就下河打捞起来。吴爹发现这人还有些气息，先用乡间的土办法，将这人倒背着让他吐出水来，然后将他放在牛背上带回家好生照顾着，直到第二天这个年轻人才渐渐清醒过来。但是吴爹发现自己救回来的似乎是个傻子，问他叫什么名字，住在什么地方，怎么掉下河的，他一概答不上来。吴爹没有办法，只好先让他在家里住着。

吴爹平时不上网，不看新闻，只有一部老人机用来谈生意，完全不知道已经在网上闹得沸沸扬扬的陈远跳水自杀生死不明的新闻。直到今天中午，他打开电视，看到本地新闻说警方正在春水河边打捞跳河失踪的一名少年，又看了照片，才知道自己救下的这个孩子就是陈远。于是，他骑着摩托车，带着陈远从河对面坐船过来，把他送到了城东派出所。

最后，胡所长告诉林郁秋："因为这个吴爹家里还养着好几头牛，不能没有人看顾，所以他把陈远交给警方，说明事情原委之后，很快就回去了。"

"那真是太感谢他老人家了,是他救了我儿子一命!"林郁秋心存感激的同时,也满心疑惑,"只是我们家陈远,怎么会变成这样了呢?"

胡所长摇摇头说:"目前我们也不太清楚,估计是落水后受了些惊吓,一时之间还没有缓过来。我刚才简单看了一下,他穿的这件衣服估计是吴爹的,身上并无伤痕,应该没有什么大碍。如果你们不放心,最好带他去医院看看。"

"老天保佑,远少爷,你回来了就好,回来了就好!"芮姑一面欢欢喜喜地瞧着陈远,一面双手合十连声感谢。

林郁秋想,孩子能活着回来已经是不幸中的万幸,至于受些惊吓,导致精神紧张一时缓不过神来,倒也可以理解。

胡启亮说:"我们是人民警察,只是做了分内的工作。倒是那个吴爹,你们还真要好好感谢感谢他,他才是陈远的救命恩人。"

林郁秋点头说:"好的,我们一定会登门道谢的。要是您这边没有什么其他事情,那我们就先带孩子去医院了。"

"好的。"胡所长朝他们做了个"请"的手势。

林郁秋将陈远从沙发上扶起来。经此一劫,陈远的身子还是显得有些虚弱,走路的时候竟然有些摇晃。林郁秋生怕他摔倒,忙叫司马庆过来帮忙搀扶。

见到陈远之后,司马庆生怕他看见自己,一直在后边躲躲闪闪,这时听到林郁秋召唤,才不得不硬着头皮上前来扶陈远。

陈远看了他一眼,脸上的表情并没有什么变化。林郁秋忙道:"小远,这是你庆叔,你还记得吗?"

"庆叔?"

司马庆额头上的冷汗一下就冒了出来，陈远又看他了一眼，很快摇头说："不太记得了。"

林郁秋忙道："没事，以后慢慢就记起来了。"

司马庆见陈远的目光并没有在自己脸上停留多久，看起来他确实像是不记得自己的样子，那自然也就不会记得前几天自己曾对他做过的事情，至少在他恢复记忆之前自己还是安全的。司马庆悄悄擦了擦额头上的冷汗，暗自松了口气。

林郁秋把儿子带到医院，医生给他做了一个全面体检。

医生对林郁秋说："从他身体情况来看并没有什么大问题，不过精神方面可能受了些刺激，这种情况在医学上叫作PTSD，也就是我们常说的创伤后应激障碍。"

"他失忆是不是因为这个？"

"是的。"

"大概多久能恢复记忆呢？"

医生有些为难地说："这可不好说，也许很快，也许很长时间都没有办法恢复，或者只能恢复部分记忆，这些都是由患者自身情况决定的，我们也很难做出准确的判断。目前来看，他的情况并不乐观，所以我们建议先住院观察治疗一段时间。另外，家人的关心和照顾对他来说也是至关重要的，你们多陪他聊聊天，可能会对他恢复记忆有帮助。"

"好的，我知道了，谢谢医生！"

医生离开后，林郁秋给陈远削了个苹果。陈远吃了一半，可能有些累了，就睡下了。林郁秋帮他把空调温度调好，盖上被子，等他睡着之后，才对站在一边的司马庆说："你跟我出来一下，我有话对你说。"

司马庆的心悬了起来，但还是故作镇定地跟着她走出来。

在外面走廊，林郁秋看着他问："你怎么了？我看自从小远回来之后，你就一直心神不宁的。是不是你打心眼儿里就不希望小远回来啊？"

"可能我最近一直在跟出版公司沟通你新书上市的事情，连续熬了几个大夜，所以有些疲倦吧。"司马庆急忙解释道，"我跟你一样，当然也希望小远平安回家啊。"他往病房那边望了一眼，脸上一副欲言又止的表情，"只不过……"

林郁秋皱眉问："只不过什么？"

"只不过小远这次回来后，我总觉得他有点儿怪怪的。"

"有什么怪怪的？孩子受到了惊吓，在精神上留下一些后遗症，不是很正常吗？"

"话虽如此，只是他前后反差也太大了一点儿，感觉像是换了个人一样。"

"换了个人？"林郁秋瞧他一眼，像是终于明白了他心里的想法，"你的意思是说，现在回来的这个孩子，不是咱们家陈远，对吧？"

司马庆"嗯"了一声。林郁秋脸都气白了，瞪着他道："你不会觉得我已经蠢到连自己的儿子都认不出来了吧？我警告你，不要以为我不知道你那点儿小心思。你就是巴不得小远就此沉入春水河底，永远都不要回来，对吧？"

司马庆不禁变了脸色，以为她已经发现了什么，忙道："怎么会呢？小远回来我高兴还来不及呢。只是他回来之后，又沉默寡言，又彻底失忆，实在是让人心生疑虑……我觉得咱们还是要求证一下，心里才能踏实。"

"什么叫咱们心里才能踏实？是你自己心里有鬼吧？"林郁秋气呼呼地问，"那依你之见，该怎么求证？"

"最可靠的办法，当然是DNA验证了。"

"你的意思是说，让我再去跟他做个亲子鉴定？"

司马庆见她脸上露出愠怒的表情，忙道："我就是随口一说，要是你不愿意，那就算了。"

"要是我不愿意，你心里这道坎能过得去吗？"林郁秋不耐烦地挥挥手，"行了，随便你吧，你想怎么验证就怎么验证，你自己看着办吧。"

司马庆道："那行，你扯几根头发给我吧。"

"要我头发干什么？"

"做DNA样本啊。"

林郁秋被他气得说不出话来，随手抓起几根头发就要往下扯，但很快意识到自己戴了假发，只好把假发摘下，从头上扯下几根枯黄的头发交到他手里。她又问："要不要我再去拿几根小远的头发给你？"

司马庆忙摆手道："不用，刚才我给他刮胡子的时候，已经留了些样本，拿去做DNA比对应该足够了。"

看着他兴冲冲下楼的背影，林郁秋这才知道他早就有了这个心思，心里对他厌恶更深。她心情郁闷地在走廊的长凳上坐了一会儿。

不久，芮姑提着在家里做好的饭菜，送到了医院。林郁秋怕她太辛苦，叫她不要做饭，自己和陈远在医院食堂吃饭或者叫个外卖就行了。芮姑坚持说："那可不行。医院食堂的饭和外卖哪有自己家里做的干净卫生又有营养！再说，小远最喜欢吃我做的饭呢！"

"对了，先生怎么了？"芮姑问，"我刚才在楼下碰见他，见他一副心事重重的样子。我跟他打招呼，他也不理我。"

林郁秋叹一口气，把刚才司马庆怀疑陈远的身份，坚持要拿她的头发去做DNA亲子鉴定的事情，跟她说了。

芮姑也感觉到有些意外，说："不会呀，我觉得远少爷回来后除了比原来话少一些，倒也没有什么不对劲呀。既然医生都说了这是正常现象，他为什么还要疑神疑鬼的？"

林郁秋摇着头无奈地道:"随他去吧,他那点儿小心思,我心里明白得很。"

"那倒也是,"芮姑道,"我们家姑娘虽然看起来文文静静的,除了读书写作,根本不理会外面那些乱七八糟的事情,但这心里边,其实跟明镜似的呢。"

林郁秋被她逗笑了:"别往我脸上贴金,我要真是个明白人,当初就不会找这样一个男人过日子了。"

芮姑也跟着笑道:"现在后悔也不迟,你这不是还没有跟他结婚嘛!你要是不中意这个人,跟他拜拜就是了。三条腿的蛤蟆不好找,两条腿的男人满大街都是。只要你开口,我保证来找你相亲的男人能把咱家院子都挤满。"

林郁秋哈哈一笑说:"那倒也是,我考虑考虑!"两天后,她回家换衣服,正好碰见司马庆从外面回来。他腋下夹着一个牛皮纸文件袋,上面印着"某某生物鉴定技术中心"等字样。林郁秋顿时上了心,问道:"怎么样,你要的鉴定结果出来了吗?"

司马庆见林郁秋已经看到文件袋,也不好瞒她,只好道:"出来了。"

"那结果如何?"林郁秋问。其实,从司马庆那垂头丧气的神情里,她就已经猜到结果,但还是直接问了他一句。

"结果嘛,没有问题。回来的确实是咱们家小远。"司马庆勉强一笑,把手里的鉴定报告递给她。

林郁秋并没有伸手去接,她道:"我不看了,结果早就在我的预料之中。再说,我也从来没有怀疑过自己的亲生儿子。是你自己坚持要去做DNA检测的,你自己保存着结果吧。"说完,她回身拿了两件衣服,就出门去了。

看着她从院子匆匆离开的背影,司马庆突然抡起手里的文件袋,狠狠地砸在了地板上，嘴里极不甘心地骂道："去他妈的，怎么会这样？老子白忙一场，那小子的命也太大了……"

芮姑正在厨房里做饭，听见响动探出头来问："老爷，你说什么？什么命太大了？"

司马庆瞪她一眼，怒声怒气地道："不关你的事，饭做好了没有？我肚子早就饿了！"

芮姑忙道："做好了，做好了，你先洗洗手，马上就开饭。"司马庆哼了一声，洗手去了。芮姑站在厨房门口，看着他从洗手间露出的侧影，脸上忽然浮现出一抹冷笑。

中午，芮姑去医院给林郁秋和陈远送饭，她看到陈远端起自己做的饭菜吃得特别香，脸上乐开了花。待这对母子吃完饭，她收拾好饭盒后，朝林郁秋使了个眼色。林郁秋便随她一起走到病房外面。

芮姑问："远少爷恢复得怎么样了？

林郁秋说："比刚回家时好了些，至少能跟我说几句话了。他记得我是他妈妈，但其他事情好像还没有记起来。"

"那已经很好了，这种事情不能着急，他一定会慢慢记起来的。"芮姑安慰了她两句，然后说，"我今天中午听见你跟老爷在家里吵架了。"

林郁秋知道她当时就在厨房，听见自己跟司马庆说话也不奇怪，就点头说："是的，他拿到了检测报告，检测结果并不如他想象的那样，可能他心里有些失望吧。"

芮姑迟疑一下，道："其实我叫你出来，并不是想跟你说这些，而是有一样东西要给你看。"

林郁秋见她吞吞吐吐的，有点儿奇怪，问道："什么东西？"

芮姑说："今天上午我去超市买菜的时候，有一个男人忽然问我是不是林郁秋，林作家家里的保姆，我说是的。他说他有一个视频想拿给林作家看，因为跟林作家不熟，联系不到她，所以想托我转交给林作家。然后，他就发了一个视频给我。当时我还想问问他是什么人，他却很快就走了。我追出去的时候，已经看不见他的人影了。"

林郁秋皱眉道："是什么视频，搞得这么神秘？"她以为是读者或粉丝发给她的祝福视频，倒也并不怎么在意。

芮姑道："你看过就知道了。"她拿出自己的手机，打开一个视频，给林郁秋看。

林郁秋坐在旁边长凳上，低头看着。视频拍摄地点是在春水河边，视频里有两个人，一个是司马庆，一个是陈远。陈远"扑通"一声跳进春水河，司马庆将抄网扣在他头上，陈远挣扎着沉到河水里，再也没有浮起来……

林郁秋看完视频，不由得发出"啊"的一声。惊怒交加之下，她浑身发抖，差点儿把芮姑的手机摔到地上。她气愤地说道："这个畜生，原来就是他差点儿害死了小远！"

芮姑点头说："可不是嘛，我看到这个视频也吓了一跳。郁秋，你说这个视频该不会是假的吧？我听说现在经常有人做假视频骗人。"

林郁秋又把视频看了一遍，非常肯定地道："假不了，这个视频没有一点儿剪辑痕迹，完全一镜到底，根本不可能造假。"

"这么说来，那把小远跳河视频发到网上、说他投河自尽的人，也应该是老爷了？"

"当然是他。"

"这我可想不明白了，老爷为什么要这么做呢？远少爷这孩子平时挺乖的啊，老爷为什么要成心害死他？"

林郁秋冷笑一声道："往明里说，他是嫌小远在家里碍事，影响他跟我结婚后两人过清净的二人世界；往暗里说，还不是怕小远抢走我的财产。"

芮姑倒吸一口凉气,道:"老爷平时对小远也还不错的啊,想不到隐藏着这么深的心机!"

林郁秋问:"发你视频的那个人,长得什么样子?你以前见过吗?"

芮姑摇头说:"是一个中年男人,皮肤很黑,看起来像乡下人,有可能是在春水河边讨生活的渔民吧,要不然他怎么能恰好拍到这个视频呢。我没见过他,也不认识他。我本来还想问他几句,但他走得太快,我一个老太婆根本追不上他。早知道这样,我当时拼了这条老命,也应该拉住他问个明白的。"

林郁秋道:"算了,他是什么人已经不重要了,重要的是他给我们的这个视频。"她将视频转发到自己的手机上,然后起身就走。

芮姑急忙跟上来,问她要干什么。林郁秋道:"回家,找司马庆算总账去!"芮姑生怕她出什么意外,只好脚步匆匆地跟在她身后。

两人回到家里,林郁秋看到司马庆房间的门开着,立即闯进去,"砰"的一声关上房门。

司马庆正戴着耳机听音乐,被这突如其来的一声巨响吓了一跳,摘下耳机回头一看,见林郁秋正两眼圆睁,气喘吁吁地瞪着他,急忙起身问:"郁秋,你不是在医院陪小远吗,怎么回来了?是不是太累了想回家休息休息?没事,你好好休息吧,我去医院陪着小远。"说着,他低头避开林郁秋的目光,就要出去。

"站住!"林郁秋突然大吼一声。她本是个斯文秀气之人,平时极少大声说话,这一声怒吼着实把司马庆吓住了。他像是被按下了暂停键,立即止住脚步问:"怎……怎么了?郁秋,怎么突然发起脾气来了?"

"你自己看看,这是什么!"林郁秋掏出手机,将那个视频发给他。

司马庆一脸莫名其妙地点开视频,刚看了几个镜头,整个人就站立不稳了，往后面跟跄几步，膝盖碰到旁边的茶几，上面的玻璃水壶掉到地上摔得粉碎。他硬着头皮将视频看完，额头上的冷汗就冒了出来，嗫嚅道："这……这是谁拍的视频？"

林郁秋这时候反而冷静下来，说："谁拍的视频已经不重要了，重要的是视频里面的内容。"

"郁秋，你不要被人骗了。这个视频不是真的，是伪造的，有人想陷害我。"

林郁秋冷笑道："你不会以为我真的已经愚蠢到连真假视频都分不清了吧？你告诉我，这视频里哪一秒、哪一帧画面是假的？"

司马庆眼见已经无法抵赖，突然声泪俱下道："是，我承认，视频里拍到的都是真的。那天，陈远确实是被我骗下水的，可我这么做是有原因的，郁秋，你一定要听我解释——"

"都到了这个地步，你还有什么好解释的？"

司马庆紧紧拉住她的手，好像生怕她会飞走一样，对她道："是是是，我承认陈远这次遭的罪，都是我一手造成的，可是……可是我都是为了咱们俩的未来着想啊。"

林郁秋甩开他的手道："怎么又扯到我头上来了？"

"当初咱们不是说好了吗？借着跟陈远认亲之机炒作你和你的新书，等你火起来之后，咱们再找个借口把他赶出去。再说咱们不是马上要结婚了嘛，我一直想跟你过真正的二人世界，你说咱们之间突然掺和进来一个这么大的孩子，这叫什么事？所以，我正是为了践行咱们当初的约定，也正是为了咱们以后的幸福着想，才不得已对陈远下手……"

"畜生！"林郁秋越听越气，忽然抬起手来，"啪"的一声，一记耳光抽在他脸上。这一巴掌彻底把司马庆打蒙了，他摸着火辣辣的脸，一脸不可思议，半天没有回过神来。林郁秋向来性情温顺，连说话都很少有大声的时候，司马庆没有想到她愠怒之下，竟然会朝自己动手。

林郁秋怒声道："都这个时候了，你还在我面前撒谎。我早就跟你说过，我当初确实是抱着那样的想法才跟陈远认亲的。但是陈远来到我身边后，我很快就意识到母子亲缘血浓于水。通过这些天的相处，我已经无法放下这个孩子。而且我也跟你说过，陈远是咱们家的孩子，你可以不喜欢他，但不要再去为难他，如果你想要自己的孩子，我完全可以再给你生一个，你为什么不听？现在你说得如此冠冕堂皇，什么为了炒作我的新书，为了咱们以后幸福的二人世界，这都是你骗人的鬼话。别以为我不知道你那点儿歪心思，你就是觉得咱们现在有钱了，怕多一个人来跟你分家产，是吧？"

"不是的，我真的是在为我们的将来做打算，郁秋，你听我说……"说到动情处，司马庆"扑通"一声跪在了她面前。

林郁秋转过身去，毅然决绝地道："你不要再说了，我现在给你两条路走。第一，我把这个视频发给负责调查陈远落水案的刑警。有了这个证据，你就是谋杀陈远的凶手，即便行凶未遂，估计你以后的日子也不会好过。"

司马庆见下跪认错已经无法打动她，就知道她心意已决，绝无挽回的余地，很快擦干净眼泪从地上站起来，问："第二条路呢？"

"咱们分手，你马上开着你那辆破车滚出我家，我再也不想见到你。如果以后你还敢来骚扰我，我就直接报警！"

"这不公平！"司马庆像被人踩到痛脚一样，跳起来道，"你这些财产至少得分我一半，你那些钱可都是我做经纪人帮你赚回来的。"

"你的如意算盘打错了，想拿走我一半的钱，别做梦！你做我的经纪人，我已经支付了经纪人费用给你。我赚回来的所有钱，都是我自己的，你休想拿走一分。这些钱我只会留给我儿子，其他任何人都别想从我手里拿走半分。"

"你、你怎么能这样?"司马庆道,"如果没有我在背后给你策划和运营,你的书怎么可能火起来,你怎么能赚那么多钱?你的那些版税至少有我一半功劳,不,应该是一大半功劳,你不能这样对我!"他双手握拳,目露凶光,每说一句话,就向林郁秋逼近一步。

林郁秋意识到情况不妙,一边后退,一边质问他:"你想干什么?"

"难道我司马庆在你面前就是一个乞丐,这么容易就被你打发了吗?"

林郁秋道:"你开的那辆车,也是我不久前花了一百多万给你换的新车,现在让你开走,也算是对你仁至义尽,你还想怎么样?"

"在你眼里,难道我就值一辆车的价钱吗?"司马庆突然冲上前一把掐住她的脖子,将她抵在墙壁上,"我说了,你所有的钱,都是我帮你赚回来的。你想赶我走,至少得分我一半!"

"你、你……"林郁秋被他锁住咽喉,顿时喘不过气来。

就在这时,房门突然被人推开,芮姑手里拿着一把菜刀,气势汹汹地站在门口。司马庆只得将林郁秋放开。林郁秋立即弯下腰去,一边咳嗽一边大口喘气。

司马庆脸带歉意,说:"郁秋,我……"

林郁秋道:"滚,我以后再也不想见到你!"

司马庆面如死灰地看看她,又回头看看手持菜刀站在门口的芮姑,知道自己今天不可能在这两个女人面前讨到便宜,只好"哼"了一声摔门而去。

"司马先生,您出门啊?"正在院子里整理花草的伍峥嵘见到司马庆走出来,点头跟他打了声招呼。司马庆没有理他,钻进车里,很快就走了。

林郁秋站在墙边，从窗户里看到他的车自院门口开出，才放下心来。她像是全身力气忽然被抽走了一样瘫软在沙发上，手捂胸口，轻吁一口气，眼泪不争气地掉下来。

"郁秋，别哭，为了这种男人流眼泪太不值当了。"芮姑扔下菜刀，递给她一张纸巾。

林郁秋擦擦眼泪，点头说："芮姑，刚才真是太谢谢你了，如果不是你及时出现，我可能真的要被他掐死了。"

芮姑微笑着说："你不用谢我，他怕的不是我，是我手里的菜刀。不是有句话说，功夫再高也怕菜刀吗？刚才我正在厨房切菜，听到这屋里情况不妙，想也没想就拿着菜刀冲了进来。"

林郁秋一边摸着自己的脖子，一边心有余悸地道："我真是做梦也没有想到他会是这样的人。他被我揭穿恶毒真面之后，竟然恼羞成怒，还想掐死我，真是太可怕了！"

芮姑安慰她道："没事，男人如衣服，旧的不去，新的不来。改天芮姑给你介绍一个好的，保证比这个狼心狗肺的家伙强一万倍。"

林郁秋惨然一笑，说："那我可得谢谢您老人家了！"

芮姑很快就正色道："经过了这次劫难，我觉得找男朋友的事情可以缓一缓，但有一件事情，你得马上办了。"

"什么事？"

"就是关于你的财产到底留给谁的事啊！以前你没赚到什么钱，不需要考虑这些事情，现在你成了大作家，能赚大钱了，自然会有很多像司马庆这样不怀好意的男人接近你。一个不小心，你就被人家骗财骗色了。我看你还是早点儿立个法律文书，写明白把自己的钱全都留给远少爷，这样就算有人想打你家产的主意，也没办法占到半分便宜。"

"那倒也是，"林郁秋点头说，"你提醒得很对，我明天就联系律师把这件事情办好。我跟小远经历这么多波折才母子团聚,以前我这个当妈的亏欠他太多,现在只能用这种方法来稍做弥补了。"

第二天上午,医生又给陈远进行了一次全面检查,说他的身体已经没有任何问题,而且记忆也在慢慢恢复,如果没有特殊情况,下午就可以出院。在家休养一段时间,估计就可以彻底康复。

芮姑听后很高兴,就想马上回去把家里收拾收拾,准备迎接远少爷回家。林郁秋拉住她道:"不用着急,你先等一会儿,我昨晚已经联系律师拟好条款,准备把我名下所有财产及作品版权收益都留给小远。等会儿律师会拿法律文书来让我签名,只要我一签字,文件即刻生效。但是律师说为了彰显公正,最好能有第三者在场做个见证,你了解我和小远,自然是最好的见证人。"

芮姑激动地搓着手说:"哎哟,想不到我还成了你们母子的见证人,那可太好了,我就在这里等律师来吧。"她又把头转向陈远:"远少爷,你听到没,你妈对你多好啊,以后你一定要好好孝顺她。"陈远"嗯"了一声,点点头,红着脸笑了。

正说着话,病房的门被人敲了两下,林郁秋说:"律师来了!"

推门进来的是一个表情严肃的中年男人,后面还跟着一个留着平头的年轻人。林郁秋有些意外,这两位显然不是她等的律师。多看了两眼,她才认出来,他们竟然是以前跟自己打过交道的刑警毛乂宁和他的徒弟邓钊。

林郁秋以为两名刑警是为了陈远的案子来的,于是走到门边迎住二人。谁知,毛乂宁指着屋里的芮姑问她:"这位是你们家的家政阿姨芮素芬吗?"

林郁秋愣了一下,但还是很快点头说:"是的。"毛乂宁就朝芮姑招招手，示意她到外面说话。

芮姑走到外面，一面狐疑地打量着他们，一边问："有事吗？"

毛乂宁朝他亮一下警官证，问："芮素芬是吧？我们是公安局刑警大队的，知道我们为什么找你吗？"

芮姑一听"刑警大队"这四个字，脸上的表情明显有些慌乱，但很快镇定下来，摇摇头说："不，不知道！"

"我们这里有一段视频，请你看看！"邓钊立即从自己手机里打开一个视频给她看。林郁秋也好奇地凑过来。

视频应该是在夜里拍摄的，画面显得有些昏暗，但还是能勉强看清镜头里的人和景象。视频里最先出现的是一辆带车棚的电动三轮车。三轮车旁边站着一个女人，一辆白色面包车停在她面前不远的地方。一个男人下车后，先鬼鬼祟祟地四下查看一番，然后才上前跟她接头⋯⋯

芮姑看到这里，已经明白了，这个视频拍摄的正是自己上次跟阿龙他们"交易"时的场景。视频里的光线虽然有些暗，但明眼人还是能一眼看出来，里面这个女人就是她芮素芬。她顿时变了脸色。

邓钊向她出示拘传证后，大声道："芮素芬，我们怀疑你跟发生在光明市的多起儿童拐卖案有关，现在要带你回去做进一步调查，请你配合！"

芮姑双腿一软，伸手扶住旁边的墙壁，才勉强站稳身形。她一转头，看见林郁秋正阴沉着脸，对她怒目而视。她心知不妙，没等警方有进一步行动，忽然掉头往走廊另一头跑去。谁知没跑几步，就从前面拐弯处闪出来一个人，拦在走廊中间。她跑得太急，竟然一头撞在那人身上。抬头一看，居然是花匠伍峥嵘。

"你、你怎么在这里？"芮姑气急败坏，"快闪开，让我过去！"

伍峥嵘张开双臂挡住她的去路，道："有我在，你过不去的！"

芮姑回头看看后面的两个警察，又看看他，有些意外地道："你跟他们是一伙的？"

"我以前确实是一个警察，不过已经退休了。我还有另一个身份，就是一个差点儿被你们拐走的女孩儿的爷爷。那个夜里，从公路逃走的小女孩儿就是我的孙女。我之所以潜入林家做花匠，就是为了接近人贩子，调查人贩子的犯罪事实。"

"那个视频就是你偷拍的？"芮姑忽然明白了过来。

伍峥嵘点头道："是的，那个风雨之夜，城东东富花苑烂尾楼前，你跟阿龙的交易过程都被我用手机拍摄了下来，当时也是我报警让警察把小女孩儿救走的。但是因为夜里光线太暗，视频拍得有点儿模糊，看不清你和阿龙的相貌，所以当时没有办法把视频交给警方作为证据。后来我请以前的同事帮忙，用技术手段把视频清晰度调高了一些，现在已经完全能看清你的面目，所以我才直接交给警方，让警察来抓你的。"

"你这个白眼儿狼，枉我平时对你那么好，没想到你竟然串通警察来对付我！"芮姑朝他啐了一口口水。

"你不过是想从我身上贪点儿小便宜罢了，什么时候真的对我好过？"伍峥嵘冷声道，"其实你隐藏在林家院子小屋里的那些不可告人的秘密，早被我发现了，所以我才会一直监视着小屋里的动静。"

芮姑这才恍然大悟："难怪我总是看见你在小屋旁边转悠，还以为你是在浇花呢，原来是这样。你这混蛋，竟敢坏我的好事！"她突然冲上前去伸出十指，就往伍峥嵘脸上抓去。伍峥嵘一时闪避不及，脸上顿时留下好几道爪痕。

芮姑还想跟他撕扯一番，这时毛乂宁已经从后面追上来。邓钊擒住她的手腕，将她的双手扭到背后，给她上了铐子。

"好了，拐卖孩子的事情就先说到这里，后面的事情就交给你们了。"伍峥嵘对两个警察说,"同志,能不能再给我几分钟时间,我还有另外一件事情要说。"

毛乂宁知道他是个退休老警察,虽然平时并无交往,但也看得出他是个极有头脑且行事认真负责的人,就点头道:"有什么事情,请说吧!"

伍峥嵘向呆立在后面的林郁秋招招手,说道:"林作家,请你也过来吧。我这里还有一段视频,请你一起来看看。"

林郁秋道:"怎么,跟我也有关系吗?"

伍峥嵘说:"是的,不但跟你有关,而且跟你儿子陈远更大有关系。"林郁秋这才疑惑地从后面走过来。

伍峥嵘掏出手机,打开一个视频,播放给在场的所有人看。

视频刚打开,大家就看出这拍摄的是春水河边的场景。最先入镜头的,正是芮姑。只见她像个小偷似的趴在一处杂草丛中,拿着手机对着前面,似乎在偷拍着什么。在她前面不远的地方有两个人,一个是司马庆,另一个是陈远。

林郁秋很快就明白过来,这个视频是从另外一个角度拍摄的陈远在春水河边跳水的场景。司马庆怂恿陈远跳河,自己偷录视频,却不料被躲在附近的芮姑全程偷拍下来。但是芮姑肯定也没有想到,她的偷拍行径同时也被伍峥嵘拍了下来。

林郁秋说:"芮姑拍到的视频已经给我看过了,我已经知道陈远落水其实是被司马庆所害。"

伍峥嵘点头说:"是的,不过后面还有一些场景她并没有拍进去,相信你一定不知情。请继续往下看吧。"

视频后面,司马庆用带抄网的竹竿把陈远按到水里,匆忙离开现场后,只见偷偷潜藏在杂草丛中的芮姑很快就从草地里跳出来,站在河边观察了一会儿。这时候,陈远竟然渐渐从河底浮起来,一动不动地漂在水面上。

芮姑吓了一跳，犹豫片刻，最后还是伸出手，将他拉上岸来，用手指探探他的鼻息，说："哎哟，还没断气呢，真是作孽哦！"她四下里瞧瞧，很快就拖着不省人事的陈远往堤坡边走去。

大约一百多米开外的堤坡下，有一个两尺见方的地洞，估计是河边村民挖掘的在冬天时用来贮藏芋头和红薯的小地窖。这时，有两个人骑着自行车从河堤上行过，芮姑急忙伏倒在草丛里躲了一下。等行人走过之后，她才将陈远拖到河堤下，把他塞进地洞里，在洞口盖上一层泥土和枯草，觉得瞧不出什么痕迹了才满意地点点头，拍拍手上的泥土，一边抹着额头上的汗珠，一边离开了河堤。

视频镜头对着掩埋陈远的洞口停留了两三秒钟，然后戛然而止。

"这……这是怎么回事？派出所的警察不是说我们家小远是漂到下游，被一个放牛的老人家救起来的吗，怎么会……会这样？他这是被活埋在泥洞里了吗？"林郁秋看完视频后，显得一头雾水，满腹疑窦，"芮姑，这到底是怎么回事？小远明明还活着，你为什么要将他埋了？"芮姑脸上一阵青一阵白，扭过头去，不敢看她。

林郁秋只好问伍峥嵘："伍伯，这个视频是你拍的吗？我们家小远到底遇上了什么情况？"

伍峥嵘瞧了芮姑一眼，说："等芮姑一离开，我就立即将远少爷从地洞里挖出来，摸摸他身上还有些热气，立即对他采取了急救措施。幸运的是，没过多久，他吐出几口脏水，就醒转了过来。只不过他遭此大劫，气息非常微弱。好在我知道那里距离当地卫生院不远，于是就将他送到一公里外的乡镇卫生院。医生对他进行了及时救治，直到第二天中午，他的情况才逐渐稳定下来。因为呛到水后肺部受到感染，需要住院治疗，所以他就在医院住了下来。直到今天上午，他才彻底康复出院。"

伍峥嵘说到这里，扭头朝旁边拐角处的楼梯间喊道："远少爷，你出来吧！"说话间，一个清瘦少年从楼梯下走上来，他抬头看看大家，表情腼腆，眼睛里却透着一股灵气，最后将目光落到林郁秋身上，叫了一声"妈"，眼眶止不住湿润了。

林郁秋一眼就认了出来，这正是自己的儿子陈远。她张开双臂，正要上前抱住他，却又忽然呆住，回头朝病房那边看看，病房里也住着她儿子"陈远"呢。她顿时一脸茫然道："伍伯，小远落水之后被冲到春水河下游，正好被一个在河边放牛的老人家救起，现在已经通过派出所到了我身边，就在那边病房里住着。怎么这会儿又跑出来一个小远？这、这到底是怎么回事？"

伍峥嵘问她："你真的确定前两天送回来的那个孩子，是你儿子陈远？"

林郁秋一愣，疑惑道："难道不是吗？他除了有些失忆，记不起以前的事情，其他方面都跟陈远一模一样啊！"

"如果单看身形相貌，确实是一模一样。但是他完全说不出关于自己以前的任何事情，这就是最大的不同。因为他根本就不是真正的陈远。"

"他不是真正的陈远？"林郁秋彻底糊涂了。

"是的，此事说来话长。"伍峥嵘把目光转向芮姑，"芮姑，要不还是你来说吧。"

芮姑显然不想配合他，瞪着他"哼"了一声，咬牙道："你这个骗子，我不知道你在说什么。"她又把目光转向林郁秋，"郁秋，你千万别相信他胡说八道。病房里的孩子才是真正的陈远，你别忘了，你跟他做过DNA亲子鉴定，事实证明他就是你儿子。"

林郁秋一想，确实如此，什么都可能出错，但DNA鉴定绝对错不了，现在躺在医院病房里的孩子，确实是她的儿子陈远。她警惕地看着伍峥嵘和眼前这个"陈远",下意识地往后退了一步。

伍峥嵘哈哈一笑,道:"芮姑,都到这个时候了,你还不想说实话是吧?"他朝林郁秋走近一步,"林作家,病房里那个孩子已经跟你验过DNA了,证明确实是你儿子对吧?但是你也可以跟这个陈远再去验一次DNA,我敢保证你们同样也存在血缘关系。"

陈远看着妈妈的脸庞,心疼地道:"妈,怎么几天不见,您就这么憔悴了?是晚上没有睡好吗?我送给您的那个中药枕头,您没用吗?"

林郁秋听到这话,浑身一颤,眼泪就流了出来。陈远出事前不久,见她神经衰弱睡眠不好,就上网给她买了一个新款的中药枕头。这件事只有她跟陈远两人知道,连司马庆都不知情。这孩子能说出这件事来,自然是她的亲生儿子陈远无疑了。

"好吧,既然芮姑不想说,那还是由我来说吧。如果我有说得不对的地方,欢迎芮姑补充纠正。"伍峥嵘扫了大家一眼,缓声道,"几天前的一个傍晚,本来我已经从林家院子里下班走了,但走到半路的时候忽然记起我在工作时,脱下一件衣服挂在花圃边的花枝上忘记拿了,于是又折返回去拿衣服,正好看到司马庆和陈远坐在院子里说话。我本来也没有留意,但听到他们提到了'遗书'这两个字,觉得有些奇怪,就在花圃后驻足听了片刻,才知道司马庆想以炒作林作家的新书为由,要陈远写好遗书假装跳河自杀,再由司马庆拍下他投河自尽的视频放到网上,借机炒作。我一听就知道司马庆没安好心,陈远这孩子心地单纯善良,恐怕会上他的当。后来我又意外地发现,原来偷听他们谈话的人不止我一个,当时芮姑正好也在场。那个时候,你就已经猜测到司马庆的计划了,是吧?"最后这一句,他是问芮姑的。

芮姑点点头,说:"是的,我……"话一出口,她很快就意识到自己说漏了嘴,立即闭嘴不言。

伍峥嵘没有理会她，接着往下说："那天晚上我回到家，很替陈远这孩子担心，同时也很好奇，想看看司马庆到底想玩什么花招，所以凌晨两三点，我就在林作家的院子门外蹲守着。果然天还没大亮，我就看见司马庆开车带着陈远出去了，然后又看见芮姑也跟着出门，叫了一辆出租车，跟在了司马庆的车后。我很快就明白了，想跟踪司马庆的果然不止我一个人。事出反常，我知道其中必有蹊跷，于是骑着摩托车，悄悄跟在了司马庆和芮姑的车后。司马庆带着陈远很快就出了城区，来到春水河边。芮姑也远远地下了车，跟着走下河堤。我停好摩托车悄悄靠近的时候，已经看到芮姑躲在草丛里拿着手机在偷拍。于是我也找了个隐蔽的地方潜伏下来，掏出手机将他们都拍进了我的镜头里。这就是你们刚才看到的那个视频。"

林郁秋急切地道："伍伯，视频我们刚才已经看过了。我现在就想问您，为什么会同时出现两个陈远，这、这到底是怎么回事？"

"林作家，你别着急，我很快就会说到这件事。我救下陈远，将他送到卫生院住院治疗后，又立即对芮姑进行跟踪侦查，想搞清楚她为什么对陈远见死不救，还要将他活埋。按理说她虽然是人贩子，但跟林作家和陈远并无仇怨，没有理由这样对待这个孩子。但是看到她后面的一系列举动，我才明白她的真正用意。她是在下一盘很大的棋，其计划之周全，心机之深沉，手段之狠毒，竟比司马庆有过之而无不及。"

"呸，你别在这里胡说八道，造谣生事，"芮姑朝他吐了一口唾沫，"你这个老骗子，你且说说，我又有什么心机，什么手段了？"

伍峥嵘不动声色地抬起衣袖，在脸上轻轻擦拭了一下，道："芮姑将陈远埋进地洞以后，以为自己行事缜密，不会有人发现，很快就将她的外孙接了过来——她有个女儿叫李玉玉，嫁到邻近的坪开县，生了个儿子叫杨文广，这孩子年纪跟陈远一般大，甚至连身形、长相都跟陈远一模一样——芮姑花钱雇了一个老头,让他冒充住在春水河对岸的牛贩子,将杨文广当成跳河失踪的陈远送到派出所,并让他说是自己在下游救了陈远。派出所的人不明就里,又将这孩子当成陈远,让林作家来接。而林作家竟然没有看出丝毫破绽,完全把他当成了自己的儿子。当然,这也不能怪林作家,这两个孩子实在是长得太像了,所以连亲妈都分辨不出来。芮姑怕自己的外孙在言语方面露出破绽,所以让他假装失忆,这样他回答不上来别人的问题,也就正常了。总之,芮姑就是要想尽一切办法,用尽一切手段,让林郁秋认定她的外孙就是自己的亲生儿子陈远。"

伍峥嵘如同说书一般将这件事娓娓道来。在他停顿的时候,邓钊忍不住问道:"芮姑为什么要这么做呢?将自己的亲外孙送给别人当儿子,对她又有什么好处呢?"

"这个问题问得很好!"伍峥嵘看他了一眼,接着道,"一开始我也不太明白,直到昨天下午我在院子里听到司马庆、林作家及芮姑的争吵声,才知道芮姑已经将自己偷拍到的司马庆蓄意溺杀陈远的视频给林作家看过了。我估计她没敢说是自己偷拍的,很可能告诉林作家是什么神秘偷拍者发给自己的。她这么做的目的很明显,就是想让司马庆和林作家之间本已出现裂痕的关系彻底了断。果然如她所愿,林作家看完视频后,盛怒之下立即跟司马庆提出分手,并且将其扫地出门。

紧接着芮姑又开始实施自己的下一步计划,那就是撺掇林作家立下遗嘱,将自己所有的财产都留给儿子'陈远'。事情发展到这一步,芮姑设下如此大局的真实目的已经昭然若揭,那就是为了得到林作家上千万的家产。"

伍峥嵘很快把目光转向林郁秋,说:"我甚至怀疑,一旦订立的遗嘱生效,说不定她就会向你下毒手。因为只有你死了,你名下的所有财产,包括可以产生无限经济利益的小说版权,都会留给'陈远'——她的外孙杨文广。"

"不对啊,你说她的外孙长得跟我们家陈远一模一样,连我这个亲妈都分辨不出来,我姑且相信你说的,世界上真有长得如此相似之人,可是……"林郁秋仍然觉得不可思议,"司马庆给我和'陈远',也就是你说的芮姑的外孙杨文广,做过DNA比对,已经证明我跟他之间确实存在亲子关系,难道这份鉴定报告是假的?司马庆完全没理由伪造一份对自己极其不利的鉴定报告啊,那不是搬起石头砸了自己的脚吗?"

"不,林作家,你错了。那份鉴定报告没有任何问题,杨文广确实跟你存在血缘关系,但他不是陈远。"

"那孩子跟我有血缘关系,但他不是陈远?"林郁秋不禁皱起眉头,"这、这是什么意思?"

伍峥嵘又瞧了芮姑一眼,道:"要把这件事说清楚,又得回到芮姑这个人贩子身上来。

"二十年前,李玉玉嫁到坪开县,结婚没多久就怀上了孩子,谁知下地干活儿的时候摔了一跤,把孩子摔流产了,之后很长一段时间,她都没有再怀孕。她的婆婆是村里出了名的恶妇,对她自然没有好脸色,常常骂她是不下蛋的母鸡。李玉玉苦不堪言,差点儿投河自尽。李玉玉出嫁的时候才十七八岁,因为年龄不够,没有去民政局领结婚证,只在村里办了几桌酒席。她婆婆威胁她说,如果生不出孩子,就让她滚回娘家去。

"李玉玉后来终于又怀上了孩子。她娘家妈妈怕婆家虐待她,会导致她再一次流产,于是将她接回娘家住了小半年,直到孩子生下来,才让她抱着孩子回了婆家。生下的这个孩子,就是杨文广。当年李玉玉家是全村最穷的人家，后来她的婆婆得了喉癌，在医院住了几个月没有治好，不但人没了，还欠下很多债。几年前她的丈夫在外面打工挣了点儿钱，回来后承包了村里的梅田湖开始搞水产养殖，两人起早贪黑地干活儿，才好不容易把欠下的外债还清。现在，村里人都住上了楼房，只有他们家还是住着低矮的旧平房，家里的经济状况可想而知。

"了解到这些情况后，至少有三点引起了我的怀疑：第一，李玉玉十八年前在娘家产子，她怀孕之后，丈夫就出门打工去了。生孩子时，丈夫没来得及赶到岳母家陪产，直到生完孩子，丈夫才把她们母子俩接回家。也就是说，李玉玉生孩子的事情，其实只有她自己和她妈妈两个人知道；第二，她生孩子的时间与林郁秋生产的时间基本一致；第三，她生下的孩子跟林郁秋的儿子陈远长得十分相似，两人堪比双胞胎兄弟……

"我想调查一下当年李玉玉在娘家生孩子的情况，却没有半点儿线索，又想查查林郁秋十八年前产子的经过，但当年她生孩子住的医院早已不复存在，根本无从查起。最后，我只好接近杨文广，拿到了他的头发作为DNA样本，然后跟陈远的DNA做比对。

"最后的鉴定结果显示，两人是孪生兄弟关系。这就说明，林郁秋在医院生下的并不是一个男婴，而是一对双胞胎兄弟。因为无法找到医院的医生还原当时的情况，这对双胞胎兄弟出生时到底发生了什么事情早已不得而知……

"我还调查到十八年前林郁秋住院产子时芮姑一直在医院陪产，再联想到芮姑当时已经干起了人贩子的勾当。因此他只能根据已知的线索，对当年发生的事情做出最合理的推测。

"十八年前，芮姑串通医院里的妇产科医生，将林郁秋生下的两个孩子中的一个高价卖给了别人，这个孩子就是后来不远千里从东山省回来认亲的陈远；而另一个孩子，她则抱回家交给了自己的女儿李玉玉，让她把孩子带回婆家就说是自己生下来的，要不然她一直生不出孩子，在婆家就再无立足之地。

"李玉玉当年有可能是真怀孕，但是后来流产了，也有可能是在芮姑的授意下假怀孕。芮姑之所以把女儿接到身边来，就是伺机找个孩子让她抱回婆家冒充自己生的。

"那天傍晚，司马庆怂恿陈远写遗书跳水自杀的对话，不但被我听到了，而且也被芮姑偷听到了。以她对司马庆的了解，知道事情绝不会像他说的那么简单，于是她就留了心，在第二天凌晨一路跟踪，偷拍到了司马庆在春水河边溺杀陈远的经过。她本以为陈远真的被司马庆按进水里淹死了，谁知到河边查看时，陈远又突然冒出水面，而且居然还活着。这个时候，心思歹毒的她想的并不是怎么去救陈远，而是用尽全身之力，将他拖到一个地洞里，几近活埋。

"芮姑为什么要这么做呢？因为这个时候，她心里已经有了一个李代桃僵、鸠占鹊巢的计划：借司马庆之手杀死陈远，并且将陈远的尸体藏起来，然后让自己那个长得跟陈远一模一样的外孙冒充陈远回归到林郁秋身边。她的计划实施得很顺利，只有司马庆隐约有些怀疑回归后的'陈远'的身份，执意要让'陈远'去跟林郁秋做 DNA 比对。因为杨文广本就是林郁秋所生，所以 DNA 鉴定出来的结果，反而更进一步证实了两人之间存在亲子关系。

"芮姑知道，司马庆的存在始终是对自己这个计划的最大威胁，于是就将自己偷拍到的司马庆溺杀陈远的视频给林郁秋看，并借机挑拨这对恋人之间的关系。待林郁秋将司马庆赶走之后，她马上又说服林郁秋立下遗嘱，将自己的全部财产都留给'陈远'。如此一来，她的外孙杨文广就可以顺理成章地成为富二代，再也不用跟着她女儿一起挨穷受累，过那种被村里人瞧不起的苦日子了。当然，她也不能明确告诉林郁秋，杨文广其实是她的另一个儿子，因为这样一来，之前她犯的罪行就会被揪出来。"

"芮姑，他……他说的是真的吗？"林郁秋听完伍峥嵘的话，脸上带着难以置信的表情，转过头去看着芮姑，"十八年前，我生下来的真是一对双胞胎儿子？"

"不，郁秋，你千万别听他胡说八道，根本没有这回事。"芮姑矢口否认。

"杨文广和陈远的 DNA 比对结果，就在我手里。当然，如果有人怀疑，可以马上采集两人的 DNA 样本重新送检。"伍峥嵘从口袋里掏出鉴定报告，举在手里道。

芮姑脸色一变，顿时说不出话来。

"芮姑，无论是过去还是现在，我都待你不薄，想不到你竟然会这样对我……特别是在我们家陈远遇险的时候，你非但不帮他，还想将他活埋，你也太歹毒了吧！"林郁秋气得浑身发抖，指着芮姑的鼻子，恨不得上前扇她几记耳光。

芮姑垂下头去，再也不敢看林郁秋。邓钊在后面推了她一把，道："走吧，跟我们回公安局接受调查！"

"不，警察同志，我还有话说。"芮姑咬咬牙，忽然抬起头来。

毛乂宁问："你还有什么话说？"

芮姑看了林郁秋一眼，目光像刀子一样剜向她，说道："郁秋，现在我落难了。既然你不肯为我说半句好话，那我也用不着为你保守秘密了。警察同志，十八年前林郁秋生下的孩子并不是被我卖掉的，而是她自己亲手卖给人贩子的。她才是当年卖掉陈远的主犯！"

此言一出，在场的人都吃了一惊。林郁秋更是变了脸色，退后一步，掩面悲泣道："你不要说，你不要说！"

芮姑看到她瞬间崩溃的样子，脸上反而荡漾起充满恶意的笑容，说道："我都已经被警察抓起来了，自然要老实交代，什么都要说出来的。警察同志，你们说对吧？"

邓钊点头道："确实如此。老实交代自己的犯罪事实，争取宽大处理，是你现在唯一的出路。"

"当年林郁秋写了自己的第一部长篇小说，要自己掏钱才能出版。可是，她那时候根本拿不出那么大一笔钱。正好这时候，她发现自己怀孕了，就想着把孩子生下来卖掉，换几万块钱用来出版自己的小说。她知道我在这方面有些人脉，于是就让我去帮她联系。我联系好卖家，暗中帮她打点了好一切，甚至还塞了点儿钱给接生的产科医生当作封口费。

按照我们的计划，她把孩子生下来后，我立即叫卖家将其抱走，一手交钱一手交孩子，谁知她生下的是一对双胞胎儿子。因为没有钱，之前她并没有做过产检，所以在生产之前她根本不知道自己怀上的是双胞胎。因为生产的时候打了麻药，她整个人都迷迷糊糊的，更是什么都不知道——这时候我女儿在我家里待产时又流产了。所以，我就把这对双胞胎中的一个孩子卖掉了，卖了四万块钱，全部给了林郁秋；至于另一个孩子，我则悄悄把他抱回家交给了我女儿，让她跟婆家说是自己生的儿子。所以你们现在要调查当年卖掉陈远的真凶，其实是她，我只不过好心帮了她一把而已。"

芮姑说到这里，走廊里忽然安静下来，这倒是一个出乎所有人意料的事情。众人面带疑惑地看向林郁秋。林郁秋没有说话，只是把脸埋进掌心，嘤嘤啜泣着。

"妈，芮姑说的是真的吗？"一直没有开口说话的陈远，直视着自己的母亲。

"对不起，小远，妈妈对不起你，妈妈当年真的是被逼无奈，走投无路，所以才……"林郁秋上前抱住他，再也忍耐不住了，放声大哭起来。

陈远脸上的表情渐渐变得复杂起来。他抬起双手，想要搂住妈妈耸动的双肩，却又停在半空中，终究没有落下去。

"林作家，"毛乂宁在后面咳嗽一声，说，"其实还有一件事，我们想请你帮帮忙。"

林郁秋这才抹着眼泪抬起头来，问："什么事？"

毛乂宁说："是这样的，刚才的视频你也看了，你儿子陈远这次差点儿溺亡，其实跟司马庆有莫大的关系。他涉嫌杀人未遂，我们必须找到他把这件事情调查清楚。所以，你能告诉我们他现在在哪里吗？"

林郁秋说："我已经跟他分手了，他现在去了哪里，我也不知道。不过我知道他父母家在育新小学旁边，你们可以去看看。如果能找到他的父母，应该就能打听到他现在的落脚点了。"

"好的，谢谢你了。"毛乂宁点头道谢之后，像是忽然又想起了什么，"对了，还有一件事，芮素芬的案子有点儿复杂，按照程序我们本该将你也一并带走配合调查。不过考虑到现在还有两个孩子的事情在等着你处理，所以我们暂时就不带走你了。不过，你这段时间最好不要离开光明市，以便我们能随时找到你，明白吗？"

林郁秋点点头，轻声道："我明白。我不会离开光明市的。"

就在邓钊带着芮姑往楼下走去的时候，毛乂宁又特意走过来跟伍峥嵘握一下手，说："老哥，多谢了，你可帮了大忙！"

"应该的，谁叫我是一名退休老警察呢！"伍峥嵘咧嘴一笑。

第十三章
悲凉结局

　　三天后，芮素芬的案子才理出一点儿头绪来。刑警大队联合打拐办的民警根据芮素芬口供中提供的线索，很快就将人贩子团伙中的几个主要成员抓获。毛乂宁他们几个专案组成员这才松下一口气。

　　中午吃饭的时候，食堂气氛有些轻松，大家说说笑笑，像是破获了一桩大案一样开心。

　　邓钊端着餐盘凑到毛乂宁身边说："师父，抓捕芮素芬的那天，我总觉得您对林郁秋说的那一番话，似乎另有深意啊。"

　　毛乂宁手拿筷子问："我对她说的什么话？"

　　邓钊说："就是对她说，她是芮姑这个案子重要的关联人物，叫她近期不要离开光明市啊。我感觉您这是在为党大明命案抓捕她做铺垫吧。"

　　毛乂宁点一下头，说："嗯，我当时确实有这方面的意思，主要是怕她提前听到什么风声跑了，咱们再想抓她可就难了。所以我就借芮素芬这件事，顺便给她提个醒。"

　　邓钊问道："师父，党大明命案其实咱们已经调查得差不多了，凶手早已锁定林郁秋，应该到收网的时候了吧？"

他一提起这事，毛乂宁就皱眉道："我也是这么想的。我跟大队长和局里领导请示过，领导还是不肯签发逮捕证。他说从目前情况来看，咱们掌握的都是一些间接证据，还缺乏关键性证据。林郁秋现在是全国知名作家，光明市的文化名人，逮捕她肯定会引起舆论哗然，社会轰动。如果咱们不能把这个案子办成无可挑剔的铁案，最好暂时先不要动手。"

"好吧，我承认领导考虑得比较周全。"邓钊担心道，"我就怕这次芮姑的案子会让林郁秋有所警觉。时间拖得越长，对咱们越不利啊。"

毛乂宁道："我已经跟队长提过了，领导考虑的并非单个案子，而是社会及舆情的稳定。所以，咱们还是安心查案，找出更多有用的线索，上头才能同意咱们的抓捕行动。"邓钊"嗯"了一声，心里虽然有些不服气，但也不敢多言，只顾埋头吃饭。

吃完午饭，邓钊从食堂走出来，正好在外面走廊里碰到党大明的妻女岑虹和党晨。不用问也知道，这对母女又是到刑警大队来催问党大明命案侦办进度的。

邓钊虽然心里有些不耐烦，但还是客客气气地将她们母女俩请进会客室，端茶倒水接待一番之后，又把师父叫了过来。

岑虹问："毛队长，我们这次来没有别的意思，就是想问问我们家老党的案子现在有结果了吗？凶手是谁？抓到了吗？"

毛乂宁当然不能向她透露太多信息，只说："案子目前已经取得了很大进展，我们正在全力侦办中，相信很快就会有结果。"

"很快就有结果，很快就有结果！"岑虹明显有些不高兴，"我每次来问，你们都这么敷衍我，可就是不见你们抓到凶手。真不知道我们老百姓养你们一帮警察是用来干什么的！"

"其实我们真的已经锁定……"邓钊被她这么一挤对，心里很不服气,张嘴就嚷起来。毛乂宁急忙咳嗽一声,挡住他后面的话。林郁秋被警方锁定为凶手,这个消息目前还属于警方办案机密,不能随便透露出去,哪怕对方是受害人家属。万一走漏风声酿成不可挽回的后果,涉事警员是要受处罚的。

"毛警官,昨天我打扫我爸的书房时,在他书柜角落里找到一个相册,里面有他的一些照片,今天我带过来了,也不知道对你们的调查有没有帮助。"党晨到底是年轻人,说话客气多了,从背包里掏出一本相册,递给毛乂宁。

毛乂宁接过来随手翻一下,里面应该是党大明出事之前拍摄的一些照片,有他的工作照,也有跟同事一起出去旅游的照片,还有几张家庭照。他细看后发现相册里并没有出现过林郁秋。想来也对,当时林郁秋只是一个普通作者,跟党大明合影的机会应该不多。就在他准备合上相册时,却看到一张党大明跟孩子在一起的照片:他左手牵着一个六七岁的小女孩儿,右手拿着手机正打着电话。

党晨见他的目光停留在这张照片上,解释说:"照片上的这个小女孩儿就是我。当时,我放了学在报社门口等我爸下班。他走出来的时候,手机响了,他就一边牵着我,一边打着电话往外走。正好这时候他们报社的一个摄影记者路过,就顺手举起相机拍下了这张照片。可能我爸觉得这张父女俩的合影拍得挺自然,就一直保存着。"

毛乂宁仔细看看,果然能在照片的背景里隐约看见报社的招牌。但是他关注的重点显然不是照片拍摄的地点和人物,而是党大明手里拿着的手机。他指着照片上党大明放到耳边的手机问:"这是他自己的手机,对吧?"见到母女俩同时点头,他又道,"看起来像是一部诺基亚手机。"

岑虹点头说:"是的,这就是一部红色诺基亚手机,背后有摄像头,当时能拍照的手机还是个稀罕物,而且据说这手机还是诺基亚限量版,一台要好几千块钱。当时他给百货公司写了一个广告文案,后来就拿着稿费以五折优惠价从百货公司买了这部手机。"

"他出事的时候,身上带着的就是这部手机,对吧?"

"是的。"

毛乂宁感慨道:"别看现在智能手机遍地都是,但是在十八年前能有这样一部带拍摄功能的新款手机,还是很难得的。"

"是的,手机是在百货商场手机专柜购买的。"岑虹说,"前几天我收拾我丈夫书房时,还在抽屉里看到这部手机的包装盒和购机发票了。"

"连包装盒和发票你都还保留着?"毛乂宁有点儿出乎意料。

岑虹点头"嗯"了一声:"因为盒子里不光有发票,还放着使用说明书和保修卡之类的,所以我丈夫买手机的时候,就保留下来,放在了抽屉里。后来他去外地打工,我怕他回来用得着,书房里的东西从来没有清理过,所以一直保存到现在。后来才知道他根本就没有出门打工,而是出了事……"说到这里,她又触到伤心处,低头抹起眼泪来。

毛乂宁劝慰了她几句,然后说:"岑女士,你丈夫这张牵着孩子打电话的照片,我们想再仔细看看,可以留下来给我们吗?"

岑虹一边擦着眼泪一边点头说:"好的。"就从相册里把那张照片取下,递到他手里。

毛乂宁又道:"我们还有一个请求,你刚才说你丈夫这部手机的包装盒和购买发票之类的物品都还在。要不这样吧,你回家后将这几样东西找出来,我们下午派人去你家里拿,想查查看有没有新的线索,你看行不?"

岑虹点头同意了,但很快又疑惑起来,问道:"怎么,这个跟我丈夫的死也有关系吗?"

毛乂宁说:"你不用多虑,我们只是例行调查。调查完之后,一定会原物奉还。"

送走这对母女之后，邓钊有些好奇地问："师父，您怎么老盯着党大明的手机不放，是不是有什么新线索了？"

毛乂宁将手里的照片递到他面前，道："你再认真看看，有没有发现什么值得注意的地方？"

邓钊接过照片看了，说道："不就是一张党大明牵着女儿打电话的照片吗？好像没有什么特别之处啊。"

毛乂宁说："你再仔细看看他手里拿着的手机。"

邓钊疑惑地瞧了师父一眼，又低下头去，认真看了看照片，很快就瞧出了端倪，说："这款手机，跟咱们之前见过的林郁秋的父亲林世坤使用的手机一模一样。"

毛乂宁点头说："是的。林郁秋父亲现在用的，正是十八年前党大明用过的同款手机。"

邓钊很快就明白他的意思，说道："两个没有任何交集的人，使用相同款式的手机并不奇怪。但是岑虹刚才已经说了，这款手机是限量版，购买的人应该并不多，而且我估计售价也不便宜。林郁秋父亲当年开着一家小小的包子店，勉强维持生计，并不像能用得起这种手机的人，所以……"他抬头看向毛乂宁，"师父，您是怀疑林郁秋的父亲跟党大明命案有关吗？"

"现在这么说还为时过早，但我觉得这两部手机之间，很可能存在某种关联，所以咱们必须得去找林郁秋的父亲调查一下。"

邓钊面露难色道："咱们怎么调查？用了十几年的手机，就算林郁秋的父亲现在用的真是党大明当年的手机，党大明留在手机上的痕迹也早就被消磨掉了。要想证明这个手机是党大明的，只怕有点儿困难。"

毛乂宁下定决心道："再困难咱们也得去查！"

师徒二人立即驱车赶到林郁秋的老家南店乡林家村。这时候林郁秋的父亲林世坤正挑着一担化肥从家里出来，看样子是要去地里干活儿。

邓钊从后面叫了一声："林大爷！"

林世坤转过身打量了他们一眼，疑惑地问："你们是谁？"

毛乂宁师徒俩上次来找他的时候，是冒充记者来"采访"他，这次要查看他的手机，必须得向他表明警察身份。毛乂宁正感到为难，不知道怎么向老头解释，见他竟然已经完全认不出二人，不由得松了口气，朝他亮了一下警官证，说："林大爷，我们是公安局的，想找您调查一点儿事情。"

可能是肩上的化肥太重，林世坤矮下身，将化肥放到地上，问："什么事？"

邓钊说："您的手机带身上了吗？我们想看看。"

林世坤愣了一下，说："就在我腰带上挂着呢。"他随手把手机掏出来，递给他们。

邓钊接过来看看，正是上次他在菜地里接电话时用过的那部诺基亚手机，红色的手机外壳已经被磨蚀成斑驳的暗褐色，看起来跟照片里党大明使用的限量版手机确实十分相似。

毛乂宁问："林大爷，这个手机是您自己买的吗？"

林世坤摇头说："是我女儿给我的。这已经是十多年前的事了，那时候我还在城里开包子店，挣钱很辛苦，一直舍不得买手机。我女儿说她正好有一部旧手机，可以拿给我用，她还给我新办了一个电话卡装在这部手机里。别看它老旧，质量可好了，我用了十几年，到现在都没有坏过。"

邓钊说："现在这种老式手机可不多见了。"

林世坤点头说："是的，现在年轻人都用那种屏幕很大的新潮手机，既可以看电影，还可以玩游戏。不过我平时只用手机接打电话，那些花里胡哨的功能都用不着。我女儿早就说过要给我换部新手机，我都没有同意。老人家嘛，用这个挺好的！"

邓钊听到这里，看了师父一眼，毛乂宁朝他轻轻点一下头，两人心里都在想：果然还是跟林郁秋扯上了关系！

邓钊正想着怎么在既不让老头起疑心又不惊动林郁秋的情况下，将这部手机拿到手。毛乂宁却把手机还给林世坤，问："林大爷，您最近可曾接过什么来历不明的诈骗电话？"

林世坤连忙点头说："可不嘛，老有那种陌生电话打进来，说我的银行卡怎么怎么了，我才不上他们的当呢，没听两句就挂了。"

毛乂宁伸出大拇指道："您做得对，接到陌生电话，凡是提到银行卡的，肯定是骗子，一律挂掉电话。我们公安局目前正在进行反诈专项行动，那些骗子到底是怎么知道您的电话号码的呢？这个我们得好好查一查。"

林世坤说："对对对，确实该查。"

毛乂宁趁机道："为了尽快查清案情，将这伙骗子揪出来，我们需要把您这部手机拿回去检查一下，希望您能配合！"

"这样啊……"林世坤一听他们要拿走自己的手机，就有点儿犹豫。

邓钊忙把自己的警官证也掏出来递给他看，说道："林大爷，我们可是真警察，不是骗子。我们把您手机拿走，会给您出示一份收据，手机检查完马上就还给您，您放心好了。"

林世坤眯着眼睛认真看了他的警官证，这才将手机交给了他。

拿着手机，离开南店乡，开车返城的路上，邓钊忍不住问："师父，您是怎么知道林大爷接过诈骗电话的？"

毛乂宁道："现在的老头老太太，没有接到诈骗电话的，才是少数吧？"

邓钊忍不住笑道："这倒也对。只是就算咱们现在拿到手机，但要证明这部手机就是十八年前党大明的手机，也有点儿困难吧？"

毛乂宁笑笑说："一点儿都不困难。"

两人回到刑警大队，正好这时梁凯旋已经去岑虹家里，把党大明十八年前购买手机时留下的包装盒拿了过来。

打开包装盒，里面有购机发票、使用说明书、保修单、产品合格证之类的单据。毛乂宁拿起合格证看了一下，上面有一串IMEI号码。他指着这串号码说："这个就是手机序列号，相当于人的身份证，具有不可复制的唯一性，一个号码对应一部手机。因此，咱们拿到林世坤的手机后，根本不需要去请党大明的家属进行辨认，只需要对照一下这个序列号就行了。"

邓钊立即打开林世坤手机的后盖，取下电池，在被电池挡住的机身处，果然印有一排IMEI号码，手机序列号跟合格证上的序列号居然一字不差。这就证明了林世坤使用的手机，正是党大明当年购买的手机。而这部手机，又是十几年前林郁秋送给父亲的。其中的关联之处，已经不言而喻。

毛乂宁想了一下，道："这样吧，我马上跟队长请示，咱们立即对林郁秋采取收网行动。商蓉蓉，你把这个手机拿去技术科，看看有没有可能恢复以前被删除的短信和照片。邓钊和梁凯旋，你俩召集人手在单位待命，等上面批复下来之后就立即行动，将林郁秋带回来。"

专案组几个人侦办这个案子已经好久了，终于到了收网的时刻，大家都显得有点儿兴奋，挺起胸脯回复道："是！"

毛乂宁立即到队长马力的办公室，将案情最新进展跟队长做了汇报。

马力又打电话向局里的领导请示，领导考虑一阵子，最后批准他们先将林郁秋拘传回来，并再三交代说："林郁秋现在是文化名人，更是咱们光明市的一张文化名片。你们千万不能乱来，一定要谨慎对待，不要出现办案瑕疵授人以柄，闹出什么舆情事件来。"

拿到拘传证后，毛乂宁立即通知邓钊等人去林郁秋家，将她带到了刑警大队。

"林作家，两个孩子的事情处理好了吗？"考虑到林郁秋的特殊身份，毛乂宁并没有直接将她押进气氛森严的审讯室，而是先将她安置在环境比较宽松的留置室进行预审。他提出了第一个问题，问得也比较温和。

林郁秋苦笑一声，道："算是告一段落了吧。杨家的孩子已经被我送了回去，陈远最终原谅了我，留在了我身边。我已经立下遗嘱，名下财产一分为二，他们两兄弟每人一份。"

"知道为什么把你请到这里来吗？"

林郁秋没有化妆，脸色看起来有些憔悴，估计这段时间变故连连，她有些心力交瘁。她点头说："知道，还是因为我牵扯进了芮姑的案子吧？关于这件事，我只能申明两点：第一，芮姑借我院子里的小屋做掩护，干着拐卖孩子的勾当，我真的完全不知情。那间小屋处在院子角落里，我以为是个杂物房，平时根本没有看过；第二，十八年前我授意芮姑帮我卖掉孩子的事，这个我认。当时我还是一个籍籍无名的文学女青年，刚创作出自己创作生涯中的第一部长篇小说，非常希望它能够出版。可是因为没有名气，根本没有出版社愿意给我出书，我只能自费出版。当时我连一份正式的工作都没有，爸妈又没有办法在经济方面支持我，我在这时候又未婚先孕，实在是被逼无奈，才想到把孩子生下来卖掉，用卖孩子的钱来出版自己的长篇处女作。不过，我已经问过专业律师了，像我这种情况，就算要追究刑事责任，追诉期最多十年，现在早已经过了追诉期。"

毛乂宁一脸严肃地盯着她，道："你有没有问过律师，故意杀人罪追诉期有多长？"

"故意杀人罪？"林郁秋愣了一下，满脸无辜地望着他，"你们这是什么意思？我只是牵扯进了芮姑十八年前卖掉我孩子的事情，怎么又故意杀人了？是不是芮姑他们搞出了人命？那可不关我的事。"

"我们问的是十八年前党大明命案。"邓钊道，"这个跟芮姑还真没有什么关系。"

"党大明命案？"林郁秋皱眉道，"我记得你们以前曾因为这件事到我家里找我调查过。当时我就已经跟你们说得很清楚了，他是怎么死的，我完全不知情，我还一直以为他真的辞职到南方打工去了呢。"

毛乂宁道："根据我们的调查，十八年前，就在你请他和白怀宇在马岭宾馆吃饭的当晚，党大明在宾馆三楼的一间客房被杀，凶手将其尸体从后面窗户抛下。第二天，凶手重返现场处理好他的尸体后，将他的手机拿走，以他的口吻发短信给他的老婆说自己因为被人举报，没办法继续在报社待下去了，只好去外面打工借机躲一躲。现在我们查明，这个杀死党大明并冒充他给他的家属发短信的凶手就是你，林郁秋！"

林郁秋脸上勃然色变，反驳道："警察同志，杀人可是死罪，你们可不能含血喷人，随便诬陷我！"

"这部手机，你认识吗？"毛乂宁拿出那部红色诺基亚手机，在她面前晃了一下。

林郁秋往他手里瞟一眼，眼神有点儿慌乱了，但很快就镇定下来说："不，我不认识！"

毛乂宁道："那我提醒你一下。这部手机是你十几年前送给你父亲的，你父亲一直用到现在。这个你承认吗？"

林郁秋又瞧了一眼手机，好像这才认出来，说道："哦，原来是我爸的手机。这个我承认，手机是我送给我爸的。"

"你从哪里得来这部手机的？"

"是我在大街上捡到的，当时觉得还能用，而我爸正好没有手机，所以就拿给他了。"林郁秋抬头看着两个警察，"当年诺基亚手机销量很大，你们凭什么认定这就是党大明的手机？"

"是吗？"毛乂宁嘴角一挑，忍不住笑起来，道："我刚才说过这部手机是党大明的吗？"

"难道你没有说吗？"林郁秋质疑道。

毛乂宁用手指指四面墙角道："你看到没，我们留置室四周都安着监控摄像头，如果你不相信，我可以把视频回放给你看。"

邓钊摇头叹气，替林郁秋惋惜道："林作家，你急于辩解，反而露馅儿了！"

毛乂宁举着手机道："这部手机是我们从你父亲那里拿过来的，恰好党大明家属还保留着十几年前购买手机时留下的包装盒，里面有手机序列号。手机序列号你应该懂吧？它就相当于人的身份证，一机一号，绝无重复。经过比对，两组数字完全对得上。这就是当年党大明用过的，后来又被凶手拿去给他老婆发短信的手机。这部被凶手拿走的手机却出现在你手上，这是怎么回事？"

"我不是已经说了吗，这部手机是我在街边捡到的。如果真的涉及凶案，有可能是凶手用过后丢弃在街边，只不过恰好被我捡到罢了。"

"你不觉得这也太巧合了吗？"

林郁秋两手一摊道："我们写小说的经常会说一句话'无巧不成书'，

349

事情就是这么巧合，我也没有办法。"

邓钊换了个问题，问道："你是什么时候捡到这部手机的？"

林郁秋想了一下说："是我生完孩子的第二年秋天吧，再具体一点儿的时间，我就记不得了。当时正好我爸没有手机用，我就把这部捡来的手机拿给他了。"

毛乂宁道："你儿子今年十八岁，那这手机就是你在十七年前的秋天捡到的了，是吧？"

林郁秋点头说："是的。"

"你撒谎！"毛乂宁忽然一拍桌子站起来，连旁边的邓钊都吓了一跳，"我们已经把你前男友巴亚鹏请到刑警大队来辨认过手机了。他清楚地记得，跟你分手之前就曾在你书房里见到过这部手机。当时你把手机藏在一个带锁的抽屉里，因为有一次忘记上锁，才被他无意中看到。这个你怎么解释？"

"我、我……"林郁秋完全没有想到警方手里竟然还握着这样一个证据，脸上的表情一下就凝固住了。

"巴亚鹏跟你分手，是在党大明被杀几个月之后，这时候党大明的手机就已经在你手里了。"毛乂宁进一步分析道，"而凶手在第二年春天还用这个手机跟党大明家里联系过，甚至还亲自跑去京莞市给他老婆汇寄过三千块钱，所以我们据此认定，这个拿党大明手机跟他家里联系的人就是你，杀死党大明的凶手，自然就是你！"

林郁秋身体不自然地晃动了两下，额头上冒出细密的汗珠，她下意识地看向桌子上的纸巾盒。邓钊抽出两张纸巾递给她，她接过之后，却没有拿着擦汗，而是紧紧捏在手里揉搓成一团。

毛乂宁冷眼瞧着她，不再出声催问。就在这时，留置室的门被人轻轻敲响了，邓钊起身开门，原来是技术科的女警员周岚。

周岚站在门口对毛乂宁道:"毛队,我们已经恢复了这部诺基亚手机里删除的一些资料,您要不要过来看一下?"

"辛苦你们了,"毛乂宁向她点一下头,"我等会儿就过去。"

邓钊不禁有点儿惊讶,手机里十几年前删除的文件都能恢复?技术科也太牛了!关门的时候,看见周岚在朝自己眨眼睛,他愣了一下就明白了。他坐回到毛乂宁身边,不动声色地道:"师父,技术科的这个女警员实在太牛了,上次我想找回旧手机里十多年前删除的一张学生时代的照片,她不到十分钟就搞定了。"

毛乂宁淡淡地应了一句:"人家可是从电子信息工程学院毕业的高才生,这点儿本事还是有的。"

林郁秋听到这话,脸上的表情明显变得慌乱起来。沉默片刻,她忽然抬头看着面前的两个警察道:"你们说得没错,党大明确实是我杀的。可是你们怎么不问我为什么要杀他?"

"那你为什么要杀他?"毛乂宁知道她的心理防线已经被击溃,遂不动声色,顺势而问。

"因为、因为他是个畜生,他、他把我给……"林郁秋声音很低,但胸口剧烈起伏着,看得出她在努力压抑着自己激动的情绪,"他占了我的便宜,却不肯兑现自己的承诺!"

她说的前半句话,倒也在毛乂宁和邓钊的意料之中,只是后半句"他不肯兑现承诺"却是两人没有想到的。

"是的,他、他就是一个骗子!"林郁秋再也坚持不住,终于掩面而泣。毛乂宁与邓钊交换了一记眼色,没有再说话,只是静待下文。

林郁秋哭了一阵子,才用纸巾擦了眼泪,抬起头说:"你们判断得没错,这件事还得从十八年前马岭宾馆的那场饭局说起。当时党大明已经答应我，说我的长篇处女作可以在他们报纸副刊连载发表，然后又介绍文联主席白怀宇给我认识，请白主席帮我向文联申请资助出书。为了把这两件事情定下来，我决定拿出身上仅有的几百块钱请他们吃一顿饭。吃饭的地点是党大明定的。

"结果在饭桌上，党大明却改了口，说这个小说最后能不能连载发表，他们副刊部还要再研究研究。我虽然不太懂人情世故，但也大概能明白他说的'研究研究'，其实就是'烟酒烟酒'的意思，换句话说，就是要我给他们送点儿好处。可是我当时根本拿不出什么钱来，实在不知道怎么给他送礼，看到他在酒桌上看我的眼神，那钉子一样的目光恨不得要从我衣领的缝隙里钻进去。我明白我唯一能送得出手的，可能就只有我自己了……"

后来林郁秋醉酒后被扶进宾馆三楼客房躺下休息，虽然酒意上涌，但她的头脑还有几分清醒。她拿起手机给党大明打电话，刚说一句，党大明就说："我在白主席车上呢！"接着就挂断了电话。

林郁秋当然明白，他这是告诉她，自己不方便接电话。于是林郁秋就给他发短信说："你半路下车，打车回宾馆吧，我在房间里等你。"

党大明问："等我干什么？"

林郁秋说："我都已经躺在床上，你说等你干什么。"

党大明自然心领神会，回短信说："行，我这就回头找你。"

林郁秋想了想，又给他发了一条短信说："你在路上顺便买一盒避孕套，我可不想留下什么麻烦。"

林郁秋发完短信，扔下手机，躺在床上等待的过程中，酒意上头，很快就闭上眼睛睡着了。睡梦中她迷迷糊糊听到房门被打开的声音，一个男人压到她身上使劲折腾起来。她虽然困得睁不开眼睛，但心里知道，一定是党大明回来了。

过了好一阵子,等一切安静下来之后,她才有力气睁开眼睛。只见党大明已经穿好衣服,正坐在床边拿着水果刀削水果。

"我给你削点儿水果,你吃了可以醒酒。"看见她醒过来,党大明说。

"党老师,我把自己的身体都给你了,我的长篇小说可以在你们报纸连载了吗?"林郁秋问。

"你说什么?"党大明愣了一下,放下手里的水果刀说,"你说什么?我才刚进房间,根本没有碰过你。"

"你、你刚才不是已经跟我睡过了吗?"

"什么叫已经睡过了?"党大明起身道,"我刚从外面进来还没三分钟呢。我心里一直在犹豫,这种事我从没干过,怕做了之后对不起我老婆孩子,所以坐在这里根本没有动。不信你看,我买的避孕套连包装都没有拆呢。"

林郁秋见他一脸无辜的表情,心想:难道自己刚才是在做梦?她伸手往自己下身一摸,很显然刚才的一切并不是梦,而是真真切切发生过。她猛地从床上翻身坐起,厉声道:"你刚才没有戴套吗?你想害死我啊!"

"真是莫名其妙,我根本没有碰过你,怎么会……"党大明像是突然醒悟过来,"你这个女人该不是诬赖我,想借机要挟我,要我帮你发表小说吧?"

"什么叫诬赖你,要挟你!你不是答应过我,只要我满足你的要求,就给我发表的吗?"

"我什么时候答应过你?"

"晚上吃饭喝酒的时候啊。"

"你会错意了吧,"党大明摇头道,"我根本没有这样说过!"

"你……都这个时候了,你还想抵赖?"林郁秋不禁有点儿气急败坏,她从床上跳下来,顺手抄起床头柜上的水果刀,用刀尖指着他,"你刚才明明强行跟我睡了觉,还不想承认?"

"神经病!"党大明见她如此纠缠不休,心里很不高兴,冷声嘲讽道,"我明明没睡过你,你偏要赖上我,你就这么下贱,想被男人睡吗?"党大明朝她挥挥手,一副不想再跟她理论的表情,转过身去,开门要走。

林郁秋拿着刀追上去,又将房门关上,用身体挡在门后道:"不行,今天你一定得把这件事情说清楚!"

"你疯了吗?我都已经说了,我刚到房间,根本没有碰过你,你还想怎么样?"党大明厌恶地推开她,伸手要开门。

"不行,你不能走!"林郁秋又冲过去,想用身体挡住他离开的脚步。他们两人一个急着要开门出去,一个持刀阻拦,寸步不让,就在房门后边推搡起来。

忽然,党大明"哼"了一声,整个人就靠着墙壁滑了下去。林郁秋定睛一看,才发现自己手中的水果刀不知什么时候已经插进他的胸口。

"你、你竟敢真的……"党大明双目圆睁,用手指着她,一句话没说完,就像一只泄了气的皮球软软地瘫倒在地板上,再也没有动静。

林郁秋吓了一跳,颤抖着伸手探探他的鼻息,党大明居然已经断气了。她像被针狠狠扎了一下,猛地收回手,踉踉跄跄往后退两步,正好踢到后面的一把椅子,"哗啦"一声,连人带椅一起倒在了地上。

"我杀人了!我杀人了!"林郁秋脑海中一片混乱。她拿起水果刀时,原本只是想吓唬吓唬党大明,逼迫他承认刚才对自己做过的事情,让他答应自己的要求,却没有想到自己竟然真的失手杀了人。杀人偿命,那可是死罪,是要被警察抓去枪毙的!

不知道在冰冷的地板上坐了多久,她挣扎着站起身,一转头就看见党大明渐渐僵硬的尸体。她不由得激灵灵打个寒战，在心里告诉自己：绝不能让人瞧见党大明的尸体躺在自己房间里，得赶紧想个办法把他弄出去！她打开房门探头瞧了瞧，走廊里隐约有人声传出，自然不可能把尸体光明正大地移出去。她关上门，扭头四顾，正好看见玻璃窗打开着，窗户外边并没有安装防盗网。她伸长脖子往下看看，宾馆后面是一片树林，林中杂草丛生，杳无人迹。

林郁秋咬咬牙，将党大明的尸体拖到窗户边。好在他个子瘦小，倒也并不太重。她将尸体移上窗台，然后用力一推，尸体就掉到了外面树林中的草地上，除了一声闷响，并没有发出太大的声音。她生怕有人看见自己在夜晚开窗抛尸，忙又将窗户关紧，好像两扇玻璃窗能将这恶梦般的经历关在窗外一样。

做完这一切，不知是太过紧张，还是有些累了的缘故，林郁秋已经是满身大汗，同时酒意也彻底醒了。她坐在床边好不容易挨到天亮，马上退房离开。回到家里，她赶紧冲进浴室洗了一个热水澡，像要把昨晚所有的痕迹都清洗掉一样。

林郁秋洗完澡，稍微冷静下来之后才意识到，就算自己已经将党大明的尸体抛在树林里，也并不安全。只要有人经过树林，尸体很快就会被发现，而尸体正好就在她住过的客房窗户下边，警察很容易怀疑到她头上。思忖片刻，她最后还是决定赶在尸体还没有被人发现之前重返现场，将尸体处理好，一定不能让人抓到她杀人的任何把柄。

林郁秋再次回到马岭宾馆，在后墙外的树林里看到党大明的尸体仍然蜷卧在那里，保持着被她扔下来时的姿势。她本想将他胸口的水果刀拔下，但又怕鲜血从刀口溅出来留下痕迹，最后只好作罢。

林郁秋正纠结该怎么处理这具尸体才不会被人发现的时候，忽然隐约听到树林另一边传来了人的说话声。她循声找过去，才发现有人在树林后边的坟场里挖掘坟坑,心里顿时就有了主意。

等那几个村民挖好墓穴离开后,她立即跳进坑里,把坟坑又向下挖掘一尺多深,然后趁四野无人的时候,将党大明的尸体一路拖拽过来,埋在了坟坑底下。这样一来,只要在尸体上面再压一口死人棺材,坟坑就永远不会再被人挖开,埋在坟底的党大明的尸体自然也就永远不会被人发现……

现在回头向警察复述自己十八年前做过的一切,林郁秋语调平静,毫无波澜,像是在讲述自己小说中的某个情节。

"这部手机,又是怎么回事呢?"毛乂宁举着手里的手机问。

"手机的事情,你们应该都已经知道了,其实就是我使用的一个小小的障眼法。为了不让党大明的家里人起疑心,我特意留下他的手机,用他的手机发短信给他老婆,说他因为私吞作者稿费,怕被纪委的人查出来,所以决定一个人到外面避避风头。刚好手机里存有一张他在吃饭当晚拍摄的自拍照,背景是一面白色墙壁,看不出具体位置。为了证明他说话的可信度,我还把这张照片发给他老婆,当作他去外地的证据。后来,我又在电脑里合成了几张印有他名字的报纸照片发给他家里人,以证明他确实在南方一家工厂的厂报编辑部上班。以防万一,我将他的手机关机后,一直保留在自己手里,过一段时间开机一次,看看他的老婆有没有起疑心,是否给他发了什么消息。直到第二年春天,他老婆突然发短信说女儿生病了,需要钱治疗。我没有办法,只好亲自跑到京莞市,将自己刚刚拿到手的三千元稿费汇寄给她,叫她拿去给女儿看病。"

"在此之后,她没再给你,不,给她丈夫发过短信了吗?"

"因为我在短信里叮嘱过她不要主动给我发信息,以免被纪委的人盯上,所以她之后再也没有往这部手机上发过短信。"林郁秋说,"又等了一段时间，我见一切风平浪静，也就渐渐放下心来。原本我想将党大明的手机扔进春水河里，以消除党大明事件在我生活中留下的最后一抹痕迹。但是后来看到我爸没有手机用，叫他买他又舍不得钱，所以最后我决定将党大明的手机留下，卸了里面的手机卡，装上一个新卡，拿给我爸用了。我爸这个人一向节俭，这部手机他一用就是十几年……"

林郁秋还告诉警察说，刚开始那几年，她很担心杀人的事情会被人发现，一直心神不宁，常做噩梦，但后来发现一切都风平浪静，根本没有任何人关心党大明的去向，她也就渐渐安下心来。直到不久前刑警大队的人第一次找到她说党大明的尸体被挖掘出来了，她心里才有些不好的预感……

毛乂宁师徒听完她的供述后，同时点点头。她的口供跟警方原本的推断基本一致，只是她的杀人动机却跟他们先前的判断有些出入。

毛乂宁看着林郁秋问："那天晚上，在宾馆房间里，党大明至死也没有承认侵犯过你，对吧？"

林郁秋点头说："是的。他至死都没有承认。可是这事错不了，我明明感到有人压在我身上，而且事后还在我身上留下了痕迹，这件事他是抵赖不了的。"

邓钊犹豫了一下，道："有没有可能党大明说的是真话，他根本就没有对你做过什么呢？"

"你的意思是我产生了错觉？"

"那倒不是，你的感觉是对的，但是你的判断出错了。"邓钊斟词酌句地道，"也许当晚你察觉到的那个性侵你的人并不是他，而是另有其人。"

"警察同志，你这是什么意思？"林郁秋像是受到了冒犯一样挺起腰身，抬头直视着他。

邓钊扭头看向师父，毛乂宁知道他想说什么，朝他略一点头，于是邓钊就将调查到的实际情况详细跟她说了。十八年前的那个夜晚，白怀宇曾赶在党大明之前驾车返回马岭宾馆性侵林郁秋，并且陈远已经独自调查到自己的亲生父亲就是白怀宇……

"天啊，怎么会这样？！"就在一瞬间，林郁秋所有的优雅与坚强仿佛被彻底摧毁。她双手抱头，发出了一声凄厉的惨呼……

图书在版编目（CIP）数据

凶途 / 岳勇著 . — 北京：北京联合出版公司，2025. 5. — ISBN 978-7-5596-8322-9

Ⅰ. I247.5

中国国家版本馆 CIP 数据核字第 2025WJ2038 号

凶途

作　　者：岳　勇
出 品 人：赵红仕
责任编辑：李艳芬
特约编辑：高继书　高　晶
文字校对：兰潇涵
封面设计：仙境设计

北京联合出版公司出版
（北京市西城区德外大街 83 号楼 9 层　100088）
北京联合天畅文化传播公司发行
北京美图印务有限公司印刷　新华书店经销
字数 283 千字　880 毫米 ×1230 毫米　1/32　11.375 印张
2025 年 5 月第 1 版　　2025 年 5 月第 1 次印刷
ISBN 978-7-5596-8322-9
定价：49.90 元

版权所有，侵权必究

未经书面许可，不得以任何方式转载、复制、翻印本书部分或全部内容。
本书若有质量问题，请与本公司图书销售中心联系调换。
电话：010-64258472-800